VANESSA NAVICELLI

UNA DOMENICA, MAMMA...

Saga della Serenella II

Realizzazione grafica e fotomanipolazione delle immagini di copertina: Antonella Monterisi

Immagini di partenza utilizzate per la copertina: Victoria Shibut, Tatsiana Volskaya (dal sito www.123rf.com/)

**Nella foto di copertina: Erminia (Bruna) Quadrelli, 20 anni
Nella foto di quarta di copertina: Gigi (Libero) Navicelli,
12 anni**

Impaginazione: Antonella Monterisi

Sebbene ispirati a fatti realmente accaduti, le storie e i personaggi di questo romanzo sono frutto di fantasia.
"Copiare il vero può essere una buona cosa, ma *inventare il vero* è meglio, molto meglio." [G. Verdi]

INTRODUZIONE

La Saga della Serenella

"**Serenella**" è il nome colloquiale con cui, soprattutto nelle zone di campagna, veniva e viene chiamato il lillà.
Oltre a essere un fiore profumatissimo, il fatto di avere un nome familiare, che suona così dolce e affettuoso, l'ha sempre reso speciale ai miei occhi. Fin da bambina.
Sembra una pianta delicata e invece sa resistere alle difficoltà, anche da sola e senza cure.
Credo che la sua presenza renda bene, già di per sé, l'atmosfera delle storie che vi racconterò.

La *Saga della Serenella* è la saga di una famiglia – e degli amici che le ruotano attorno – **dai primi del '900 fino all'autunno del 1945**; incentrata, in particolare, sulla seconda guerra mondiale e sulla lotta per la liberazione dal nazifascismo.
I protagonisti dei vari libri che si succederanno sono i membri di questa famiglia.
La Storia viene così affrontata da più punti di vista. Osservata da sguardi diversi.
L'ultimo romanzo, ambientato tra estate e autunno del 1945, ci mostrerà e ci racconterà le vicende, le evoluzioni di tutti i protagonisti e dei tanti coprotagonisti alla fine della guerra, in un periodo ancora di grande fermento. E tirerà le fila di tutta la saga, con un grande colpo di scena.

Tutti i libri, ad eccezione di uno, sono ambientati nel **nord Italia**, tra Emilia e Lombardia.

In ogni romanzo sono presenti anche i protagonisti degli altri romanzi, senza che questo, però, vincoli in alcun modo – per la comprensione della trama – alla lettura dell'intera saga. **I libri sono pensati per poter essere autonomi e completi anche individualmente.**

In questa saga io racconto "l'Italia degli ideali forti, l'Italia [per lo più] rurale, **l'Italia dell'*età del pane*"**, come la chiamava Pasolini. "Erano cioè consumatori di beni estremamente necessari. Ed era questo, forse, che rendeva estremamente necessaria la loro povera e precaria vita. Mentre è chiaro che i beni superflui rendono superflua la vita."

Sono **storie di narrativa popolare,** con caratteristiche popolari. Umanità, affetto, commozione, umorismo. **Dramma e commedia. Si ride e si piange. Ci si affeziona ai personaggi.** Si parla di famiglia, di comunità, di un Paese che risorge e lotta per riprendersi la libertà. Ricostruzione storica e drammi e gioie private.

In una società come la nostra, a volte ci si sente sommersi dalle brutture e si avverte il bisogno di ascoltare **storie di gente per bene**, di sperare in un mondo così, di ricordarsi che lo si potrebbe avere. E ricordarsi di **come si potrebbe essere felici con così poco...**

È anche un modo per **conoscere la Storia accompagnati da personaggi che ci diventano amici.** Attraverso le loro vicende personali.

Il periodo storico in cui ho ambientato i miei romanzi è stato raccontato da molti meravigliosi scrittori (Fenoglio, Calvino, Meneghello, Rigoni Stern, Revelli, la Morante ecc.). Scrittori che, nella maggior parte dei casi, l'hanno vissuto in prima persona e quindi ne fanno un vero racconto storico, fortemente realistico, con la descrizione delle battaglie, delle asprezze, delle crudeltà.

Io mi sono ritagliata un piccolo spazio narrativo nuovo, mio. Nei romanzi si sente la mia voce. E si sente che non è la voce di una che c'era, ma di una che getta **uno sguardo morbido e affettuoso** su quel periodo. Per questo, anche i fatti più dolorosi sono raccontati con uno sguardo in un certo senso innocente.

Ho creato un mio universo scegliendo aspetti e prospettive che m'interessavano.

La Storia è reale. Ma il resto, spesso, è quello che molti di noi *vorrebbero* fosse reale. È un po' una favola. **Una realistica favola per adulti.**

E poi **la cifra del dialogo e dell'ellissi**: sono elementi che io uso moltissimo e che mi allontanano dai mondi narrativi degli autori che ho citato. Così come **la forte presenza dell'umorismo. E del surreale.**

Il tutto con l'uso di un **linguaggio** ricercatamente **semplice.**

Perché ho scritto proprio queste storie?

Io sono cresciuta con un grande amore e interesse per tutto quello che riguarda la prima metà del Novecento (dalla Storia, alla musica, ai film, ai libri...). Ho ascoltato a occhi sgranati gli aneddoti di mia nonna, della mia prozia e dei miei genitori.

Così, con tutto questo amore dentro, è stato naturale, per me, voler raccontare storie ambientate in quel periodo.

Io credo nell'importanza della **Memoria**. Sapere da dove veniamo aiuta a capire chi siamo e cosa possiamo diventare; in bene o in male, a nostra scelta.

Da sempre mi sento in debito con **tutte quelle persone che hanno fatto sì che oggi si possa essere liberi.**

Le Brigate Garibaldi, Giustizia e Libertà, Matteotti, Fiamme Verdi o Brigate del Popolo (i "bianchi"), Badogliane (monarchiche)... Le donne (incalcolabili, perché molte non si sono presentate a fine guerra pensando di non aver fatto nulla di eccezionale), i ragazzini/bambini. Gli IMI (Internati Militari Italiani) che hanno fatto la Resistenza Bianca nei campi di prigionia. I soldati morti al fronte dopo aver detto "no" ai tedeschi. I carabinieri che hanno detto "no" alla RSI e hanno aiutato i renitenti alla leva e gli ebrei. Le famiglie contadine che hanno aiutato i partigiani e nascosto i ricercati. I preti, le suore che hanno fatto altrettanto. Un'incredibile e variegata Italia.
Volevo ringraziare tutti.

Per questo ho scritto romanzi che **si rivolgono sia agli adulti che ai ragazzi**. Ragazzi che ormai conoscono sempre meno le due guerre mondiali che ci hanno devastato, la lotta di liberazione dal nazifascismo, la Resistenza, le leggi razziali. E cosa voleva dire essere giovani nella prima metà del Novecento – nelle difficoltà, sì, ma anche nella semplicità dei desideri –. Da qualche parte ho letto: "**Vorranno dimenticarvi, ma non lo permetterò.**"
Alla fine della lettura, dovrebbe restare addosso **il senso delle cose importanti della vita**. Questo è quello a cui tengo di più.

Quand'ero bambina, ancora prima di iniziare a leggere, ho iniziato a guardare in tv i film del neorealismo italiano (De Sica, Rossellini, Germi, De Santis, Visconti... E poi il neorealismo rosa con Risi, Comencini, Monicelli...). Mi sono innamorata subito di quel mondo e di quella gente. Mi sono rimasti dentro come nient'altro, poi, nel seguito della mia vita.
Quando ho iniziato a leggere, i primi libri sono stati quelli di Giovannino Guareschi. Lì ho ritrovato la stessa gente che già amavo, ma raccontata da angolazioni diverse. E mi

sono innamorata per la seconda volta: del Mondo piccolo della Bassa e del suo umorismo.

Un consiglio semplice ma importante che mi è stato dato tanto tempo fa è: "Scrivi di quello che ami, di quello che conosci davvero. Mettici passione. Dedicagli del tempo." È quello che ho fatto.
E spero di non tradire mai lo spirito dei personaggi (... delle persone) di cui racconto.

"Il pane sotto la neve" è stato il primo romanzo di questa saga, incentrato sulle figure dei capostipiti, Tino e Cesira.
"Una domenica, mamma..." è il secondo, e ha per protagonista Emma, la figlia maggiore.

Come dicevo all'inizio, **la serenella** è un fiore semplice.
La serenella è il mondo contadino, la famiglia, la primavera dell'anima. È per me il simbolo di ciò che è buono e vero. Di un mondo pulito e schietto.
Ma tutto questo lo potrete capire, veramente, solo leggendo le storie della gente nata là, sulle colline al confine tra Emilia e Lombardia, nella terra dove cresce la serenella.

Una domenica, mamma...

Tutto ha inizio con una lettera. Una lettera che un ragazzo (Andrea) scrive alla madre (Emma) dal fronte russo, durante la seconda guerra mondiale. "Una domenica, mamma..." prende il titolo da una sorta di promessa che il figlio fa alla madre. Ed è anche il titolo del racconto vincitore del **Premio Letterario dedicato a Giovannino Guareschi** che dà inizio a questo romanzo, nelle primissime pagine, quelle che precedono il capitolo I. Lì c'è il cuore della storia; perché **il vero protagonista di questo libro è l'amore materno, in tutte le sue declinazioni.**

Si tratta di un **romanzo di narrativa popolare, a sfondo storico, ambientato nel ventennio fascista e nella prima fase della Resistenza, nel nord Italia,** tra Emilia e Lombardia.

Un romanzo di formazione che **si rivolge sia agli adulti che ai ragazzi.** Una storia "trasversale", per tutti.

È la storia di Emma (nata nel 1901), **una donna bella, coraggiosa,** "schietta come il freddo del mattino", testarda e dotata di grande umorismo. Di origini povere e contadine, sposa un uomo ricco (monarchico e moderatamente filofascista) che ama. È felice, con una bella famiglia, un figlio che adora.

D'improvviso, **la seconda guerra mondiale.** Tutto crolla. Un dolore totale che toglie il respiro.

Ma poi Emma incontra **una bambina ebrea.** E **la Resistenza** e tanti ragazzi da aiutare.

Grazie a don Franco, il parroco amico di sempre, entra a far parte di **una stramba, buffa e piccola brigata partigiana.** Emma si rialza. Nello stesso momento in cui il Paese alza la testa contro il nazifascismo.

La forza di una donna che dà un nuovo senso alla sua vita, aiutando la comunità, combattendo per la libertà e per quelli che ama. La rinascita, di una donna e di un popolo. E così **la storia diventa corale.**

È una storia d'amore? Sì. **L'amore più grande, smisurato. Quello di una madre.**

Anche la parte dedicata alla Resistenza ha comunque al centro il sentimento materno di Emma, perché quello resta sempre il protagonista del romanzo, quello che muove tutto.

Non è mia intenzione raccontare, in questo romanzo, la Resistenza cruda delle battaglie e delle lotte, ma un aspetto minore, più intimo. Quello che succede a dei ragazzini che si ritrovano in guerra ma che non sanno nemmeno da dove iniziare, anche se provano a fare del loro meglio.

E più di tutto si racconta di una figura materna che si trova a "occuparsi" di loro, cercando di preservarli dal pericolo. [**Questi ragazzi non rappresentano certo una brigata classica...**]

È una storia di emozioni. **Una storia di pace,** perché racconta come la guerra annienti o riempia di dolore la vita di persone che non sono diverse dai nostri amici, dai nostri vicini. Persone che potremmo benissimo essere noi.

Cerco di raccontare **la grandezza** che, potenzialmente, è in noi. E **la speranza. La famiglia, la collettività, il senso di comunità. L'amicizia vera e la solidarietà. La determinazione nel perseguire il Bene.**

Questo romanzo, soprattutto nella prima parte, è costruito per **immagini e salti temporali**.
Mentre lo scrivevo, ho sempre visto le scene scorrermi davanti **come in un film**. Ed è così che le ho raccontate.
Ci sono **parti drammatiche e parti umoristiche**. E parti che, nel loro umorismo, sfiorano il surreale.
Ci tenevo che si sentisse **la vita** scorrere. Lacrime, sorrisi, colpi di scena, amore, odio, dolore, risate, amicizie... E ci tenevo che i personaggi uscissero dalla pagina e diventassero reali, coi loro mondi e le loro personalità.

In questo romanzo, c'è la Storia e ci sono le storie. **Io ho raccontato soprattutto delle storie. Delle persone.**

Qualcuno, leggendo in anteprima qualche pagina del romanzo, mi ha chiesto: "**Ma è possibile che ci fossero legami così affettuosi in tempo di guerra?**"
Ecco. Tra le tante persone che ho intervistato prima di scrivere la *Saga della Serenella*, ho parlato anche con un comandante partigiano, fortemente cattolico e reduce dalla Russia come ufficiale, che si è trovato a capo di una brigata Garibaldi (quindi, teoricamente, una brigata comunista).
Mi ha detto: "Sai che io non ho mai saputo chi tra i miei uomini era comunista e chi no? Non importava a nessuno, perché il legame che avevamo era più forte di tutto. Non mi vergogno a dire che ci volevamo bene, nel senso più profondo della parola: volere il bene dell'altro. Erano tempi, quelli, in cui senza la solidarietà reciproca non saremmo sopravvissuti! E la gente... l'aiuto della gente, dei contadini... Senza di loro, che per noi hanno rischiato la vita, nascondendoci, dandoci cibo, vestiti, cosa avremmo fatto? Sì, ci volevamo bene."

Anni fa, in una lettera a **Carlotta Guareschi (figlia dello scrittore)**, le raccontavo la mia intenzione di scrivere storie che facessero riflettere sui drammi della guerra. E la frase che più mi ricordo, nella sua risposta, è: "Continua a portare un messaggio di pace, in questo momento in cui pare che la guerra e le violenze la facciano da padrone. Ma... *no pasarán!*"

Benvenuti nel secondo romanzo della *Saga della Serenella*.

L'Autrice

Post Scriptum
Piccola curiosità.
Nella foto in copertina: mia nonna, Erminia (Bruna) Quadrelli, a 20 anni.

Nella foto in quarta di copertina: mio papà, Gigi (Libero) Navicelli, a 12 anni.

A Libero, Maria Luisa, Erminia, Chiarina.
Le mie radici.
(Tutto il mio cuore, per sempre.)

Cara mamma,
  provo a scriverti questa lettera anche se non credo che riuscirò a fartela avere. Che vuoi farci, la posta, di questi tempi, lascia un po' a desiderare! Forse mi conviene sbrigarmi a tornare e consegnartela a mano, che dici?
  Fa un gran freddo qua. Soprattutto di notte. Un alpino dovrebbe esserci abituato, lo so, ma... accidenti! Piove, tempesta, nevica. Come diceva il nonno? "Fa così freddo che anche Gesù Cristo ha il raffreddore." In effetti, ogni tanto, Lo sento starnutire. Pensa come Gli sono vicino, mamma!
  Sai a cosa sto pensando? A quando, da bambino, andavo al catechismo da don Franco. Ci dava una caramella a testa e ci diceva: "La vita vale sempre la pena di essere vissuta." Io stavo lì ad ascoltarlo, succhiando la mia caramella al latte. Non capivo bene cosa volesse dire, ma don Franco lo diceva sorridendo e con una voce così commossa...
  Oggi ho ucciso un uomo. Un altro. Aveva la barba, come il nonno. È caduto sulla neve, senza far rumore. O forse ne ha fatto, tanto. E sono io che non l'ho sentito. Non ho sentito più niente.
  Mi piaceva la neve. Guardarla, toccarla, passeggiarci in mezzo... Ora non più. Quando la guardo, vedo il sangue di tutti quelli che ci sono morti e quasi mi manca il respiro.
  Credi che don Franco mi potrà perdonare, mamma? Credi che Don Franco... che lui... Be', non importa.
  Quando penso che Dio solo sa per quanto tempo dovremo restare ancora qui, mi metto a cantare, perché se no... mi viene un magone! E l'intero reggimento, subito, mi viene dietro. Così sembriamo un gruppo di scemi, vestiti quasi di stracci e mezzi congelati, che camminano ancora per non so quale miracolo e che cantano.

Lo so. Finiremo per sentirci dire "i soliti italiani". Ma è meglio che ci vedano cantare piuttosto che piangere.

Mi è sempre piaciuto il silenzio. A casa, prendevo la bicicletta e pedalavo fino al Po – il nostro Po... –. Me ne stavo per conto mio per giornate intere!

Adesso, il silenzio mi fa solo paura. Non sappiamo mai cosa aspettarci. Da un momento all'altro può succedere di tutto qui. Non riesco a farci l'abitudine. Ogni volta mi si ferma il cuore.

Ti ricordi, mamma, la nostra gita in montagna? Tu mi chiedevi: "Sei stanco? Vuoi riposarti un po'?" Qui non me lo chiede nessuno. Nessuno mi chiede se sono stanco... Be', lo sono.

A volte chiudo gli occhi e penso a voi. Vedo la casa, una pentola sul fuoco, i centrini di pizzo bianco della nonna, il balcone coi tuoi fiori e le tue piantine di basilico, mamma... e il papà che ti aiuta a travasarle mentre tu lo minacci: "Guarda che se me le fai morire come l'anno scorso...!" Mi sembra di esserci anch'io, con voi. Mi vedo mentre ti abbraccio, mentre litigo col papà giocando a scacchi, e poi ci scherzo lucidando la bicicletta. Sento persino la musica di Verdi provenire dal grammofono del nonno, in collina; e lui che mi dice qualche frase in dialetto, mettendomi una mano sulla spalla. Sento il profumo della serenella. La serenella che tu ami tanto, mamma. E mi sembra che tutto debba andare bene.

Quando riapro gli occhi e vedo solo i miei compagni feriti, raggomitolati, perduti come me... mi sembra che faccia ancora più freddo.

Come sta Giacomo? Non sono tranquillo ad averlo lasciato solo; spero non finisca nei guai. Chissà la zia Rosa com'è in pensiero...

Se vi succedesse qualcosa o se aveste bisogno d'aiuto, mentre io sono qua, in questa guerra inutile e già persa... Non ci devo pensare. Non ci devo pensare, se no divento matto.

Vorrei lasciarmi cadere a terra e restare così, immobile, sotto il cielo, a galleggiare nel nulla. E magari, ogni tanto, *piangere. Per vedere se con le lacrime se ne va via anche il dolore.*

Da quando ho lasciato casa, ho visto e fatto più di quello che avrei voluto. È questa la guerra: un di più di orrore in cui ti trovi immerso fino a poterci soffocare.

Ma forse, alla fine di tutto questo... Forse alla fine della guerra le cose cambieranno. Devono cambiare. Altrimenti... che stiamo facendo?

Quand'è partito, gli ho preparato io la sacca.

"Come se dovessi andare in gita!" rideva lui.

Maglioni, calze di lana, biscotti, qualche libro.

"Mamma, non posso portarmi dietro tutta questa roba! Altrimenti non ci sarà bisogno che mi sparino: cadrò morto sotto il peso dello zaino!"

Strano. Quando andavo a scuola, non riuscivo a imparare le poesie a memoria. La maestra ci teneva tanto, ma io, per quanto mi impegnassi... niente. Finivo sempre per prendere delle bacchettate sulle mani e poi in castigo dietro la lavagna. Questa lettera di mio figlio, invece, mi si è conficcata nella testa. Ormai è come se sentissi la sua voce che me la legge e rilegge di continuo. È quasi un anno che me la porto dietro, in tasca. Non per leggerla, perché non ne ho bisogno. Ma per toccarla.

Quando sento il dolore riempirmi la testa e il cuore, quando mi manca l'aria e tutto, attorno, è solo paura e morte... la tocco e sto meglio. Magari non per molto. Per un po'. Ma è pur sempre qualcosa.

Gliel'hanno trovata addosso, questa lettera, e hanno pensato di farmela avere. È stato un bel gesto. Una cosa buona in mezzo a tutto questo schifo.

Era ancora vivo quando l'ha scritta. Era ancora vivo, allora, mio figlio.

Ora non lo è più.

È difficile spiegare come si mescolino assieme la felicità di sentirlo "parlare" e lo strazio rinnovato di saperlo morto. Sono stata da don Franco; gli ho fatto leggere la lettera. Lui, con un sorriso stanco, ha tirato fuori una caramella dalla tasca. E abbiamo pianto assieme.

Chissà quando finirà questa guerra maledetta. Speriamo presto. Ma sì, sono sicuro che finirà presto, mamma! E una domenica, quando meno te l'aspetti, mi vedrai piombare in casa – più precisamente in cucina. Sapessi che fame che ho! –. Poi ci vestiamo eleganti e ce ne andiamo a ballare. Tu, il papà, io e magari Lucia. Se nel frattempo non si è fidanzata... E se no, pazienza. L'importante è stare assieme noi tre. E festeggiare, eh, mamma?

È proprio una cosa stupida, da bambinetta, ma... per tutto quest'anno, ogni volta che arrivava la domenica, me ne stavo seduta su una poltrona, di fronte alla porta d'ingresso, e fissavo la maniglia.

E nella testa sentivo la sua voce, per tutto il giorno la voce di mio figlio che ripeteva: "Una domenica, mamma... quando meno te l'aspetti..."

I
Un urlo dentro

Ottobre 1943.
"Ho un urlo dentro con cui potrei assordare il mondo."
"Emma..."

Un palazzo signorile, in centro città. Un bell'appartamento al secondo piano. Rosa, col respiro affannato e le guance rosse, è ferma sulla porta. La porta era aperta. Emma è accovacciata a terra, sul pavimento di marmo. Rosa, in silenzio, le si siede vicino, a terra. E stanno lì.

Quando, dopo parecchie ore, Rosa esce dal palazzo, si trova di fronte don Franco, che la stava aspettando.
"Come sta? Cosa ti ha detto?"
"Non ci siamo dette niente. Siamo state sedute in silenzio. Le ho tenuto la mano, stretta, come da bambine. E anche lei me l'ha stretta... Ho capito che non devo tornare. Non lo vuole. Sarà lei a venire da me, quando potrà. È giusto così. Non posso decidere io per lei..."

Emma gira per casa, a piedi scalzi, trascinandosi lentamente da una stanza all'altra. Quasi fosse un inutile moto perpetuo. Chiude tutte le finestre. Chiude fuori i rumori, le voci, il sole, l'aria.

Al centro del salotto, non c'è più il bel tavolo antico, che è stato spinto in un angolo. C'è una bicicletta. Emma ci si inginocchia davanti e con uno straccio si mette a lucidarla e poi a oliare gli ingranaggi. Si asciuga le mani nel suo vestito e si rialza. Il telefono suona, per la millesima volta; Emma gli si avvicina, lo fissa e stacca la cornetta. Riprende il suo moto infinito per le stanze, finché, arrivata in camera, si lascia cadere sul letto. Un braccio ciondola a sfiorare il pavimento, mentre un cane, un meticcio di taglia piccola, cerca di leccare la mano.

"Caruso, smettila... Va' via!"

Il cane guaisce sottovoce e, appiattendosi sul pavimento, arretra e si accuccia sul tappeto.

Bussano alla porta. Emma non risponde. Ma la porta non è chiusa a chiave e così, dopo poco: "Emma! Emma, dove sei?... Oh, che tanfo! E che buio, santo cielo! Non ci si vede quasi... Ma cosa ci fa una bicicletta in salotto? Guarda tutte le macchie di olio su quel costosissimo tappeto che ti aveva regalato Aldo! Che disastro! Andrebbe messa in cantina, non..."

"Non toccare la bicicletta di Andrea!" Emma si alza di scatto dal letto e corre in salotto.

"Ah, ecco dov'eri! Be', almeno sono riuscita a farti alzare. Oddio, guarda che faccia che hai. E i vestiti... Ma da quanto non ti cambi?"

Arriva anche Caruso che si ferma di fianco ad Emma e ringhia verso Dora.

"Quel cane sempre in giro per casa. Anche lui andrebbe tenuto fuori, in cortile, specie adesso che non ti va più tanto di fare le pulizie. Guarda che macello! Per fortuna sono qua io. Se non ci si aiuta tra vicine, in questi momenti..."

Emma si lascia cadere sul divano. Dora continua il suo monologo.

"Sai cosa ti ci vuole? Un buon bagno. E poi uscire da qui, prendere un po' d'aria. Apriamo almeno le finestre!"

"Lascia stare le finestre, per favore."

"Almeno lasciami fare un po' d'ordine. Ti ricordi? 'La Patria si serve anche spazzando la propria casa!' Ce lo ripetevamo sempre!"

"Eri solo tu a ripeterlo. E comunque, ora non mi va proprio di sentire le citazioni del Duce."

"Ti preparo qualcosa da mangiare? Ah, ti ho portato anche delle ciambelle e della frutta. Tu non sai che cose deliziose sono riuscita a procurarmi... Dove tieni le pentole?"

"Dora, per favore. Non voglio mangiare."

"Ma non puoi fare così! Finirai per ammalarti e a che ti servirà?"

"A morire."

"..."

"..."

"Oh, ma tu non dici sul serio!... DON FRANCO! VENITE, VENITE DENTRO! Emma, hai visto? C'è don Franco."

"Sì, ho visto..."

"Reverendo, aiutatemi voi a farla ragionare. Guardate che colorito che ha!... Emma, cara, sei... sei così... Cara, mi spiace dovertelo dire, ma... ma se non lo faccio io che sono la tua migliore amica... Insomma, cominci a mandare un cattivo odore! Ecco, l'ho detto. Oh, bada, non lo dico certo per me! Ma la gente è maligna. Perché vuoi che parlino alle tue spalle? Vado a prepararti l'acqua per il bagno. E non accetto un rifiuto!"

Emma e don Franco restano in salotto da soli.

"E così puzzo, eh, don Franco? Ma sì, mi farò un bel bagno. E poi magari mi profumerò anche. E perché non fare la messa in piega, già che ci sono? O comprarmi un vestito nuovo. Potrei aver voglia di andare a ballare stasera. O a teatro. Ci sarà qualche spettacolo interessante? Magari un varietà! Mi accompagnate voi, reverendo? Ci divertiamo un po'..."

"..."

"Pensate tutti che sia matta, eh?"

"No. Penso che sei una a cui hanno strappato il cuore."

Gli occhi di Emma s'inumidiscono. Fa un sospiro e poi, con voce decisa, declama: *"Duce, i nostri figli vi appartengono! Dux, Dux, Dux! Dux, mea lux!* Ho ancora queste grida in testa. Tutta una folla di donne che urlavano. E piangevano, ridevano... un'esaltazione pazza, da far paura. Ma allora non me ne sono accorta. Allora che avrei potuto, avrei dovuto scappare. Prendere mio figlio, il mio Andrea, e portarlo al sicuro in Svizzera. O in America, se ce ne fosse stato bisogno. Invece sono stata una buona a nulla. Non ho capito cosa stava succedendo. Stupida, stupida, STUPIDA!"

"Tutto capita per un motivo."

"Don Franco, no. Non me lo dite. E non parlatemi dei disegni di Dio. Gli conviene girarmi al largo adesso!"

"Figliola..."

"Figliola un corno! Scusate, reverendo. Lo sapete, non ce l'ho con voi, ma... Andatevene, per favore."

In quel momento, sulla porta si affaccia un uomo con una valigetta in una mano e il cappello nell'altra.

"Disturbo?"

"Dottor Gandolfi!" esclama Dora, rientrando in salotto. "Meno male che siete venuto. Sapete, qua, la nostra Emma ci dà dei pensieri e..."

Emma si alza in piedi. "Basta! Basta, andate via. Uscite... ANDATE TUTTI FUORI DA CASA MIA! ORA!"

Don Franco si avvicina a Dora, la prende gentilmente per un braccio e, rivolgendosi al dottore, piano: "È meglio che noi ce ne andiamo, va lasciata tranquilla. Ma voi, dottore, restate e datele un'occhiata. Non sta bene; per niente. Forse potete fare qualcosa più di noi."

Don Franco esce dall'appartamento, tirandosi dietro, gentilmente ma con energia, una riluttante Dora che continua imperterrita a inondarlo di parole e proteste.

Il dottore chiude la porta. Appoggia il cappello e la valigetta su una sedia.

"Bella bicicletta. Originale anche la collocazione al centro del salotto. L'importanza dei tavoli è sopravvalutata. Una Legnano? Gran marca. Me lo ricordo, Andrea, che ci sfrecciava sopra..."

Emma sorride debolmente e si appoggia di nuovo sul divano.

"Da quanto non dorme?"

"Non lo so, dottore. Non ce l'ho più presente il tempo."

"Ha bisogno di dormire. La devo mettere sotto sedativi."

"Va bene."

"Brava. Sa che è la prima paziente che non protesta perché le prescrivo dei calmanti?"

"È perché non m'importa. Chi le ha detto di venire da me? Don Franco, ci scommetto."

"Per chi mi ha preso? Io non faccio la spia" dice il dottore, armeggiando con la valigetta. "Avanti, si metta giù che le faccio un'iniezione. Ecco... dovrebbe farle effetto velocemente."

Emma si volta verso la finestra che Dora ha lasciato aperta; guarda il cielo azzurro e un po' d'aria le arriva sul viso.

"Faccio fatica a respirare."

"Non può essere già un effetto del calmante, è troppo..."

"No, no. Non ora. Intendo da quando..."

"..."

"È come se i miei polmoni sapessero che non ha più senso fare tutta quella fatica per far entrare e uscire l'aria. E qua, sul petto... è come se ci fosse dell'acqua gelata. Come se mi buttassero delle secchiate d'acqua in continuazione. Lei capisce, dottore: come si fa a respirare, così? Non si può. Proprio non si può..."

"Adesso si calmi. L'iniezione sta facendo effetto, fra poco si addormenterà. E poi vedrà che starà meglio."

"Poi starò meglio? Davvero? Vuol dire che, quando mi sveglierò, mio figlio sarà qua? Vivo e vicino a me?"

"Emma..."

"Mi sento come se fossi l'unica superstite al mondo. Lo so che c'è ancora tanta gente che mi vuol bene, che si preoccupa per me. Ma vuole sapere la verità? Forse sono una persona orribile, ma non m'importa più di nessuno. Mi sento sola e spaventata."

"Deve smettere di parlare, ora. Quando si sveglierà, se vorrà, riprenderemo il discorso, ma ora..."

"Se potessi tornare indietro. Se potessi. Farei tutto diversamente! Io... io potrei..."

Si addormenta.

II
Un lungo viaggio

Dicembre 1919.

Nevica. Una sontuosa nevicata che anticipa di pochi giorni il Natale.

Emma esce dalla messa e resta ipnotizzata da tutto quel bianco, quasi accecante; poi si accorge di un giovanotto, fermo davanti a lei, impacciato e nervoso nel suo cappotto elegante, una mano in tasca e l'altra a reggere l'ombrello.

"Mi chiamo Aldo. Aldo Cobianchi. Abito in città, ma ho una casa per le vacanze qua in collina e appena posso ci vengo. Vi vedo sempre passare quando andate in chiesa per le prove del coro e quando accompagnate vostra sorella alla biblioteca parrocchiale. Posso, posso accompagnarVi a casa, Signorina?"

Parla tutto d'un fiato, Aldo, diventando quasi paonazzo e senza riuscire mai a togliere lo sguardo dagli occhi verdi della ragazza. Alla fine deglutisce a ripetizione e rimane, come pietrificato, in attesa di una risposta.

Emma sente un'immensa tenerezza che va ad aggiungersi al sentimento che già provava per lui – non era certo un caso che facesse un giro così largo, per andare in chiesa, pur di passare davanti a casa sua –. Gli sorride, fa cenno di sì con la testa e inizia a camminargli al fianco.

Passano svariati mesi.

"Io sarei pronto a sposarVi anche subito, ma se Voi non volete, se preferite aspettare... se non siete convinta, io Vi capisco e..."

"Sì."

" "
...

"Sì, sono convinta, Aldo" dice Emma, stringendo tra le mani un mazzetto di tulipani appena ricevuto in dono dal suo ormai fidanzato.

"Ma so che... che c'è un altro che Vi ha chiesto di sposarlo."

"Il fatto che lui me l'abbia chiesto non vuol dire che io gli abbia detto di sì."

"Davvero posso sperare?"

"Non è una speranza. È una certezza!"

"Allora... Sono molto sfacciato se Vi chiedo di darci del Tu?"

Emma trattiene una risata. "Aldo, ci siamo già anche baciati. E vogliamo sposarci. Direi che è proprio ora che tu mi dia del Tu. Altrimenti, quando mi parli, mi viene sempre da girarmi per vedere se parli solo con me o con tutto un gruppo!"

"Ebbene, se davvero vuoi sposarmi, vedrai che non mi sbaglierò più. Hai ragione, come al solito, cara."

Aldo sorride, si aggiusta gli occhiali e cerca di mantenere un respiro normale. Ma le gambe gli cedono vistosamente. Emma si avvicina, lo bacia e gli dice: "Vieni, andiamo a dirlo ai miei. E mettimi un braccio attorno alla vita: d'ora in poi ci sosterremo a vicenda."

*****

Emma e Rosa sono nel cortile davanti alla loro casa. Sono sedute su un muretto; vicino c'è una pianta di serenella e loro ne hanno preso un rametto ciascuna. Stanno ridendo, mentre giocano a mettersi i fiori tra i capelli: castano chiaro quelli di Emma, scuri quelli di Rosa.

"Ah, Rosetta, come può essere bella la vita! La guerra è finita, il papà è tornato a casa; finalmente possiamo pensare al futuro! Il 1920 sarà un buon anno, me lo sento. Si torna a vivere, Rosa!"

Emma salta giù dal muretto e si mette a cantare, forte: "*Mamma mia dammi cento lire che in America voglio andaaaaaar...*"

Trascina giù dal muretto anche Rosa, si prendono per mano e cominciano a cantare e girare in tondo assieme. Finiscono il ritornello e si buttano sull'erba ridendo, e restano così a guardare il cielo, tenendosi per mano, per un tempo indefinito.

Poi Emma si tira su, si mette a sedere sull'erba e, voltandosi verso Rosa: "Ti rendi conto, sorellina? Mi sposo! Coi fiori d'arancio, l'abito bianco, il viaggio di nozze..."

"Aldo è un bravo giovane. Sono contenta di averlo come cognato."

"È bello, sai, essere innamorate. Spero capiti presto anche a te!"

"Veramente... ci sarebbe già un giovanotto che mi parla e che mi piace" dice Rosa, mettendosi anche lei a sedere sull'erba.

"Ci sarebbe o c'è?!"

"Ecco, in effetti... c'è."

"Di' un po', non sarà mica quel Fausto di cui ti lamentavi perché t'importuna sempre quando vai in paese? Quel Fausto che si butta dai tetti per parlarti? Quel Fausto che ha perso la testa per te tanto che ormai lo sanno anche i sassi?"

"Non prendermi in giro, Emma. Non ridere! Sì, è *quel* Fausto. Certo, lui non è benestante come Aldo – fa il muratore –, né così colto. E non va neanche quasi mai a messa."

"Uh, la faccenda della messa saranno grane, Rosetta. Quando lo scoprirà la mamma..."

"È anche socialista."

"Ahiaaaaa! Altro che grane, allora, quando lo scoprirà il papà. Ma tu gli vuoi bene?" chiede Emma, seria, alzandosi da terra.

Rosa salta su in piedi dietro a sua sorella. "Be', lui è un po' matto. Però ha un cuore grande, è gentile, pieno di attenzioni. E ha degli occhi scuri così belli, Emma, che quando mi guarda divento subito rossa! E mi dice che vuole una famiglia con me e invecchiare con me e... Sì, gli voglio bene! Gli voglio tanto bene!"

Mentre Rosa continua a parlare, Emma cerca inutilmente di interromperla fino a quando le fa segno di girarsi e le dice: "Mi sa che qualcuno ci stava ascoltando."

Rosa si volta e si trova davanti Fausto. *Quel* Fausto con gli occhi scuri così belli e con un enorme sorriso. Lui l'abbraccia, la solleva in aria, la fa girare con la facilità con cui lo farebbe con una bambina.

"Non dovevi ascoltare!" gli dice Rosa, con le guance rosse come se avessero preso fuoco.

"Mi vuoi bene! Mi vuoi bene! Per la miseria, se ce n'è voluto! Ma lo sapevo... IO LO SAPEVOOOOOO!" E la fa girare.

"Mettimi giù. Fausto, per carità. Ti prego, mettimi giù!"

Emma si appoggia le mani sui fianchi e: "Qui ci scappa un altro bel matrimonio. Sissignore!"

*****

Maggio 1921.

Emma, coi capelli corti e mossi che profumano di parrucchiera, è appoggiata a un muro e guarda Fausto che prepara della calcina in un secchio.

"Non voglio la carità" dice Fausto tirandosi il secchio su una spalla.

"Non è carità, testone! In famiglia ci si aiuta, è così che funziona. Io avrei voluto regalarvi il viaggio di nozze; ma ho capito, ti sembra troppo e allora lasciamo stare. Però, almeno il vestito da sposa... sii ragionevole, Fausto."

"*Sii ragionevole.* Sai che sembrava di sentir parlare Aldo?" Fausto mette di nuovo il secchio a terra e ride.

Anche Emma ride, appoggiandosi una mano sulla guancia; un anello di brillanti luccica al sole. Fausto lo sfiora con un dito, un dito sporco di calcina.

"Rosa lo sa che, sposando me, non potrà mai avere cose del genere. Ma ti prometto che la farò felice lo stesso, vedrai." Si asciuga la fronte con un fazzoletto, lo ripone in tasca, e poi si avvicina a Emma. "Senti, venite solo al matrimonio:

29

questo è il miglior regalo che possiate farci! Tua sorella sarà bellissima, qualsiasi cosa indosserà."

Emma guarda gli occhi innamorati di Fausto. "Hai ragione. A Rosa non serve niente di più di quel che ha già."

Si scosta dal muro e fa per salutare Fausto, ma lui la ferma e: "Se come dicevi prima siamo una famiglia e in famiglia ci si aiuta e così via... Io un regalo te lo vorrei chiedere."

"Qualsiasi cosa, dimmi!"

"Resta vicino a Rosa."

"Per il matrimonio? Ma certo. L'aiuterò, e poi il giorno della cerimonia sarò..."

"No, non solo per il matrimonio. In generale. Dicevo in generale. Non dimenticartela, restale vicino. Qualsiasi cosa succeda, tu restale vicino."

Emma sorride sorpresa. "Dimenticarmela? Sei matto? È mia sorella, le voglio un bene del mondo! Io ci sarò sempre per lei."

"La vita è strana, Emma" dice Fausto pensieroso. "Possono succedere tante cose, tanti imprevisti. Le persone a volte cambiano."

"Le persone può darsi. Ma non io. Non so neanche di cosa stai parlando, ma quel che è certo è che io, per Rosa, ci sarò sempre!"

"Ti ricordi il giorno del fidanzamento? Tu mi hai preso in disparte, eravamo vicini alla pianta di serenella di casa vostra. Mi hai fatto un discorso serio su come avrei dovuto trattare Rosa. E ci siamo messi d'accordo che, se mai avessi fatto del male a tua sorella, tu saresti venuta da me. A uccidermi." Fausto sorride. Anche Emma, mentre annuisce.

"Poi ci siamo stretti la mano, a garanzia!" prosegue Fausto. "Ecco, vorrei che lo facessimo anche oggi. Anche per quello che t'ho chiesto io. Promettimelo." E le allunga la mano.

Emma vorrebbe capire di più, vorrebbe chiedergli di più. Ma alla fine, sorpresa dalla fermezza e dalla commozione nella sua voce, non chiede altro. Gli stringe la mano.

"Bene." Fausto fa un sospiro. "Ora mi sento più leggero." Emma torna a casa e, nel tragitto in macchina, continua a risentire la voce di Fausto: "Qualsiasi cosa succeda, tu restale vicino."

*****

Gennaio 1922.
Emma ha ventun anni, Aldo venticinque.
Sono in una camera, chinati sopra a una culla. Sono fissi a scrutare il bimbo che ci dorme dentro.
"Sta respirando, secondo te?" chiede Emma sottovoce.
"Sì, direi di sì. Mi pare gli si muova la pancia, no?" le risponde Aldo in cerca di una conferma.
"Aspetta: una volta, in un libro giallo, ho letto che per vedere se uno era... insomma, se respirava, gli mettevano uno specchietto davanti alla bocca o sotto al naso. E se si appannava voleva dire che era..."
"Vado a prendere uno specchio!" si precipita Aldo.
Lo specchio si appanna. Il bimbo respira. È vivo, in poche parole.
"Dici che oggi ha mangiato abbastanza? O dovremmo svegliarlo per dargli del latte? E se avesse problemi alimentari?" s'interroga Aldo, girando veloce e in continuazione attorno alla culla.
"Caro, fermati, perché mi stai facendo venire da vomitare. Comunque, il dottore mi ha detto che sta bene e che il peso è perfetto. L'abbiamo coperto troppo, secondo te?"
"Non mi sembra. Piuttosto, non l'avremo coperto troppo poco? Ci vuole niente a buscarsi una broncopolmonite. Dobbiamo starci attenti, Emma!"
"Sì, ma dobbiamo anche smetterla di agitarci così! Mi sa che stiamo esagerando. Tutti hanno bambini, di continuo, e non è che chiamano il dottore ogni momento."
"Hai ragione, sì, hai ragione. È che è così piccolo. Sembra basti un soffio per fargli male. Invece io voglio che cresca

sano e forte! E che abbia una vita meravigliosa. Potrebbe diventare un notaio, come me. Potremmo lavorare assieme, avere uno studio tutto nostro: *Dottor Cobianchi e Figlio*. Poi lo rileverebbe lui e lo continuerebbe coi suoi figli. Avrebbe una targhetta dorata col suo nome sulla porta..."

"Aldo, hai già deciso anche il lavoro dei nostri nipoti? Pensa a quando si sposerà, il nostro Andrea..."

"Oh, gli faremo una festa degna di un principe!"

Emma accarezza una manina di Andrea. Ha delle belle guance rosee, il bimbo.

"Non ti sembra un po' troppo rosso in viso?" dice Aldo ispezionandolo da vicino.

Emma sta iniziando a dire: "No, non mi pare" quando Andrea starnutisce. Un piccolo, innocuo starnuto. Così innocuo che Andrea si è già riaddormentato.

Emma e Aldo si guardano.

Emma: "Telefono al dottore?"

Ma Aldo non può sentirla. È già verso il telefono.

*****

Giugno 1929.

Andrea è a letto col morbillo. Aldo è nel letto di fianco, anche lui col morbillo. Emma lo guarda e ride. "Se i tuoi ti avessero tenuto meno protetto da bambino, meno nella bambagia, a quest'ora il morbillo l'avresti bello che fatto, come me!"

"Sei senza pietà" farfuglia Aldo, col termometro in bocca.

"Ha ragione il papà: devi avere pietà di noi poveri uomini!"

Andrea, dall'alto dei suoi sette anni, da uomo, si unisce alla tenue protesta di Aldo.

"Oh, tesoro, ma a me il papà fa *molta* pietà, te lo giuro" risponde Emma, trattenendo il riso.

"38.5... Piangerai sulla mia tomba, moglie degenere e senza cuore" commenta Aldo, togliendosi il termometro di bocca.

"Fai vedere... 37.5!" lo corregge Emma, controllando il termometro. "Per ora conviene aspettare a prenotare la lapide."

Caruso è seduto tra i due letti e ogni tanto si affaccia a dare una leccatina a uno, ogni tanto all'altro: è un cane democratico, non vuol far torto a nessuno.

"Quella palla di pelo cos'ha da fissare?"

"Ora te la prendi pure col cucciolo, Aldo? Ah, potrebbe essere un grave segno del tuo peggioramento fisico che magari influisce anche sul carattere! Più tardi passerà il dottor Gandolfi a visitare Andrea. Però, Aldo, se tu vuoi, se proprio non stai bene... posso chiamare anche don Franco."

"..."

"Scusami, caro! Questa era l'ultima battuta sulla tua tempra d'acciaio! Oh, perbacco: me n'è scappata un'altra. Questa era davvero l'ultima!"

Aldo mugugna. Ma in realtà, ora, è di buonumore. La parlantina allegra di sua moglie gli fa sempre quest'effetto.

"Ora vado a prendervi le vostre due borse d'acqua calda e vi preparo anche una bella tazza di latte con una fettona di torta, così vi tenete in forze. E io mi faccio perdonare, eh?"

Abbracciati alle borse d'acqua calda e alle tazze di latte, i due ometti di casa sembrano già star meglio. Emma e Caruso li sorvegliano soddisfatti.

*****

Caruso ha pochi mesi. Aldo e Andrea sono in cortile a provare ad addestrarlo. Con loro c'è un altro bambino, di qualche anno più piccolo di Andrea: è Giacomo, il figlio di Rosa.

Emma li guarda dal balcone. I bambini impartiscono ordini, mentre Caruso scuote le orecchie e saltella qua e là, senza meta apparente.

"Dovremmo aver pronta una ricompensa da dargli, per quando fa qualcosa di giusto" suggerisce Andrea.

"Eccellente intuizione" commenta Aldo. "Emma, cara... Buttaci giù un paio di biscotti!"

Intanto che i tre addestratori si occupano del recupero biscotti, Caruso, senza sorveglianza alcuna, ispeziona il cortile e, trovato un grazioso vaso di fiori, decide di farci pipì sopra; non pago, decide anche di rosicchiare le foglie più esterne, strattonando la povera pianta.

"Oh, mamma!" esclama Emma buttando i biscotti ad Aldo. "I gerani di Dora..."

Aldo e i due bambini si girano a guardare, ma ormai è troppo tardi.

"È un comportamento inqualificabile! Non so come potrai giustificarti!" dice Aldo, serio, a Caruso.

Il cucciolo non ci prova neanche a giustificarsi; lo fissa e si siede (per ascoltarlo meglio, forse), tenendo in bocca, immobile, una foglia ancora da masticare.

"E da' qua!" gli intima Aldo, strappandogli la foglia e senza sapere poi cosa farci.

"È inutile! È un cane sovversivo!" ride Emma dal balcone.

Bisogna fargli anche il bagno, prima di portarlo in casa. I tre addestratori iniziano l'operazione lavaggio. Fila tutto liscio; con grande sorpresa di Emma, Caruso se ne sta buono a farsi insaponare e grattare dietro le orecchie. Lo sciacquano e manca solo di asciugarlo un po'. Ma mentre i bambini corrono a prendere l'asciugamano che Emma aveva preparato, passa di lì, serafico e incosciente, Italo... il gatto di Dora. Il cucciolo sguscia via dalle mani di Aldo e rincorre Italo che, incredibilmente, acquista subito energia e scappa su per le scale del condominio, inseguito dal fradicio Caruso. E dove può andare un gatto a cercare rifugio? Dalla sua padrona, è naturale.

Ecco perché, quando Emma si precipita sul pianerottolo, trova Dora sull'uscio di casa con in braccio il gatto, e Caruso che, avendo perso l'occasione di "giocare" con Italo, non perde però quella di scrollarsi l'acqua di dosso, proprio in faccia a Dora – pietrificata –.

Emma apre la bocca, tentando di dire qualcosa; ma, non essendoci molto da dire, le escono solo strani suoni tronchi. Andrea, arrivato di corsa in cima alle scale e vista la scena e l'espressione di Dora, passa di fianco a sua madre e le sussurra: "Della faccenda dei gerani, magari, gliene parliamo domani."

*****

È il 1932. L'anno del decennale della marcia su Roma. Andrea ha dieci anni. Giacomo ne ha sette.

"Mamma! Mamma!" Andrea entra in casa di corsa, seguito da Giacomo. "Eravamo fuori a fare un giro, a vedere che allestivano il palco per la parata di oggi e... Ci siamo distratti solo un attimo, giuro!"

"Cos'è successo?" chiede Emma, mettendosi le mani sui fianchi.

"Caruso. Caruso c'è scappato e quando l'abbiamo ritrovato, stava facendo la pipì su... sulla base di un busto di Mussolini."

"Oddio santissimo. Vi hanno visti?!"

"Un paio di persone sì. Hanno cominciato a urlare e noi siamo scappati subito! Ma c'era già pieno di gente, è stato facile confondersi tra la folla, mamma! Di sicuro non ci riconoscerebbero. E poi, in fondo, è solo un po' di pipì. Si lava via. Sarebbe diverso se c'avesse fatto la cacca, allora sì che..."

"Non dirlo neanche per scherzo! Con tutte le autorità che ci sono in giro oggi. Non mi ci far pensare! Adesso filate in camera e preparatevi per la parata. E non ti far scappare niente con tuo padre, capito? Se no ci ammazza tutti, compreso il cane!"

Emma lancia un'occhiataccia di rimprovero a Caruso, che è rimasto fermo, seduto all'ingresso, scodinzolante a mo' di spazzola per pavimenti.

"Zia" le si avvicina Giacomo, "io come mi devo vestire? Non ho niente di elegante."

"Giacomo, tesoro... lo so che non sarai contento, ma devi indossare anche tu una divisa da balilla. Te ne ho preparata una di Andrea di quando aveva circa la tua età. Devi capirmi: oggi è una giornata ufficiale e... Lo zio Aldo è amico di tanti pezzi grossi del Fascio, non possiamo metterlo in difficoltà, ne va anche del suo lavoro. Mi capisci?"

Giacomo si mette le mani in tasca e ciondola un piede avanti e indietro. "Sì, zia. Ho capito. Devo far finta di essere qualcosa che non sono. Non voglio darvi problemi, lo faccio. Però, se mio papà lo sa... gli do un dispiacere."

Andrea gli si avvicina e gli dà una pacca sulla spalla. "Tu fai finta che sia una festa di Carnevale! In fondo, non è mica tanto diversa, sai?"

Emma sbuffa: "Per l'amor del cielo, la vuoi smettere di dire queste cose? Tu pensa se t'avesse sentito qualcuno parlare così delle divise fasciste! Se ti avesse sentito tuo padre! Basta, filate a cambiarvi e non fatevi più sentire finché non siete pronti!"

"Dobbiamo metterci anche il fez, mamma?"

"Certo."

"Cos'è il fez?" gli chiede Giacomo piano.

Andrea, sorridendo e mettendogli un braccio attorno al collo: "È un cappello con una specie di buffo pompon, vedrai."

"Andrea!" gli urla Emma, più spossata che altro.

Mentre in casa echeggia l'allegra melodia di *Quel motivetto che mi piace tanto*, Aldo arriva in salotto quasi col fiatone.

"Emma, mi hai stirato la camicia nera? L'ultima che ho preso, sai, quella più bella... " Controlla l'orologio. "È più tardi di quel che pensavo! ANDREA, VUOI ABBASSARE LA RADIO, PER CORTESIA? ANDREA!... Quando c'è in giro anche Giacomo, non fanno che disastri. Tu li stai tenendo d'occhio, vero? Perché oggi, con l'arrivo del Duce in città..."

"Ma certo, caro. Ho tutto sotto controllo io! Ah, la camicia te l'ho appoggiata sul letto. I bambini si stanno vestendo. La radio, ehm, l'avevo accesa io."

"Ci sentiranno dalla strada! Ti sembrano musiche adatte, oggi, le canzonette?!"

"La spengo subito, caro. Non agitarti."

"Siete già pronti?!" esclama Emma, vedendo Andrea e Giacomo nelle loro divise. "Bene, una cosa fatta. Andate a chiamare Romano e cominciate a scendere."

"No, ma perché? Perché dobbiamo portarci dietro anche quello?" protesta Andrea.

"*Quello* ha un nome. E siccome è il figlio di una mia amica, mi fate il favore di trattarlo con più educazione. Non fare tante storie, su, Andrea. In fondo, tu ci sei cresciuto, ci giochi da quando eravate piccoli."

"Sì, ma ti ho mai detto che mi divertivo a giocarci?"

"..."

"Ecco, appunto."

"Zia, guarda che è anche uno sparapuzze!" si fa avanti Giacomo.

"Cos'è?" chiede Emma esaurita.

"Quando è agitato, gli scappano le puzze, mamma!"

"Poverino, avrà una disfunzione. Perché lo prendete in giro, razza di delinquenti?"

"Macché disfunzione, mamma. Si abbuffa, si abbuffa e poi... Eh!"

"Va be', allora consideralo solo un gesto di buon vicinato. Andrea, VAI!"

"Uffffffff. Inizierà pure con la solita tiritera dei motti fascisti. Oh, li sa tutti! Sempre gli stessi, una noia che t'impiccheresti da solo."

Emma si mette una mano sulla fronte. "Questa giornata è appena iniziata e io vorrei solo tornarmene a letto! Andrea, abbi pietà di me: non dire più queste cose, almeno per oggi. Ti scongiuro!"

"O con noi o contro di noi, mamma!" le dice Andrea appoggiandole una mano sulla spalla e schiacciandole l'occhio.

"Marciare, non marcire, zia!" dice Giacomo fingendo un passo marziale verso la porta.

"E soprattutto, ricordati..." Andrea si ferma, guarda le fette di torta sul tavolo, poi guarda Giacomo come per mettersi d'accordo e in un attimo ne afferrano una ciascuno e correndo via gridano: "Chi si ferma è perduto!"

Emma e Dora scendono le scale del palazzo. Il giorno prima, Dora è stata al cinematografo a vedere il film *Gli uomini, che mascalzoni...*, con Vittorio De Sica.

"Ah, che invenzione Cinecittà! Abbiamo attori e registi così bravi. Ma se Lui non gli avesse dato modo di esprimersi, ora noi non potremmo godere di così tanti bei film. Eh, è davvero un uomo dalle doti infinite!"

"De Sica?" scherza Emma.

"Ma no! Il Duce! Che sciocchina, che sei..."

Dietro di loro scendono anche Aldo e Attilio, il marito di Dora.

Arrivano al portone, dove trovano schierati Andrea, Giacomo e Romano. Attilio, di ottimo umore, sta canticchiando: "*Giovinezzaaaa... Giovinezzaaaaa... Primavera di bellezzaaaa...*"

Aldo commenta bonario: "La nostra è un po' sfiorita."

"Camerata, non dir balle! Siamo nel fiore degli anni. Guarda il nostro Duce: batterebbe qualsiasi ventenne!"

"Sì, a carte" commenta piano Andrea.

"Guardate il mio giovanotto!" dice Attilio indicando Romano. "Ancora così piccolo eppure vorrebbe già partire volontario! Glielo leggo nello sguardo indomito e fiero."

Romano si attacca alla gonna di Dora. "Babbo, ma io ho paura!"

Attilio lo sgrida senza nemmeno aprir bocca. Gli basta guardarlo per spiegarsi.

Dora interviene: "Non essere così intransigente. Bisogna dare tempo a questi ragazzi di maturare e capire. Intanto è già un ottimo balilla. Ha scritto persino una poesia per il Duce, così bella che la maestra l'ha letta in classe! Vuoi declamarla, qua, ora?"

Romano annuisce, indomito, fiero e ancora spaventato dallo sguardo del padre. "Oh, Duce, che..."

"Scusate" lo interrompe Emma, "ma mi sembra che la parata stia per iniziare. Forse sarebbe il caso di avviarci."

"Fiuuuuuuu... l'abbiamo scampata bella. Grazie, mamma!" dice Andrea, piano, passando vicino ad Emma.

Mentre si avviano al luogo della parata, incrociano un gruppo di giovanotti che fischiano a una bella ragazza che passa e le rivolgono esclamazioni non proprio cavalleresche. Devono essere dei GUF (Gruppi Universitari Fascisti).

Attilio, rivolgendosi a Dora, sbotta: "Andrebbero denunciati per aver fatto quegli apprezzamenti alla signorina. Delle camicie nere che si comportano così. Se c'è una cosa su cui il Duce non transige è la moralità dei suoi uomini!"

Andrea, piano: "Eh, come no..."

Aldo, piano, ma fulmineo: "Andrea!"

Passa una banda musicale, sfilano le truppe, i tamburi battono e poi arriva lui, il Duce.

"Toh... è più basso di mio papà" commenta Giacomo.

"Anche del mio, se è per quello" aggiunge Andrea. "Ma guarda le donne: quando passa per strada mio papà, non fa quell'effetto."

"È proprio vero: come indossa l'uniforme il Duce... nessuno!" esclama Dora rapita. "Sembra un dio. Non credi, Emma?"

"Sì, sì, certo. È un uomo autorevole. Io, in realtà, ho sempre avuto un debole per il principe Umberto di Savoia: così elegante, affascinante, un tale gentiluomo che..."

"VIVA IL DUCE! VIVA IL DUCE! Aaaaaaaah... Oh, Emma, mi stavi dicendo qualcosa?"

"Assolutamente niente. Viva il Duce!"

"Sì, sì! Viva il Duce!"

Attilio, facendo il saluto romano a ripetizione: "DU-CE, DU-CE, DU-CE! DUCE, A NOI! È davvero il nuovo Cesare, non c'è che dire!"

"In questi giorni, ho sentito che anche Churchill ha esaltato le doti e la grandezza del nostro Mussolini" commenta Aldo, di fianco ad Attilio. Il saluto romano di Aldo è meno robusto, ma si difende.

Finalmente Mussolini, arrivato sul palco, si avvicina al microfono e inizia il suo discorso. Appena pronuncia la parola "ITA-LIANIIIIIIIIIIII!", un boato di acclamazione si leva dalla folla.

Finito il discorso del Duce, esauriti anche i convenevoli tra i vari amici camerati lì presenti, ci si appresta a tornare a casa. Ma Dora ha un sussulto. "Romano! Non vedo più Romano! Dov'è finito?! Attilio, non l'avranno mica rapito? Magari degli zingari, oddio!"

"Dora, calmati" le dice Emma. "Era con Andrea e Giacomo, quindi loro sapranno... Andrea, quando hai visto l'ultima volta Romano?"

"Un'ora fa. Ha cercato di andare dietro alla banda."

"E tu perché non l'hai accompagnato?!" lo rimprovera Emma.

"Fossi matto! C'era da restare imbottigliati nella folla. E lui è andato proprio dove c'era più confusione! Non l'hanno mica rapito. Secondo me, si è perso."

Alla fine, anche Attilio e Dora devono arrendersi all'evidenza. Specie quando, da un altoparlante, una voce metallica li chiama a riprendersi il loro figliolo, presso il palco da cui aveva parlato il Duce.

"Visto?" dice Andrea, rivolgendosi a Emma. "Però mi spiace per Romano, poveraccio. Attilio gliele darà di santa ragione per avergli fatto fare una figura così."

"Uhm, lo penso anch'io. Lui e Dora avrebbero preferito poter dire che era stato rapito dagli zingari!"

Emma abbraccia Andrea e Giacomo, scoppiando a ridere con loro.

Tornando a casa, Dora confida a Emma: "Come mi piacerebbe essere amica di Donna Rachele."

Emma: "Be', non è che la si veda tanto in giro."

Aldo, che è di fianco con Attilio, la fulmina con lo sguardo. Emma cerca subito di correggersi. "Certo, essendo una vera donna fascista, il suo primo pensiero sono la casa e i figli! E quindi è molto occupata; troppo per potersene andare in giro come noi, che siamo sì fedeli al Partito, ma... non al suo livello!"

"Hai ragione, Emma" dice Dora appoggiandole una mano sul braccio, con aria commossa. "Che parole ispirate!"

"Oh, be', grazie. Sai, quando ti vengono dal cuore..."

Aldo tossisce, per farla smettere, tanto quasi da soffocarsi.

"Caro, rischi di sputare un polmone così. Domani ti porto dal dottor Gandolfi."

È sera. Emma è sul divano con Aldo che legge il giornale.

Aldo commenta il discorso di Mussolini: "È un uomo deciso, risoluto, di polso. Saprà far bene per il Paese. È quello che ci vuole per risollevarci, per avere un ruolo in Europa. Lo so che certe cose che fa non sono correttissime; ma il Paese ha bisogno di lui. È la realtà."

"Io non me ne intendo di politica. Sarà come dici tu. Però, oggi, Andrea aveva ragione. Con tutte le amanti che ha il Duce. E tutte le 'visitatrici fasciste'... Ah, ci vuole un bel coraggio ad ascoltare Attilio che parla di moralità!"

"Senti un po': ma voi due avete deciso che vi piacerebbe farvi un giretto al confino?! Lo sai quanto c'è da stare attenti a fare simili apprezzamenti? E passi finché li fate qua, in casa. Ma almeno state zitti quando siamo in mezzo alla gente! Prova a spiegarlo tu, a tuo figlio. Perché da me, certe cose, non le vuole sentire. E io non voglio doverlo andare a cercare in galera, un giorno!"

Aldo spiegazza il giornale, agitato. Emma cerca di rasserenarlo, scherzando, come sempre.

"E i complimenti che ho ricevuto io, da Dora, per il mio bellissimo discorso patriottico? La mie 'parole ispirate' non contano forse niente? Ah, guarda che la prossima volta non mi ci impegno neanche, se questo è il risultato!"

"Siete proprio due sovversivi, tu e tuo figlio" le dice Aldo, riponendo il giornale e chinandosi a baciarla.

*****

Andrea e Giacomo stanno giocando in cortile. Aldo aiuta Emma a travasare le sue piante quando, improvvisa, arriva una pallonata.

"Andrea!" grida Aldo.

"Scusate!" si precipita Andrea, seguito da Giacomo. "Non l'ho fatto apposta."

"Non è una giustificazione, guarda che disastro!" commenta il padre, raccogliendo il terriccio.

"Domani ti compro una pianta nuova con la mia paghetta, mamma. La più bella che ci sia!" dice Andrea.

Giacomo, timido, fa per parlare; ma Andrea lo spintona e dopo aver raccolto il pallone glielo tira e corre via gridandogli di stargli dietro se ci riesce. Giacomo sorride e grida di rimando: "Arrivooooo!"

Non era stato Andrea a tirare la pallonata. Era stato Giacomo.

Emma lo aveva visto, ma aveva anche visto che la palla gli era scappata (non voleva certo tirarla sui fiori, il povero Giacomo). E il fatto che Andrea se ne fosse preso la colpa l'aveva così inorgoglita che quasi era stata contenta di quel vaso rotto.

*****

Emma e Dora sono al parco con i figli; c'è anche Giacomo con loro. Li portano a prendere il gelato e poi sulle giostre.

Romano fa i capricci, come sempre quando non c'è suo padre. Sale su una giostra e a metà giro vuole scendere. Sale su un'altra e si ripete la stessa scena. Gli danno un lecca-lecca e lo butta via perché non è come lo voleva. E se tutti non fanno come dice lui, si mette a urlare.

A un tratto, vede un pesciolino rosso nella fontana: lo vuole ad ogni costo.

"Romano, non si può" gli dice Dora. "Non è come quando c'è la fiera, che te lo posso comprare. Questa è una fontana pubblica."

Romano la guarda. Guarda il pesciolino. La guarda di nuovo e urla.

"Forse è ora di tornare a casa" suggerisce Emma, facendosi strada con la voce tra le grida di Romano.

Dora annuisce e trascina via Romano che indica disperato il pesciolino, riprendendo a urlare: "È MIOOO!"

"Le altre mamme esulteranno a vederci andar via. Se hanno anche solo la metà del mal di testa che è venuto a me..." commenta piano Emma con Andrea.

Arrivati a casa, nel cortile del palazzo trovano Attilio e Aldo che chiacchierano.

"Ah, ecco il mio piccolo, prode italico!" esclama Attilio vedendo Romano che gli corre incontro chiamandolo babbo.

"Qual è l'ultima cosa che ti ho insegnato? Ripetila un po' ad Aldo, su!"

"È l'aratro che traccia il solco, ma è la spada che lo difende!" proclama impettito il bambino.

"Bravissimo" lo elogia Aldo. "E mi sai anche spiegare cosa vuol dire?"

Romano resta impettito a fissare il vuoto per qualche istante. E poi esclama: "È l'aratro che traccia il solco, ma è la spada che lo difende!"

Silenzio generale.

"Il concetto è chiarissimo, caro; non si capisce perché insisti a fartelo ripetere!" dice Emma, prendendo sottobraccio Aldo e cercando di restar seria.

"Babbo, babbo... a noi!" e Romano scatta sull'attenti a fare il saluto.

Attilio, fiero, lo ricambia. Mentre Giacomo, lì di fianco, guarda con l'espressione di uno che sta vedendo una comica al cinema.

Quando i bambini si allontanano, Attilio: "Questo vostro nipote è un bel problema. Non fa il saluto, non dà del Voi..." Emma, mostrandosi calma: "È solo un bambino, in fondo." Giacomo si avvicina. "Zia, scusa, mi presti un fazzoletto?" Attilio lo guarda con malcelato fastidio. "Tua madre ti manda in giro senza nemmeno un fazzoletto? Poveri noi, come siamo ridotti."

Emma, che sta passando il fazzoletto a Giacomo, deglutisce un paio di volte per evitare di parlare. Giacomo ha gli occhi bassi.

"Di' un po', ragazzino" lo incalza Attilio, "tu lo sai o no che il Duce è il padre di tutti gli italiani?"

Giacomo alza lo sguardo e, fissandolo negli occhi, risponde: "Io un padre ce l'ho già."

"Uh, sì sì!" ride l'uomo. "Ma non per molto, se non si dà una raddrizzata."

Emma, senza quasi accorgersene, sta alzando una mano verso Attilio, ma Aldo, silenzioso, l'afferra per il braccio e le fa un cenno con la testa.

In quel momento arriva di corsa Andrea. "L'ha punto un'ape! Romano è stato punto da un'ape! E si sta gonfiando tutto."

Dora corre a vedere. Attilio s'irrigidisce e, petto in fuori, segue sua moglie.

"*Il prode italico...* dovreste sentire come frigna!" commenta Andrea rivolto ai suoi genitori, ma abbastanza forte da farsi sentire anche da Attilio, che si ferma per un attimo, di spalle, senza voltarsi, e poi prosegue verso il moribondo figliolo.

Giacomo ha gli occhi lucidi. Andrea gli mette un braccio attorno alle spalle e gli dice: "Non è mica vero, sai? Non l'ha punto un'ape. L'ho punto io con uno spillo e poi l'ho convinto che è stata un'ape! E l'ho anche convinto che si sta gonfiando!"

"Andrea! Io trasecolo! Sono... sono sgomento! È un comportamento inqualificabile. A volte proprio non ti capisco."

"Mi capisco io, papà" risponde Andrea, con una voce e un'espressione che sembrano già di un uomo. "Siccome non sono sordo... e siccome certi discorsi, certe prese in giro proprio non mi vanno giù... ho cercato un modo per far smettere di parlare quel pallone gonfiato!"

"Inaccettabile" commenta Aldo, aggiustandosi gli occhiali e iniziando a salire le scale di casa.

"Bravo!" gli sorride sottovoce Emma, prima di seguire Aldo su per le scale.

Quella sera, mentre va a dare la buonanotte ad Andrea, Emma si siede sul letto.

"Vuoi proprio tanto bene a Giacomo, eh?"

Andrea si gira su un fianco e la guarda serio. "Come a un fratello più piccolo."

"Così tanto..."

"Come tu con la zia Rosa."

Emma rimbocca le coperte ad Andrea e gli dice: "Ne sono contenta" con una voce più commossa di quanto vorrebbe.

*****

"Com'è andata a catechismo, con don Franco?" chiede Emma mentre, in cucina, mette in padella della carne.

Andrea le mostra la carta di una caramella al latte ed Emma sorride.

"Oggi è arrivata una bambina nuova. Si è trasferita in città da poco con suo papà e un fratellino piccolo. Don Franco, prima di farcela conoscere, ci ha spiegato che non ha più la mamma e che dobbiamo essere gentili con lei perché non conosce nessuno qua. Ci ha portato dei panini dolci da assaggiare, perché suo papà fa il panettiere. È simpatica. E i panini erano proprio buoni! Ah, si chiama Lucia."

"Povera bambina, già senza mamma. Ha la tua età?"

"No, è più piccola. Un paio d'anni meno di me."

"Oh, santo cielo... Mi farò spiegare da don Franco dove ha la bottega suo padre e d'ora in poi andrò lì a prendere il pane! Almeno quello lo posso fare."

"Brava! Anche perché è proprio buono... Ah, uscendo dalla chiesa, io e Giacomo ci siamo fermati a sentire della musica."

"Della musica? E dove siete andati?"

"In nessun posto. Ci siamo solo fermati sotto una finestra: c'era qualcuno che suonava un violino. Ma qualcuno bravo, dovevi sentirlo, mamma! Bravo come quelli dei concerti a teatro, sul serio. Ci siamo seduti su un muretto e siamo rimasti ad ascoltarlo. Deve essere anche una persona gentile, perché abbiamo visto una mano che stava chiudendo la finestra e poi si è fermata e non l'ha chiusa più. Secondo me – e anche secondo Giacomo –, ci ha visti e ha voluto lasciarci ascoltare."

Emma aggiunge del sale sulla carne e scuote sorridente la testa. "Secondo me, invece, voi due avete tanta, ma tanta fantasia. Siete capaci di aver sentito un grammofono per un attimo e di averci costruito su tutta questa storia. Dài, vai a chiamare tuo padre nel suo studio, ché è quasi pronta la cena."

*****

"Volete stare un po' fermi?!" brontola Emma.

"Mammaaaaaaaaa! Ma quanto ci vuole ancora?" si lagna Andrea.

"Per una volta che vi chiedo un favore. Non sarà passata neanche mezz'ora!"

"Saranno passate almeno due ore, altroché! Giacomo, diglielo anche tu!"

"Mah, non è che ho guardato l'orologio... non saprei" tentenna Giacomo.

Emma chiude l'album da disegno, appoggia la matita e sbuffa, con un sorriso: "Va bene, ho capito: vi lascio liberi. Per oggi il vostro lavoro come modelli è finito. Contenti?"

Andrea le dà un bacio e poi corre in giro per il salotto e saltella per sgranchirsi.

"Neanche t'avessi messo ai lavori forzati!" ride Emma.

Andrea le si ferma davanti e mette un braccio attorno alle spalle di Giacomo.

"Sei così brava a disegnare! Sei la più brava al mondo! Non hai bisogno di modelli come noi. Ti riesce meglio se disegni... ehm... libera. Ci sono i cassetti pieni di ritratti di quand'ero piccolo e allora mica stavo in posa! Fidati di quel che ti dico, mamma. Vero, Giacomo?"

Giacomo annuisce e, come si fosse fermato alla prima parte del discorso, ripete: "Sì, sì, zia; sei la più brava del mondo!"

Emma scuote la testa e si alza dal divano. "Cosa non direste pur di essere lasciati in pace. Siete fortunati che è tardi anche per me. Devo andare in chiesa da don Franco; oggi ci sono le prove del coro."

"Grazie, Signore!" esclama Andrea col viso rivolto al Cielo.

Emma gli dà uno scappellotto leggero. "Razza di un miscredente e delinquente!" Sorride, mentre va a cambiarsi per uscire.

*****

"Andrea..."

"Uhm?"

"Eh, sì, proprio *uhm*. Sai che Romano è stato sospeso da scuola perché ha dato della 'peripatetica' alla maestra?"

"..."

"E da dove gli sarà venuta quest'idea?"

"..."

"Romano è troppo tonto per... cioè, no... intendevo dire che è troppo ingenuo per conoscere certi vocaboli. Quindi..."

"Mamma, ma chi andava a immaginare che l'avrebbe detto alla maestra! Io gli avevo detto di dirlo a Dora."

"Andrea!"

"Sua mamma si sarebbe arrabbiata un po', ma finiva lì. Invece lui va a dirlo alla maestra! E così forte che l'hanno sentito in tutta la scuola: 'Voi siete la migliore peripatetica del Regno Italico.' Ha fatto pure la voce profonda, tipo baritono..."

Emma si siede sul divano e sospira: "Come l'hai convinto?"

Andrea si sistema una cerbottana nel taschino della camicia. "Non sapeva che cosa vuol dire 'peripatetica'. Me l'ha chiesto e io gli ho detto: donna fascista di grande generosità."

"..."

"Non preoccuparti, mamma. Vedrai che sistemerà tutto. Scriverà alla maestra una delle sue solite, lagnose poesie, tipo quella che aveva scritto per il Duce e che a lei era piaciuta tanto. La maestra lo perdonerà subito."

Emma si alza e, requisendogli l'arma impropria dal taschino, gli dice: "Fammi un favore: non insegnare più niente a Romano, d'accordo?"

"D'accordo. Ma don Franco dice sempre che dobbiamo aiutare il Prossimo, specie se il Prossimo ce lo chiede. Così tu mi costringi a essere maleducato, mamma."

Andrea sorride, le appioppa un bacione sulla guancia, sottraendole di mano la cerbottana, e corre in cortile con Caruso.

*****

Emma è a casa di Dora. Stanno mangiando dei pasticcini in salotto. A un certo punto, Emma sente un rumore che viene dalla tenda di broccato della portafinestra, e fa un balzo sulla poltrona.

"Non preoccuparti" la rassicura Dora. "È solo Romano."

"Cosa... cosa ci fa nascosto lì?"

"Niente. Quando mi esaurisce proprio, lo metto in punizione, in piedi, dietro alla tenda più spessa."

"MAMMA, SOFFOCO!" piagnucola Romano
"NON DIRE SCEMPIAGGINI! STA' LÌ! Uh, che pazienza...
Ancora un pasticcino, Emma?"
" "
...

*****

Emma sta cercando di sgridare Andrea e Giacomo, seduti
sul divano, per l'ennesimo scherzo fatto a Romano.

Andrea si alza in piedi, incrocia le mani dietro la schiena
e, camminando piano, avanti e indietro, le dice: "Guarda
che il nonno ce l'ha raccontato che tu picchiavi i bambini."

"Eh, che esagerazione! Detto così sembra che andassi in
giro a dar via botte a tutti! Avrò dato qualche..."

"La mamma si ricorda di una volta che avete rubato la
merenda a un bambino ricco vestito alla marinara, nel giar-
dino della sua villa" interviene Giacomo. "E tu gli hai tirato
un pugno in faccia! La mamma si sente ancora in colpa."

"Oddio, è vero! Quanti anni sono passati, non me lo ricordavo nemmeno più" ride Emma. "E Rosa ci pensa ancora! Ma lei non aveva nessuna colpa, ho fatto tutto io e
ce l'ho trascinata dentro a forza! Sono sicura che le spiace
oggi come allora... È rimasta la stessa, gli anni non l'hanno
cambiata di una virgola" sorride dolce.

"Quindi sei pure entrata in una proprietà privata! Ahi,
ahi, ahi, mamma. Potevano chiamare la polizia! *Noi* non
l'abbiamo mai fatto, vero, Giacomo? Abbiamo anche saputo che a una recita di Natale avevi un occhio nero... Sempre
cose da niente?"

"Oh, ma la smettete di farmi passare per una specie di
Gian Burrasca? Qui mi si sta facendo un processo! Che razza di due pëssgatt – *pesce gatti* –, come vi direbbe vostro
nonno."

"Sì, sì, cambia discorso. Che razza di una delinquente tu!"
scuote la testa Andrea, mentre anche Giacomo allarga le
braccia e fa un'espressione severa.

Poi si guardano, e dopo un attimo tutti e tre scoppiano a ridere.

*****

È domenica. Emma, Aldo e Andrea sono già stati a messa e ora stanno pranzando, sotto lo sguardo accigliato e cupo del Duce.

– "Caro, dobbiamo proprio metterlo in salotto, il ritratto di Mussolini? Non potrebbe stare, che so, in corridoio?" aveva provato a proporre Emma, il giorno in cui aveva visto il marito armeggiare con chiodi e martello.

Ma Aldo aveva già scelto, per il ritratto, il posto più in vista della casa. E lì doveva stare. –

Andrea appoggia il tovagliolo sul tavolo. "Io preferivo entrare nei boy scout. Anche don Franco..."

Aldo: "I boy scout non esistono più! Ora ci sono i balilla, lo sai."

"E perché? È giusto fare così? Eliminare..."

"Eliminare! Ma che parole usi? Semplicemente non c'era più bisogno di un'associazione straniera, quando noi ne abbiamo una italianissima, tutta nostra. Perché vuoi accontentarti di copiare gli altri? Ricordati: autarchia!"

Emma: "Basta, Aldo, abbiamo capito: ti piacciono tanto, tanto i balilla. Vuoi per caso che domani vada a iscrivere anche te?"

Emma strizza l'occhio ad Andrea, e tutti e tre sorridono.

Dopo un mese di colonia per balilla, Andrea torna a casa e: "Mettiamo subito le cose in chiaro: io, in colonia, non ci andrò mai più!"

"Perché devi sempre essere così drastico? Romano è tornato contento e soddisfatto, perché tu devi essere diverso?" si lamenta Aldo, togliendosi gli occhiali e pulendoli con un pannetto.

"Prima cosa: io sono felicissimo di essere diverso da Romano! Seconda cosa: Romano non è tornato contento e soddisfatto.

È contento e soddisfatto *ora*, perché è tornato! C'è una bella differenza. Perché lui sarà anche un bravo balilla, ma in colonia non faceva che frignare e cercare sua mamma! Come quasi tutti gli altri bambini che erano là, tra l'altro! E io, di rovinarmi le vacanze così, un'altra volta, non ne ho per niente voglia. Piuttosto sto in camera mia a fissare il soffitto!"

"Se non altro non si può proprio dire che tu non abbia una buona capacità di analisi. Un'analisi sempre fortemente polemica, certo. Però c'è della bravura" commenta Aldo, constatando compiaciuto la dialettica di suo figlio. "C'è anche una terza cosa o le tue proteste terminano qua?"

"Mmmh... per ora non mi sembra. Ma caso mai mi venisse in mente altro, mi riservo di dirlo più tardi."

"Mi pare ragionevole" concorda Aldo, rimettendosi gli occhiali.

Emma, che è rimasta per tutta la conversazione seduta sul divano, si alza e, appoggiando un mano sulla spalla di Aldo e l'altra su quella di Andrea, commenta: "Sembravate i capi di due nazioni che devono firmare un trattato! Sono sollevata sapendo che avete raggiunto un accordo."

"Sai cosa ci vuole per convalidare l'accordo, cara? Una bella fetta di torta."

Emma dà un bacio ad Aldo e va in cucina a prendere la torta, accompagnata da Andrea che prosegue il racconto della colonia: "Un pianto unico, mamma. Un pianto unico!"

*****

Andrea e Giacomo sono in cortile a giocare a rubabandiera con Romano e altri bambini. Emma li guarda dalla finestra, poi si mette a preparare la cena.

Più tardi, mentre sono a tavola, qualcuno bussa alla porta. È Dora, coi bigodini in testa, che sta cercando Romano e chiede a Emma se per caso lei l'ha visto. Emma risponde di no, ma ha un pessimo, davvero pessimo presentimento.

Torna a tavola, si siede e incrocia le braccia.

"Cosa ne avete fatto di Romano?"

Andrea e Giacomo smettono di mangiare e si guardano.

"Prima che mi rispondiate, vi avverto: se l'avete ucciso, spero che il corpo sia almeno ben nascosto, perché se la polizia lo scopre, io non vi aiuterò!"

"EMMA! Ma ti sembrano cose da dire, anche solo per scherzo?!" esclama Aldo, quasi strozzandosi con la minestra.

"Ma no, ma che ucciso!" ride Andrea. "Stavamo giocando a nascondino e, quando è stato il suo turno di nascondersi, abbiamo lasciato che si nascondesse e poi... be', ecco... diciamo che ci siamo *dimenticati* di andare a cercarlo!"

"Siete tornati a casa e avete lasciato che restasse ad aspettarvi nascosto chissà dove?! È un comportamento inaudito!" sbotta Aldo.

"Oh, chissà dove, papà! Eravamo in cortile, mica può essere andato tanto lontano. Figurati, fifone com'è. E poi, chi si andava a immaginare che sarebbe rimasto là tutto questo tempo. Dopo un po', uno normale avrebbe capito che era uno scherzo e sarebbe tornato a casa, ma ti pare?"

"Appunto: uno normale..." commenta soprappensiero Emma. Poi vede la faccia di Aldo e: "Oddio, l'ho detto a voce alta?"

" "
...

"Non me lo immaginavo neanch'io che sarebbe rimasto là tanto tempo" interviene Giacomo. "Per una volta, deve aver voluto seguire uno dei motti che cita sempre. Forse, nel suo nascondiglio, si starà ripetendo: 'Boia chi molla!'"

Un attimo di silenzio. Sguardi che s'incrociano. E un sorriso strisciante attraversa la tavola.

*****

"Mammaaaaaaa... è pronto? No, il minestrone, no! E c'è anche il purè di patate."

"Il dottor Gandolfi mi dice sempre di farti mangiare la verdura che ti fa bene."

"Il dottor Gandolfi a me fa mangiare la verdura, ma lui va al ristorante a mangiare roba buona e a bere il vino!"

"La verdura *è* roba buona. E tu il vino lo bevi sempre ai pasti con noi."

"Un dito, mamma! Figurati, per mandar giù il minestrone ce ne vorrebbe una brocca."

"Fino a che non hai mangiato il minestrone, non ti do il dolce. Regolati."

"Uffff..."

È sera tardi. Emma sta andando in camera da letto, quando vede la luce accesa nella stanza di Andrea. Si affaccia alla porta.

"Non riesco a dormire, mamma" le dice Andrea con una voce nervosa, ben lontana dal sonno. "Sarà il minestrone che si agita nella pancia!"

"Uh, quanti danni quella benedetta verdura! Ma io credo che la colpa ce l'abbia qualcos'altro."

"..."

"Andrea, tu pensi ancora di potermi far fessa, ma ti sbagli. So benissimo che oggi sei sgattaiolato al cinematografo a vedere un film su dei mostri."

"Mamma! Ma come fai a..."

"Eh, io so tutto! Tutto!" gli dice Emma chinandosi a fargli il solletico. "Visto che ti sei portato dietro anche Romano..."

"Ah, ecco! Quello lì è come la rana dalla bocca larga. Figurati se stava zitto!"

"Lo sai che Romano ha paura anche della sua ombra: come ti è venuto in mente di portarlo? Dora l'ha trovato nascosto in un angolo, abbracciato al suo moschetto Balilla. La voleva convincere a lasciarglielo portare anche a letto e... alla fine è crollato e ha confessato."

"Spione."

"Lui sarà uno spione, ma tu sei un delinquente a farti venire sempre certe idee! E poi dai pure la colpa al minestrone! Dài, mettiti giù, che è tardi."

"Sì, ma... ecco, in effetti..."

"Paura anche tu, eh? E non dirmi di no! Va bene, cerchiamo di rimediare al danno. Dunque. Per dormire ci vuole un pensiero sereno."

"Non un pensiero felice?"

"Meglio di no. Perché la felicità ti sveglia! Per dormire ci vuole la serenità."

"Allora io penserò... alla zia Rosa che prepara le mele al forno col miele."

"Bravo."

"Oppure alla nonna che raccoglie rametti di serenella. Al papà che legge il giornale la domenica mattina. A Lucia che canta nel coro della..."

"Perché ti sei fermato?"

"No, è che... a Lucia no, è meglio se non ci penso" dice, diventando rosso.

Emma trattiene un sorriso e Andrea riprende: "Il nonno! Il nonno che suona la fisarmonica."

"Giusto. Questo è un bel pensiero sereno!"

*****

"Andrea, alzati, è ora di andare a scuola."

"Mi sento che ho un po' di febbre."

"Uhm, febbre da compito in classe."

"Mammaaaaaaaaaaaaa..."

"Eh, mamma, mamma! Se ieri, invece di passare tutto il pomeriggio fuori a giocare a pallone, fossi rimasto a casa a studiare, ora non avresti questa strana e fortuita febbre. Quindi, in piedi e marciare!"

"Va bene. Il Duce ha sempre ragione!" le risponde Andrea, scattando sull'attenti, in piedi sul letto.

"Vestiti, delinquente" ride Emma.

*****

Il mare della Liguria, a fine inverno. Caruso che corre sulla spiaggia quasi deserta. Andrea un po' corre e un po' si ferma a cercare conchiglie.

"Devo trovarne una speciale!"

Emma è più indietro, passeggia con calma al braccio di Aldo. Quando raggiungono Andrea che si è seduto sulla sabbia per scegliere meglio le conchiglie, Emma gli chiede: "Cosa ci devi fare con questa conchiglia così speciale?"

"È un regalo."

"Per chi?"

"Per una persona che non ha ancora mai visto il mare."

"Non sarà per caso per una certa bambina che incontri al catechismo?" gli strizza l'occhio Emma.

"Io non sono la rana dalla bocca larga! Io i segreti li so tenere!"

Andrea si tira su, sorride e rincorre Caruso. In mano tiene stretta una conchiglia.

*****

Emma: "Avete attaccato un barattolo alla coda del gatto di Dora!"

Andrea, piano, a Giacomo: "Se l'attaccavamo a Dora era peggio, no?"

"Smettetela di ridacchiare! L'avete anche fatto rincorrere da Caruso!"

"No, no, mamma. Caruso l'ha rincorso di testa sua! E comunque... era un barattolo piccolissimo!"

"Andrea, almeno stai zitto! Lo sapete che, per lo spavento, quel povero Italo ha perso pure del pelo? Vi sembrano cose belle da fare? Razza di due delinquenti! Se vi prendo...!"

Neanche il tempo di dirlo e i due sono già in fuga, con Andrea che grida: "Corri, Giacomo, corri!"

Rimasta sola Emma si mette a ridere. "Eh, se li prendo... cosa gli faccio? Meno male che scappano."

A sera, poi, con Aldo: "Un po' gli sta bene. Quel gattaccio ha il brutto vizio di saltarti addosso quando non te l'aspetti."

"È affettuoso."

"Affettuoso un corno!"

"Emma!"

"Scusa, Aldo. Intendevo dire che potrebbe anche manifestare l'affetto in altri modi, evitando di farmi cadere puntualmente la cesta col bucato, i piatti, la torta e via discorrendo. Mi fa gli agguati! Non può limitarsi alle fusa, come gli altri gatti?"

Andrea si porta le mani alle orecchie e butta indietro la testa, strabuzzando gli occhi. "Basta! Non si può farlo smettere?!"

Emma: "Lo sai che suona il pianoforte un paio d'ore tutti i giorni."

"No, lui non suona. Fa solo le scale! E un pezzo di una stupida canzoncina che... In due anni non è neanche riuscito a impararla per intero!"

Emma: "Aldo, non ridere anche tu, su!"

Aldo: "Mia cara, a te faceva ridere il gatto, a me fa ridere il pianoforte. E poi Andrea ha ragione. Dopo due anni di lezioni private, credo sarebbe il caso, per Dora e Attilio, di arrendersi all'evidenza: non c'è portato! Romano non ha un briciolo di talento, l'abbiamo capito tutti nel palazzo, che diamine!"

Intanto, Romano insiste con la sua canzoncina e, inesorabilmente, stecca, provocando una smorfia generale in casa Cobianchi.

"Ogni tanto, quando torno dal lavoro, mi farei volentieri un pisolino. E quel bambino è sempre lì in agguato, pare che lo intuisca. Appena appoggio la testa sulla poltrona... plin plin plin... ploooon. Andrea: invece che al gatto, la prossima volta attaccate un barattolo a lui!"

Andrea dà una pacca sulla spalla a suo padre e, ridendo, si alza da tavola e se ne va.

Emma: "Aldo..."

"Uhm?"

"Lo sai, vero, che se ora lo fa – di attaccare un barattolo a Romano – non possiamo neanche sgridarlo perché gliel'hai suggerito tu?"

"..."

"..."

"ANDREAAAAAA!"

*****

1935.

È sera nel salotto di Emma. Il lampadario di cristallo illumina Aldo e Andrea, seduti vicino al tavolo, che stanno giocando a scacchi. Aldo studia le sue mosse, Andrea sonnecchia sulla scacchiera.

Emma si avvicina sorridente con un pacchettino in mano. I due la guardano sorpresi.

"Ho un regalo per voi. Anzi, per noi."

Lo apre e tira fuori tre medagliette d'argento, uguali, con l'effigie della Madonna. Una ciascuno.

"Visto che con la storia dell'oro alla Patria abbiamo dovuto rinunciare a tanti bei ricordi... ho pensato di sostituirli con qualcosa di nuovo e speciale. Le ho trovate in un negozietto d'antiquariato che appartiene a un vecchio signore tanto gentile. Mi sono piaciute subito."

"Mamma, guarda che prima o poi vorranno requisire anche queste."

"Le vorranno se sapranno che ci sono" dice Emma, infilandosi la catenina sotto la camicetta bene abbottonata e nascondendola. "Vi avviso: il primo di voi due che se le fa scoprire, dovrà vedersela con me, altro che con la polizia segreta!"

*****

"Come siete eleganti!" esclama Emma, girando attorno a due piccoli ometti vestiti da gran sera. "Sembrano dei principini, vero, Aldo?"

Aldo si sta sistemando la giacca, davanti allo specchio del corridoio. Si gira a guardarli.

"Altroché. E continueranno a sembrarlo, finché non apriranno bocca. Poi, addio belle speranze!"

Giacomo e Andrea si specchiano.

"Ehi, Andrea... grazie per il tuo completo. Mi sta proprio giusto."

"Ma va'! Quando vengo io in campagna da voi, tu e lo zio Fausto mi trovate sempre dei vestiti adatti per sporcarmi quanto voglio e per arrampicarmi. E allora, quando vieni in città tu, dovrò pur ricambiarti il favore" risponde Andrea, spintonando per gioco Giacomo. "Specie considerando che stasera i miei ci costringono ad andare a teatro con loro!"

"Oh, che gran sacrificio, signorino! Speriamo di non aver rovinato troppo i tuoi piani. Dall'alto dei tuoi tredici anni, certo, venire in giro coi genitori dev'essere pesante!" brontola Aldo.

"Che c'entra. Non è pesante stare con voi, papà. È che l'opera... Comunque" Andrea si gira verso Giacomo, "il teatro dove andiamo è davvero bello, vedrai! Quando si spengono le luci e sei nel palco, guardi giù e ti sembra che stiano facendo lo spettacolo solo per te."

"Uh, bello..." risponde Giacomo, ascoltando con gli occhi sgranati. "E cos'è che andiamo a vedere?"

"Il *Rigoletto*."

"Annamaria lo odia" ride Giacomo. "Mia sorella dice sempre che Gilda è una fessa per come si fa prendere in giro dal Duca di Mantova e per come si sacrifica per lui. Dice che lei, da grande, non si lascerà mai trattare così da un uomo. Piuttosto si fa suora!"

Anche Andrea ride.

Poi Giacomo, avvicinandosi a suo cugino, gli aggiunge piano, nell'orecchio: "Ma non era meglio un bel film di cowboy? O le comiche?"

Andrea alza le spalle e con la testa gli fa segno di incamminarsi.

*****

Andrea arriva in cortile in bicicletta: nel cestino ha un mazzo di serenella. Emma è affacciata alla finestra a salutarlo e ad aspettare che salga in casa.

"Com'è andata dalla zia Rosa?" gli chiede dandogli un bacio.

"Benissimo! Ti manda questi" risponde Andrea, dandole i rametti di serenella. Poi tira fuori dalla tasca una coppia di ciliegie ancora attaccate al gambo e se le appende a un orecchio. "Me l'ha insegnato lo zio Fausto!" ride.

"Lo facevamo sempre anche Rosa ed io, da piccole" ricorda Emma mentre annusa i fiori. "Cos'avete fatto d'altro?"

"Un sacco di cose! Io e Giacomo abbiamo rincorso le lucertole, ci siamo arrampicati sugli alberi... Ah, e lo zio ci ha insegnato a fare gli innesti sulle piante!"

"Ti sarà utilissimo quando diventerai notaio" commenta Aldo, fingendo di leggere il giornale.

"Non è mica detto che farò il notaio."

Aldo ha un sussulto.

"Ma anche se lo facessi" cerca di rimediare Andrea – dopo che Emma gli ha dato un pizzicotto –, "sapere qualcosa in più sulle piante non è mica un male."

"Immagino di no." E Aldo si china nuovamente sul giornale.

"Lo zio ci ha costruito anche una fionda ciascuno. Per me e Giacomo, dico. Appena Romano si mette a citare uno dei suoi motti e a rompere le scatole... eh, eh... lo sistemo io, quel macaco!"

Andrea raccoglie la borsa da terra e va in camera a buttarsi sul letto, stanco per la pedalata da casa della zia.

Aldo chiude il giornale. "Hai sentito? Macaco! Una bella parola nuova. L'avrà imparata da Fausto, e da chi sennò. E la fionda. Perché a Fausto non sarà sembrata abbastanza, per far danni, la cerbottana che gli ha già regalato! Bene, benissimo. Lasciamo pure che nostro figlio diventi un delinquente, un ragazzo di strada. Magari, invece di diventare notaio, si unirà agli zingari! Così vedrà il mondo."

"Aldo, perché devi sempre ingigantire le cose?"

"Ah, sono io che ingigantisco! Non ti rendi conto che ogni volta che torna da casa di tua sorella ha sempre qualche novità di questo pessimo genere?! Sempre qualche nuova, fulgida scoperta. Ma dico, poi... Che bisogno c'è di mandare Andrea in campagna? Con tutti i parchi che ci sono in città! E se è per stare con Giacomo, sai che qua è sempre il benvenuto. Si potrebbe evitare di..."

"Non torniamo su questo discorso" lo interrompe Emma. "Ad Andrea piace, si diverte; e mia sorella ci tiene a poter ricambiare per le volte che noi ospitiamo Giacomo. E sai benissimo che, proprio perché so come la pensi, riduco al minimo queste visite di Andrea da Rosa. Ma qualche volta ce lo dobbiamo lasciare andare. Non se ne discute!"

Aldo ascolta la voce ferma di Emma. Non c'è nulla che possa o voglia ribattere.

Raccoglie le ciliegie che erano cadute a terra dall'orecchio di Andrea. Annuisce silenzioso e va nello studio, mettendosi sottobraccio la sua collezione di francobolli e mangiando le ciliegie.

*****

"Non gli sembrava sufficiente essere socialista. Ha dovuto diventare comunista" borbotta Aldo, mentre finisce di far colazione. "Sapete cosa cantano i comunisti come Fausto? *Con le budella dell'ultimo prete impiccheremo l'ultimo re!*"

"Ma dài" scuote la testa Emma, imburrandosi una fetta di pane. "Io non ce lo vedo proprio Fausto a impiccare qualcuno, non diciamo bestialità! Non crederai mica a tutto quello che dicono le canzoni? E comunque... Perché, le camicie nere, nel '20, non ne hanno picchiati di preti?"

"Emma! Cosa ti viene in mente! Sei matta a parlare così? Si trattava di frange violente ed estremiste. Che discorsi sono."

"Don Franco è molto amico dello zio. Lo stima" interviene Andrea, dopo aver ingoiato un paio di biscotti. "Si vede che lui non si sente in pericolo di vita" conclude sorridendo. "Aldo, che dici: bisognerà avvisarlo di stare in guardia? Metti che Fausto gli stia preparando un'imboscata..."
Aldo guarda sua moglie e suo figlio che si scambiano occhiate e ridono. Si alza per andare al lavoro e appoggia il tovagliolo sul tavolo. Fa un tenue sorriso. "Non c'è verso di farsi prendere sul serio da voi due."

*****

"Pronto?... Rosa! Ma da dove mi chiami?... Aldo, c'è Rosa al telefono, chiama dalla trattoria del paese."
"Salutamela" sorride Aldo, alzando per un attimo la testa dalla sua raccolta di francobolli.
"Aldo ti saluta. Ma come mai questa sorpresa? State tutti bene? Non sarà mica successo qualcosa?!... Oh, meno male. Allora, cosa... Ah, ho capito... e sarebbe DOMANI SERA?" Emma alza la voce per attirare l'attenzione di Aldo. "LA FESTA DELLE CASTAGNE, AL PAESE... E VUOI SAPERE SE NOI CI VENIAMO... CON VOI..."
Emma guarda verso Aldo che ha abbandonato i francobolli e, alzatosi in piedi, le fa segno di no a grandi gesti.
"DOMANI SERA, DICI?... EH?... Oh, no, no. Non sto urlando. È la linea che è un po' disturbata." Emma guarda di nuovo verso Aldo, sperando di fargli cambiare idea con qualche sguardo supplice in più. Ma lui, sottovoce, le scandisce: "Teatro con Dora e Attilio! Niente Fausto."
Emma sbuffa lontano dalla cornetta e poi: "Rosa, mi spiace tanto, ma abbiamo già un impegno... Eh, no, non possiamo proprio disdirlo, sai c'entra col lavoro di Aldo e allora... Ma certo! La prossima volta verremo sicuramente!"
"Uhm, sì, sì. Siamo già lì" bofonchia Aldo, tornando ai suoi francobolli.

Aldo: "Va bene, Dora e Attilio esagerano un po' nell'attaccamento al Duce. Però, se c'è da esagerare, meglio loro troppo che 'certa gente' troppo poco."

"Non parlar male di mia sorella."

"Rosa è un'ottima persona. Ha solo sbagliato a sposare un tipo come Fausto."

"Lo sai anche tu quanto si vogliono bene."

"Sì, lo so. Però bisognerebbe usare pure la ragione, ogni tanto."

"Quindi, con me, tu hai usato la ragione?"

"Tu sei perfetta, Emma. Non c'era niente su cui ragionare."

*****

È sera. Emma e Aldo si stanno preparando per uscire.

Suonano alla porta: sono Attilio e Dora, in leggero anticipo.

"Sempre più bella, la nostra Emma!" commenta Attilio, facendole il baciamano. "E tu, camerata, sei pronto?" dice poi, rivolgendosi ad Aldo. "Il ricevimento di stasera è roba grossa. Vedrai quante nuove e importanti amicizie farai. Mio zio, che tramite la Curia conosce un po' tutti, mi ha detto che potrebbe esserci anche un pezzo grosso del Fascio. Addirittura Sua Eccellenza Galeazzo Ciano!"

Ad Aldo cominciano a tremare le gambe. Deglutisce. "Forse, allora, era meglio mettere la camicia nera. Mi cambio se..."

"Ma no, no" lo tranquillizza Attilio, dandogli una pacca sulla spalla. "Un abbigliamento sobrio ed elegante è l'ideale. In fondo è un ricevimento *tra amici*."

Ad Aldo continuano lo stesso a tremare le gambe. E deglutisce di nuovo.

"Piuttosto" riprende Attilio, "è ora di pensare anche alla sfilata del 28 ottobre. Dovremmo organizzarci per andare a Roma. Che ne dici, camerata? In fondo, prima o poi bisognerà pur decidersi ad andare a vedere il balcone di piazza

Venezia. Se no che fascisti siamo?" Altra pacca sulla spalla e grossa risata.

Dora si avvicina a Emma, che si sta allacciando un braccialetto, e le racconta: "Oggi stavo ascoltando il mio solito sceneggiato alla radio. A un certo punto, lo hanno interrotto e io mi son subito chiesta: 'Oddio, adesso chissà cos'è successo'. E invece... una cosa bellissima. Hanno fatto sentire un giovane balilla, al microfono dell'Eiar, che leggeva una lettera per il babbo lontano in guerra. La voce dell'innocenza, Emma! Non riuscivo a smettere di piangere! Talmente straziante..." Si commuove anche nel ricordarlo, Dora.

Emma le porge un fazzoletto e le mette un braccio attorno alle spalle. "La guerra tiene lontane le persone che si vogliono bene. Speriamo che un giorno non ce ne sia più bisogno."

"Ne puoi star certa, Emma" la rassicura Dora, soffiandosi il naso. "Il Duce creerà un grande impero e quando sarà tutto sotto il suo controllo, non ci sarà più bisogno di guerre. Ci vuole solo pazienza e spirito di sacrificio, nel frattempo."

Andrea, con in mano un bicchiere di latte e dei fumetti, passa e saluta velocemente.

"È un ragazzino in gamba" commenta Attilio. "Forse un po' ribelle, ma ho visto com'è bravo nello sport. Diventerà un buon fascista. Ci penseremo noi, eh, Aldo?"

"Non so cosa diventerà" dice Emma, "ma ora dovrebbe essere già in pigiama e a letto, non in giro per casa con dei giornalini. Scusatemi, torno subito."

Emma va in camera di Andrea. Lo trova alla scrivania che legge. Quando la sente entrare, alza la testa dai fumetti. "Non mi piacciono questi signori che organizzano le feste dove andate tu e il papà. Lo zio Fausto dice che è brutta gente."

Emma si siede sul letto. "Non tutti. Alcuni sono amici. E poi vedi... noi ci andiamo perché sono persone importanti anche per il lavoro di tuo padre. Andrea, senti: non riportare al papà quello che ti dice lo zio Fausto, d'accordo? Se no succede il finimondo."

Andrea annuisce, poco convinto.

"Ora mettiti in pigiama. La signora Ida sarà qua tra poco e resterà fino a quando noi torneremo a casa. Va bene? Fai il bravo, capito?"

*****

Emma sta leggendo una rivista sul divano. Arrivano Andrea e Giacomo, sventolando un fazzoletto bianco. Emma appoggia il giornale e sospira. "Cosa avete combinato?"

Si fa avanti Andrea. "Mamma, te lo giuro: stavolta non volevamo! È stato un incidente, giuro!"

"Co-sa a-ve-te com-bi-na-to?"

"Avevo preso la lente d'ingrandimento del papà per farci qualche esperimento e... eravamo sul balcone e... Romano si è fermato proprio sotto. Non ci avrei neanche pensato se no, davvero! Ma era lì, bello fermo..."

"Ti prego, dimmi che gli avete tirato solo un palloncino pieno d'acqua!"

"No, zia, quello gliel'abbiamo fatto l'altra settimana!" salta su Giacomo, mentre Andrea gli mette – troppo tardi – una mano sulla bocca.

"Mamma, ecco... gli ho puntato la lente d'ingrandimento sulla camicia e... Oh, dev'essere fatta di un materiale scadente, perché c'è voluto un attimo e ha subito preso fuoco! Non ho neanche fatto in tempo a..."

"AVETE DATO FUOCO A ROMANO?!"

"No, no, ma che a Romano!" si difende Andrea. "Solo alla sua camicia!"

"A un pezzettino della sua camicia" precisa Giacomo, con l'approvazione di Andrea.

Emma è in piedi con le braccia larghe, come a dire: "Signore, prendimi tu, prima che arrivi a prendermi Dora!"

Troppo tardi. Suonano alla porta...

*****

Aldo è in poltrona a leggere il giornale. Emma sta spa-
recchiando la tavola in salotto. Andrea e Giacomo sono lì a
guardar fuori, tristemente, dalla finestra. Volevano uscire a
giocare a pallone, ma...
"Ufffff, piove" dice cupo Andrea.
Emma, a quelle parole, sbarra gli occhi inorridita.
Aldo alza lo sguardo dal giornale, si toglie gli occhiali e:
"*Ascolta. Piove dalle nuvole sparse...*"
Emma guarda Andrea minacciosa; non ce n'é bisogno,
Andrea si stava già dando una manata in fronte da solo.
Intanto, Aldo prosegue: "*... Piove su le tamerici salmastre
ed arse, piove su i pini scagliosi ed irti, piove su i mirti divini,
su le ginestre fulgenti di fiori accolti, su i ginepri folti di coc-
cole aulenti, piove su i nostri volti silvani, piove su le nostre
mani ignude, su i nostri vestimenti leggeri...*"
"Caro, guarda: mi sembra stia uscendo il sole" lo inter-
rompe Emma.
"Dove?" Aldo si volta verso la finestra e l'acqua continua
imperterrita a scendere con un forte scroscio.
"Zio, ma sei bravissimo! Ti sei inventato, così, una poesia
sulla pioggia?" chiede Giacomo, unico tra i presenti since-
ramente ammirato.
"Seeeee, figurati! Non l'ha mica scritta lui!" ride Andrea.
"È di D'Annunzio. E se ti piace tanto, Giacomo, basta che ti
fai trovare qua quando piove e la risentirai."
"E la risentirai. E la risentirai. E poi la risentirai..." scherza
Emma.
"Giacomo, ti ringrazio" dice Aldo, rimettendosi gli occhiali e tornando al giornale. "È bello, ogni tanto, trovare
una mente aperta alla poesia. Qua, come vedi, ci sono tutti
ostili. A me e al grande poeta."
Emma, riprendendo a mettere in ordine la tavola: "No,
caro. Non è vero. Non siamo affatto ostili a te. Solo a

D'Annunzio. E solo perché abbiamo sentito piovere nel suo beneamato pineto almeno un migliaio di volte!"

*****

Un fiume in mezzo alla campagna, vicino casa di Rosa. Una giornata estiva, calda, assolata. Andrea e Giacomo giocano nell'acqua con Luisa e Annamaria. Le ragazzine chiamano Fausto: "PAPÀ, VIENI, SBRIGATI!"

Rosa ogni tanto grida: "STATE ATTENTI!" poi, rivolgendosi a Fausto: "Magari si scivola..."

Fausto l'abbraccia e le schiocca un bacio sulla guancia. "Ma no che non scivoliamo! Stai tranquilla!" Si toglie la camicia, i pantaloni, butta tutto sull'erba e coi suoi mutandoni entra in acqua. "Chi vuole esercitarsi a nuotare, oggi?"

"Io!" rispondono all'unisono tutti e quattro i bambini.

"Eh, allora mi servirà un po' di aiuto. ALDO, VIENI ANCHE TU! QUA SERVE MANODOPERA QUALIFICATA!"

Aldo ride e risponde: "Arrivo subito! Spero che la paga sia proporzionata alla qualifica!"

"SE QUESTI QUATTRO CI FANNO FARE DEGLI STRAORDINARI, LA TARIFFA SALE! MEGLIO PARLAR CHIARO SUBITO, EH, ALDO?"

"Bravo, Fausto. Strappagli un buon contratto di lavoro, a quei quattro signorini e signorine lì!" aggiunge Aldo, mentre piega per bene i suoi vestiti e, in costume da bagno, si prepara ad entrare in acqua.

Rosa ed Emma, sedute sull'erba, seguono la scena e ridono. Tengono anche le dita incrociate perché non succeda niente che rovini quel bel clima; è così raro vedere assieme i loro mariti, in armonia, senza discussioni. Non sembra quasi vero.

"Se troviamo un punto un po' più profondo, gli possiamo anche insegnare a fare i tuffi, che dici, Aldo?" chiede Fausto, guardandosi attorno.

"Perché no. Se troviamo un buon posto" risponde Aldo, unendosi alla ricerca.

"Sìììììììììììì!" gridano i bambini.
Emma e Rosa si sdraiano sull'erba, a guardare il cielo, tenendosi per mano.

*****

"Senti, Andrea... mi spieghi una cosa?"
Emma ha appena dato la buonanotte al figlio. Stava uscendo dalla camera, ma poi si è fermata sulla porta e si è voltata a guardarlo.
"Io ti vedo con gli altri ragazzini. Quando giocate nel cortile, o a scuola, a catechismo... Ci sono quelli che ti sono più simpatici e quelli meno, ma con nessuno ti comporti come con Romano. A nessuno fai scherzi così. Non è nel tuo carattere, non capisco."
"Romano imita e ripete tutto quello che dice suo papà."
"E quindi è noioso e pieno di sé. Va bene. Ma non è una motivazione sufficiente per..."
"No, non è per quello. Attilio, in casa, parla male di Giacomo. Dice che è un poveraccio, che arriva qua vestito come gli zingari, che noi gli facciamo la carità, e che lo zio Fausto è un farabutto. Romano ripete queste cose mentre giochiamo, anche davanti agli altri. Riesco a tenerlo un po' a bada solo da quando lo spavento. Oh, intendiamoci: se tu non fossi così amica di sua mamma, io l'avrei già risolta questa faccenda. Gli avrei tirato due pugni bene assestati; gli facevo sputare qualche dente, e vedi che non fiatava più. Ma non voglio crearvi problemi, né a te né al papà."
"Non sapevo... Non immaginavo che..." Emma, ora, vorrebbe poter dare lei qualche pugno. Non a Romano, ma direttamente ad Attilio. E in un attimo ricorda quanti bambini aveva *sistemato* lei quand'era piccola.
Guarda Andrea e gli sorride. "Sei proprio mio figlio."

*****

Nel 1937 Mussolini va in visita in Germania. Hitler ormai è stabilmente al potere.

Mussolini vede sfilare l'esercito tedesco e resta affascinato dal passo dell'oca. Così, nel 1938, lo introduce anche in Italia, chiamandolo passo romano. La teatralità dei gesti, sia del Duce che dei militari, da sempre manda in estasi le folle. E questa è un'aggiunta in più.

Andrea è appoggiato alla scrivania di suo padre che sta sistemando gli ultimi francobolli acquistati; gliene mette in ordine un paio e: "Il passo dell'oca. Mah. Capisci già dal nome che... be', insomma..."

"Andrea!" lo rimprovera Aldo con stanchezza. "Quante volte ti devo ripetere di non scherzare su certe cose? E poi da noi si chiama passo romano."

"Sì, sì. Ma anche se gli cambi nome... resta sempre quello da oche. Tutto un programma!" E Andrea esce dalla stanza prima che Aldo possa ribattere.

*****

Vigili del fuoco, carabinieri, una gran folla di gente attorno al palazzo.

Emma sta rientrando con le borse della spesa e si blocca sul marciapiede, spaventata. Una donna più in là le fa cenno di avvicinarsi: è Dora.

"Non sai cos'è successo! Abbiamo rischiato di saltare per aria! Che esplodesse il palazzo! Incredibile l'incoscienza di certa gente. Sai l'inquilino del terzo piano? Quell'ufficiale così distinto e decorato? Be', non salta fuori che è ebreo?! Incredibile. Tu pensi di conoscere la gente, i tuoi vicini e poi... poi scopri queste cose!"

Emma appoggia le borse della spesa a terra. "Dora, non ho capito niente. Cosa c'entra il fatto che l'inquilino del terzo piano è ebreo col fatto che stava per esplodere il palazzo?"

"Oh, santo cielo, Emma! Ma è chiaro!"

"..."

"Essendo ebreo e, ovviamente, vergognandosene, si è ucciso! E come si è ucciso? Col gas! Nientemeno, capito? Il gas... Ma impiccati e non mettere in pericolo gli altri, ti pare? L'egoismo e l'insensibilità di certa gente è senza limiti!"

"..."

"Ma da un ebreo, cosa vuoi mai aspettarti. E ha fatto finta di niente per tanti anni. Dava anche le caramelle al mio Romano, brrrrr! Ma ora che son venute fuori le leggi razziali, eh, le cose cambiano. Questa specie di ufficiale qua l'hanno subito cacciato dall'esercito. E via via li cacceranno anche dalle altre cariche, che, in fondo, occupano abusivamente. Li andranno a stanare tutti, te lo dico io. Ci libereremo di questa gentaglia. Emma, mi ascolti?"

"Sì, ti ascolto. L'egoismo e l'insensibilità di certa gente è senza limiti" dice Emma, osservandola con disgusto.

Ma Dora non se ne accorge; si sta guardando attorno e commenta distratta: "Vero, eh? Incredibile."

Su una barella, coperto da un lenzuolo, passa il corpo senza vita dell'inquilino del terzo piano.

*****

Aldo e Andrea si sfidano a una gara in bicicletta. Tutti e due vorrebbero essere Bartali.

Emma risolve così il problema: "Tu, Andrea, sarai Bar. E tu, Aldo, sarai Tali. Che ne dite? Non sono un genio?"

Andrea e Aldo si guardano e sgranano gli occhi.

"Di', papà... ma la mamma avrà mica iniziato a bere?"

"Sai figliolo che potresti anche aver ragione?"

Le due biciclette sfrecciano davanti a Emma che urla: "La prossima volta vi fate cronometrare da un'astemia, allora!"

Al traguardo arriva primo Bar. Ma anche Tali è soddisfatto del tempo ottenuto.

Tornano a casa tutti e due contenti, dandosi delle gran pacche sulle spalle, a lucidare le biciclette che hanno fatto bene il loro dovere.

Emma li segue qualche passo più indietro: le piace sempre tanto vedere i suoi Bar e Tali divertirsi assieme.

*****

"È da un po' che non vedo l'insegnante di pianoforte di Romano" dice Emma sul pianerottolo.

"Tu pensa: si è scoperto che era ebreo!" le rivela Dora, mentre infila la chiave nella porta di casa. "Saltano fuori come funghi! Pare un'epidemia!"

"E tu cosa..."

"Ah, l'ho licenziato subito! E poi, naturalmente, l'ho denunciato."

"Naturalmente" bisbiglia Emma.

"Lo metteranno nel ghetto o in qualche posto adatto a lui... Hai detto qualcosa?"

"No, no. Niente. Scusa, ho la pentola sul fuoco. Ci vediamo dopo."

"EMMAAAA!... EMMA, CARA! SONO QUA!"

La voce squillante di Dora costringe Emma a voltarsi. Il trucco di spiaccicarsi contro la vetrina della sartoria, restando di spalle, non ha funzionato. Dora fiuta le prede a distanza.

"Sono proprio contenta che Romano abbia ripreso a studiare musica! E col violino, uno strumento così nobile, non credi? Stavolta ci siamo informati sul serio e gli abbiamo trovato un'insegnante ariana. Una ragazza talmente per bene. Di buona famiglia. E poi... guarda, non so, ma... ora mi sembra così *sporca* l'idea che abbia suonato il pianoforte con quel... Uh, non sopporto più di sentirglielo suonare."

"Ah, su questo siamo d'accordo."

"Vero, eh?"

"Eh, sì. Nessuno nel palazzo sopporta più l'idea di sentirglielo suonare ancora!"

"Un palazzo fieramente ariano."

"Già, già. Proprio per quello."

*****

Febbraio 1939.

Andrea e Lucia sono seduti in salotto. Ufficialmente, stanno leggendo poesie del Pascoli; di nascosto, leggono qualche poeta francese o inglese che Emma non conosce. È da un po' di tempo che si sono messi a leggere poesie assieme. E hanno quel modo di guardarsi e di sfiorarsi, quasi per caso... Emma li osserva dal corridoio. Ogni tanto li interrompe, portando due fette di torta con due tazze di tè. Si legge un istantaneo imbarazzo nei loro occhi e in fretta mettono via i libri.

Emma li vede anche passeggiare sotto casa; qualche volta, li ha sorpresi a tenersi per mano e ha visto Andrea giocare con una ciocca dei capelli di Lucia.

"Lucia si sta facendo proprio una bella ragazza" dice Emma ad Andrea, mentre apparecchiano assieme la tavola.

"Uhm?... Oh... s-sì... credo di sì..."

"Ha dei bei capelli biondi, ed è così graziosa quando mette quel suo cerchietto rosa coi fiorellini azzurri."

"Non ha un cerchietto rosa. Ne mette sempre uno rosso coi fiorellini bianchi."

Emma scoppia a ridere. "Ma bene, caro il mio signor 'oh-sì-credodisì-forse-chissà'! Ti ricordi anche come sono i suoi cerchietti."

Andrea sorride e abbassa gli occhi. "Così non vale, mamma. Mi hai imbrogliato!"

"E alla nipote di Dora non ci pensi più? Quella che è cotta di te da quando avevate otto anni e che veniva apposta a sentire Romano suonare il piano solo per poterti incontrare sulle scale?"

"Chi? Quella che faceva danza classica? Quella che si è

presentata qua pure in tutù una volta? E chi c'ha mai pensato. Piuttosto mi faccio prete!"

Durante la cena, Emma e Andrea continuano a sorridersi.
Aldo: "Si può sapere cos'avete voi due? Cosa sta succedendo alle mie spalle?"
Emma guarda Andrea come per chiedergli il permesso di parlare e Andrea le fa un sì divertito e rassegnato.
"Sai, caro... Andrea, forse-chissà-crediamo, sta cominciando a interessarsi molto ai cerchietti per capelli di Lucia."
"Mamma!"
"Oh, volevo dire che si sta decisamente interessando a Lucia! Anche se ci vuole un po' per farglielo ammettere."
"La figlia del fornaio?" Aldo si pulisce la bocca col tovagliolo e lo appoggia sul tavolo. Si lascia andare sullo schienale della sedia e, fissando in aria: "Devo dire che speravo in qualcuna del nostro ceto..."
Emma e Andrea appoggiano le posate e lo inceneriscono con un'occhiata.
Aldo li guarda. Prima uno e poi l'altra. E sorride. "Stavo scherzando! Quanto siete suscettibili, perbacco! Lucia è una brava ragazza, con la testa sulle spalle. Le piace studiare e si farà una buona cultura. È pure molto carina..."
"Sì, sì, comunque... non è che me la sto per sposare. Da come parlate, sembra che stia per sbucare fuori don Franco con le fedi in mano. Andateci piano, mi fate quasi paura."
"Eh, ha un temperamento esuberante, il nostro Andrea! C'era da aspettarselo. Come fa quella canzone?" Aldo cerca mentalmente un ritornello e poi: "*Cara piccina... Son trenta giorni che vi voglio bene, son trenta notti che non dormo più...*"
"Una canzone dei tempi di Matusalemme!" ride Andrea. "E quanto sei stonato, papà!"
Aldo guarda Emma, per cercare un'approvazione, un sostegno coniugale.

"Ah, no, non guardarmi! Non chiedermi niente così non sarò costretta a mentirti, caro."

*****

È Natale.

Emma e Rosa, bambine, sono in una stalla con la loro mamma e altre famiglie del vicinato. Sono tutti seduti su delle balle di fieno. A turno, un adulto si alza in piedi e racconta una storia. I bambini non si perdono una parola.

Si apre la porta della stalla; entra un vento gelido e, subito dopo, due uomini che si scrollano la neve di dosso, dal loro tabarro.

"Vedrai se non lo finisco prima io, il lavoro!" dice uno.

"Ma buttati in Po con un sasso al collo!" risponde l'altro ridendo.

"Tino! A Natale dire certe cose!" lo sgrida la mamma di Emma e Rosa, che poi è anche sua moglie. E subito si fa il segno della croce, con Rosa che la imita poco dopo. Emma, invece, ride assieme al papà.

La loro casa è fatta di tre piccole stanze. Entra più aria lì che nella stalla. Forse anche perché nella stalla ci sono le mucche che scaldano col loro respiro.

Ci sono un paio di candele accese, ma stanno per essere spente perché è ora di andare a letto. Emma e Rosa sono alla finestra per cercare di vedere arrivare la stella cometa. Ma arriva prima il sonno.

È Natale.

Emma, Aldo e Andrea, dopo essere stati a messa e aver scartato i regali, salgono su un treno per il loro abituale giro natalizio a Milano. Sono seduti in prima classe, su comodi sedili imbottiti. – Una volta erano capitati in terza classe, coi sedili in legno. "Mai più!" aveva decretato Aldo. –

Girano per il centro città, guardano le vetrine e gli addobbi. Cenano in un ristorante, sempre il solito, con camerieri in livrea e musica classica in sottofondo. Tornano a casa col treno della sera. Felici. Hanno trascorso un altro buon Natale, assieme.

Emma è da Rosa. Fausto è al lavoro, anche se è la Vigilia di Natale. In casa ci sono solo Rosa e i bambini: Giacomo, Luisa e Annamaria.

Emma ha portato un vassoio di pasticcini e i regali: una bambola a testa per le bambine, un trenino per Giacomo, degli attrezzi nuovi per Fausto e una macchina per cucire, a pedale, per Rosa. Prima di allora, Rosa aveva sempre cucito a mano.

"Emma, grazie, ma... è troppo! I regali per i bambini vanno bene. Ma per me e Fausto hai speso davvero troppo!"

"Sei mia sorella! Se non compro qualcosa di bello per te... E poi ho speso meno di quel che pensi. Ho trovato un negozio dove facevano prezzi stracciati, sul serio."

"Non dire bugie, Emma. Non a Natale, almeno" le sorride Rosa. "Vedi, io... non so se posso accettarli. Fausto si sentirà in debito. Noi non possiamo permetterci di farvi regali simili."

"Che sciocchezze! Non è mica un baratto! Le sciarpe e i maglioni che ci fai tu sono tra i regali più belli che abbia mai ricevuto per Natale. Pensa che una zia ricchissima di Aldo, la zia Beatrice, con tutti i soldi che ha, quest'anno ci ha regalato una statuetta – di marmo pregiato – brutta, ma così brutta che persino Caruso si è nascosto sotto il divano, quando l'ha vista!"

Emma riesce a far sorridere Rosa e a distrarla per un attimo dalla preoccupazione per i regali; così aggiunge subito: "E poi con tutte le volte che tenete Andrea a dormire da voi, tutto quello che Fausto gli insegna, il tempo che gli dedicate, l'affetto che gli date... Queste cose non hanno prezzo, Rosetta. Altro che una macchina da cucire."

*****

Primavera 1939.

Emma è in salotto. Sta riponendo nella vetrinetta un servizio da caffè in porcellana. Ha acceso la radio e canticchia assieme al Trio Lescano.

"La gelosia non è più di moda... è una follia che non s'usa più... Devi aver il cuor contento, stile novecento, per goder la gioventù..."

D'un tratto sente sbattere la porta d'ingresso. È Andrea, con il viso rosso, gli occhi gonfi di pianto; lascia cadere a terra i libri del liceo, con in mezzo un rametto di serenella, e con un filo di voce: "È morto lo zio Fausto. L'hanno ucciso."

Emma si appoggia con tutto il peso del suo corpo alla vetrinetta e metà del servizio da caffè si frantuma sul pavimento.

"Cosa è... come... come l'hai saputo? Sei... sei sicuro? Magari c'è uno sbaglio... Come può..."

Andrea corre ad abbracciarla e a sorreggerla. "Me l'ha detto don Franco, poco fa. Stava venendo da casa della zia Rosa. Stava piangendo anche lui. Ha detto che l'avevano preso, portato via, e poi... poi la zia l'ha ritrovato..."

Emma stringe forte Andrea e piangono assieme.

"Avete già saputo di Fausto" Aldo è in piedi sulla porta del salotto, col cappello in mano; lo appoggia sul divano, assieme alla giacca, e fa un lungo sospiro.

"Oddio, non è possibile. Devo andare da mia sorella, devo andare da lei... Oddio, Giacomo! Le ragazze... Loro... staranno bene, vero? Non gli avranno fatto del male, vero?!"

Emma si è buttata tra le braccia di Aldo e lo strattona per la camicia, come a voler risposte sicure.

"Non fare così, calmati, cara. Si sa solo di Fausto. Non c'è motivo per cui al resto della famiglia abbiano fatto del male. Era solo lui che faceva politica, in casa."

Andrea guarda Aldo come a volerlo colpire. "Cosa intendi dire? Cosa vuol dire che lui faceva politica, con quel tono?

Il governo lo ammazza senza un motivo e la prima cosa a cui pensi tu è che lui faceva politica?!"

"ANDREA! Non ripetere mai più una cosa simile! È stato certamente un gruppo di esaltati, di balordi a ucciderlo. Non puoi dar la colpa al governo! Ora calmiamoci tutti e abbassiamo i toni, per favore. Anch'io volevo bene a Fausto. Ma è anche vero che... che si sapeva che a comportarsi in quel modo rischiava. Contestare il fascismo, la chiesa... era un atteggiamento pericoloso. Anche oggi, quando mi hanno detto della sua morte... ecco, secondo le voci che girano – badate bene, io riporto quello che mi hanno detto – pare che stesse organizzando qualcosa contro il governo, assieme ad altri suoi compagni sovversivi."

"E tu ci credi?!" Andrea si fa sotto ad Aldo. "Tu credi davvero a una panzana simile?! STRONZATE! Lo capirebbe anche un bambino che l'hanno ammazzato perché aveva iniziato a protestare contro le leggi razziali! L'hanno sempre picchiato a sangue ogni volta che ha cercato di difendere le sue idee! Perché lui ce le aveva delle idee. E ci credeva. E non ha mai avuto paura di difenderle, rischiando in proprio! Lui non se ne stava rintanato in casa o dietro una scrivania, lui non abbassava la testa davanti a tutti! Lui..."

Il suono secco, sordo di uno schiaffo riempie l'aria.

Emma trattiene il respiro. Aldo ha ancora la mano alzata; inizia a tremargli e la chiude in un pugno che subito abbassa. Deglutisce.

Andrea fissa il padre dritto negli occhi. Aldo fa per parlargli, gli si avvicina, ma il ragazzo si scosta bruscamente.

"Vado dalla zia, mamma." Ed esce di casa.

Aldo si siede sul divano, con addosso tutto il peso delle parole di Andrea. E il peso di quello schiaffo. Quello schiaffo... L'unico che Aldo abbia mai dato in tutta la sua vita.

Emma gli si siede accanto e gli accarezza una spalla.

Aldo si toglie gli occhiali e si appoggia una mano sugli occhi. "Avrebbe preferito Fausto come padre. L'ho sempre saputo, in fondo. Ma sentirglielo dire così..."

"Non è vero. Andrea ti adora. Non pensare a quello che vi siete detti poco fa, perché non conta niente. Questa è una giornata di morte. Quello che si è detto e fatto oggi non conta, Aldo. È una giornata di morte..."

Emma parla e fissa la porcellana a pezzi sul pavimento, mentre alla radio il Trio Lescano ha ripreso a cantare.

*****

Un cielo coperto. Nuvoloni pronti ad esplodere in pioggia. Eppure l'aria si ostina a profumare di serenella.

Prima in chiesa, poi al cimitero. La famiglia, gli amici. Tutti vicini a Fausto, per salutarlo un'ultima volta.

Andrea tiene la mano sulla spalla di Giacomo, dall'inizio alla fine della cerimonia. È come una guardia del corpo, è pronto a sbranare chiunque volesse far del male a suo cugino; ma non può sbranare il dolore.

Emma tiene per mano Rosa che si stringe a Luisa e Annamaria.

Don Franco dice che è certo che Fausto sia già in Paradiso: non c'è altro posto dove Dio metterebbe un uomo così buono e allegro; uno così, il Signore se lo vorrà tenere vicino.

Aldo è in disparte, appoggiato al suo ombrello; ogni tanto si aggiusta gli occhiali e fissa il cielo. Non osa cercare lo sguardo di Andrea; è troppa la paura di un rifiuto. Sta vicino alla macchina e aspetta che, finito tutto, Emma lo raggiunga.

Emma sale in auto con Aldo. Andrea preferisce tornare con la sua bicicletta.

I nuvoloni sono diventati neri e la pioggia comincia a cadere fitta.

Il profumo della serenella non è mai stato così triste.

*****

Andrea fa le valigie. Si prepara a trasferirsi da Rosa, per stare vicino a Giacomo ma soprattutto per stare lontano da Aldo.

Emma prova a fermarlo; ma sa che non è da lei che Andrea aspetta quel gesto.

"Tuo padre ti vuole bene, tanto."

"Però si comporta da ottuso e..."

"Non parlar male di tuo padre! Andrea, se offendi lui, offendi anche me. E te stesso più di tutti."

"..."

"Non sa cosa fare. Lo capisci? È abituato a vivere in un mondo controllato, ordinato. Non sa come gestire questa situazione..."

"Parlagli, Aldo. Parlagli. Non aspetta altro, ne sono sicura!"

Aldo si aggiusta gli occhiali e riprende, stanco, a sistemare la sua raccolta di francobolli.

*****

Primavera 1941.

Un parco cittadino. Emma passeggia sottobraccio al marito. Si fermano a prendere una bibita e Aldo, mentre s'infila in tasca il resto, dice: "Andrea può tornare a casa. Vado via io." Emma lo guarda cercando di capire se sta scherzando.

"No, cara, non è che ti voglio lasciare" le sorride Aldo. "Ho deciso di partire volontario. Parte anche Attilio e..."

Emma appoggia la bibita su un muretto e lo sguardo le cade sulla scritta che vi campeggia: *La guerra è l'igiene del mondo*.

*****

Autunno 1941.

Emma sta innaffiando le sue piante sul balcone.

Arriva Caruso che, nonostante non sia più un cucciolo, ha ancora energia e voglia di farle festa; ma rischia di fare la festa anche alle piante.

"Giù! Stai giù! Guarda che le prendi davvero se mi rompi un altro vaso!" lo sgrida Emma sorridendogli.

Andrea è appoggiato alla portafinestra e guarda la scena. Ha diciannove anni, un uomo ormai. Ma ancora così ragazzo...

Ha in mano una specie di foglio e lo porge a sua madre, che dà un'ultima carezza a Caruso, appoggia l'innaffiatoio e si avvicina.

Emma smette di sorridere.

"Ne è arrivata una uguale anche a Romano" dice Andrea. È una cartolina precetto.

"Mi mandano in Russia, mamma..."

Caruso, con un colpo di coda, fa cadere un piccolo vaso di roselline.

*****

Febbraio 1943.

Emma guarda fuori dalla finestra. Nevica. Una di quelle belle nevicate che sono sempre piaciute ad Andrea. Le sembra di rivederlo, piccolino assieme a Giacomo, perdersi nel bianco del cortile. "Mammaaaaaaaa! Guardaci! Guardaci, mamma!" e lanciavano palle di neve più lontano che potevano.

Emma applaudiva dal balcone e loro saltavano in mezzo alla neve. E se Giacomo cadeva, Andrea correva subito a tirarlo su e a ripulirlo.

Il campanello. Emma va alla porta. Un uomo... no, un ragazzo con troppa barba per la sua età... un ragazzo in divisa, come quella di Andrea; una divisa lacera e stanca, come chi la indossa.

Si toglie il cappello, tira fuori dalla tasca una lettera, la mostra a Emma. Parla, dice tante cose. Emma sente solo un suono lontano, sfuocato.

"È rimasto là, sulla neve, assieme a tanti altri dei nostri. Parlava sempre di voi, signora, e della vostra famiglia. Questa lettera l'aveva addosso e io ho pensato..."

È rimasto là, sulla neve.
Là, sulla neve.
Sulla neve.

III
Sara

Emma socchiude gli occhi; sente le palpebre ancora pesanti. Gira leggermente la testa verso la finestra: il dottor Gandolfi è lì che guarda fuori, fumando una sigaretta.

"Non si fuma in casa mia."

Il dottore, sorpreso, spegne di getto la sigaretta sul davanzale e chiede: "Come si sente?"

Emma sospira forte. "Le sembra bello spegnere un mozzicone sulla mia finestra?"

Il dottore, imbarazzato, estrae un fazzoletto dalla tasca e cerca di strofinarlo sul davanzale e di raccogliere i residui di cenere.

"Ma per l'amor del Cielo, la smetta! Era una stupida battuta. Per quel che m'importa di questa casa, può spegnere sigarette anche sui mobili."

Il dottore le appoggia una mano sulla fronte. "È calda."

"Per forza. Mi ha messo addosso una coperta, mentre dormivo, e qua si soffoca. Siamo solo a ottobre, mica a gennaio."

Il dottore le scosta la coperta. "Mi spiace, è la prima cosa che ho trovato per coprirla. Le vado a prendere un bicchiere d'acqua."

Emma si mette a sedere. Le gira un po' la testa e le pare di vedere tutto annebbiato. Ha la bocca impastata e l'acqua va giù veloce, va giù tutta, fino a vedere il fondo del bicchiere.

"Come si sente?"

"Me l'ha già chiesto prima. Cosa fa, continua a ripetere le stesse domande, dottore?"

"..."

"Sono insopportabile. Mi darei una sberla da sola. Ma lei cosa ci fa ancora qua? Devo aver dormito parecchio... E lei è rimasto a farmi la guardia?"

"Per la guardia bastava Caruso" dice il dottore, accarezzando il cane che gli si è accovacciato vicino. "Io sono rimasto a vedere come stava la mia paziente. Oggi non avevo altre visite, avevo tempo e così..."

"Lei è troppo buono. Non va bene, mi creda. Non in questo mondo."

"Se la può tranquillizzare, non mi comporto così con tutti."

Emma si appoggia allo schienale del divano: segue con lo sguardo un tenue raggio di sole che va a poggiarsi sulla bicicletta.

"Ho fatto un viaggio" sussurra Emma, continuando a fissare la bicicletta che riluccica. "Mentre dormivo, ho attraversato la mia vita. Quasi tutti i momenti più belli. Tranne la fine... L'ultima parte è terribile."

Caruso si avvicina timoroso a Emma. Piano piano. Emma allunga una mano e lui, pronto, sale sul divano per farsi accarezzare.

"Da quando ho saputo della morte di Andrea – quasi un anno fa – tutte le volte che mi addormento, quando poi mi risveglio, piango. Oggi è la prima volta che non mi succede. Credo sia per il lungo viaggio che mi ha fatto fare il suo calmante. Di solito non è così. Appena sveglia, per un attimo, non ricordo cos'è successo. Per un attimo sto bene. Poi mi ripiomba addosso tutto. Ed è peggio di prima. Sarebbe meglio non addormentarsi mai. O dormire per sempre."

Emma appoggia i piedi nudi a terra. Si alza, barcollando un poco. Il dottore subito le dà il braccio.

"Non occorre, non si preoccupi. Se sono rimasta in piedi finora, in qualche modo, non sarà certo un po' di calmante a farmi cadere."

Passa accanto alla bicicletta, sfiora il sellino e fissa il raggio di luce che si ferma sulla sua mano.

Va verso la porta e poi si gira a guardare il dottore. "Non ho più bisogno di lei. È ora che vada."

"Emma..."

"Non sto usando le buone maniere; ad Aldo spiacerebbe certo. Se ci incontreremo in un'altra vita, spero di poter essere più gentile con lei."

Il dottore prende la valigetta e s'infila il cappello. Le passa accanto, per uscire, e guardandola, con una voce che sa di bene le dice: "Spero che Caruso faccia buona guardia."

*****

Don Franco è sul sagrato della sua chiesa; cammina avanti e indietro, accompagnato ad ogni passo da Dora.

"Sono riuscita a malapena a sistemare un po' la casa, ma mi caccia subito fuori. Non mi lascia far niente. Sia lei che la casa sono in un tale stato di abbandono. Ma dice che vuole star sola. Io non capisco. È già stata sola abbastanza. È passato quasi un anno. Un anno!"

Don Franco: "Figliola, le tue intenzioni sono buone, ma bisogna lasciarla anche un po' tranquilla, quella povera donna. Non cascherà il mondo se la casa resterà in disordine. I suoi pensieri sono altri. Non esiste un tempo uguale per tutti per affrontare una perdita. Le pulizie possono aspettare, ora deve mettere ordine nella sua anima."

"Sì, bei discorsi, reverendo, ma non riesco neanche a portarla nei rifugi quando bombardano. Lo sapete cosa fa? O s'imbambola alla finestra a fissare il cielo, o tira le tende e si butta sul divano. Tira le tende, vi rendete conto?! Come se bastassero quelle per proteggerla dai bombardamenti! È diventato impossibile farla ragionare."

Non vuole essere protetta. Guarda il cielo perché spera che una bomba la spazzi via. Buon Dio, aiutala...

Questi pensieri attraversano la mente di don Franco, mentre, in sottofondo, la voce di Dora continua incessante.

*****

La strada non c'è più. Emma è uscita e non l'ha trovata.

Scomparsa sotto i bombardamenti, come il resto della città.

Un edificio sta ancora bruciando; un altro non ha più la facciata.

Emma inciampa in un ritratto di Mussolini: a terra, come il Paese.

Dei bambini giocano a calcio tra le macerie con un pallone di stracci, tenuto assieme con degli spaghi. Sembrano mendicanti. Uno sta solo lì a guardarli giocare, appoggiato a un muro: è senza una gamba.

Quand'è successo? Quando si è abbattuta così tanta disperazione sulla città?

Caruso, che è in perlustrazione di fianco a Emma, le si nasconde dietro spaventato; uno squadrone di SS marcia per la via, senza lasciar spazio a niente altro, nemmeno all'aria.

Emma continua a camminare.

Incontra famiglie dimezzate che scappano dalle macerie, con la poca roba che sono riuscite a salvare caricata su miseri carretti. Bambini che piangono, vecchie che pregano, uomini che stramaledicono: è come se la città fosse un solo lamento. Un lamento con tante sfumature, ma un dolore unico, comune a tutti.

Emma si ritrova in una zona che pare deserta. Si siede vicino a una fontanella, dove Caruso si è diretto a bere. Ed è allora che la vede. Per terra, tra le macerie, tra la polvere, come ad aspettare lei. Dopo tanto girovagare, eccola. Una pistola.

Emma accarezza Caruso. "Sei stato un buon amico. Cerca di vivere ancora a lungo e lontano dai guai, capito? Vai a casa. Vedrai che don Franco si prenderà cura di te o ti porterà da Rosa."

Caruso le lecca la mano e, mentre lei è chinata a parlargli, anche il viso.

"Sì, sì, non preoccuparti. Te lo saluto io, Andrea. Ora stai fermo qui. E poi... poi vai a casa."

Emma va verso la pistola. Si china, la prende in mano e la studia. Prova a vedere che effetto le fa puntarsela alla testa.

Nessun effetto, come immaginava. Sta per premere il grilletto, ma si ferma.

C'era un silenzio perfetto fino a pochi momenti prima, ma ora Emma sente qualcosa muoversi dietro cumuli di mattoni frantumati che una volta dovevano essere una casa.

"Chi c'è?" grida Emma.

Si sente ancora un leggero rumore, come il movimento di qualcuno che non intende farsi vedere.

"Ho una pistola" dice Emma, tenendo puntata l'arma nella direzione da cui proviene il rumore. "Non so se mi hai seguita o se eri già qua... ma vieni fuori o sparo a casaccio!"

Nessuno si fa vedere.

Emma, sempre con la pistola puntata, si avvicina. Lentamente. Arriva accanto alle macerie e, scostando una lastra di metallo, trova una ragazzina coi capelli rossi, raggomitolata tra la polvere.

"Oddio... Sei ferita?"

La ragazzina non risponde; fissa la pistola. Emma se ne accorge e la getta via.

"Non avere paura, non era per te. Cosa fai qui da sola? Ti sei fatta male? Vieni che ti aiuto a uscire."

La ragazzina si ritrae e si aggrappa a un tubo che sporge vicino a dov'è raggomitolata.

Emma si china a terra, mantenendosi lontana, per non spaventarla. "Non so cosa ti hanno fatto, ma dev'essere qualcosa di molto brutto per farti stare così. E io di cose molto brutte me ne intendo..."

La ragazzina alza lo sguardo e incrocia quello di Emma. Restano a guardarsi, a riconoscersi. Un vuoto, un dolore così simili.

A Emma scendono delle lacrime che si accompagnano a quelle della ragazzina. "Vieni con me, ti prego. Lascia che ti aiuti."

La ragazzina si asciuga le lacrime con un braccio e non si muove.

"Non voglio obbligarti" dice Emma alzandosi in piedi. "Odio quelli che provano a farlo con me. Non so cosa mi è preso, scusami. Come ho fatto a pensare di poterti aiutare io! Sono mesi che caccio di casa quelli che cercano di farsi i fatti miei, perché credono di capire e vogliono starmi vicino e tante altre belle cose... E ora mi stavo comportando proprio come loro. Se tu vuoi restare lì, hai tutto il diritto di farlo. E io... io ero qua per un altro motivo. Buona fortuna."

Emma si volta e inizia a cercare con gli occhi la pistola che ha gettato via. Fa pochi passi, ma sente un rumore alle sue spalle.

La ragazzina ha lasciato andare il tubo. È in piedi e l'aspetta.

*****

Il dottor Gandolfi entra in salotto con un debole sorriso in volto e il cappello in mano.

"Sono contento che mi abbia richiamato. Mi ero fatto un'idea e... avevo paura di non sentirla più."

"La sua idea era giusta. Non l'ho chiamata per me. Venga."

Emma gli fa strada in quella che era la camera di Andrea. C'è una ragazzina seduta sul letto.

"Ha una ferita a un braccio e qualche abrasione in giro. Ma quello che mi preoccupa di più è che non parla. E non so se è perché non vuole o non può."

Il dottor Gandolfi s'irrigidisce per un attimo; poi appoggia il cappello e apre la sua valigetta.

"Va bene. La visito e vediamo."

Il dottore è tornato in salotto con Emma.

"Sta bene, non si preoccupi. La ferita al braccio è superficiale e in quanto al parlare... non è un impedimento fisico. Quando vorrà, potrà farlo. Ha bisogno di mangiare e di dormire. Ne avete bisogno tutte e due, a dire la verità."

Lo stomaco di Emma brontola, come per dar ragione al dottore.

"Io non sono nessuno per dirglielo, lo so, ma... Lei si rende conto che non sta aiutando una bambina qualsiasi, vero? Ha visto il ciondolo che porta al collo? La stella di David... Lo sa quant'è pericoloso dare ospitalità, protezione a un'ebrea?" Emma inclina un po' la testa e si appoggia una mano sulla guancia. "Niente niente sta per dirmi che rischio la vita? La mia preziosissima e bellissima vita?! Uh, che spavento, dottore."

Il dottore, serio, si riprende il cappello per uscire. "Si è estraniata da tutto per tanto tempo, Emma. Mesi in cui sono successe cose di cui lei ancora non si è resa conto. Non ha ancora capito in che situazione siamo, quant'è grave. Lo capirà."

*****

La stanza di Andrea è piena di libri e oggetti. La ragazzina, che era rimasta seduta sul letto a fissare la porta in attesa che qualcuno potesse entrare, si alza e comincia a guardarsi in giro. Ci sono scaffali, cassetti, un armadio. La ragazzina apre l'armadio: è pieno di vestiti da ragazzo. Bei vestiti. In basso c'è anche un cassettone: dentro ci sono quaderni, fogli sparsi, cartoline... La ragazzina si siede per terra e tira fuori un po' di tutto, inizia a leggere. Le capita in mano un foglio con disegnato un fiore; i petali sono fatti col pollice di un bambino e sotto c'è scritto: *Ma il fiore più bello sei tu, mamma!*

"Glieli facevano fare a scuola." Emma entra nella stanza e si siede a terra, vicino alla bambina. "Erano di mio figlio."

Emma passa, delicata, una mano su tutti quei fogli sparsi. Si ferma su una letterina e se la porta vicino al viso; inizia a leggerla a voce alta. "Caro Gesù Bambino, proteggi..."

C'è una cancellatura. Emma sorride e si morde un labbro. Andrea aveva scritto "papà" ma poi doveva averci ripensato; l'aveva cancellato e aveva messo prima "mamma".

"... proteggi la mamma, il papà, Giacomo, la zia Rosa, lo zio Fausto, la nonna, il nonno, Annamaria, Luisa e don Franco. Portami i doni, ché sono stato bravo."

Emma ripone la letterina e si passa una mano sugli occhi. La ragazzina si alza e va a raggomitolarsi sul letto; è coricata, con le ginocchia strette al petto.

"Parlami..." Emma si inginocchia vicino al letto, il suo viso è di fronte a quello della ragazzina. "Parlami, ti prego."

La ragazzina chiude gli occhi e si gira dall'altra parte.

La sera arriva improvvisa e la città è così buia. L'oscuramento, in attesa di possibili incursioni aeree, rende la notte infinita.

Emma è seduta sul divano. Fissa, nella penombra, la vetrinetta del salotto: l'orribile statuetta della zia Beatrice è ancora lì a guardarla. Negli anni, in tanti se ne sono andati: Fausto, Andrea... Aldo. Quanti piatti, tazzine si sono rotti. Ma non la statuetta della zia Beatrice.

"Il brutto non muore mai" sussurra Emma a Caruso, che le dorme di fianco.

"NO! NO!... LASCIATEMI, ANDATE VIA!"

Le urla provengono dalla stanza di Andrea. Caruso si tira su di scatto e va verso la stanza, abbaiando. Emma arriva sulla porta, accende di corsa una lampada e trova la ragazzina in piedi, appiattita contro il muro, dalla parte opposta della stanza, come a voler sparire.

"Erano qua! I tedeschi erano qua! E la gente mi guardava, e mi indicava, e tutti lasciavano che mi portassero via..."

Emma deglutisce e cerca di riprendere a respirare. Appena è certa di avere una voce ferma, dice: "Era solo un incubo. Guarda: qua non c'è nessuno, a parte noi due e Caruso. E lui, l'hai sentito, sarebbe pronto a difenderci!"

Caruso, cessato l'allarme, si è messo a scodinzolare attorno alla ragazzina e ciondola la testa qua e là, fissandola coi suoi occhi buoni.

"Erano qua... io li ho visti... Sono tornati a prendermi..."

La ragazzina scivola lungo la parete e si ritrova seduta di fianco a Caruso che le dà una gran leccata in faccia; lei lo abbraccia e inizia a singhiozzare forte.

Emma si siede sul letto: non troppo vicino, non troppo lontano. Dalla morte di Andrea, non le era più capitato di sentire così forte un dolore che non fosse il suo. Si era ripiegata su se stessa, lontano dagli altri. Il centro di tutto era il suo dolore; il resto non sembrava avere più importanza. Ora, invece, a due passi da lei, seduta in un angolo col cane di Andrea, c'è una bambina di cui Emma avverte tutta la sofferenza. Non la conosce, eppure sente che è lì lì per spezzarsi, proprio come lei. A meno che qualcuno faccia qualcosa per impedirlo.

Emma si toglie dalla tasca un fazzoletto e lo passa alla ragazzina; lei singhiozza ancora per un po', poi si asciuga gli occhi e con una mano si soffia forte il naso. L'altra mano resta aggrappata a Caruso, come fosse la sua àncora.

"Mi chiamo Sara, come la moglie di Abramo" dice la ragazzina tirando su la testa. "Ho dodici anni. Mia mamma si chiama Rebecca, mio papà Giosuè. Sono ebrea, ma questo lo sai già, per via della stella..." Stringe nella mano il ciondolo che porta al collo. "La nostra bella stella di David, la stella a sei punte. *Quelli* l'hanno trasformata in una cosa brutta, sporca. Una cosa che ti fa morire!"

Sara appoggia la testa contro quella di Caruso; le lacrime della bambina gli cadono sul naso e Caruso dà una leccata per asciugarsele.

"Mio papà era musicista. Ma qualche anno fa l'hanno cacciato dall'orchestra in cui suonava. Gli hanno detto che era meglio così. Meglio per chi, non lo so. Non per mio papà. È stato il direttore d'orchestra a denunciarlo. E mio papà pensava fosse un amico... Mi aveva anche regalato una bambola per il mio compleanno... Gli amici non esistono."

Caruso, sempre seduto di fianco a lei, scodinzolando, le sbatte ripetutamente la coda contro una gamba.

"Tranne i cani, forse" aggiunge Sara con un mezzo sorriso. "C'hanno messi nel ghetto, più di un anno fa. È stato triste lasciare la nostra casa. Era così bella... Mia mamma la teneva come una bomboniera. Lo diceva sempre mio papà: 'Tua madre tiene la casa come una bomboniera.' Ci siamo ritrovati prigionieri in un posto estraneo. Per più di un anno. E poi, qualche giorno fa..."

Sara ricomincia a piangere. Senza singhiozzi, ma con la testa di nuovo chinata in basso.

"Sono arrivate le SS, all'improvviso. Sono entrate nel ghetto e hanno iniziato a gridare ordini e a spingere la gente. Hanno anche sparato, abbiamo sentito i colpi dalla stanza dov'eravamo. Mio papà mi ha fatto nascondere in un posto che conoscevamo solo io e lui e mi ha detto di non muovermi, per nessun motivo, e di stare giù. Gli tremava la voce... e anche le mani. Mi ha stretta forte, mi ha dato un bacio ed è tornato di corsa dalla mamma. Avrei tanto voluto seguirlo... Ma non ho mai disobbedito a mio padre."

Sara tira su col naso. Cerca il fazzoletto di Emma, l'aveva messo in grembo; se lo preme contro gli occhi.

"Ho sentito i tedeschi che urlavano e ridevano; ho sentito la mia gente piangere e supplicare. Avevo paura, ma non mi sono mossa. Ho fatto come mi aveva detto mio papà: sono rimasta ferma e zitta. Ho aspettato che finisse. Non so quanto tempo è passato... Ma dopo molto che non sentivo più rumori, sono uscita, piano piano. Non c'era più nessuno: il ghetto era vuoto. Sono andata dove abitavo coi miei genitori: non c'erano più neanche loro. E la nostra roba... sparita. Anche le valigie. Li hanno mandati da qualche parte con le valigie. E questa mi è sembrata una buona cosa, perché se gli hanno fatto preparare i bagagli, vuol dire che non gli vogliono fare del male. Magari li hanno solo spostati in un altro ghetto, no?"

"Sei rimasta da sola nel..." La voce di Emma si blocca.

"... nel ghetto? Sì" conclude Sara. "Ho passato una notte lì. Mi sembrava di sentire le voci di tutti quelli che non c'erano più. E le loro ombre muoversi attorno a dov'ero. Il mattino dopo, presto, sono scappata. Non è stato difficile, i tedeschi hanno lasciato tutto aperto. Ma quando sono stata fuori, ho pensato che non sapevo dove andare e che se mi allontanavo troppo i miei genitori non avrebbero saputo dove cercarmi. E così mi sono raggomitolata dove mi hai trovata tu. Io speravo mi trovasse mio padre."

Emma, che ha accarezzato Sara con lo sguardo per tutto il tempo in cui la bambina ha parlato, si alza dal letto e si china verso di lei per abbracciarla. Ma Sara si scosta bruscamente, resta a fissare Emma per un momento e poi si tira su e va a coricarsi sul letto.

"Caruso, vieni qua, bello" lo chiama Sara, facendogli spazio sul letto.

Caruso guarda la bambina e poi guarda la sua padrona, come per chiedere cosa deve fare. Dalla morte di Andrea, non si è mai allontanato da lei e le ha sempre dormito accanto.

"Vai, vai da Sara" gli dice Emma, mentre estrae da un cassetto un fazzoletto pulito e lo appoggia vicino al cuscino della bambina. "Falle buona guardia, come la fai a me. E dormite bene. Tutti e due."

Emma esce dalla stanza e si chiude la porta alle spalle. Si preme una mano sulla bocca, fino quasi a farsi male, perché ora, l'urlo che aveva dentro da mesi, le pare incontrollabile.

*****

"Don Franco... cos'è successo? Cosa sta succedendo?"

"Come sono contento di vederti qua. Vieni, andiamo a sederci."

Era da tanto che Emma non entrava in chiesa.

Prima andava sempre la domenica a messa e a cantare nel coro. E con la partenza di Aldo e poi di Andrea, aveva preso ad andarci anche durante la settimana. Ogni tanto passava di lì ed entrava. Un fiore alla Madonna, una candela a

San Giuseppe, un'offerta per i poveri. L'acqua benedetta, con cui si faceva il segno della croce, le dava sicurezza. Era come uno scudo contro le disgrazie. Nel silenzio della chiesa, tra quelle mura così spesse e antiche che la proteggevano, le pareva che la pace dovesse per forza esser prossima. Ecco perché andava così spesso.

Dopo... dopo non era andata più.

Don Franco la conduce in canonica, perché nessuno li disturbi. Chiede alla perpetua, che stava facendo le pulizie proprio lì, di andare a occuparsi dei fiori in chiesa e fa accomodare Emma nel suo studio, mentre la perpetua se ne va brontolando.

"Siamo sotto occupazione tedesca. È così dall'8 settembre."

"Occupazione tedesca?! Ma come..."

"Emma... Quand'è stata l'ultima volta che hai ascoltato notizie del nostro povero mondo? Da quant'è che non uscivi di casa?"

Emma non sa rispondere. L'ultimo giorno che ricorda è quello in cui ha saputo della morte di suo figlio. Poi il tempo ha smesso di esistere.

"Il 25 luglio Mussolini è stato destituito" riprende don Franco. "Già il 26 i ritratti del Duce piovevano dalle finestre o venivano bruciati per strada. Le bandiere sabaude, il tricolore, erano ovunque. Tutti festeggiavano la caduta dell'uomo che per anni avevano venerato. Soprattutto i giovani. Il popolo si è stretto attorno al re e a Badoglio, il nuovo capo del governo. Ci siamo illusi che la guerra fosse finita. Buon Dio, se ci sbagliavamo..."

Don Franco tira fuori una caramella dalla tasca e la porge ad Emma. Lei fa cenno di no col capo; don Franco fissa per un attimo la caramella e la ripone nuovamente in tasca.

"L'8 settembre Badoglio e il re hanno firmato l'armistizio. E poi sono scappati. Lo ricordo bene quel giorno: la radio continuava a trasmettere il comunicato di Badoglio ed eravamo tutti lì, col fiato sospeso, a cercare di capire cosa sarebbe successo. Ora gli inglesi e gli americani sono nostri amici, i tedeschi sono nemici. Una confusione, Emma... Tutto il Paese allo sbando, senza più una guida e senza sapere che fare. Anche perché i tedeschi... i tedeschi non l'hanno presa tanto bene. Credo non gli sia andata giù l'idea di essere lasciati così, a metà guerra."

Don Franco accenna un piccolo sorriso bonario. Un sorriso che è solo l'ombra lontana di quelli che faceva un tempo e che rallegravano tanto tutti i suoi parrocchiani, anche quelli in difficoltà.

"L'altro giorno hanno svuotato il ghetto" prosegue don Franco. "*L'ebraismo mondiale è un nemico*, dicono. E così le SS deportano tutti gli ebrei."

"Lo so del ghetto. Ho trovato una ragazzina... una bambina che è riuscita a scappare e a salvarsi. Ora è a casa mia."

"Una bambina si è salvata? Ma è un miracolo! Come ha fatto? I rastrellamenti delle SS non lasciano scampo. Buon Dio, si è salvata..." Don Franco, con gli occhi lucidi, si fa il segno della croce.

"Dio non c'entra. L'ha salvata l'amore dei suoi genitori. Loro sono stati più forti di un esercito di tedeschi."

"Ma hai detto che ora è a casa tua? Emma, lo sai che rischi corri a ospitare una bambina ebrea?"

"Don Franco, con tutti i discorsi che avete sempre fatto sull'aiutare il Prossimo, non mi verrete a dire, proprio voi, che dovrei cacciarla?!"

"No, certo che no. È una bella azione, la tua. E poi, di questi tempi, si rischia ogni giorno, qualsiasi cosa si faccia. Dico solo di essere prudente."

"Dove hanno portato i suoi genitori? E tutti gli altri? C'è un modo per cercarli, per riportali indietro? Io ho dei soldi... E posso procurarmene altri, vendendo della roba che ho."

"Potrebbero essere già fuori dall'Italia. Li mandano quasi sempre in Germania, in Polonia. Li mandano nei campi di concentramento. E non è previsto che ritornino..."

"Campi di concentramento? Forse volevate dire campi di lavoro... Cosa sono, dei ghetti ma più duri? Una specie di confino? E perché è così sicuro che non potranno tornare? Li rinchiudono lì per ora, ma a guerra finita..."

"Non li mandano a lavorare. Cercano di far credere che sia così, ma, nella maggior parte dei casi, non lo è. Nessuno sa bene cosa ci sia sotto davvero. Quello che so... è che li chiamano campi di sterminio."

"Sterminio..." ripete Emma, quasi senza voce.

"Coraggio, non è ancora detto! M'informerò, chiederò, stanne certa. E se c'è qualcosa che possiamo fare per i genitori della bambina, la faremo. Nelle mie prediche ho sempre detto che i soldi non sono importanti, ma ora ti dico che i tuoi soldi saranno una benedizione se ci sarà da trattare. I soldi sono l'unica cosa a cui i tedeschi sono sensibili. Non sentono altre ragioni."

"Ma allora, adesso, il nostro esercito sta con gli americani? Mussolini è in prigione?"

"No, non è così semplice, Emma. I fascisti e i tedeschi hanno liberato Mussolini, e hanno fondato un nuovo esercito. Il 23 settembre è nata la Repubblica Sociale Italiana, la Repubblica di Salò. Dicono che è tempo per una nuova rivoluzione fascista! Ci sono centri di raccolta dappertutto. Di uomini abili non ne sono rimasti molti. Così è pieno di ragazzini, quasi bambini. Pensa: mitragliatrici e bombe a mano, anche per i ragazzini. Ne ho visti anch'io. Molti sono obbligati a presentarsi, altrimenti gli uccidono la madre o il padre o tutta la famiglia."

" "
...

"Hanno cambiato nome, ma i metodi sono sempre gli stessi. Anzi, peggio: prima usavano i manganelli, ora i mitra. Oh, certo, ci sono anche dei veri volontari. Ragazzi, uomini che credono ancora nel Duce e vogliono combattere al suo fianco. Sono quelli che pensano che qualsiasi altra scelta vorrebbe dire tradire la Patria e la parola data ai tedeschi. E quando hai giurato a qualcuno che sterminerai interi popoli assieme a lui, non vorrai mica tirarti indietro, ti pare? Il loro motto adesso è: 'Contro tutti vinceremo!' Contro tutti..."

Emma si appoggia allo schienale della sedia: una mano in grembo, l'altra ciondola verso il pavimento. "È pazzesco, reverendo. Vi sto ascoltando, ma non sembra vero. Quante cose, quanti giorni ho perso."

"Un po' di mesi. Non è colpa tua se sono stati mesi più intensi del solito" le sorride don Franco. E aggiunge: "A volte è necessario fare un viaggio lungo per arrivare nel posto che ci è destinato."

Emma fissa il vuoto; ripercorre mentalmente tutti gli avvenimenti che don Franco le ha raccontato, quando all'improvviso ha un sussulto. "Aldo!" Si alza in piedi di scatto. "Oddio... I soldati al fronte, mio marito... stavano combattendo assieme ai tedeschi. Che è successo? Cosa gli hanno fatto? Dove sono? Mio marito..."

Don Franco le va vicino e le appoggia le mani sulle spalle. "Emma, torna a sederti, per favore. Sei pallida e stanca, non parliamo di queste cose in piedi. Siediti, per favore."

"Sono un mostro" dice Emma lasciandosi cadere sulla sedia. "Aldo avrebbe dovuto essere il mio primo pensiero e invece... Ho chiesto di lui per ultimo." Stringe le mani a pugno e le sbatte una contro l'altra; poi le abbandona in grembo.

"Hai con te una bambina che ha appena perso i genitori, sei venuta da me per informarti... È normale che il tuo primo pensiero sia stato per lei e tutto quello che la riguarda."

"No, non è *normale*. Sapete qual è la verità? In tutti questi mesi ho evitato di pensare a lui. E non ho nemmeno dovuto sforzarmi troppo. Odio mio marito."

" "
...

"Lo odio perché non era qua quando ho saputo di Andrea. Non era qua, con me. A dividere il dolore, la morte con me."

" "
...

"E odio anche me stessa. Perché mentre penso queste cose di lui, so che potrebbe essere morto, al fronte, da solo come nostro figlio. Ma non riesco lo stesso a fare a meno di pensarle, maledizione! Quando poi ricordo che lui, Aldo, è partito volontario... vorrei... vorrei picchiarlo!"

Emma scoppia a piangere; don Franco prende una sedia, si siede accanto a lei e appoggia una mano sulle sue, in silenzio.

Quando Emma cessa i singhiozzi, don Franco: "Non voglio mentirti. La situazione dei nostri soldati è critica. Sia che siano al fronte, sia che siano qua, hanno due scelte: unirsi alla repubblica di Salò e ai tedeschi, oppure combatterli. Sono in tanti ad aver fatto la seconda scelta, sai? E non parlo solo di militari. È nata una forma di lotta, di Resistenza a cui partecipano sempre più italiani. E italiane! Da noi, i combattenti si stanno radunando sulle colline, sulle montagne. È nato un Comitato di Liberazione Nazionale – il CLN – che coordina tanti gruppi diversi: ci sono comunisti, cattolici, monarchici... Tutti che lottano, uniti da una nuova speranza!"

Le guance di don Franco si sono accese, nell'accalorarsi del discorso. E anche i suoi occhi.

"Ma i soldati al fronte... i soldati al fronte, se rifiutano di passare dalla parte dei tedeschi... e i tedeschi sono lì, di fianco a loro... Don Franco, io non me ne intendo di strategie militari, ma mi pare facile immaginare che... che se i nostri sono in minoranza, li ammazzano lì dove si trovano! Che resistenza vuole che facciano?!"

"Tanti dei nostri soldati sono stati deportati in Germania e internati nei campi di prigionia. Fanno anche loro la Resistenza. In un modo diverso, ma altrettanto importante. E forse molto più duro di chi può combattere, libero, qua. Ma ci sono anche reparti che sono riusciti a sfuggire ai tedeschi e a unirsi alla Resistenza del Paese in cui si trovano. O che sono riusciti a scappare in tempo e stanno tornando in Italia! Magari nascosti nelle campagne. Emma, non c'è da perdere la speranza finché non sappiamo qualcosa di certo su cosa è capitato ad Aldo. La speranza, di questi tempi, è tutto quello che ci resta. Non devi rinunciarci così facilmente, capito?"

Emma si alza e va verso la finestra della canonica: dà sul cortile dove Andrea e Giacomo giocavano a calcio, con gli altri bambini, quando finivano il catechismo. Don Franco aveva messo su una squadretta e loro due non perdevano un allenamento.

Ora nel cortile ci sono solo le foglie autunnali. E un po' di vento che le muove.

Emma appoggia la fronte alla finestra. "Ricordo il giorno in cui siamo entrati in guerra. Nel 1940. Una dolce giornata di giugno. Tiepida, soleggiata. Poi il discorso di Mussolini che si sentiva ovunque. Finiva dicendo: 'Vincere e vinceremo!' E un attimo dopo, la Francia e l'Inghilterra erano nostri nemici e tutti dovevamo odiarle. Ricordo di aver pensato: 'Siamo in guerra anche noi. E adesso?' Avevo in mano un gelato; mi è caduto per terra. Ero come imbambolata. Mi sono stretta al braccio di Aldo. Poco prima stavo sorridendo, me lo ricordo: Aldo mi aveva comprato il solito mazzetto di tulipani, e in un negozio di musica stavano facendo sentire una canzone del Trio Lescano. *'Parlano d'amore i tuli i tuli i tuli tulipan...'* Era così allegra che per un attimo avevo dimenticato tutte le preoccupazioni per i problemi tra Andrea e Aldo. Ero lì, felice, a seguire la musica con la testa, come una bambinetta stupida... Stupida."

Emma appoggia una mano sul muro e solleva la fronte dalla finestra. Fa un lungo sospiro con cui appanna il vetro. Le foglie autunnali del cortile scompaiono dietro il vapore.

"Dopo la Grande Guerra del '15-'18, pensavo non ci potesse più capitare niente di così brutto. Insomma, quante possibilità c'erano che capitasse nella mia vita un'altra guerra? E pure peggiore della prima? Da quella, in fondo, la mia famiglia non è uscita malaccio. Certo, è stata dura: mio padre al fronte, la voglia di ricevere sue notizie e, allo stesso tempo, la paura costante di riceverne di brutte, il terrore di pensarlo morto o ferito... E la vita a casa, con mia madre e Rosa, noi tre da sole. Cercare di sopravvivere con quel poco che c'era. Ancora non so come abbiamo fatto, in mezzo a quella miseria. E voi lo sapete bene, reverendo: eravate nei campi con noi, ad aiutarci tutti! Ma quando è finita la guerra e mio padre è tornato... io davvero ho sperato che la vita sarebbe stata diversa, come se avessi pagato un dazio che mi metteva al sicuro da certe sciagure. Invece, una seconda guerra. Quante stramaledette possibilità c'erano che risuccedesse, don Franco?! Non è giusto, non è proprio giusto..."

Emma si volta verso il parroco. Le lacrime hanno ripreso a scendere.

Don Franco le si avvicina e dalla tasca della tonaca tira fuori un fazzoletto; le asciuga le guance. Poi le sorride. "Hai visto? E tutti credono che in tasca mi porto solo caramelle. Invece sono attrezzato per ogni evenienza, io!"

La perpetua bussa alla porta della canonica e, senza aspettare risposta, entra. "Reverendo, è ora che veniate. Sono arrivate le parrocchiane per le prove."

"Uh, grazie, Claretta. Di' alle signore che arrivo subito. Me ne stavo dimenticando, buon Dio."

"Me ne ero accorta. Quando uno ha tanto da parlare con una donna sola..." bofonchia ruvida la perpetua, andandosene.

Emma fa un mezzo sorriso. "Gli anni passano, cambiano tante cose, ma la vostra Claretta resta sempre la stessa: sorridente, gentile e con una parola buona per tutti!"

"Non devi farci caso. È una brava donna, solo un po'..."

"Scorbutica?"

"Eh, un po'! Ora devo andare, ci sono le prove del nostro coro. Ti va di fermarti? Come ai vecchi tempi?"

"I vecchi tempi sono finiti. Non canto più, non ne avrei motivo. Specie se si tratta di cantare per Dio."

"Pazienza. Prima o poi cambierai idea. Ne sono sicuro."

Don Franco sta uscendo dalla canonica, ma Emma lo ferma per restituirgli il fazzoletto che le è rimasto in mano. Mentre glielo porge, le viene un pensiero. "Reverendo, ma voi com'è che sapete tante cose sulle deportazioni, sui soldati, sulla Resistenza...?" Don Franco sorride. "Devo andare, figliola. Il coro mi aspetta."

*****

La stanza di Andrea è vuota. La giacchetta di Sara è sul letto. L'armadio è aperto: manca un cappottino di Andrea, di quand'era bambino.

Emma guarda anche nelle altre stanze. I cassetti della sua camera sono tutti aperti: mancano dei soldi che teneva lì.

Emma torna nella stanza di Andrea, prende in mano la giacchetta di Sara e chiama Caruso. "Annusala, annusala bene. Sei capace di ritrovare Sara? Provaci, dài! Cercala, cercala!"

Caruso annusa meglio che può ed esce dall'appartamento. Emma gli va dietro.

Sara è seduta su un muretto, a pochi isolati dalla palazzina di Emma. Caruso arriva ansimando verso di lei. La bambina salta giù dal muretto e lo abbraccia.

"Ti è venuta voglia di una passeggiata?" le dice Emma col fiatone, arrivando subito dopo Caruso, e con una mano appoggiata sulla milza.

Sara resta abbracciata al suo amico, senza alzare la testa.

"Il cappottino di Andrea ti sta un po' largo. Andrebbe sistemato. Mia sorella è molto brava a fare queste cose, ma mi arrangio anch'io."

"Te l'avrei restituito. Penso..." Sara è a occhi bassi.

Emma si mette a sedere sul muretto. "Quand'ero ragazzina ci saltavo su e giù come ridere. Ora mi pare un'arrampicata. Coi soldi, cosa vuoi farci?"

La bambina si alza in piedi per guardarla negli occhi. "Non ho mai rubato prima. MAI! Lo so che è una cosa brutta. Volevo usarli per cercare i miei genitori, per liberarli. O per farmi portare da loro. Perché io dovrei essere con loro! Non è giusto che stia qua."

Sara prende a calci un sasso. "Ma quando sono uscita da casa tua, dopo aver fatto pochi passi, mi sono accorta che non sapevo dove andare, a chi chiedere. I miei genitori sono spariti e io non so come ritrovarli, anche se ho tutti questi soldi..." Sara tira fuori dalla tasca i soldi che ha preso a Emma, li guarda e inizia a piangere.

Emma si appoggia le mani sulle ginocchia. "Se sapessi dove sono, ti giuro che andrei io a riprenderli. Purtroppo, io so proprio poco. Ma ho un amico, con cui ho appena parlato, che invece ha molte conoscenze e mi ha assicurato che s'informerà e farà il possibile! Chiederemo aiuto a lui e a tutti quelli che ci vorranno. Te lo prometto."

"Di promesse la gente ne fa tante..."

"Be', qualcuno che le mantiene ogni tanto lo si trova, sai?" le risponde Emma, mentre Caruso le si è avvicinato alle gambe e ci si appoggia. Emma allunga la mano e lo accarezza. "E poi, se Caruso, di cui tu ti fidi, mi vuole bene... vuol dire che forse potresti fidarti anche tu."

Sara le porge i soldi. "Scusami."

"Non m'importa niente dei soldi. M'importa di te. Hai visto la mia casa; ci vivo sola, con Caruso. È troppo grande ormai per me, mi ci perdo dentro. Sarebbe una fortuna se tu volessi restare con noi. Potresti restare finché i tuoi torneranno a prenderti, va bene?"

La bambina fa cenno di sì con la testa.

Emma scende dal muretto. Comincia a far buio, meglio tornare a casa; si avvicina il coprifuoco.

Mentre Sara si volta a fissare un vecchietto seduto tutto solo in un piccolo parco, iniziano a suonare delle sirene.

"È l'allarme antiaereo! Vuol dire che stanno arrivando a

bombardarci!" dice Sara, col viso rivolto al cielo. "Bisogna andare nel rifugio!" esclama Emma, girando su se stessa. "Ma io non ci sono mai stata. Non so dov'è..." "Lo so io! Noi non potevamo andarci, ma so dov'è, vieni!" La bambina le fa segno di seguirla e si mette a correre. Le strade, nel frattempo, si sono riempite di gente. Tutti corrono. Non era poi così difficile trovare il rifugio: bastava seguire quel fiume di persone.

Il rifugio che conosce Sara è quello più grande che c'è in zona. È del giornale cittadino, ma lasciano entrare anche la gente comune. Quando arrivano Emma e la bambina, è già stracolmo. Loro due, assieme a Caruso, si sistemano in un angolo, in piedi; finché un soldato repubblichino si alza da dov'era seduto per lasciare il posto a Emma. La bambina la strattona per la gonna, come a dire di non andare, di star lontana da quelli con le uniformi. Ma Emma sa che non conviene attirare l'attenzione, specie facendo uno sgarbo a un soldato. Sara resta nell'angolo, ma quando si accorge della presenza di soldati tedeschi, corre a mettersi vicino a Emma, seguita da Caruso.

"Bisogna andar via dalla città, andare nelle campagne. Qua è troppo pericoloso" dice una donna, mentre da una borsa tira fuori un pezzo di pane che dà alla bambina che tiene in braccio.

"Lo dicevo, io, che avrebbero bombardato. Se c'è nuvolo, non bombardano; ma oggi era una giornata di sole, cielo limpido. Lo dicevo, io" ripete un uomo anziano, grattandosi la testa sotto al cappello, mentre una giovane donna, in piedi vicino a lui, lo rimbrotta: "Smettila, papà. Sta' un po' zitto, per favore."

"Sentite che botte" dice un soldato repubblichino. "Questa volta ci vanno giù pesante, maledetti inglesi!"

L'aria è poca e umida, si fatica a respirare. Solo i bambini più piccoli sembrano non accorgersene e s'inventano giochi per passare il tempo. Un gruppetto di uomini anziani, in disparte, lontano dai tedeschi, parla della situazione politica. Qualcuno legge, qualcuno sonnecchia. Una mamma allatta il suo bambino. Altre donne, in cerchio, dicono un rosario. Qualcuno è arrivato con coperte e thermos: non si sa mai quanto dureranno le incursioni.

"Almeno qua siamo al sicuro" dice un uomo con un moncherino.

"Non è detto" gli risponde, in perfetto italiano, un soldato delle SS. "È sufficiente che finisca qua dentro una bomba, e questo posto diventa una trappola per topi. Peggio che essere all'aperto, mi capite?"

Una ragazza, infreddolita e tremolante, salta in piedi e inizia a gridare che vuole uscire, di lasciarla andare, che lì dentro c'è da impazzire e che non vuole stare dove ci sono i tedeschi che le hanno ucciso la famiglia. Un uomo con la valigetta si fa strada tra la gente e, mentre due donne la tengono ferma, le fa un'iniezione. L'uomo si gira: è il dottor Gandolfi. Emma lo vede e anche lui vede lei. Lei e Caruso e la bambina attaccata alla sua gonna. E i soldati tedeschi a due passi.

In quel momento, suona forte un'altra sirena. Le incursioni sono finite; l'allarme è cessato, si torna a casa.

La gente comincia a confluire verso l'uscita. Ognuno pensa alla propria casa e a quello che ne sarà rimasto. Qualcuno prega a voce alta e si fa il segno della croce. Qualcuno spera in silenzio e basta.

Il dottor Gandolfi aspetta che Emma gli passi accanto e, mentre s'infila il cappello, a mezza bocca le dice: "Andate subito a casa. Non fermatevi da nessuna parte, per nessun motivo." Poi si mette in coda con gli altri per uscire.

Per un po' restano tutti immobili, vicino al portone del rifugio. Guardano attoniti l'ennesimo, nuovo volto della città. Altri edifici crollati, altri edifici in fiamme, altri morti. I vigili del fuoco sono già in movimento, da una strada all'altra. Si sente piangere, gridare.

"Mio marito è là sotto!" urla una donna scavando con le mani tra le macerie e cercando aiuto.

Da una casa che brucia, esce gente in fiamme; non si riesce neanche a distinguere se si tratta di uomini, donne o bambini: nel buio, si vedono solo le fiamme, si sentono le urla. E si sente l'odore della carne che brucia.

Emma, d'istinto, cerca di coprire gli occhi a Sara, ma la bambina le allontana la mano bruscamente. "Credi che non abbia mai visto scene così? Ma dove hai vissuto tu, finora?!"

Sara si guarda attorno. Cerca l'ultima cosa che aveva visto prima di entrare nel rifugio. Il piccolo parco non c'è più; ma il vecchietto è ancora là, da solo, seduto sulle macerie.

I vigili del fuoco passano con delle barelle con sopra cadaveri, coperti da un telo.

Emma ripensa all'ufficiale ebreo che si era ucciso nel suo palazzo, anni prima.

"Vieni, Caruso. Vieni qua, bello. Andiamo a casa." Sara s'incammina a passo deciso, con Caruso al suo fianco.

Emma li segue lenta.

*****

"Perché tieni una bicicletta in salotto?" chiede Sara entrando in casa e fermandocisi vicino.

Emma si butta lunga sul divano e si preme un cuscino sul viso. "Se ci fosse un interruttore per spegnere i pensieri..." dice tra sé.

"Eh?" chiede Sara.

Emma si toglie il cuscino dalla faccia. "Niente. Come stai?"

"Guarda che io ti avevo fatto una domanda."

"Tengo una bicicletta in salotto perché s'intona con le tende. Va bene?"

"No."

"..."

"Tu come stai?" le chiede Sara giocherellando col manubrio.

"Io? Bene..."

La bambina la guarda severa. "Se non mi dici la verità tu, perché dovrei farlo io?"

"..."

"..."

Emma si mette a sedere e accoglie una mano nell'altra. "Era la bicicletta di mio figlio, Andrea; lui ci teneva molto. È morto sul fronte russo. E mio marito, Aldo... probabilmente è morto anche lui."

Sara si appoggia al sellino della bicicletta; guarda Caruso che va da Emma per darle qualche morbida codata di conforto. "Noi avevamo una bella vita, eravamo felici" dice la bambina con un filo di voce. "I miei genitori ti piacerebbero: sono allegri, gentili... Poi sono arrivate le leggi razziali. E la paura, la fame. Poi la persecuzione e ancora più paura. 'Senti i passi, nasconditi! Senti i passi, nasconditi!' Ogni giorno così. Ogni istante così."

Sara si scosta dalla bicicletta, accertandosi di lasciarla esattamente come l'aveva trovata. Risistema il manubrio nella direzione in cui era messo prima che lei lo toccasse. Va a sedersi sul divano, ma dal lato opposto a dov'è Emma.

"I tuoi genitori sono stati eccezionali. Sono riusciti a proteggerti, a salvarti. Io non ci sono riuscita. Con mio figlio, io non ci sono riuscita."

Caruso sale sul divano e si siede tra le due.

"È difficile ammettere di aver bisogno d'aiuto. Di sentirsi sola" dice Emma.

"..."

"E io lo so... perché è successo anche a me."

Sul tavolinetto vicino al divano, dalla parte di Sara, ci sono delle foto in cornice. La bambina ne prende una. Sono Emma, Aldo e Andrea: eleganti e sorridenti. Emma indossa un bell'abito con una stola di pelliccia e un cappello con una piuma.

"Questa sei tu? Com'eri diversa..."

"Era diverso tutto, allora" dice Emma alzandosi, col suo vestito stropicciato e impolverato, e prendendo la cornice dalle mani di Sara. "Lo vedi questo cappello? Andrea mi prendeva sempre in giro quando lo mettevo, per via della piuma. Mi diceva: 'Sembra il cappello di un alpino, mamma! Sembra quello del nonno!'... Anche a te sarebbe piaciuto mio figlio." Emma sfiora con un dito il viso di Andrea e rimette la foto al suo posto. "Hai voglia di fare un bagno caldo, prima di dormire? Caldo o tiepido, dipende da come troviamo l'acqua." La bambina annuisce.

Emma prepara il bagno per Sara. Il sapone ormai è quasi introvabile: ma Emma ne aveva conservato un po'. Aiuta la bambina a lavarsi e ad asciugarsi; le spazzola i capelli; le spruzza un filo di profumo con la pompetta, sperando, in qualche maniera sciocca, di distrarla dai ricordi della giornata trascorsa. Con la stessa acqua si fa un bagno anche lei e resta nella vasca a far galleggiare i pensieri, anche quando l'acqua, ormai, non è più nemmeno tiepida.

– Un bagno, una camicia da notte... dopo mesi che si era coricata e alzata sempre vestita nello stesso modo, a volte senza nemmeno sciacquarsi il viso. –

Sara, intanto, si è infilata un pigiama di Andrea ed è nel letto, con Caruso al suo fianco.

"Domani facciamo un bagno anche a lui" commenta Emma, con un mezzo sorriso, quando va da Sara a darle la buonanotte.

Si china per darle anche un bacio, ma la bambina si tira le lenzuola sopra la testa e si gira su un fianco.

"Mi spiace per tuo figlio" dice Sara piano. Quando Emma è già fuori dalla stanza.

*****

Silenzio. Per tutta la mattina silenzio.

Emma ogni tanto prova a parlarle, ma Sara risponde solo con gesti sbrigativi o non risponde affatto.

La bambina si mette a giocare sul pavimento con Caruso. Guarda Emma.

105

"Prima che ci mettessero nel ghetto, avevo molte amiche. No, anzi: le avevo prima delle leggi razziali. Poi hanno cominciato a evitarmi. Sono diventata trasparente. Una bambina mi ha detto: 'Non posso giocare con te perché sei ebrea.' Io le ho risposto: 'Lo ero anche prima, quando giocavamo assieme.'"

"E lei?" chiede Emma.

"Mi ha detto: 'Boh', ha fatto spallucce e se n'è andata a saltare la corda con le altre."

"Ma non tutti quelli che conoscevi si saranno comporta..." Emma s'interrompe. Sara non la sta più guardando; ha ripreso a giocare con Caruso.

È tornato il silenzio.

*****

Lucia è sempre bella. Ma la guerra sta lasciando tracce anche su di lei: è magra, emaciata, preoccupata. Gli occhi luminosi che aveva quando leggeva le poesie con Andrea sembrano essersi appannati.

Don Franco sottovoce ad Emma: "L'ho detto anche a lei, spero non ti dispiaccia. La vedo sempre alle prove del coro, e mi dà una mano col catechismo per i bambini."

"No, anzi. Andrea sarebbe contento, l'avrebbe voluta qua."

Emma si avvicina a Lucia che è in piedi, in un equilibrio instabile, con le mani dietro la schiena, nei pressi dell'ultima panca della chiesa; le accarezza i capelli e le solleva il viso: sta piangendo. La prende per mano e le dice: "Andiamo a sederci."

La chiesa è vuota. Sedute sulla panca più vicina all'altare ci sono solo Emma, Lucia e Sara. E Caruso che, chissà perché, si è andato a mettere ai piedi di don Franco, che sta recitando il Padre Nostro.

"Un cane in chiesa" borbotta Claretta, passando con dei fiori in mano. "Va be' che siamo in guerra, ma un po' di decoro si potrebbe anche cercare di mantenerlo." E se ne va verso la statua di San Giuseppe.

Non è un vero funerale. Andrea non ha potuto essere sepolto, perché il suo corpo non è ritornato dalla Russia. Come è stato per tanti soldati morti là.

Non è nemmeno una messa. È un ricordo, un momento che don Franco ha voluto dedicare ad Andrea, per salutarlo e dargli un'ultima benedizione. L'ha proposto a Emma e lei, inaspettatamente, ha detto sì. Sì, purché fosse una cosa solo fra di loro.

Don Franco parla di Andrea: sorride e si commuove. Ripete spesso "buon Dio" e si asciuga gli occhi.

Claretta deve aver lasciato aperta qualche porta di troppo; si sente corrente, probabilmente c'è del vento fuori. I fogli che don Franco teneva sul leggìo e gli spartiti del coro, appoggiati sull'organo, adesso svolazzano nell'aria e si mischiano fra di loro.

"*Il vento sono gli angeli che sbattono le ali...* Lo dice sempre mia madre. Lo ripeteva anche ad Andrea, da bambino" sussurra Emma, mentre osserva i fogli che planano qua e là, e Sara che li rincorre assieme a don Franco.

"Cosa ci sto a fare, qua, io... senza mio figlio? Voglio saperlo, ditemelo."

Emma è in canonica con don Franco, mentre Sara e Lucia sono fuori nel cortile, con Caruso. Don Franco sospira e si siede dietro la sua scrivania.

"Come va con Sara?" le chiede.

"È di poche parole, come avete visto. Ogni tanto mi confida qualcosa, e subito dopo si richiude in se stessa. Continua ad avere incubi, si sveglia tutte le notti. Voi siete riuscito a scoprire qualcosa sui suoi genitori?"

"Per ora ben poco. Con ogni probabilità, li hanno già messi su un treno. Ma non so se si trovano ancora in Italia, in qualche campo di smistamento, o se sono già oltre confine. In questi giorni devo incontrare una persona che saprà dirmi di più. Non preoccuparti, non me ne dimentico. Sono contento che tu abbia incontrato Sara. È stato il Signore a metterla sulla tua strada. Quando ti trovi a dover aiutare un altro a superare il suo dolore, succede che aiuti anche te stesso a superare il tuo. Vi state salvando a vicenda" conclude don Franco, quasi sussurrando.

Emma è appoggiata alla finestra, e guarda Lucia e Sara che raccolgono le foglie più belle. Sara corre dietro a quelle che vengono spostate dal vento e le insegue fino ad acchiapparle.

"Andrea e Giacomo, quand'erano piccoli piccoli, non facevano che correre. Delle gambine così corte eppure così veloci! Uno partiva e l'altro via, dietro. Non potevi mai perderli d'occhio: erano come Cric e Croc. A un certo punto, Aldo suonava un fischietto e quello era il segnale che era ora di smetterla; allora ritornavano alla base. Quando andavamo da Rosa, in campagna, sia Aldo che Fausto stavano sempre a fargli la guardia e a inseguirli. Specie nella fase in cui si erano appassionati alla rincorsa dei piccioni. Delle gambine così corte, eppure..."

Emma sorride.

Continua a guardare Sara che rincorre le foglie; alza gli occhi per seguire il volo di una che si è spinta più in alto delle altre e lo sguardo le cade sul muro che fa da recinzione a un lato del cortile. Sul muro campeggia una scritta: "W il Duce che alla fame ci conduce!"

Emma si volta a guardare don Franco, con aria interrogativa.

"Non pensar male! Non l'ho scritta io. L'ho solo trovata lì, una mattina."

"..."

"Mi sono limitato a non cancellarla" alza le spalle il parroco.

Si sentono le urla di Claretta venire dalla chiesa e, un attimo dopo, Caruso è in canonica: è venuto a cercare Emma, a vedere che sia tutto a posto. Non gli piace lasciarla sola per troppo tempo.

Don Franco: "Cos'ha in bocca? Un legnetto?"

"È la cerbottana di Andrea. Gliel'aveva fatta Fausto."

"Ma la rosicchierà, la rovinerà. Caruso, vieni, dai qua, da bravo!" Don Franco si sposta dalla scrivania e si china a terra per attirare a sé il cane.

"No, lasciatelo stare, reverendo. Non le fa niente. Se la porta dietro da mesi, ormai. Ci dorme, la guarda; a volte sta sdraiato e la muove con una zampa. Quando la prende in bocca per portarla in giro, è sempre delicato, non stringe mai. È il modo che ha scelto lui per ricordarsi Andrea, per tenerselo vicino."

Caruso, intanto, è arrivato, obbediente e fiducioso, vicino a don Franco, che ora si sente come un ladro per il pensiero che ha avuto. Il parroco si asciuga un po' gli occhi, sorride al cane e gli dice: "Scusami, sai. Spesso, noi uomini non capiamo un bel niente."

Caruso lo guarda perplesso e, visto che la situazione gli pare tranquilla, se ne va da dove è venuto.

Dalla chiesa echeggiano nuovamente le urla di Claretta.

Don Franco torna a sedersi alla sua scrivania. "Anche i Testimoni di Geova sono perseguitati, lo sapevi, Emma?"

"Insomma non gli piace proprio nessuno, a Mussolini e a Hitler? Chi saranno i prossimi? Quelli con le lentiggini?! Toccherà anche a noi, prima o poi. S'inventeranno qualcosa. Forse vorranno restare solo in cinque o sei in tutto il Paese."

"Be', a quelli come me – ai preti – già adesso non è che vada tanto bene. È come se avessimo le lentiggini!" sorride don Franco.

Emma prende una sedia e la trascina davanti alla scrivania del parroco. Si siede. È il solito posto dove si è seduta per anni, tutte le volte che aveva bisogno di parlargli. Si era seduta lì anche quando aveva dovuto dirgli che Andrea avrebbe tanto voluto entrare nei boy scout, ma che dovevano mandarlo nei balilla. *Dovevano.*

"Oggi, venendo qua, abbiamo visto passare altre SS. Ci siamo nascoste e abbiamo aspettato che se ne andassero. Le divise militari, le marce. Mi hanno sempre messo addosso un senso di disagio, d'inquietudine. Anche quando andavo a vederle con Aldo e Andrea... vedere tante armi sfilare... Volevo sempre tornare a casa in fretta. Ma ora... ora vedere le SS che sfilano per le vie della nostra città. La *nostra* città! Don Franco, ora ho veramente paura. Tutti quegli uomini che marciano, lo sguardo fisso in avanti, come ipnotizzati, tirati come marionette. Sembrano fieri di andare a uccidere. O forse neanche si rendono conto di quello che fanno."

"Se mai se ne accorgeranno, se si sveglieranno da questo sonno delle coscienze, che Dio li aiuti. Ho pietà per loro." Don Franco si fa il segno della croce.

"Io non so come fate. Come fate ad aver pietà di gente così. Ma siete voi l'amico di Dio, non io. Voi potete capire perché mio figlio è morto e quelli, invece, marciano ancora per le nostre strade, vivi e in salute."

"Emma..."

"Sono così stufa di continuare a dire cose che offendono le persone che cercano di starmi vicino. E sono stufa di dovermi continuare a scusare."

Emma si appoggia una mano sotto la nuca e tira indietro la testa, fino a vedere il soffitto. Poi torna a guardare don Franco. "Ho pensato molto ad Aldo in questi giorni. Più che in tutti i mesi passati. Non riesco a smettere di chiedermi che decisione avrà preso."

"..."

"Era in guerra assieme ai tedeschi e se è come mi avete spiegato voi... avrà dovuto scegliere da che parte stare. Cosa avrà scelto? Cosa gli succederà? Sarà ancora vivo mentre io sto qua a chiedermelo?"

Una folata di vento arriva in canonica.

Claretta deve aver lasciato di nuovo aperta qualche porta di troppo. O forse è un angelo di passaggio.

"Non te l'ho mai chiesto, Emma, ma... Perché Aldo ha voluto partire volontario?"

"Non l'ha mai detto nemmeno a me, con chiarezza. E io non ho insistito più di tanto per chiederglielo. Ero arrabbiata già da allora per quella decisione. Ricordo che una sera, mentre stavo rientrando in casa, ho trovato Aldo che parlava con degli uomini in divisa fascista. Uno mi ha anche fatto il baciamano, andandosene. E ha dato una pacca sulla spalla ad Aldo. Io c'ho scherzato su, ma Aldo era strano. Gli ho chiesto cosa c'era che non andava. Lui mi ha risposto che non c'era niente, che era solo un po' stanco. E mi ha detto che quegli uomini erano amici di Attilio, il nostro vicino, e che cercavano lui. Non so. Forse gli hanno parlato, gli hanno prospettato una carriera. Non lo so, non lo so davvero. Ma pochi giorni dopo mi ha detto che sarebbe partito volontario. E anche Attilio è partito. Io ho sospettato che, nella sua decisione, c'entrasse la litigata con Andrea e il volergli dimostrare qualcosa. Aldo si è sempre sentito in competizione con Fausto e forse ha voluto dimostrare il suo coraggio. Ma con tanti modi che poteva trovare, questo è stato il più sbagliato. Non dovrei star qua a giudicare mio marito, senza nemmeno essere certa delle sue vere ragioni. E senza sapere come sta ora e dov'è. L'isolamento di questi mesi mi ha fatto diventare una persona spaventosa."

"Non direi. Quella bambina che gioca là fuori dimostra il contrario."

Claretta è arrivata in canonica con un vassoio con due tazzine di caffè di cicoria.

"Visto che non uscite più da qua dentro, vi ho portato qualcosa. Con tutto questo parlare avrete la gola secca, reverendo. Di zucchero, lo sapete, ce n'è rimasta un'ombra. Accontentatevi."

Appoggia le tazzine sulla scrivania e, brusca, se ne va, mentre don Franco ed Emma tentano di nascondere un sorriso.

"Chi erano tutte quelle persone che ho visto oggi in sagrestia?" chiede Emma mentre mescola la sua ombra di zucchero nella tazzina. "Quelle che sono scese di corsa nella cripta quando ci hanno visto entrare."

"..."

"..."

"..."

"Reverendo, dico a voi."

"Emma, meno sai e meglio è."

"Sono ebrei? Li state nascondendo?"

"Non dire certe cose a voce alta! Non puoi mai sapere chi sta ascoltando."

"Mi volete dire o no cosa combinate? Vi avviso: non smetto di chiedervelo finché non me l'avrete detto. Certo non penserete che io sia una spia!"

"..."

"Don Franco, allora?"

"Benedetta figliola. E va bene. Un po' sono ebrei e un po' sono uomini della Resistenza. Partigiani."

"C'era anche un gruppo di donne, in disparte."

"Oh, buon Dio! Ma che vista lunga hai?! Sono madri che si ritrovano qua e poi vanno assieme a cercare i loro figli fatti sparire dai fascisti."

"..."

"Li cercano nelle carceri, in giro. E purtroppo, spesso, li trovano impiccati o buttati in fosse comuni."

Emma aveva sete davvero, aveva ragione Claretta. Ma dopo aver ascoltato don Franco, le si è formato un groppo in gola e non ci prova neanche a far scendere il caffè. Allontana la tazzina.

"Lo sai che anche Giacomo è diventato partigiano?" le dice don Franco con un piccolo sorriso.

Emma si porta una mano al viso. "Il mio Giacomo? Mio nipote?"

"Sì, sì. Proprio lui. Quello che rincorreva i piccioni assieme ad Andrea, con le gambine corte!"

Emma prende un fazzoletto dalla tasca e si asciuga gli occhi. Lo ripone velocemente e, guardando don Franco, gli dice: "Cosa posso fare per aiutarvi?"

Don Franco le parla della Resistenza. Di com'è organizzata nella loro zona. Sulle colline e in città. Cerca di spiegarle meglio che può, perché vuole che capisca a cosa va incontro.

Quando il parroco finisce di parlare, Emma fa un lungo respiro. "Va bene. Se non sono troppo vecchia..."

"Macché vecchia! Io sì, che ho cinquantacinque anni; ma tu sei tanto più giovane di me."

"Non così tanto, reverendo. Quarantadue anni sono un bel po'."

"Eh, che vuoi che sia! E poi... c'è bisogno di tutti."

"Allora va bene."

Emma si alza in piedi. Le tremano le gambe. – Forse è perché è stata tanto seduta. Forse. –

"Don Franco... adesso la vorrei proprio, una caramella."

IV
Mi sei mancata

"Oh, Maria Vergine..."

Una donna anziana vestita di nero, coi capelli bianchi portati raccolti, lascia cadere a terra un centrino, fatto per metà, e l'uncinetto che aveva in mano.

"Ciao mamma" le dice Emma avvicinandosi piano.

"La me bagàia – *La mia bambina* –" dice la donna anziana, abbracciandola forte.

Emma sente il suo cuore scaldarsi. Mentre resta abbracciata alla madre, si guarda attorno: la piccola casa, la casa dov'è cresciuta...

"Come sei venuta? Con la corriera?"

"No, con la macchina. Ho ripreso oggi a usarla."

"Non l'ho neanche sentita; sto diventando un po' sorda."

"Dov'è il papà? A fare uno dei suoi giri lungo il Po?"

"No, è qua attorno. Prima era nell'orto che zappettava. Poi l'ho sentito trafficare con la sua fisarmonica; non la suona più tanto, ma ci tiene che sia in ordine."

"La fisarmonica del papà... Che nostalgia. E la pianta di serenella ha fatto una bella fioritura, a primavera?"

"Oh, sì, sì. Come sempre, bambina. Una nuvola viola di profumo. Quando la guardo, vedo ancora te e Rosa che ci giocate attorno. Tuo padre voleva portartene qualche rametto, ma..."

Emma raccoglie da terra il centrino e l'uncinetto e li posa tra le mani di sua madre. "Mi sono comportata come se solo io avessi perso Andrea. E al dolore per lui vi ho aggiunto quello per me. Vi ho fatto soffrire tutti."

Emma ha gli occhi lucidi. Sua madre piange, stringendo il centrino.

"Siediti, mamma. Non stare tanto in piedi, ché poi ti fa male la gamba. A proposito, come va?" dice Emma cercando di cambiare tono.

"Cosa vuoi mai: invecchia, come me."

"Lo sai cosa diceva sempre il dottore: non devi strapazzarti, specie stando in piedi. La gamba ha bisogno di essere trattata bene!" sorride Emma. "Tu stai qua tranquilla; io vado a cercare il papà, voglio salutarlo. Ma torno subito!"

"Emma" la richiama sua madre. "Devi sapere una cosa."

"..."

"Il papà si è convinto che è colpa sua se Andrea è morto."

"Cosa?"

"Sì, è così. Appena l'ha saputo, ha iniziato a dire che era colpa sua. E quando tu non ti sei più fatta vedere, ha pensato che fosse perché anche tu ne eri convinta."

"Ma come ha fatto a mettersi in testa una cosa simile?!"

Un uomo anziano, con la barba, entra in casa, roteando il suo tabarro su una sedia. Prima di lui, arriva la sua voce, forte e un po' roca. "Cesira, le galline non fanno. Bisogna chiedere qualche uovo a Rosa, lei..." Mentre si toglie il cappello, si accorge di Emma.

"Papà..."

Lui resta a fissarla, incredulo. Ha dei tremori alle mani.

Emma si butta ad abbracciarlo. Lui, da principio, non riesce nemmeno ad alzare le braccia. Cesira gli sorride dalla sedia.

Gli occhi gli si appannano. E finalmente riesce a stringere sua figlia.

"Tino, dai qualcosa da bere a Emma. Ha fatto tanta strada, avrà sete."

"Veramente la strada l'ha fatta la macchina, io sono stata solo seduta" sorride Emma. "E poi la distanza non è tanta. Sono io che ho lasciato che lo diventasse."

Tino, a occhi bassi, porta in tavola un bicchiere e una bottiglia. "Lo vuoi un po' di vino? Sei pallida... il vino ti fa prendere colore, vedrai."

Emma si avvicina al tavolo e appoggia la mano su quella tremolante di suo padre che regge il bicchiere. "Non è stata colpa tua. Tu non c'entri niente, papà."

Tino solleva lo sguardo. "Io gli ho sempre detto che bisogna servire la Patria, fare il proprio dovere..."

"Gliel'ha sempre detto anche Aldo. Gliel'hanno sempre detto in tanti."

"Avrebbe dovuto scappare, come ha fatto quel vigliacco di Giacomo. Suo padre l'ha istruito per bene. Credevo avesse preso dalla nostra famiglia, invece ha preso tutto da Fausto." Tino sbatte la bottiglia sul tavolo e del vino schizza sulla tovaglia bianca. Sembrano gocce di sangue.

"Papà, ma cosa dici? Cosa c'entra Giacomo, adesso? Con quello che hanno passato, con quello che è successo a Fausto, come ti salta in mente di dire certe cose?"

"Lo so io come devo pensare. L'unico che valeva davvero era Andrea. Io non ho più altri nipoti maschi."

Tino appoggia una mano sulla spalla di Emma e poi esce di casa, riprendendo con sé il tabarro.

"Mamma..." Emma è esterrefatta. E spaventata. Non aveva mai sentito suo padre parlare così di una persona cara. Aveva sempre voluto bene a Giacomo. Cos'era successo in quei mesi?

Si china vicino a sua madre; si inginocchia e le appoggia la testa sulle gambe, stando attenta a non pesare sulla destra, quella malata. Cesira le accarezza i capelli.

"Gli passerà, sono sicura. Giacomo è tanto buono e non se le merita certe frasi; ma tuo padre è un testone, tu lo sai bene, siete uguali. E quando s'impunta è così. Ma tornerà a ragionare, un giorno o l'altro. Come tu sei tornata da noi, quando è stato il momento."

Una bicicletta frena davanti alla casa. Si sentono le voci di due ragazze che scherzano.

"Ciao nonna!" gridano in coro, allegre, spalancando la porta ed entrando con un cesto di mele.

116

"Siamo puntuali?" chiede la ragazza più grande. "Dovevamo essere qua presto per aiutarti a fare il buslâ – *il ciambellone* –, no? Perché fai quella faccia? Abbiamo sbagliato orario?"

Cesira sorride. Emma è di spalle e quando si gira... un cesto di mele rotola per terra.

"Oggi avete tutti le mani molli, in questa casa!" esclama Emma con un grande sorriso.

"Zia!" gridano le ragazze e corrono ad abbracciarla.

"Ecco il vantaggio di stare tanto tempo rintanata come un orso: quando esci ti trattano tutti come un incrocio tra Lazzaro e la regina Taitù! Fatevi vedere: santo cielo, come siete diventate belle! Annamaria, tu sei una donna ormai. E tu, Luisa, sei una signorinella!"

"Zia, se ti sembra bella questo sgorbio qua" dice Annamaria riferendosi a Luisa, "mi sa che comincia a calarti la vista!"

"Ha parlato Greta Garbo!"

"Invidiosa!"

"Antipatica!"

"Basta, ragazze!" interviene Cesira. "Raccogliete le mele, che sarà meglio."

"Fanno sempre così, come cane e gatto" dice poi rivolgendosi a Emma. "Ma si vogliono un gran bene."

"Non esagerare, nonna. Diciamo che, *qualche volta*, non la strangolerei" dice Annamaria, ridendo.

"Lo stesso vale per me!" ribatte Luisa, facendole una linguaccia.

Mentre le ragazze finiscono di sistemare il cesto di mele, Cesira prende una mano di Emma e la stringe fra le sue.

"Sono delle brave figliole. Mi piace averle attorno perché, quando non litigano, mi ricordano te e Rosa. Non avete mai litigato, voi due."

"Mamma, come si fa a litigare con Rosa? È sempre stata un angelo, *lei*."

Annamaria e Luisa, in cucina, preparano l'impasto per il buslâ. Emma e Cesira si sono spostate in camera da letto, per restare un po' da sole. Sentono le voci delle ragazze che bisticciano; ma è un bisticciare che mette allegria.

Emma è silenziosa.

"A cosa stai pensando?" le chiede la madre.

"A Giacomo e Andrea, da piccoli. A quando mi facevano arrabbiare e li rincorrevo per sgridarli. A volte attorno al tavolo, a volte per tutta la casa o il cortile..."

"E loro, quando li rincorrevi, scappavano veloci come te da bambina?"

"Eh, non esageriamo. Come me nessuno!" le sorride Emma.

"Si fa tardi, è meglio che vada. Prima di tornare a casa, voglio passare a trovare un'altra persona."

Cesira sorride e incrocia le mani, come per ringraziare.

Annamaria si affaccia dalla cucina. "Vai dalla mamma?"

Emma abbassa gli occhi. "Sì."

Un sorriso esplode sul viso di Annamaria che corre ad abbracciare Emma e tenta persino di farla girare e sollevarla in aria, per quel che riesce.

Arriva anche Luisa, sporca di farina, e chiede: "Cosa sta succedendo?"

Annamaria: "Lo vedrai stasera, quando torneremo a casa. Vedrai, la mamma. Meglio che a Natale!"

"Natale?" ripete Luisa. "Ma se siamo a ottobre?"

"Tu non capisci mai niente!" la rimbrotta Annamaria, di ottimo umore.

"Meno male che ci sei tu che sei tanto furba!"

"Puoi dirlo forte, perché fosse per te..." Annamaria passa alle spalle di Luisa e le dà una sberletta in testa.

"Ahia, mi hai fatto male!"

"Eh, sai mica! Un colpo mortale. Chissà se superi la notte!"

Cesira, Luisa e Annamaria restano sulla porta a guardare l'automobile di Emma che si allontana, finché la vedono sparire dietro una curva.

"Voi due: in cucina di corsa, ché il buslâ mica si prepara da solo! Su, andate!" ordina Cesira alle nipoti che ubbidiscono allegre.

Poi cammina lentamente, zoppicando un po', fino alla camera da letto; si ferma vicino al suo comodino e, prendendo in mano una statuetta della Madonna, si fa il segno della croce e sussurra: "Grazie per avermela riportata."

*****

È scesa una nebbia leggera.

La prima nebbiolina dell'autunno.

Emma lascia l'automobile lontano dalla casa di Rosa; vuole camminare un po' prima di arrivarci.

Ha così tanta voglia di riabbracciare sua sorella. Ma non sa cosa dirle, da dove cominciare. Dove trovare il coraggio di sostenere il suo sguardo; anche se sa già che sarà uno sguardo dolce e pieno d'affetto, e proprio per questo le peserà addosso tanto da farla sprofondare.

Andare dai suoi genitori è stato più facile, per questo ha scelto di fermarsi prima da loro. Ma Rosa...

Mentre arriva nei pressi della casa, le sembra di vedere Fausto, in piedi, che le allunga la mano. Risente la sua voce: "Restale vicino. Promettimelo."

Emma si ferma, scoppia a piangere. "Stupida! Stupida! Ma come si fa ad essere così stupide?! Ma c'è una cosa giusta che ho fatto in questi anni?! Una, una stramaledetta cosa giusta?!" Parla a voce alta e si prende a schiaffi da sola.

Rosa si affaccia sulla porta di casa. Si asciuga le mani nel grembiule e va nell'orto, passando per il cortiletto, dove le galline, libere, le gironzolano attorno.

Si appoggia al pesco: il primo albero piantato da Fausto. Guarda in direzione della casa dei suoi genitori. Aspetta di veder sbucare la bicicletta con Luisa e Annamaria, ma ancora niente. Vede solo una donna in mezzo alla strada; una donna che si prende a schiaffi e parla da sola.

"Poverina, magari ha perso la ragione per i bombardamenti" pensa Rosa tra sé, rientrando in casa. "Magari le è morto un figlio o..." Rosa si blocca sull'uscio. Si gira di scatto e guarda meglio la donna.

Un attimo dopo sta camminando, in ciabatte, verso di lei. Cammina più veloce. Si toglie le ciabatte, le prende in mano e inizia a correre. Quando le arriva a pochi metri è senza fiato.

Emma non riesce a smettere di piangere e sta per buttarsi in ginocchio davanti a sua sorella; il peso che si sente addosso è più di quello che si era immaginata e la sta trascinando giù, senza che lei tenti nemmeno di opporsi.

Rosa butta a terra le ciabatte e stringe Emma a sé. Ed è allora che Emma inizia anche a singhiozzare, affondando il viso nei capelli di Rosa e aggrappandosi a lei.

La cucina di Rosa è come la ricordava Emma: piccola, pulita e profumata. Sul mobiletto più bello c'è la cornice con la foto di Fausto, e di fianco un'altra del loro matrimonio. La macchina da cucire a pedale che le aveva regalato lei un Natale di anni prima è al solito posto: l'angolo più illuminato, vicino alla finestra.

Dal forno viene un buon odore di mele cotte.

"Appena sono pronte, le tiro fuori e ce ne mangiamo due! Ci metto sopra il miele, come piaceva a te" dice Rosa, con una voce che per Emma è infinitamente meglio del miele.

Si siedono vicino al tavolo. Si tengono strette per mano. Lunghi silenzi, necessari, si alternano a parole ininterrotte. Spiegazioni, scuse, aggiornamenti. Tante lacrime, tanti sorrisi. E due mele cotte con sopra il miele, mangiate piano, forse per via di quel groppo che hanno in gola, sia Rosa che Emma.

"Senza la tessera fascista, Aldo, col lavoro... E poi sembrava una cosa più di facciata che altro. Chi si immaginava che..."

"Il mio Fausto se lo immaginava. Per quello l'hanno ammazzato."

In lontananza, si sentono le campane della chiesa che suonano a lutto. È morto qualcuno.

Rosa si fa il segno della croce.

Emma muove con un dito il torsolo della sua mela e lo fissa.

"Cosa c'è?" le chiede Rosa, che si accorge di un cambiamento sul suo viso.

"Tu non ce l'hai con Dio, per Fausto? Per avertelo tolto così presto?"

Rosa guarda la foto del marito, sul mobiletto. Passa le mani sulla tovaglia, lisciandola.

"Mi manca molto; ogni giorno. E Dio sa quanto vorrei averlo qua, con me. Però... è stato il Signore a farlo arrivare nella mia vita. Non immaginavo che si potesse essere così completamente felici. E io lo sono stata per tanti anni, mentre c'è gente a cui non succede mai. Se il dolore adesso è grande, è perché la felicità lo è stata altrettanto. Come faccio a lamentarmi?"

Emma le sorride. "A questo punto è sicuro: è proprio come ti dicevo da bambine, noi non siamo sorelle di sangue. Il papà e la mamma mi avranno trovata in un fosso e, impietositi, mi hanno portato a casa. Sarà andata così!"

"Oh, Signùr!" esclama Rosa. "Hai una fantasia, tu... Non si sa cosa non potresti inventarti!"

Rosa dispone su un piatto le mele tolte dal forno, pronte per quando le figlie torneranno a casa.

Emma la guarda e pensa: "*È sempre stata così Rosa: qualsiasi cosa toccasse, lo faceva con la delicatezza con cui avrebbe toccato del cristallo. Soprattutto quando si trattava delle persone.*"

"Ti ho ringraziata abbastanza per aver tenuto qua con te il mio Andrea?" le dice, passandole un piatto per coprire le mele e farle restare tiepide. "Ho cancellato tante cose dopo che è morto e... e non sono certa di averti detto a sufficienza quanto è stato importante saperlo in casa tua. Se non ci fossi stata tu, dopo la litigata con Aldo, non so dove sarebbe andato."

"Mi hai ringraziata anche troppo. E non ce n'era bisogno, perché Andrea è stata una benedizione per noi. Il fatto che sia venuto qua proprio dopo la morte di Fausto ci ha aiutati tutti. Per Giacomo, poi, non ti sto a dire cos'ha significato, perché lo sai... era la sua ombra. Dopo Fausto, c'era solo Andrea per lui. Nessun eroe dei fumetti avrebbe potuto superarlo!"

Rosa prende di nuovo la mano di Emma, delicatamente. "Credimi che anche qui, per noi, la notizia della morte di Andrea è stata... Giacomo sembrava impazzito e..." Vorrebbe dirle tante cose, ma non riesce a continuare, perché la voce le si spezza ad ogni frase.

"Perché non ti trasferisci qua da me, con la bambina? In campagna bombardano meno, è più sicuro. Sta arrivando tanta gente dalla città, sapessi! Tanti sono rimasti senza casa, all'improvviso."

"Ci penserò, ti ringrazio. Per ora resto dove sono. Ho ancora troppe cose da sistemare, da decidere."

"Aspetta, ti do un po' di uova e un po' di burro e..."

"Rosa, lascia stare. Non preoccuparti."

"Ma io non mi preoccupo. È che per una volta posso darti qualcosa io" le sorride. "In campagna si riesce a trovare di più da mangiare."

Rosa torna con un pacco legato con lo spago. "C'ho messo tutto quello che mi è venuto in mente. Ma non troppo. Così sarai costretta a tornare presto."

Rosa accompagna Emma verso l'automobile, tenendola stretta sottobraccio.

Quando stanno per salutarsi, Emma le dice: "Quel testone di nostro padre sta facendo uno sbaglio grosso con Giacomo."

Rosa s'infila le mani nel grembiule e in viso le si legge un dispiacere rassegnato. Non c'è rancore o rabbia. Solo dispiacere.

Emma, con voce ferma, conclude: "Ci tenevo a dirti che io sono molto fiera di mio nipote. Ma tanto davvero, sai?"

Le lacrime galleggiano negli occhi di Rosa che s'illuminano e luccicano.

"Mi sei mancata" dice a Emma con un sussurro tremolante.

"Anche tu, Rosetta."

*****

Che buon profumo manda il pacco di Rosa.

"La mia Rosetta" sussurra Emma, tenendo con delicatezza il pacco tra le mani e salendo lentamente le scale del suo palazzo.

"Emma! Emma, aspettami!" grida una voce alle sue spalle.

"Ciao Dora."

"Ma che sorpresa vederti fuori casa! Non mi pare possibile. Ti sei anche cambiata d'abito. Bene, bene. E hai fatto compere?" chiede Dora, indicando il pacco.

"No, me l'ha dato mia sorella. Sono stata a trovarla."

"Di bene in meglio. Hai anche ripreso a far visite ai parenti. Ero certa che ti saresti ripresa, coi tuoi tempi. Lo dicevo anche a don Franco: non si può metterle fretta, ognuno reagisce diversamente ai lutti. Bisogna aspettare che sia pronta a rientrare nella società."

"Già..."

"Stai andando in casa? Anch'io. Saliamo assieme. Potresti venire da me, parliamo un po'. Cara Emma, quanto mi sono mancate le nostre chiacchierate!" Dora prende sottobraccio Emma e la trascina su per le scale, continuando a cianciare.

Arrivate sul pianerottolo, a sorpresa, trovano una bambina ad aspettarle.

"E tu chi sei?" chiede Dora.

"È la figlia di una cugina di Aldo" si affretta a dire Emma. "È venuta a stare da me... perché hanno... hanno bombardato la casa dei suoi genitori e così..."

"Poverina, mi dispiace. Ma non l'ho mai vista prima. Non è mai venuta a trovarvi, coi suoi genitori?"

"No, be', sono parenti lontani. E abitano anche lontano. Ci sono state poche occasioni..."

"Uhm, certo. Eh, che tragedia tutti questi sfollati. Sei proprio una bella bambina. Eri nella gioventù fascista anche tu? Una piccola italiana? E che bella treccia; te l'ha fatta Emma, ci scommetto."

Dora fa per toccarle i capelli, ma Sara, con una mano, la spinge via e si tira indietro.

"Che caratterino! Parla poco, ma passa ai fatti. Non ti si può nemmeno fare un complimento, signorina?"

"Devi scusarla, Dora. È spaesata e... ne ha passate tante, e il viaggio fin qua... Anzi, ora è meglio che le prepari qualcosa da mangiare e poi la metta a letto."

Emma fa per salutare Dora con un formale bacio sulla guancia, ma quando le è vicina, Dora: "Hai visto, per le strade, quello che sta succedendo? Hai sentito quello che hanno tentato di fare al nostro Duce? Imprigionarlo... Imprigionare il padre della Patria! Siamo finiti davvero in basso, mia cara. Ma io ho deciso che, come faranno sicuramente anche i nostri mariti al fronte, non starò più solo a guardare. Voglio dare una mano anch'io."

Emma è sorpresa. Non immaginava che Dora potesse decidere, come lei, di schierarsi contro i...

"Mi sono arruolata nella Repubblica di Salò."

A Emma quasi cade di mano il pacco. Sara fa due passi indietro, verso la porta di casa, dove si è affacciato anche Caruso.

"Il re ci ha traditi. I suoi nuovi alleati, gli americani e gli inglesi, ci bombardano in continuazione e distruggono tutto quello che avevamo. Distruggono il nostro Paese! Pensa quanti morti sotto le macerie... e quante opere d'arte fatte a pezzi per sempre. E per cosa? Per difendere degli sporchi ebrei? No, io non ci sto più. Voglio cercare di aiutare la nostra causa. Non è ancora detto, Emma, che non si possa vincere. E se proprio perderemo, almeno perderemo con onore e non da vigliacchi, come vorrebbero il re e Badoglio."

Caruso inizia ad abbaiare contro Dora e ad agitarsi.

"Non sono mai stata simpatica al tuo cane" dice Dora aggiustandosi i capelli che, nella foga del discorso, si erano un po' scompigliati.

"Ma figurati! È che è tutto il giorno che non mi vede e... e dev'essere rimasto in casa con la bambina, sai, avrà voglia di uscire."

"Se la dovrà far passare perché è quasi ora del coprifuoco."

"Sì, sì. Infatti ora rientriamo. Forza Caruso, dentro! Ci vediamo nei prossimi giorni, Dora. Buona... buona notte."

"Emma..." Dora la richiama mentre stava già chiudendo la porta. "Tu la pensi sempre come un tempo, vero?"

Emma la guarda negli occhi, riaprendo solo di poco la porta. Le sorride.

"Certo. Io la penso sempre come allora."

V
La piccola brigata Garibaldi

Un vecchio furgoncino arranca su per strade di collina. Il sole pian piano si alza, da dietro le montagne.

Di fianco al guidatore sono seduti Emma e don Franco.

Il furgoncino arriva al principio di una boscaglia di montagna; la strada si fa ripida e stretta.

"Più in là io non vado. Dovete proseguire a piedi."

Emma e don Franco s'incamminano sul limitare tra collina e montagna. C'è un silenzio, una pace... Di mattina presto, poi, non sembra neanche possibile la guerra.

"È una brigata che ha bisogno di te, più delle altre" dice don Franco, fermandosi a respirare. "Vedrai."

Anche Emma ha il respiro affannato. Ma la salita non c'entra. A tratti si chiede ancora in cosa sta andando a mettersi.

"Sono agli inizi, per ora sono in pochi" prosegue don Franco, riprendendo a camminare. "Li chiamiamo 'brigata' anche se devono farne di strada per organizzarsi. Ma il comandante è un grand'uomo: era un ufficiale dell'esercito, sa il fatto suo. Sono certo che metterà in piedi un'ottima squadra. E anche il vice, a modo suo... sì, è un uomo in gamba. I gruppi comunisti, assieme a quelli di Giustizia e Libertà, si stanno mobilitando per creare delle vere formazioni militari. Ma bisogna dargli tempo. Ah, guarda! Laggiù s'intravede il campo."

Il campo che fa da base alla brigata Garibaldi è un casolare abbandonato, in bassa montagna. Vicino ci sono una sorgente d'acqua e un muretto diroccato. Per il resto, solo alberi e sterpaglia.

"Sentite anche voi, reverendo? Stanno cantando *Bandiera Rossa*?"

"Eh, sì" sorride don Franco. "Arriviamo in un covo di pericolosi comunisti! Se lo scopre il vescovo mi scomunica, buon Dio!"

*****

Al campo c'è un gran viavai. Si vede che sono ancora in fase di organizzazione, proprio come ha detto il parroco. Emma li guarda correre qua e là, quasi allegri, mentre canticchiano, con i loro fazzoletti rossi al collo. Si volta verso don Franco.

"Ma è una banda di ragazzini! Che scherzo è questo? Non può essere una brigata da combattimento. Dovrebbero stare a scuola! Avranno al massimo..."

"... al massimo diciotto anni" conclude una voce maschile alle sue spalle.

Emma si gira e si trova di fronte un bell'uomo, sui quarant'anni, con l'aria di uno a cui la vita ha dato una pennellata di grigio. In una mano tiene un martello, nell'altra una cartina del territorio.

"Buongiorno, reverendo" dice l'uomo, buttando a terra il martello e porgendo la mano a don Franco. "Come state?"

"Bene, bene, figliolo. E qua vedo che i lavori procedono. Avete trovato anche da dormire?"

"Sì, c'è andata di lusso. Siamo riusciti a sistemare dei pagliericci. I ragazzi hanno deciso di chiamarli 'brande': gli dà l'idea di una sistemazione più marziale, più adeguata al loro ruolo di combattenti."

Il parroco gli sorride. "Lei è la signora di cui ti avevo parlato. E lui" don Franco si volta verso Emma per le presentazioni, "lui è il comandante Nuvolari."

Emma, imbarazzata, gli stringe la mano. Vorrebbe spiegargli che le spiace per quello che ha appena detto e che di solito non è tipo da fermarsi alle apparenze. Ma il comandante non le dà modo di aprir bocca. Già mentre le stringe la mano, come a non voler perder tempo, dice: "È rischioso fare la staffetta, deve saperlo."

"Va bene."

"Se c'è da portare un messaggio lontano, può anche essere faticoso."

"Più faticoso è, meglio è. Fatemi pure stancare. Quando si è stanchi, si dorme meglio."

Il comandante si appoggia a una panca. "Sembra avere le idee chiare. È sicura che, quando sarà il momento, avrà il coraggio necessario?"

"Io non ho più paura di niente. Vi posso essere utile."

"È pericoloso un atteggiamento come il suo" dice un uomo, grande e grosso, raccogliendo da terra il martello del comandante. "Pensare di non avere paura di niente, senza neanche aver ancora capito bene cosa c'è da fare, può portare dei guai. Per me non è adatta a fare la staffetta."

"Lui è Carnera, il mio braccio destro" lo presenta Nuvolari.

Carnera saluta asciutto, con un cenno del capo. "La mia opinione è questa qua. Ma l'ultima parola sta a te, comandante. Io ho solo detto la mia."

"Figlioli, se ve l'ho portata qua è perché io, invece, sono convinto che..."

"Don Franco" lo interrompe Emma, "lasciate stare." Poi, rivolgendosi al comandante e al suo vice: "Sentite, non c'è molto da dire: io sono qua, sono disposta ad aiutarvi, per come posso. Mi è stato detto che la Resistenza ha bisogno di tutti e io vorrei fare la mia parte. La mia era una famiglia fascista, è meglio che lo sappiate. Mi vergognavo a sentire tante cose... Sentivo rabbia, disprezzo. Ma sono sempre stata zitta. Speravo che tutto si risolvesse da sé e che, in fondo, non sarebbe successo niente di così grave. Questa è la prima volta che sento che *bisogna* fare qualcosa."

Nuvolari si rigira il martello tra le mani. "Fra un po', su questi monti sarà l'inferno."

Emma guarda nel vuoto. "Ed essere viva sapendo che il proprio figlio è morto cosa pensa che sia?"

Il comandante si alza dalla panca, le si avvicina e la guarda dritto negli occhi. "Noi abbiamo bisogno di una staffetta.

Però, io la devo avvisare, signora. Sto cercando di metter su una brigata, ma... insomma, l'ha detto anche lei, prima: l'età media, qui, non è quella che dovrebbe essere. Siamo un gruppo piccolo e alle prime armi; collaborare con noi può metterla in pericolo più che collaborare con altri."

"Anch'io, come staffetta, sono alle prime armi. E, come abbiamo chiarito grazie al suo vice, anch'io non credo di essere il meglio che poteva capitarvi. Mi è appena stato detto che non sono adatta. Ma se voi ve la sentite di rischiare con me, io ci sto a rischiare con voi."

Nuvolari scuote la testa. "Lei è una donna testarda, eh?"

"Non se lo immagina neanche quanto."

*****

Emma sta rientrando a casa. Guarda in su e vede Sara alla finestra, e così le sorride e la saluta con la mano. La bambina la fissa inespressiva e si allontana dalla finestra. Il sorriso di Emma si spegne.

Mentre apre la porta dell'appartamento, sente delle voci provenire da dentro. È Sara che parla con qualcuno. Non dovrebbe esserci nessuno in casa, nessuno sa della bambina, a parte pochi che però non hanno motivo di essere lì. Mentre gira la chiave nella serratura, sente che la mano le trema. Entra e all'improvviso le voci tacciono.

Emma si guarda in giro, cerca Sara, ma non la vede.

Dalla cucina si sentono dei rumori e sbuca fuori un ragazzino. "Buonasera, signora Emma!"

Emma si appoggia le mani sul petto e chiude gli occhi facendo un lungo respiro.

Dalla cucina arriva anche Caruso che le va incontro scodinzolando.

"Ciao Nino" dice Emma, accarezzando Caruso e sorridendo al ragazzino. "Cosa ci fai qui?"

"Non volevo disturbare, mi scusi."

"No, no. Non disturbi affatto, non volevo dir quello. Mi chiedevo solo come mai..."

"Mia sorella mi ha raccontato di Sara."

"..."

"Stia tranquilla, signora Emma: Lucia mi ha spiegato bene la situazione e io tengo i segreti come nessun altro! Si può fidare di me."

Sara si affaccia in salotto, appoggiandosi a un bracciolo del divano.

"Ho pensato di venire a trovarla, per farle un po' di compagnia. Abbiamo chiacchierato e giocato. Ma siamo sempre stati in casa e nessuno ci ha visto, non si preoccupi!"

"Avete giocato e chiacchierato?" chiede Emma sorpresa.

Sara fa cenno di sì con la testa. E Nino: "Altroché! Lei è molto brava a giocare a carte: mi ha battuto sempre."

"Perché tu sei negato con le carte!" gli dice Sara.

Nino scoppia a ridere. "È vero! Se giocavamo a pallone, vincevo io!"

"Non è detto: una volta proviamo e vediamo!"

"Ma sentila..."

Emma li ascolta in disparte. È la prima volta, da quando Sara sta con lei, che in casa si respira un clima così leggero e sereno.

"Adesso scappo. È quasi ora del coprifuoco. Se faccio tardi, chi la sente mia sorella!"

"Salutami Lucia. E dille di mandarti ancora a trovarci."

"Ci può contare! Torno presto. Arrivederci, signora Emma. Ciao Sara!"

"Ciao Nino."

*****

"Tra noi compagni ci diamo del Tu. È più semplice e sbrigativo. Per te va bene?" le chiede Nuvolari.

"Certo" risponde Emma. "In fondo, prima o poi diventeremo anche amici e il Tu sarebbe naturale. Anticipiamo solo i tempi."

"Uhm, già. Siamo qua proprio per fare amicizia. Tipo un circolo ricreativo" borbotta Carnera, passandole a fianco e proseguendo verso il casolare.

"Amici... forse non con tutti, eh?" si corregge Emma, guardando Nuvolari.

"Carnera non è un tipo facile, ma se ti guadagni la sua stima, è fatta. È il più 'anziano', assieme a me. L'unico su cui si possa realmente contare, per esperienza. Gli altri... Be'. Quello là in fondo, vicino alla sorgente, è Freccia: l'ho chiamato così perché è sempre a rilento. L'altro, che porta il secchio d'acqua, è Pulce. È il più piccolo: ha quindici anni e il fucile è più alto di lui. Quello seduto per terra ad allacciarsi le scarpe è il Pescatore."

"Gli piace pescare?" prova a indovinare Emma.

"No" le sorride Nuvolari. "Mi si è presentato qua dicendo: 'Io sono cattolico. È un problema?' Non l'ho neanche guardato e gli ho risposto: 'Se non ti metti a pregare quando c'è da sparare... no'. Poi dovevo trovargli un nome di battaglia. Non me ne intendo molto di religione; ma in quel momento mi è venuta in mente la storia del pescatore di anime, e così... Quello vicino all'albero, quello che ha nascosto dietro la schiena il libro quando ha visto arrivare Carnera, è Valentino: bello e delicato. Troppo delicato per qua... Quell'altro che sta lottando per aprire la scatoletta di sardine è Briscola: si chiama così perché era meglio se stava a casa a giocare a carte. Quello che è appena inciampato e caduto per terra è Saltafosso, perché era meglio..."

"... se stava a casa a saltare i fossi. Sì, sì, adesso ho capito come li hai dati, i nomi. E tu? Come mai hai scelto di chiamarti Nuvolari?"

"Lui guida le automobili, io guido la brigata."

"Comandante" arriva un ragazzo che non era tra quelli elencati. "C'è un nuovo arrivo? Io sono Bill, signora. Come Bufalo Bill!"

"Che bel nome. Ti piacciono i film?"

"Mi piacciono i film western! Quando tutto sarà finito, andrò in America a fare il cowboy. E mi comprerò un cavallo."

131

"Ma se cadi anche dalla bicicletta..." gli sorride Nuvolari.

"Comandante, non scherziamo col far west!"

"Ho una nipote a cui piace tanto il cinematografo. Ma lei preferisce i film d'amore. Va matta per Amedeo Nazzari" dice Emma.

"Quello piace a tutte le ragazze. Ma ci scommetto che se conoscesse me..."

"Le piacerebbe ancora di più Nazzari! Vai, vai a far qualcosa di utile con gli altri, muoviti!" lo spintona il comandante.

"Ma se gli altri stanno venendo tutti qua?"

Nuvolari si guarda attorno e, in effetti, gli altri ragazzi si sono radunati lì.

Emma ne approfitta, si schiarisce la voce e: "Buongiorno a tutti. Io mi chiamo Emma."

"Ma no, no!" grida Nuvolari. "Non ci si presenta col nome proprio; si dà il nome di battaglia e basta. L'identità deve restare segreta!"

"Oh, bella. Ma se io un nome di battaglia non ce l'ho? E poi, com'è: non posso fidarmi di voi?"

"Veramente, comandante" si fa avanti Briscola, "noi i nostri nomi veri ce li siamo detti. Io ad esempio mi chiamo..."

"NON LO VOGLIO SAPERE COME TI CHIAMI! Porca d'una miseria..."

"Signora, non stia in piedi così. Venga, si sieda" le dice Bill, indicandole una panca.

"Le ho appena spiegato che tra noi compagni ci diamo del Tu" dice stanco Nuvolari.

"Certo, certo, comandante! Signora Emma, ha sete?" le chiede Briscola.

Nuvolari si sbatte una mano in fronte. "Dovete dare del Tu anche a lei! Ci aiuterà come staffetta, farà parte della squadra."

"Non mi sembra molto educato" interviene Valentino. "È una signora e..."

Carnera gli molla uno scappellotto da dietro. "Ma dimmi te cosa devo sentire! Volete per caso che vi porti anche del tè coi pasticcini, così chiacchierate meglio, qua belli freschi e rilassati?"

"Da-davvero possiamo a-avere il tè coi pasti-pasticcini?" chiede Freccia.

Carnera, vicino al casolare, sta zitto. Si volta. Prende un legno da terra e glielo tira. "ALZATEVI SUBITO E TORNATE A DARVI DA FARE, IMBECILLI!" Tutti scattano in piedi e corrono qua e là. Non che sappiano esattamente cosa fare; quello che hanno capito è che non devono stare seduti lì.

Tutti, tranne uno che, terrorizzato da Carnera, si è nascosto dietro a Emma.

"Io credo che non... non gli piii-accio, a Ca-car-nera. Fo-forse anche per il fa-fatto che quando mi a-agito, io ba-ba-balbetto. Pe-penso di inne-ervosirlo" dice Freccia, triste e coi suoi tempi.

Emma gli fa segno di sedersi con lei sulla panca. "Pensa che a mio marito, ogni volta che è nervoso o preoccupato, gli aumenta la salivazione."

"..."

"Deglutisce a ripetizione! E a mio papà, invece, vien da tossire. Vedi, ognuno di noi, quand'è agitato, ha qualche reazione particolare. Ma che problema c'è?" sorride Emma.

"Da-davvero?"

"Ma certo! Vero, Nuvolari?"

"Guarda, Freccia: non starti a preoccupare di Carnera. Non gli è più simpatico nessuno da tanto di quel tempo... Gli piace trovar da ridire su tutto. Non è cattivo, ma c'è da farci l'abitudine" conclude Nuvolari, dando una pacca sulla spalla al ragazzo.

Freccia raddrizza il busto e va via felice.

Nuvolari, dentro al casolare, appoggiato a un tavolo di legno malridotto, mostra a Emma delle cartine delle valli attorno e le parla delle formazioni partigiane che ci si muovono.

Pulce entra nella stanza di corsa e li interrompe.

"Cosa c'è?" chiede Nuvolari. "Vuoi i pasticcini anche tu?"

"No, comandante. Cioè, sì, li vorrei però so che..." Nuvolari si spazientisce e Pulce torna subito in argomento. "È arrivato un ragazzo che vuole unirsi a noi. Gli abbiamo detto che deve parlare col comandante. Lo faccio venire qua o..."

"Vengo io" risponde Nuvolari, arrotolando le piantine sul tavolo. "Vieni, vieni pure anche tu" dice a Emma, avviandosi.

Tutta la brigata si è già stretta, accogliente, attorno al nuovo arrivato. È un ragazzino alto e magro, smunto, con le scarpe consumate e i vestiti che non vedono un sapone da troppo tempo. Come il ragazzo stesso. Sarà per quello che Carnera si è messo ad aspettare l'arrivo del comandante ad una certa distanza.

Nuvolari lo guarda e subito chiede a Bill di andargli a prendere del pane e un bicchiere di vino.

"Chi sei? Perché sei venuto da noi?"

"Io vengo da un paesino del Sud. Un paesino di cinque case e un negozietto. È arroccato in alta montagna, sperduto tra i boschi. Non c'è neanche passato Garibaldi! Da noi la guerra non è arrivata, neanche ce ne siamo accorti. Noi abbiamo le capre per il latte, l'orto per la frutta e la verdura, e la pasta e il pane ce li facciamo da soli."

"L'autarchia. Come voleva Mussolini. Ecco, c'è riuscito solo dove non lo conoscono neanche" sorride Nuvolari.

"Eh?"

"Niente. Va' avanti."

"Abbiamo scoperto che c'era la guerra solo perché un mio zio, che è a lavorare in Germania, non è tornato quando doveva e ci ha scritto il motivo. Allora io sono sceso un po' più giù e ho chiesto cosa stava succedendo, e così l'ho scoperto."

"Ma ragazzo mio... se eri al sicuro e in un posto che i tedeschi neppure sanno che esiste – in un posto che neppure Dio forse sa che esiste! –, perché diavolo sei venuto qua?!"

"Io sono l'unico giovane del mio paesino. Sono qua in rappresentanza di tutti. Si sono trovati in piazza a salutarmi, prima che partissi. E Salvatore, che è un po' il capo da noi, ha anche brindato col suo vino buono. Io so che se puoi fare qualcosa di giusto e non la fai, sei una cattiva persona. Voi siete dalla parte giusta, vero?"

"L'idea sarebbe quella. Speriamo di sì."

"Bene! Allora il mio viaggio è finito. Mi comandi pure!"

"Ragazzo... sono senza parole."

"E pensare che a me ne vengono tante" dice Carnera, avvicinandosi a Nuvolari. "Un altro matto che si aggiunge al gruppo. Stiamo mettendo su proprio un bel numero di esemplari. Complimenti, comandante."

"Va be', ora ti dobbiamo trovare un nome di battaglia" dice Nuvolari, ignorando il suo vice.

Ma Carnera: "Ah, no, il nome glielo do io, a questo! Anche perché tu sei 'senza parole', non ti ricordi? Con tutto quello che ha appena raccontato, io dico Merlo. Non c'è nome più adatto. Il Merlo."

"Ce ne sono tanti anche dalle mie parti!" dice il ragazzo felice.

"Ah, ne sono sicuro" ridacchia Carnera.

"Il merlo è un buon animale. Si occupa della sua famiglia finché ce n'è bisogno. Va a procurarsi il cibo per i piccoli, e poi sta di vedetta per controllare che nessuno si avvicini a far del male al nido. È un gran complimento, non so se me lo merito..."

I ragazzi lo ascoltano tutti con ammirazione.

"Sì, sì. Te lo meriti" gli risponde Carnera. Ma ora non ride più come prima.

Emma, piano a Nuvolari: "È perché era meglio se stava a casa a fischiare, eh?"

Nuvolari sorride.

*****

135

"Comandante!" grida Pulce col fiatone, arrivando da Nuvolari mentre Emma si sta infilando in tasca un foglietto. "Ci sono degli uomini. Ce n'è uno, con un berretto nero e una stelletta rossa sopra, che ti cerca."

"Altri che si vogliono unire alla brigata? Ma quanti ne arrivano?"

"Ti piacerebbe, eh?" dice, ridendo, il tipo col berretto nero e la stelletta rossa.

"Pablo!" Nuvolari gli va incontro e gli appoggia le mani sulle spalle. L'altro uomo fa lo stesso con lui.

"Fuori di testa come sei, non pensavo saresti durato una settimana sulle montagne! E invece sei ancora intero, matto d'un rivoluzionario... Sono proprio contento." Nuvolari gli dà qualche pacca sulle spalle e poi si sposta per versargli del vino.

Pablo scavalca una panca e ci si siede, prendendo in mano un bicchiere. "E tu come te la passi, Nuvolari? La metti su una brigata o no? Si sta spargendo la voce che stai creando un'Opera Maternità e Infanzia anche tu, come il Duce!" ride Pablo. Poi, rivolgendosi a Carnera, che è arrivato e si è seduto con loro a fumarsi una sigaretta: "Tu farai da bàlia, no? Ti ci vedo! Con la pazienza che hai..."

"Pablo, ma sei venuto qua per rompere i coglioni?" gli risponde Carnera.

Silenzio per un attimo. E tutti e tre scoppiano a ridere.

È la prima volta che Emma vede Carnera ridere: non sembra così burbero, ora.

"Vai a capire perché insisti a definirvi una brigata. Siete quattro gatti! A te, la vita nell'esercito t'ha guastato il cervello" scherza Pablo.

"Lo so anch'io che sono dei ragazzini" sospira Nuvolari. "Per quello mi serve che si sentano inquadrati in una formazione seria, con delle regole."

"Basta guardarli in faccia e addio serietà! Oh, ma fai come vuoi. Mi sento già che diventerai una leggenda: Nuvolari e la sua piccola – minuscola – brigata. Forse stabilirai un primato! La brigata più piccola del mondo! Ti verranno a cercare. Uei, vedo già la tua foto sui giornali..."

I tre uomini si guardano e tornano a ridere.

"E questa bella signora chi è?" chiede Pablo, guardando Emma, che è rimasta in piedi.

Nuvolari appoggia subito il bicchiere e va verso di lei. "Scusa, nel trambusto, mi son dimenticato di te! Ma era un secolo che non vedevo questo qua. Vieni... Lui è il comandante Pablo, guida una formazione Garibaldi come la nostra."

Pablo sgrana gli occhi.

"Va be', chiaro: non proprio come la nostra" si corregge Nuvolari.

"Ah, ecco" sorride Pablo.

"E lei è la nostra staffetta" conclude Nuvolari.

Il comandante Pablo si alza e le stringe la mano.

Emma è intimidita. Non aveva mai subito particolarmente il fascino di uomini incontrati la prima volta. Dopo Aldo, non aveva più guardato nessuno. Non le era costato fatica; semplicemente non le interessava. Ma il comandante Pablo ha uno sguardo che, senza nemmeno volerlo, le arriva dritto al sangue. I capelli, mossi, gli incorniciano il viso come fossero scolpiti. E la voce profonda, avvolgente. I gesti sicuri, decisi. Nessuna esitazione, mai, né nella voce, né nei movimenti. Ha del carisma; qualcosa che va oltre il femminile e il maschile.

Pablo, Carnera e Nuvolari riprendono a parlare. Si mettono a discutere della situazione.

"Quelli che hanno fatto l'armistizio in questo modo cane... andrebbero presi a calci in culo da qua a Roma!" dice Pablo. "Peggio di così non potevano farlo. C'hanno mollato come dei fessi. E non glien'è fregato niente di quella che sarebbe stata la reazione dei tedeschi!"

"Figli di puttana" riassume Carnera.

"E ora?" s'interroga Nuvolari.

"E ora ci rimbocchiamo le maniche, come sempre. E si balla, vecchio mio!" sorride Pablo. "Hai anche un camino qua dentro, cosa volete di più? Se non crolla la prima volta che lo accendete, quest'inverno vi farà comodo!"

Poi si alza dalla panca. "Andiamo, venite a salutare i miei uomini. Così ti faccio vedere com'è una squadra vera, Nuvolari" ride Pablo. Una risata che sembra dar luce tutt'attorno a lui.

Gli uomini del comandante Pablo, oltre a essere in tanti, hanno un'età ben diversa. Sono uomini. Vicino ai ragazzi di Nuvolari, sembrano i loro fratelli maggiori, per non dire, in qualche caso, i loro padri. Ci scherzano, gli fanno vedere le armi che hanno con sé, gli lasciano qualche scatoletta di cibo. Nuvolari ne conosce molti e rivederli, salutarli gli mette addosso uno strano magone.

"I tuoi mi sembrano dei bravi ragazzi, ma non sono adatti per questo. Non so cosa potrai combinarci" gli dice Pablo, serio, mentre raccoglie le sue cose per andarsene. "Se cambi idea, se li rimandi a casa e decidi di unirti a noi, sei sempre il benvenuto. E se hai bisogno, sai dove trovarci."

Il comandante Pablo saluta Nuvolari appoggiandogli una mano sulla spalla, tira su lo zaino da terra e chiama i suoi uomini.

"Ciao Carnera. Fa' il bravo, neh! Arrivederci, bella signora!"

"Sei arrossita" osserva Nuvolari.

"Non è vero. Io non arrossisco mai" protesta Emma.

"Non sei l'unica" le dice, secco, Carnera. "Fa quell'effetto a tutte le donne."

"Anche agli uomini" dice Nuvolari, mentre Carnera, di scatto, si gira a guardarlo.

"In maniera diversa, locco!" si affretta a precisare il comandante.

*****

"Guardate, ci sono dei funghi! Si potranno mangiare? Qualcuno di voi se ne intende? E quelle bacche?" chiede Bill, in esplorazione avanti a tutti.

"Venite! Qua ci sono delle rane! Guardate come saltano" li richiama indietro il Merlo.

"Io ho trovato un bastone! Sembra quello di mio nonno. Si cammina meglio con un appoggio. E poi... va' che figurone che ci faccio!" commenta Briscola, mettendosi in posa.

"A-ascoltate... si-si ssss-sentono i passerotti!" dice Freccia, accostandosi a un albero.

"C'è un'ape!" esclama il Pescatore. "Secondo voi, se la seguiamo, ci porta a un alveare pieno di miele?"

Carnera e Nuvolari sono più indietro. Camminano piano e ascoltano le voci dei ragazzi.

"Quell'idiota sarebbe capace di andare davvero a mettere le mani in un nido d'api" commenta Carnera.

Nuvolari alza le spalle.

Carnera: "Se si mettono anche a raccogliere fiori, vado e li pesto uno per uno!"

"I ragazzi o i fiori?"

"Nuvolari, ma va' a cagare!"

"RAGAZZI" grida il comandante. "Raccogliete un po' di castagne che stasera le mettiamo sulle braci, assieme alle patate." Poi, rivolto a Carnera: "Almeno fanno qualcosa di utile. Ed evitiamo che gli venga in mente di raccogliere fiori."

Pulce si avvicina a Carnera; ha visto che una farfalla gli si è posata sulla spalla.

"È rara in questa stagione! Porta fortuna!" gli dice il ragazzo sorridendo.

Carnera schiaccia la farfalla con una manata. "Non dire stronzate."

Emma è rimasta più indietro di tutti.

Ora che i ragazzi sono fermi a raccogliere le castagne, anche lei si ferma, si siede sull'erba e tira fuori un foglio e una matita.

Qualcuno raccoglie davvero le castagne. Qualcun altro, invece, inizia a fare capriole e a buttarsi nell'erba. Il Merlo resta sdraiato a fissare il cielo. Forse pensa a casa sua, così lontana.

Bill arriva piano, alle spalle di Emma, per vedere cosa sta scrivendo. Ma non sta scrivendo: sta disegnando.

"Siamo noi!" grida Bill. "Sono i nostri ritratti! RAGAZZI, CORRETE QUA A VEDERE!"

In un attimo, tutti si sono precipitati attorno a Emma.

"Non è niente. È solo un foglietto di carta che avevo in tasca. Non c'era neanche spazio per disegnarvi bene."

"Emma, sei bravissima!" dice Pulce a bocca aperta. "E quello lì nell'angolo sono io! Non mi aveva mai fatto il ritratto nessuno."

"Hai frequentato una scuola d'arte?" chiede Valentino, dopo essersi riconosciuto nella parte alta del foglio.

"Eh, la scuola d'arte, ai miei tempi!" sorride Emma. "Io vengo da una famiglia povera, che credete? È solo che mi piace disegnare e mi viene naturale. Una tra le poche cose che so fare! Se vi piacciono tanto questi schizzi, vi prometto che una volta, al campo, farò un ritratto a ognuno di voi."

"Giura?" le chiede Bill, tutto felicità.

"Giuro."

"Hip hip urrà per l'Emma!" grida Bill. "Hip hip..."

"Urrà!" rispondono gli altri in coro.

"Va bene, va bene" sorride Emma. "Su, adesso tornate a raccogliere le castagne! Via, andare!"

Nuvolari le si siede vicino e guarda il foglio. "Sei brava sul serio. Io pensavo venissi da una famiglia ricca."

"Macché. Mio marito, Aldo, è ricco. La mia era una famiglia contadina; bisognava stare attenti ai soldi. A quei pochi che c'erano! Aldo queste cose non le ha mai capite perché non le ha provate. Lui ha sempre avuto tutto quello che gli serviva e molto di più."

Emma ritocca con la matita qualche viso e poi si gira verso Nuvolari. "Era da tanto che non mi veniva voglia di disegnare."

Guarda i ragazzi che scherzano tra di loro. "A mio figlio piaceva camminare in montagna. A mio marito meno! Per questo, tutti assieme, ci siamo andati solo una volta. Siamo partiti in automobile, di mattina presto, con Aldo che brontolava perché aveva sonno e si poteva anche partire più tardi, considerando che era domenica e uno che lavora tutta la settimana avrà pure il diritto di riposarsi almeno di domenica, no?" Emma sorride. "Andrea invece era felicissimo; gli spiaceva solo non aver portato con noi suo cugino, Giacomo. Abbiamo trovato una sorgente di montagna, tipo quella che c'è vicino al campo; abbiamo messo un po' d'acqua in bottiglia, da portare a casa. E abbiamo raccolto le castagne, come loro" Emma indica i ragazzi. "Poi la merenda sul prato. E abbiamo camminato, camminato... Ogni tanto chiedevo a mio figlio: 'Sei stanco, Andrea?' Ma lui faceva sempre segno di no con la testa e accelerava il passo per dimostrare che potevamo restare lì ancora tanto tempo, che lui ce la faceva. Si è divertito quel giorno. Tutti e tre ci siamo divertiti."

Briscola e Freccia fanno una gara di capriole.

Emma li guarda. "Anche Andrea e Giacomo le facevano sempre, quand'erano bambini."

"Eh, appunto. Quand'erano bambini" sottolinea Nuvolari, fissando i suoi ragazzi.

Si rientra al campo.

Valentino: "Comandante, ho la terra attaccata agli scarponi."

"E allora? Toglitela!"

"... come si fa?"

"Porca... Vieni qua, dài! Dat da möv! – Muoviti! –"

E Nuvolari gliela fa saltar via facendogli tirar su il piede e usando un legnetto. "Va bene. Ora avete visto tutti come si fa. Arrangiatevi da soli."

"Comandante, ho pestato una cacca. Uso un legnetto?" chiede Saltafosso, iniziando a starnutire.

Emma: "Aspetta, ti aiuto io."

Nuvolari: "Eh no, porcaccia miseria! Se ti ci metti pure tu!"

"Ma gli sta anche venendo il raffreddore" dice Emma, toccando la fronte al ragazzo.

"No, non è raffreddore" spiega Saltafosso. "Sono allergico."

"Sei allergico alla cacca?!" sbotta Nuvolari.

"No, no. A certe piante."

"Tu sei venuto a combattere in montagna... E SEI ALLERGICO ALLE PIANTE?!" Nuvolari è diventato paonazzo.

"Solo ad alcune" sussurra Saltafosso. "Mi fanno peggiorare l'asma."

"Hai detto 'asma'?" chiede con un filo di voce disperata Nuvolari.

"Ce l'ho fin da piccolo. I miei genitori hanno sempre cercato di proteggermi da tutto quello che poteva darmi allergia. Non mi hanno nemmeno mandato a scuola: avevo un precettore privato a casa. E in campagna non andavamo mai. Ma non c'è da preoccuparsi, comandante! Ho con me le mie medicine. L'asma si cura. I miei esageravano."

Nuvolari si è seduto per terra. "Ha l'asma. È allergico alle piante. Ma ha le medicine... E quando le finisci?! Andiamo a far spesa in città? Guardiamo un po' le vetrine e poi passiamo in farmacia?!"

"Sono sicura che il dottor Gandolfi, quando sarà il momento, ci aiuterà" interviene Emma. "Per ora non pensiamoci: ha detto che ce le ha."

Nuvolari si alza da terra e riprende la strada verso il campo. Saltafosso starnutisce un paio di volte di seguito. Il comandante si ferma e, tra sé, sottovoce: "Porca d'una miseria porca..." Poi, con le mani in tasca, riprende a camminare.

Più tardi al campo, Nuvolari, vedendo passare Carnera che va verso la sua branda, gli chiede: "Dove sono tutti? Sai cosa stanno facendo adesso?"

"Non lo so e non lo voglio sapere. Forse dormono o forse scrivono sul diario che bella giornata hanno passato."

"..."

*****

"Vi ho portato un paio di thermos con del caffè, delle sigarette, del pane – lo potete mangiare con la frutta che trovate –, del lardo e..." Emma fa una pausa per dare più importanza al momento. "Vi ho portato dei panini imbottiti, ragazzi. Tenendo conto dei tempi che corrono e di quel che ho trovato con la borsa nera... ecco, questo è quello che sono riuscita a fare."

Carnera: "Nuvolari, ma si può andare avanti così?! È peggio dell'asilo."

"Senti, io mi arrendo. Lasciamo che, ogni tanto, almeno loro si sentano amati. Tanto qua... da un momento all'altro potremmo essere tutti morti."

"Sì, ma le possibilità di morire aumentano di parecchio se lasci che si comportino come una scolaresca in gita con la maestra! Comandante, non voglio sembrarti insensibile, ma non voglio neanche restarci secco perché uno di loro è troppo impegnato a scegliere il panino che preferisce, invece che a coprirmi le spalle!"

"Dài, andiamo a prenderci un panino. Chissà se ha portato anche la torta..."

"..."

Arriva il tramonto. Emma ha già lasciato il campo. Nuvolari e Carnera sono seduti vicino al casolare; la radio, appena dentro, è accesa per sentire se ci sono notizie degli Alleati. I ragazzi sono sparsi in giro a far la guardia. Almeno, così sembrava al comandante, l'ultima volta che li aveva osservati.

Carnera sbuffa. Sputa sull'erba. "Sì, sì. Lasciamo che si sentano amati e che si divertano. Nuvolari, guarda un po' cosa stanno facendo" commenta indicandogli i ragazzi col coltello che ha in mano e con cui, subito dopo, riprende a togliersi la terra dagli scarponi.

Il comandante si volta e li vede che, con un coltellino, trafficano vicino a degli alberi. Si alza, si avvicina e vede quello che mai avrebbe voluto: stanno incidendo i loro nomi sui tronchi.

Il comandante s'incazza. "Perché non disegnate anche una piantina coi nostri spostamenti?!"

"Davvero? Non sarà pericoloso?" chiede sorpreso il Pescatore.

"T'è propi un luc!" esplode Nuvolari.

"Sei proprio uno stupido!" ripete Briscola.

"Cosa fai, mi traduci?!"

"È per il Merlo. Lui viene dal Sud e non lo capisce mica il nostro dialetto."

"Mi fate venir voglia di ammazzarmi..."

Carnera, dal casolare: "Se vuoi, ti do una mano io."

*****

Novembre 1943.

Emma arriva al campo su un camioncino; le ha dato un passaggio un partigiano di un'altra formazione. Scende, in una mano tiene dei vecchi giornali e nell'altra un borsone.

"C'hai portato delle riviste da leggere? O ci sono nascosti dei documenti?" chiede Bill correndole incontro.

"Mi sono ricordata che, quand'ero bambina, mio papà, prima di uscire di casa, per proteggersi dal freddo, dal vento soprattutto, si metteva sullo stomaco un foglio di carta. Provate anche voi" , dice Emma porgendogli i giornali da distribuire tra i compagni.

"E nel borsone cosa c'è?" chiede Pulce annusandolo, nella speranza di veder saltar fuori altri panini imbottiti.

"Ho portato un paio di coperte, qualche sciarpa, cappelli di lana, qualche maglione. Appartenevano a mio figlio e mio marito. Spero vi possano andar bene. Non potevo portare troppa roba tutta in una volta, per non attirare l'attenzione; ma pian piano vi porterò dell'altro. L'inverno è vicino e non avete abbastanza per coprirvi, qua in montagna."

Briscola l'abbraccia. "Che bello che sei arrivata da noi! Grazie, grazie!"

Freccia prende un cappello e una sciarpa, e ci si asciuga anche gli occhi.

"I giornali funzionano davvero! Non sento neanche più l'aria sullo stomaco" dice il Merlo.

"Non ho mai avuto un maglione così elegante nemmeno per Natale!" dice Bill, dopo averne indossato uno. "Comandante, non sono un figurino? E com'è caldo... Grazie, Emma!"

Tutti i ragazzi le sono attorno. Lei li aiuta a dividersi equamente le cose e a sistemarsi i giornali nel modo giusto, sotto i vestiti.

"Bene, ora li possiamo mandare anche a una sfilata di moda. Saremo la brigata più elegante di tutte" commenta Carnera, avvicinandosi a Nuvolari.

"E piantala. Roba pesante per l'inverno ci serviva eccome. Quindi ben venga che ce ne ha portata un po' lei. E se ce ne porta dell'altra, ancora meglio. Ti girano perché non sono stracci ma stoffa buona? Perché non saranno da rappezzare dopo due volte che li mettono? E anche per i giornali, lo sai, ha avuto un'ottima idea. I fogli di carta li hai già usati di sicuro anche tu per ripararti dal vento. Carnera, certe volte proprio non ti capisco: quando c'è di mezzo l'Emma, non ragioni come dovresti."

Sul fondo del borsone, perché restasse almeno tiepida, c'è una pentola con della polenta.

"Non è un granché, ma qualcosina da mangiare volevo portarvela" dice Emma, appoggiandola su un tavolaccio di legno, fuori dalla cascina.

"E-emma sei la mi-miglio-migliore!" le dice Freccia, mentre lei gli passa una mano sul viso.

I ragazzi si spartiscono dei pezzetti di polenta, lasciandone da parte un po' per chi non è lì.

Emma si guarda attorno e, quando vede Carnera e Nuvolari, gli va incontro. "Ho portato un po' di..."

"Abbiamo visto" la interrompe secco Carnera.

"La roba di mio marito credo dovrebbe andar bene anche per voi due, magari facendo qualche modifica. Per la prossima volta vi porto qualcosa. Non sono una gran sarta, ma se vi accontentate..."

"Non ce n'è bisogno. Non per me, almeno" ribatte Carnera. "Io sono a posto."

"Io, invece, accetto e ti ringrazio" le risponde Nuvolari, lanciando un'occhiataccia al suo vice. "Quando il freddo si farà sentire, qualcosa di pesante sarà tanta manna."

Emma infila le mani nelle tasche della giacchetta che indossa. Appoggia la schiena a un albero. Guarda i ragazzi che provano e si scambiano la roba.

"Carnera, io proprio non ti piaccio, eh?"

Lui le si pianta davanti e la guarda dritto negli occhi. "Stai peggiorando la situazione con i ragazzi. Li stai viziando come farebbe una mamma. Ma loro non sono i tuoi bambini, sono... dovrebbero essere dei combattenti."

"Carnera, basta" interviene Nuvolari.

"Basta un corno. Ha perso un figlio, ho capito. Mi spiace, ma sai che rarità? Chi c'è, qua, che non ha visto morire qualcuno a cui voleva bene? Non è un buon motivo per mandare a puttane una brigata che ci sta andando già da sola. Deve mettersi in testa che quelli lì non sono suo figlio."

Emma abbassa lo sguardo per un attimo. Quando lo rialza, Pulce è davanti a lei. Tra lei e Carnera. E gli punta addosso il suo fucile, tremolante quanto la sua voce.

"Non parlare mai più all'Emma così, CAPITO?!"

Emma gli appoggia le mani sulle spalle, da dietro.

Carnera lo guarda e resta immobile, sorpreso.

"Da' qua, non fare lo scemo" dice Nuvolari a Pulce.

"No, se prima lui non le chiede scusa!" ribatte Pulce, meno tremolante.

"Mettilo giù" gli dice piano Emma, facendogli abbassare il fucile. "Non preoccuparti, non mi ha offesa, stavamo solo parlando e chiarendo alcune cose. Vai dagli altri. Non è successo niente, vai."

Carnera mai avrebbe immaginato in Pulce una reazione del genere. Non è in grado nemmeno di urlargli contro,

146

come farebbe di solito, tanto è lo stupore. Nuvolari fa segno al ragazzo di andarsene e lui obbedisce.

Stavolta è Emma che si pianta davanti a Carnera e lo guarda dritto negli occhi. "Io non sono adatta a stare qua. I ragazzi non sono adatti. L'unico adatto sei tu, giusto? Che bello avere delle certezze come le tue. Io non ricordo neanche più cos'è una certezza. Vado per tentativi. E magari sbaglierò, come sbaglieranno i ragazzi. Però ci proviamo! Facciamo del nostro meglio. E tu?"

"..."

"Cosa c'è di così sbagliato a lasciare un po' di umanità e di calore in questo periodo schifoso?"

Emma si allontana per andarsene. Ma si ferma e torna indietro. Gli va di nuovo vicino e, quasi nell'orecchio, gli dice: "Ti compatisco, Carnera. Se tu pensi davvero che un'intera squadra di ragazzi – fossero anche tutti i ragazzi del mondo riuniti qua! – possa sostituire, per me, mio figlio... si vede che non sai cos'è un figlio."

*****

"Come va con i 'ragazzi'?" chiede a bassa voce don Franco a Emma, mentre fa un pezzo di strada con lei, verso casa.

"Coi ragazzi va bene. È con quelli più grandi che ho qualche problema. Ma niente d'importante; si risolverà, in un modo o nell'altro. Piuttosto, com'è andata oggi con Sara? Siete passato a trovarla?"

"Certo che sono passato" le sorride don Franco. "Pensi che me ne potrei dimenticare? Di una bambina sola? Che poi, ormai, non è quasi mai sola. L'ho trovata con Nino. Lo trovo spesso da te, quando passo. Sono diventati amici, è una buona cosa; sembra che con lui si apra. Appena arrivo io, smette subito di parlare."

"Lo fa anche con me" sospira Emma.

Intanto sono arrivati alla sua palazzina. Don Franco alza la testa e resta sorpreso. "Guarda, Emma!"

147

"Lo so, reverendo" risponde Emma, senza guardare e frugandosi in tasca per cercare le chiavi del portone. "C'è Sara alla finestra. Aspetta lì tutti i giorni, verso quest'ora."

"Aspetta te?" chiede don Franco con tono felice.

"No. I suoi genitori."

"..."

"È come quando io aspettavo, la domenica, che tornasse Andrea."

Emma infila le chiavi nella serratura e saluta don Franco. Ma lui: "Ti spiace se entro e ti accompagno per le scale?"

Passano l'atrio e dopo pochi gradini don Franco si ferma. "Sono riuscito a vedere i genitori di Sara."

"..."

"Solo pochi minuti, di più non mi hanno concesso. Ma sono riuscito a dir loro che la figlia sta bene ed è in buone mani. Avresti dovuto vedere la gioia e le lacrime nei loro occhi, Emma. La madre continuava a ripetermi 'grazie, grazie' e il padre, stringendomi la mano, mi ha passato questa."

Una foto, un po' sgualcita. Sara coi suoi genitori.

"Mi ha detto: 'A mia figlia non è rimasto nessun ricordo di noi, del suo passato. Fatele avere almeno questa, per favore.'"

Emma guarda la foto: una bambina stringe la mano dei suoi genitori e ride. Ecco com'era Sara prima che il mondo andasse sottosopra.

"Come stanno?" chiede Emma con un filo di voce e di speranza.

Don Franco abbassa gli occhi. "Li stavano per far salire su un treno coi vagoni piombati, diretto in Germania."

Emma si porta una mano alla bocca e inizia a piangere.

"Di' solo a Sara che erano felici di sapere che lei è in salvo. E che cercheranno di tornare."

Si sente il rumore di una porta che si apre, sul pianerottolo di Emma. Caruso abbaia e Sara si affaccia a guardare giù per le scale.

"Asciugati gli occhi, Emma. Intanto vado avanti io e la tengo occupata" le dice don Franco, stringendole una mano e iniziando a salire.

"Sono ancora qua. Cominci a stancarti di vedermi, eh? E Nino? È andato a casa?"

Sara fa cenno di sì con la testa, ma continua a guardar giù, per vedere cosa fa Emma.

"La vuoi una caramella?" le chiede don Franco, frugandosi in tasca.

La bambina non dice nulla.

"Lo prenderò per un sì" le dice il parroco. E le mette in mano la caramella.

"Eccomi. Più gli anni passano e più diventa difficile fare le scale. Era meglio abitare al pianterreno" dice Emma sforzandosi di sorridere.

Sara la guarda con aria interrogativa, come se capisse che qualcosa non va. Si mette in bocca la caramella e, senza dir nulla, rientra in casa.

Emma smette di sorridere. Tocca la foto che si è messa in tasca. È la stessa tasca in cui tiene anche la lettera di Andrea. Andrea...

Don Franco, vedendo quella mano che accarezza la tasca, capisce. Si avvicina a Emma e con un fazzoletto le asciuga le guance umide.

"Non pensare al dolore per averlo perso. Pensa alla gioia di averlo avuto. Che dono è stato avere un figlio come Andrea. Pensaci... E poi, un giorno, quando sarà tempo, vi ritroverete. Ma tu non cercare più di anticiparlo, quel tempo, intesi?"

Emma, in casa, si sciacqua il viso a lungo; prepara qualcosa da mangiare e apparecchia la tavola. Prepara anche la solita ciotola per Caruso.

Chiama Sara. La bambina arriva e si siede a tavola, con Caruso di fianco, accucciato a terra.

Emma resta in piedi, con una mano appoggiata contro la tasca del grembiule.

"Ho una cosa da darti."

*****

È l'alba. Sara dorme ancora. Emma è in soggiorno, guarda la bicicletta di Andrea; così bella, in ordine, lucida. Le si avvicina e le sorride. Con un piede toglie il cavalletto. "È ora anche per te di tornare all'aria aperta." Emma pedala fuori città, con Caruso infilato nel cestino che si è ingegnata a fissare al manubrio. "Per fortuna sei di taglia piccola" sospira. E con un po' di malinconia pensa a com'è passato il tempo anche per il cane. Solo qualche anno prima, avrebbe corso per le strade ripide di collina e lei avrebbe faticato a stargli dietro.

Non pensava, Emma, di avere ancora tanta resistenza; ma il bello si vedrà quando arriverà la parte finale, la salita in montagna. Mentre pensa a questo, incrocia un uomo in bicicletta che va dalla parte opposta alla sua. Lo supera, ma dopo poco si ferma. Anche l'uomo si è fermato e sta tornando indietro, verso di lei.

"Dottor Gandolfi, cosa ci fa da queste parti?"

"Respiro aria buona" le risponde il dottore con un timido sorriso. Poi, avvicinandosi, sottovoce: "Lei si sta mettendo in guai sempre più grossi. Prima la bambina e ora anche... Vengo da lì; i ragazzi hanno detto di avere una nuova staffetta e mi hanno raccontato chi è, mentre il comandante gli urlava dietro, ma ormai me l'avevano detto."

"Dottore, se frequenta certi posti, mi sa che pure lei non è tanto al sicuro. Tra lei e don Franco credo ne stiate combinando di ben più grosse rispetto a me."

Il dottore appoggia una mano sul manubrio di Emma, e con tono sommesso: "Io... io vorrei solo saperla al riparo da certi..."

"Perché era al campo?!" lo interrompe improvvisamente Emma, che solo in quel momento realizza che, visto che un dottore lo si chiama quando qualcuno sta male, vuol dire che qualcuno della brigata sta male.

"Uno dei ragazzi si è ferito, ma... Dove va, aspetti!"

Emma già non lo sente più, perché è ripartita e ha preso a pedalare come una forsennata.

Arriva al campo senza fiato. Toglie Caruso dal cestino, butta a terra la bicicletta e si guarda in giro preoccupata.

Nuvolari le va incontro. "Che succede? C'è qualcuno che ti insegue?"

Emma ha la bocca secca, quasi non riesce più a parlare. "Ho visto il dottore... chi... chi è che sta male?... Qualcuno... è stato ferito? Avete avuto... uno scontro?"

Nuvolari le passa la sua borraccia e le fa segno di bere. Poi le racconta: "Sì, abbiamo un ferito. Saltafosso."

Emma ingoia l'acqua e resta, senza respiro, ad ascoltare il seguito.

"Ma non è stato ferito. Ha fatto tutto da solo! Ha avuto uno scontro col suo fucile. Si è sparato in un piede, il pirla!"

Emma torna a respirare. Beve ancora un sorso d'acqua dalla borraccia e poi chiede: "Ora come sta?"

"È nel casolare, su una branda, col piede disteso e medicato. Quando sono venuto via stava anche piangendo. E Carnera gli bestemmiava dietro."

Nuvolari riprende la borraccia e la chiude. "A questi ragazzi basta dargli tempo e si ammazzano da soli. E tu lo sai come ci chiamano? Banditi! Questi qua, che ogni due per tre inciampano, sarebbero pericolosi banditi..."

"Sta meglio. Ha anche smesso di piangere" li aggiorna Carnera, che arriva dal casolare.

Non guarda Emma; guarda in basso, guarda in giro. E così gli scappa l'occhio su Caruso. "Cosa ci fa qua un cane?"

Intanto arrivano alcuni ragazzi della brigata, che hanno sentito la voce di Emma.

"È mio" risponde Emma. "Si chiama Caruso. È un cane partigiano."

I ragazzi gli si fanno attorno e Caruso scodinzola da uno

151

all'altro, prendendosi carezze e sorrisi da tutti.

"Bene. Ora pure il cane. Dei ragazzi sensibili come i nostri mica possono non avercelo, un cane. Così possono giocarci. Bene, benissimo" borbotta Carnera, andandosene.

Emma si gira verso Nuvolari e commenta: "Sai chi mi ricorda, Carnera? La perpetua di don Franco."

Il comandante scoppia a ridere. "Se non vuoi che ti spari, non dirglielo mai!"

*****

"Oggi facciamo esercitazioni" spiega Nuvolari a Emma, appena arrivata. "Qui siamo in alto. I tedeschi e i fascisti non ci vengono. Se non andiamo noi ad attaccarli. E per ora non mi sembra proprio il caso! Stiamo insegnando ai ragazzi a sparare. Ma credo imparerebbe prima il tuo cane. Tieniti a distanza, perché con la mira che hanno..."

"Comandante" arriva Carnera. "Io li faccio correre un po', almeno si allenano e si fanno il fiato. Non ci sono munizioni da sprecare. Col tiro al bersaglio la finirei qua; altrimenti li ammazzo."

"Va bene" concorda Nuvolari. "E dopo la corsa, insegnagli qualcosa di pugilato. Insegnagli a tirare di boxe, può sempre tornargli utile."

Carnera annuisce, chiama i ragazzi e se li porta dietro.

"La boxe?" chiede Emma. "Cosa ne sa Carnera?"

"Era un pugile."

"Un...? Io pensavo che il suo nome di battaglia fosse solo perché è un omone. Invece..."

"Invece ha fatto il pugile per diversi anni. Anche a un buon livello."

"E poi?"

"Poi ha smesso" taglia corto Nuvolari.

Si sente, forte, la voce di Bill. Un urlo, dal casolare. Che sia arrivato qualcuno? Dei soldati?

Nuvolari corre ed Emma gli va dietro.

Quando arrivano, trovano Bill e il Pescatore barcollanti, uno di fronte all'altro.

"Cosa diavolo è successo?!" chiede Nuvolari.

"Mi ha dato una testata" risponde il Pescatore, indicando il compagno. "Senza motivo! Stavamo parlando del pugilato e all'improvviso..."

"Bill!" gli urla Nuvolari. "Vuoi spiegarmi?!"

"Era solo per scherzare. L'ho visto una volta al cinematografo e volevo provare a rifarlo. Ma nel film, quello che dava la testata all'altro, non si faceva male."

Il comandante: "Ma porca miseria! Ma perché a me?! Perché siete capitati a me?! Uno più imbecille dell'altro."

"Comandante... non mi sento bene... mi gira la..." Bill sviene.

"Ma porca d'una miseria porca. Emma, prendi dell'acqua e buttategliela addosso. Vah, vah... sta anche sanguinando l'imbecille. E il bello è che all'altro non ha nemmeno fatto un graffio."

"Veramente, comandante, un po' male me l'ha fatto; sento che mi si sta gonfiando. Guarda, forse ho la botta" dice il Pescatore, avvicinandosi a Nuvolari e chinando la testa per mostrargli il punto esatto.

"LEVATI DI TORNO, SE NO, GIURO, TI SPARO!"

*****

I ragazzi sono tutti riuniti: seduti a cerchio per terra, vicino al casolare. Discutono animatamente. Qualcuno ogni tanto si alza e cammina avanti e indietro. Qualcuno batte il pugno o allarga le braccia. Le voci si alzano e si abbassano come onde.

"Cosa succede?" chiede Emma.

Nuvolari, appoggiato a un albero, osserva la scena mangiando una mela. "Si parlava dei rischi che si corrono a combattere e di come sia facile lasciarci le penne. Soprattutto quando sei al comando. Allora si sono girati tutti a guardarmi, quasi con le lacrime. Si sono allontanati da qua e hanno iniziato a discutere."

"E di cosa?"

"Stanno litigando su chi dovrà fare il discorso al mio funerale."

"…"

"…"

"Vuoi che lo faccia io?" gli sorride Emma.

"Mettiti in coda" risponde Nuvolari, buttando il torsolo della mela.

*****

"Sarà arrivato Pulce dall'altra squadra?" chiede Emma preoccupata, quando l'ora prevista è passata da un pezzo.

"E che ne so io!" urla Nuvolari. "Quell'imbranato, secondo te, si è ricordato di farci il segnale? Cosa diavolo sto lì a sfiatarmi per spiegargli le cose, che tanto... È come parlare a un sordo!"

Poi, tra sé: "Quand ël vegna idré, agh fo bëi vëd mi. Agh do una psà ëd dré!"

"Quando torna, gli faccio ben vedere io. Gli do una pedata dietro!" traduce Briscola, lì di fianco con Merlo.

"Ët mass..." gli sibila Nuvolari.

"Ti uccido. Cioè, mi uccide" deglutisce Briscola, retrocedendo di qualche passo.

*****

"Fischia, capito? Quando sei al punto previsto, tu fischi e noi allora ci mettiamo in marcia. È chiaro?" conclude Nuvolari.

"Comandante... io non so fischiare" confessa Briscola.

Nuvolari si mette a sedere.

"Ci avrei scommesso" borbotta Carnera, mettendosi pure lui a sedere. Poi, rivolgendosi direttamente al ragazzo: "Briscola, hai mai pensato di unirti ai fascisti? Fallo per la

Patria: passa dalla loro parte, così avremo qualche possibilità in più di vincere!"

"In altre parole, leva le tue chiappe flaccide da qui e sparisci!" interviene Bill.

"Eh?!" alza la testa Nuvolari.

"L'ho sentito in un film. È una frase d'effetto, vero? Oh, senza offesa, Briscola! Era solo per provare la frase."

*****

Nuvolari sta bevendo alla sorgente d'acqua, vicino al campo, quando vede arrivare su per la strada un ragazzo che si tira dietro una mucca.

Bill, che è lì vicino a pulire il suo fucile, gli dice: "Comandante, sarà un amico o un nemico?"

"Secondo te? Uno che gira da solo con una mucca può essere un pericolo?!"

"Non lo so. Non bisogna mai fidarsi delle apparenze. Leghiamolo a un albero! E poi ascoltiamo cos'ha da dire."

"..."

"Lo dicevano in un film."

"Vöt ciapà sü?"

"Vuoi prenderle?" traduce in un bisbiglio Briscola, passando velocemente alle spalle di Nuvolari, con Merlo al suo fianco.

Nuvolari si asciuga la bocca con la manica del maglione che era di Aldo. "Va' via, Bill. Fai della strada e stammi alla larga!"

Saltafosso arriva zoppicando, col piede fasciato. "Comandante, c'è uno che sta venendo qua."

"Meno male che sei *corso* a dirmelo! Se no mi prendeva alla sprovvista. Sta venendo su talmente quatto quatto che ci volevi proprio tu col tuo spirito di osservazione per accorgertene."

Saltafosso è molto fiero e compiaciuto di sé; gli sembra persino che il piede gli faccia meno male.

Nuvolari va incontro al nuovo venuto dandosi delle manate in fronte e bofonchiando: "Ma porca, porca d'una miseria..."

"Questa è la brigata del comandante Nuvolari?" chiede il ragazzo. Mentre parla si aggiusta i pantaloni malconci: tendono a cadergli, li tiene su solo uno spago annodato in vita.

"E tu chi saresti?" chiede il comandante.

"Uno che vuole unirsi a voi" risponde deciso il ragazzo.

"Quanti anni hai?"

"Diciotto."

"E non hai mai combattuto prima, giusto?"

"No, mai."

"Eh, allora sei proprio nel posto giusto" sospira Nuvolari. Poi guarda l'animale che sta brucando l'erba del campo.

"Hai requisito una mucca mentre venivi da noi?"

"Requisito? No, è mia. È tutto quello che mi resta."

"Te la sei portato dietro... DA CASA?!"

"Sì. Perché è tutto quello che mi resta. È l'unico patrimonio che ho."

Il comandante si passa una mano tra i capelli.

"Hanno ucciso i miei mentre lavoravano nei campi" riprende il ragazzo. "Non so neanche perché. Noi non facevamo politica. E non siamo ebrei, non siamo niente. Abbiamo visto arrivare dei camion coi fascisti e i tedeschi, e mio papà mi ha gridato di correre a nascondermi nel campo di granturco. Pensavo si sarebbero nascosti anche lui e mia mamma, e invece..."

"..."

"Adesso sono solo. Con Aurelia."

"Con chi?" alza la testa Nuvolari.

"Oh, scusi, ha ragione, non gliel'ho presentata! Aurelia è la mia mucca. È obbediente quasi come un cane!"

"E così abbiamo anche Aurelia..." sospira Nuvolari.

"Cosa ci fa qua una mucca?" chiede Carnera, appena tornato al campo da una perlustrazione.

"È Aurelia" gli risponde Nuvolari.

"Chi?!"

"La nostra mucca. Arrivata fresca fresca con questo ragazzo. Non fare quella faccia: ci servirà per il latte, no?"

"Già. O per le bistecche" ribatte secco Carnera.

Il ragazzo si stringe al collo della sua mucca.

"Sta scherzando" lo tranquillizza Nuvolari. "È il comico della brigata, te ne accorgerai."

Il ragazzo allenta la presa attorno al collo di Aurelia e riprende il suo discorso. "I fascisti girano per le campagne per costringere tutti ad arruolarsi. Ma io non ci voglio andare a combattere con quelli là. Quelli mi uccidono la famiglia e pensano che io vada con loro? Sono matti. Io non volevo combattere, perché faccio fatica anche a uccidere le galline, quando c'è da farlo. Ma se devo, allora io voglio stare con voi. Contro di loro."

Il comandante gli va vicino e gli allunga la mano. "Io sono Nuvolari. Benvenuto nella brigata."

"Quanti anni ha?" chiede Carnera.

"Diciotto" risponde Nuvolari.

"Un altro poppante. Andiamo bene."

"Diciotto anni non sono mica pochi" protesta il ragazzo. "Guardi, ho anche un po' di barba e pure i baffi!" dice fiero, avvicinandosi a Carnera per farglieli vedere.

"Toh, guarda" ride Carnera. "Sì, sì, un paio di peli qua e là ce li hai. Sei un uomo. Sai come ti chiamerei io? Bërbižëi!
– Baffettino! –"

"Bërbižëi" sorride Nuvolari. "Sì, mi piace."

Anche il ragazzo sorride, e si tira un po' su i pantaloni, stringendo più forte lo spago. Aurelia riprende a brucare l'erba soddisfatta.

*****

"Girano voci che molti di quelli al confino stanno finendo nei campi in Germania" dice Carnera, mentre porta della legna davanti al casolare.

Emma aveva dei legnetti tra le mani e li lascia cadere. Resta così, come soprappensiero.

"Tutto bene?" le chiede Nuvolari, raccogliendo i legnetti.

Emma pare risvegliarsi di colpo, prende i legnetti dalle mani del comandante e fa segno di sì con la testa.

"Conosci qualcuno che è stato mandato al confino, dopo il '38?" le chiede Nuvolari.

Emma si siede su una panca appoggiata al muro del casolare.

"Sì. Il signor Achille..."

Il signor Achille era il ciabattino del suo quartiere. Emma sorride ricordandolo.

Quando un cliente entrava in negozio e chiamava: "Signor Achille!" lui arrivava dal retrobottega rispondendo: "Cerri Achille, presente!"

Era un uomo di spirito. Tutti sapevano che era "diverso" ma nessuno ne parlava e si sperava che *certe persone* non l'avrebbero scoperto mai. Invece...

Un giorno Emma era andata nel suo negozio e l'aveva trovato che faceva le valigie.

"Non ci mandano mica solo gli intellettuali al confino, ha visto, signora Emma? Eh, è già buona che non mi rinchiudano in manicomio. Non ci vanno mica tanto per il sottile. Come dicono nel comunicato? *Attentato alla dignità della razza.* Io sarei un attentatore della razza italica, ha capito? Fanno proprio ridere..."

A Emma era venuto da piangere.

Poco tempo prima, aveva visto morire l'ufficiale ebreo del suo palazzo. Stavano succedendo tante cose, la gente le pareva cambiata.

Il signor Achille aveva subito lasciato la valigia e le era andato vicino, porgendole un fazzoletto. "Su, su col morale, signora Emma! Non bisogna dargliela vinta, non bisogna dargli soddisfazione, a quelli là! Non si preoccupi per me: mi farò una vacanza su un'isoletta. Sono tanti anni che lavoro... Forse un po' di riposo forzato mi ci voleva. In fin dei conti, lo fanno quasi per il mio bene." E le strizzò l'occhio, battendole una mano sulla spalla.

Quella era stata l'ultima volta che Emma l'aveva visto. Aveva provato a ripassare di lì, ma le serrande erano abbassate.

Nel quartiere si vociferava che a denunciarlo fossero stati i suoi parenti, per prendersi i risparmi e i soldi ricavati dalla vendita della bottega.

"In tempi duri come i nostri, può succedere questo ed altro!" era quello che ripetevano tutti.

Anche Dora lo diceva (precisando che comunque, in fondo, si parlava di un invertito, non di una persona normale e per bene; non si poteva farla troppo lunga per uno così!).

A Emma venivano i brividi: pensava alla sua famiglia e non poteva neanche immaginare che uno di loro si potesse comportare in un modo simile per i soldi. Anche ne fosse dipesa la propria sopravvivenza.

Emma si asciuga gli occhi con un fazzoletto. Lo ripone in tasca e si alza dalla panca. Guarda Nuvolari.

"Non bisogna dargliela vinta, a quelli là."

*****

"Stava giocando con Briscola, sono sicuro" dice Bill.

"Sì, ma poi si è messo a correre e io ho pensato stesse inseguendo qualche animaletto. Non ho pensato di doverlo seguire. Ero sicuro sarebbe tornato da solo, come sempre!" si giustifica Briscola.

"Io ero convinto che stesse dormendo nel casolare" interviene Pulce.

"Insomma, da quanto tempo è sparito?" chiede Nuvolari.

"Forse... forse un paio d'ore" risponde Bill.

"Ma l'avete cercato bene, qua attorno?" insiste Nuvolari.

"Sì, abbiamo guardato dappertutto" risponde Valentino.

"Ci s-s-sarebbe da perlustra-are meglio il b-bosco... o sce-e-endere più a va-valle" propone Freccia.

"Già. Così nel bosco vi perdete e a valle vi fate fucilare" taglia corto Nuvolari.

"È mai capitato che si allontanasse da te per tanto tempo?" chiede Nuvolari, con più gentilezza, rivolgendosi a Emma.

"No. No, ormai ha un'età che... Non gli viene più in mente di correre via" risponde lei, camminando avanti e indietro, con le mani incrociate sul petto. "È il cane di Andrea. Se gli succede qualcosa, io..."

Nuvolari la ferma e la tiene per le spalle. "Non gli succederà niente. Adesso io e Carnera andiamo a dare un occhio nella boscaglia più in alto. Tu torni a casa, perché non si sa mai, potrebbe aver preso la strada per la città. E i ragazzi continuano a cercarlo qua attorno; magari si è solo addormentato da qualche parte. Lo ritroviamo, vedrai. Vero ragazzi?"

Tutta la brigata risponde con un gran sì. E di corsa si dividono e si rimettono a chiamare Caruso.

Emma sta salendo sulla sua bicicletta, mentre Nuvolari e Carnera – che brontola – si stanno preparando per salire più in alto.

Si sente il rumore di un motore in arrivo. Un camioncino si ferma al campo.

Si apre lo sportello dal lato del passeggero e scende Caruso, che va da Emma e non smette più di leccarla.

Lei si butta per terra e lo tiene stretto. "Mi hai fatto così preoccupare!"

Dal camioncino, dallo stesso lato di Caruso, scende un ragazzo. "È venuto a cercare me" dice.

Emma si gira e alza lo sguardo. Vede gli stessi occhi dolci di Rosa e il suo sorriso gentile. "Giacomo!" E in un attimo si alza e lo stringe a sé.

"Dove l'hai trovato?" chiede Emma a Giacomo, mentre con una mano accarezza Caruso e con l'altra si tiene stretta al braccio del nipote.

"È lui che ha trovato me. Non sarà più tanto giovane, ma il fiuto ce l'ha ancora buono! Me lo sono visto davanti al nostro campo. Non si era perso, zia: è proprio venuto a cercarmi" le sorride Giacomo.
"Tu come stai? Hai da mangiare abbastanza? E le coperte? Non ti metti troppo in pericolo, vero? Ti trattano bene nella tua squadra? Perché se non è così, il comandante Nuvolari potrebbe parlargli. O anche don Franco o..."
Giacomo ride e dà un bacio ad Emma.
"Mi hai detto le stesse cose che mi dice mia mamma! A parte di Nuvolari, perché lei non lo conosce. Va tutto bene, zia, davvero. Insomma, per essere la situazione che è... va tutto bene. Certo, andava meglio quando stavamo tutti assieme, a casa. Adesso sarei contento anche di star lì a guardare lo zio Aldo che sistema i suoi francobolli. Non mi lamenterei più dicendo che mi annoio..."
Emma gli accarezza il viso. "Sono molto fiera di te. Molto. Ma stai attento, ti prego. Soprattutto per Rosa... Stai attento."

Giacomo sale sul camioncino assieme a un paio di suoi compagni. Il motore riparte e lui saluta Emma dal finestrino.
"Tuo nipote, eh? Mi sembra in gamba" commenta Nuvolari.
"Non ce n'è di meglio" risponde lei.

*****

Una zuffa. Bill, Briscola e Merlo si stanno picchiando con altri tre partigiani di un'altra banda. Erano venuti per portare notizie, ma poi hanno iniziato a sfotterli dicendo che sono una brigata di pivelli e hanno calcato la mano. Troppo. Anche a Nuvolari stavano cominciando a dare sui nervi e stava giusto per tirargli un pugno, quando ci si sono messi i suoi tre ragazzi. Allora lui s'è fatto da parte ed è rimasto lì a guardarli. Con Carnera, ovviamente.

161

Emma arriva, appoggia la bicicletta al solito albero e corre da Nuvolari per capire cosa sta succedendo.

"Le tue lezioni di boxe a qualcosa sono servite. Non li schivano male i colpi, no?" chiede Nuvolari.

"Bah... Sono meno peggio di quel che pensavo. Ma niente di più" risponde Carnera, girandosi in bocca un legnetto a mo' di stuzzicadenti.

"Perché ve ne state seduti qua senza far niente?" chiede Emma sbalordita. "Andate a fermarli, no?!"

Nuvolari e Carnera, assieme, fanno segno di no con la testa.

"Questa è bella. Allora vado io!" dice Emma.

Nuvolari l'acchiappa per un braccio. "No. Lasciali fare. Devono imparare a difendersi da soli e a contare uno sull'altro. Questa è una buona occasione: si battono con altri partigiani, quindi non si faranno tropo male. Pensa quando gli succederà con le camicie nere. Meglio se fanno prima una prova generale."

Emma incrocia le braccia e, per niente convinta, si siede di fianco a Nuvolari.

Volano pugni, calci, spintoni. Finché uno dell'altra banda tira fuori una pistola e la punta verso Briscola.

Nuvolari salta in piedi, seguito da Carnera che commenta: "Ecco, ora sì possiamo intervenire."

Emma resta seduta, con le braccia incrociate. "Ah, non so. Non sarà troppo da femminucce impedire che si sparino?!"

VI
La balèra

"Ce l'hai un pettine?" chiede Briscola, dopo aver cercato, invano, di sistemarsi i capelli con le mani.

"Sì, to'" gli risponde Pulce, mentre si guarda nel pezzo di specchio rotto che viene passato a turno tra i compagni.

"Che fregatura" commenta abbacchiato Saltafosso. "Con 'sto piede fasciato, potrò solo star seduto a guardare."

"E ringrazia che ti portiamo. Potevamo lasciarti al campo a far la guardia, visto che tanto non balli" gli risponde Nuvolari, dandogli una sberletta in testa.

"La g-g-giacca che mi ha d-d-dato l'Emma mi fa-fa fare u-u-un fi-i-i-igurone, eh?" dice Freccia guardandosi nello specchietto.

"Oh, sembri Fred Astaire, uguale!" gli strizza l'occhio Bill.

"Tu hai visto troppe pellicole" dice Nuvolari.

"Ma lo sapete che puzzate tutti che sembra di stare in un bordello? Che schifo vi siete messi addosso?" dice Carnera, turandosi il naso.

"Cosa vuoi capirne tu di roba raffinata!" ribatte Bill. "È una colonia buonissima che s'è portato dietro Valentino e che ha prestato a tutti."

"Eh, be', chiaro. Uno va in montagna a combattere come partigiano e cosa si porta dietro? La colonia! Ma andate tutti a cagare..." borbotta Carnera, uscendo dal casolare.

"Dov'è Bërbižëi?" chiede Nuvolari.

"È alla sorgente che si lava. Lui era l'ultimo, oggi, nei turni che avevamo stabilito" risponde Pulce.

"Che buon profumo. Cosa succede qua?" Emma entra nel casolare con un borsone in mano e Caruso al suo fianco.

I ragazzi la salutano quasi in coro.

"Andiamo a ballare!" le dice Bill, andandole vicino e improvvisando un valzer con lei.

"No, no che cadiamo!" gli sorride Emma, fermandosi.

"Dov'è che andate?!"

"C'è una balèra a metà strada tra la città e qua dove siamo noi. In un paesino. Una cosa tranquilla e riparata. Stasera fanno una festicciola per il loro santo patrono e allora..." Nuvolari allarga le braccia, come a sottintendere che non poteva dire di no.

"E allora andiamo a ballare, Emma!" le grida quasi in un orecchio Briscola. E comincia a saltellare e cantare: "*Maramao perché sei morto... pane e vin non ti mancava... l'insalata era nell'orto... e una casa avevi tuuuu!*"

"È una canzone vecchia! Non ci conquisterai mai delle ragazze. Devi cantare roba moderna. Ecco, prendi una ragazza sottobraccio e le canti: *Vieniiii, c'è una strada nel boscooo, il suo nome conoscooo, vuoi conoscerlo tuuu...* Così, capito?" gli spiega Bill, ridendo e tenendolo sottobraccio.

Bërbižëi entra nel casolare con uno straccio bagnato in mano. "Ciao Emma" la saluta con un sorriso e, intanto, si dà uno strattone ai pantaloni e cerca di stringere meglio lo spago.

"Ho sentito la bella notizia della balèra. Sono contenta per voi."

Bërbižëi appoggia lo straccio bagnato e usa lo specchietto rotto per vedere come può sistemarsi. Ma col vestiario, non è che ci sia molto da fare.

"Non sapevo della serata" continua Emma. "Eppure sono arrivata giusto in tempo."

Tira fuori dal borsone una forma di pane, qualche scatoletta di sardine, delle sigarette, qualche coperta e un paio di pantaloni.

"Questi sono per te" dice porgendo i pantaloni a Bërbižëi. "E questa è la loro cintura."

Il ragazzo resta imbambolato a fissare Emma. Poi prende in mano i pantaloni: sono di un tessuto morbido e caldo, e la mano ci scivola sopra. Prende anche la cintura: di cuoio, marrone. Resistente e lucida, praticamente nuova. In tinta coi pantaloni. Pure in tinta coi pantaloni! Una roba che Bërbižëi non si sarebbe mai neanche sognato.

Ha gli occhi pieni di lacrime, mentre stringe i pantaloni e la cintura. E li annusa, perché hanno quell'odore buono che ha la roba nuova, tenuta bene e di qualità. Non che Bërbižëi se ne intenda di quel tipo di odore. Però se l'è sempre immaginato così.

"Sono solo dei pantaloni" gli dice Emma, con voce lieve. "Stavano lì a far la muffa, non è niente, davvero."

"Grazie, grazie..." ripete il ragazzo, con un filo di voce.

"Sei come Cenerentola con la Fata Madrina che le porta il vestito per il ballo!" scherza Bill, per alleggerire il clima. "Vai a metterteli, dài, così poi andiamo!"

"Se devi per forza citare qualcosa, continua coi western; lascia stare le favole, prima che si sparga la voce che sai anche quelle. Fammelo come favore personale" dice Nuvolari a Bill, mentre Bërbižëi va a infilarsi i pantaloni.

Quando torna, tutti gli fanno i complimenti su quanto sta bene.

Emma gli va vicino. "Avrei dovuto stringerli di più, ma lo sapete che come sarta sono quel che sono. Per fortuna c'è la cintura! E tu li porti benissimo!"

Il ragazzo ha gli occhi che brillano. Si guarda nello specchietto e gli sembra di essere un principe, vestito così. Corre fuori dal casolare. "Aurelia, hai visto? Che roba, eh? Mi riconosci ancora, anche senza lo spago? Guarda, è cuoio. Con una cintura così, non cadono più neanche se me li tirano!"

"Ho sentito bene? Bërbižëi ha finalmente un paio di pantaloni decenti?" chiede Carnera entrando.

Nuvolari fa segno di sì con la testa.

"Ma dov'è finito adesso?"

"È andato a farsi vedere dalla mucca."

" "
...

" "
...

"Mi stai prendendo in giro, Nuvolari?"

"Torna fuori, vai da Aurelia e vedrai se non ci trovi anche lui che le parla."

Emma trattiene un sorriso. Guarda gli altri ragazzi che finiscono di prepararsi e pensa che è così che dovrebbe essere. Sempre.

"Sembri proprio Rodolfo Valentino, vah..." scherza Bill con Valentino che, timido, ha preso lo specchietto per ultimo e ha dato solo un'occhiata veloce.

I lineamenti delicati, eleganti del suo bel viso risaltano anche se poco curati. E i capelli neri sono lucidi, senza bisogno di metterci nulla.

È proprio un bel ragazzino, sembra davvero un attore, pensa Emma. Poi si appoggia una mano sulla guancia, fissa a terra e sorride.

È sera. Aldo ed Emma, eleganti, stanno per uscire. Aldo si aggiusta i capelli davanti allo specchio.

Andrea, in pigiama: "Che lusso. Mamma, non ti sembra che il papà assomigli a Rodolfo Valentino?"

"Mmmh, fammi guardare meglio. In un certo senso... Forse visto di tre quarti... Prova a spegnere quella luce, Andrea, magari con la penombra..."

"Prendete, prendete in giro, voi due. Tu corri a letto! E tu corri in macchina, che siamo in ritardo!"

Emma e Andrea a braccetto gli si avvicinano, cercando di non ridere.

Emma: "Non abbiamo capito: chi di noi due deve andare a letto e chi in macchina? Non l'hai precisato, caro."

Aldo: "Quella di voi due che indossa un vestito lungo da sera – che mi è costato quasi un intero stipendio – e che ha passato il pomeriggio a farsi i capelli, va in macchina. Quello di voi due che indossa un pigiama a righe e che se, crescendo, continuerà a fare marachelle finirà per indossarne uno simile da carcerato, deve andare a letto. Stavolta sono stato preciso?"

"Mi senti? Allora, ci andavi?" chiede Briscola insistendo.

Emma solleva lo sguardo dal pavimento. "Eh? Cos'hai detto?"

"Ti ho chiesto se tu andavi alle feste da ballo, quelle della gente ricca."

"Sì... sì, ci andavo. Andavo anche a teatro."

"Il teatro?! Per la miseria, dovevi proprio essere ricchissima. E ci andavi in auto?"

Emma fa segno di sì con la testa.

"Per la miseria" ripete Briscola. "Come le autorità..."

"Cenerentole, siete pronti per il ballo?" scherza Nuvolari, guardando per primo Bill.

In quel momento, entrano di corsa nel casolare Merlo e Pescatore. Tutt'e due col fiatone, si lasciano cadere a sedere.

"Guarda, si buttano a terra come i cani da caccia dopo che hanno corso" scrolla la testa Carnera.

Quando ha ripreso fiato, il Pescatore: "C'è un contrordine. Ci hanno detto che ci sono in giro le camicie nere e che potrebbero passare per il paese dove c'è la festa."

"Non è detto" precisa il Merlo. "Però potrebbero" conclude triste.

Tutti si mettono a sedere. Nessuno parla.

Solo Freccia prova a dire: "Qu-u-indi n-non no-on..."

"Non si va più. No, Freccia" finisce la frase Nuvolari, passandogli una mano sulla spalla e mettendosi a sedere per ultimo.

"Sapete una cosa? Io sono più contento di restare qua" dice Bërbiẑëi, cercando di sembrare allegro. "Perché se andavamo in paese, dovevamo lasciare Aurelia da sola."

"Le balère sono tutte uguali" dice Pulce, togliendosi il fazzoletto dal collo. "Dopo che ci sei stato dieci minuti, ti sei già stufato."

"E poi, a novembre, col freddo che fa, quanta gente avrà voglia di uscire di casa per andare a ballare? Secondo me, non ci sarà quasi nessuno" commenta Briscola, con poca convinzione.

"E c'è venuta a trovare l'Emma. Non era mica una bella cosa lasciarla qua sola per andare a ballare!" esclama Saltafosso, il meno dispiaciuto fra tutti.

"Non restava sola. Restava con Aurelia" ribatte secco Carnera.

Caruso abbaia.

Carnera lo guarda con la coda dell'occhio. "E anche con te, sì, sì."

"A me, invece, girano proprio perché non possiamo andare" dice schietto Bill. "Però, visto che non si può, chi ci vieta di divertirci qua? La radio ce l'abbiamo. Per una volta, invece di sentire Radio Londra, possiamo cercare qualche canzonetta e far baldoria tra di noi. Almeno questo, che dici comandante? La teniamo a volume basso..."

I ragazzi ballano scomposti, un po' a casaccio e un po' a coppie, scherzando su chi deve guidare e chi deve, invece, far la parte della ragazza.

"Ce ne fosse uno che va a tempo" commenta Nuvolari accendendosi una sigaretta.

"Sono dei barlafüž – *degli incapaci* – pure a ballare" conclude Carnera.

Pulce, ballando, inciampa e cade.

Nuvolari: "Màsat, neh."

"Ucciditi, neh. Ma è detto scherzando" traduce e spiega Briscola a Merlo.

"Ma porca... Su, un po' di brio! Sembra che ballate a un funerale!" grida Nuvolari a Freccia e Bërbižëi. "Dài che vi faccio vedere io!"

Mette la sigaretta in mano a Carnera, si alza, prende Freccia e lo fa ballare. "E tienila ben salda la ragazza! Se no penserà che non t'interessa."

"Ecco, adesso abbiamo proprio toccato il fondo" sentenzia Carnera, finendo la sigaretta del comandante.

Emma assiste a tutte le scene, e alle battute e controbattute. Alla fine, a vedere Nuvolari che balla con Freccia, non resiste più e scoppia a ridere.

Una risata che arriva all'improvviso e prende alla sprovvista anche lei.

La prima vera risata dopo la morte di Andrea.

Emma si porta una mano alla bocca e smette di ridere.

Bill le si siede vicino. "Cosa c'è? Perché non ridi più? Era così bello vederti allegra!"

"Per un attimo mi sono sentita bene, mi sono sentita leggera. Per un attimo non ho pensato a mio figlio. Non ho pensato a mio figlio, capisci?"

"Guarda che è sicuramente opera di Andrea."

"..."

"Da Lassù. Sarà stanco di vederti così triste. Non pensi che anche a lui faccia piacere sapere sua madre felice, ogni tanto? Chissà quanto c'ha lavorato su per arrivare alla risata di stasera. Probabilmente gli mancava sentirti ridere. Tu gli rendi le cose troppo difficili; quando vi rivedrete, in Paradiso, dovrai sorbirti un bel po' di lamentele!"

Emma gli dà un bacio sulla guancia. "Ma questa non era una brigata comunista?" gli dice con un sorriso.

"Eeeeeeh... 'comunista', che parolona. E pure 'brigata', che parolona!" ride Bill.

"Tanti anni fa, quando Andrea era poco più che un bambino, gli ho insegnato io a ballare" racconta Emma a Bill, che è rimasto seduto con lei a bere un bicchiere di vino. "Eravamo in salotto e sul grammofono c'era il disco *Parlami d'amore Mariù*. Anche Aldo ha voluto provare a insegnargli qualcosa, ma era un tale disastro... E poi non ce n'era bisogno; Andrea ha imparato subito. Forse è solo perché era mio figlio, ma mi sembra che fosse così bravo e speciale in tutto quello che faceva..."

"Tu non balli, Emma?" le chiede all'improvviso Pulce.

"Oh, per l'amor del cielo, no."

"Su, non farti pregare!" arriva anche Briscola.

"Ma non ballo più da tanti anni. L'ultima volta è stato a una festa, con mio marito. E lui non era molto... sì, insomma, aveva un modo tutto suo di sentire il ritmo. Però era divertente lo stesso, ballare così."

I ragazzi le si siedono attorno.

"Eh, ballare con qualcuno che ami... Sei felice perché puoi tenerlo tra le braccia. Lui ti prende la mano e te la stringe sul cuore. E il resto non conta più niente. Non ti accorgi neanche se c'è altra gente. Mah, forse son cose d'altri tempi, noiose per voi!"

"No, no, continua che si fa interessante!" la incalza Pulce.

E tutti si mettono a ridere.

Arriva la sera. Comincia a fare freddo.

Nuvolari prende della legna e accende il fuoco. Carnera gli indica i ragazzi come per dire di farlo fare a loro. Ma il comandante: "Domani. Hanno tempo domani per farne di cose... Lasciali lì."

"Lasciali lì" ripete Carnera. "Tu e quella donna fate a gara per chi li vizia di più. Speriamo che non vinca tu."

"Io lavoro come ragazzo di bottega da un fornaio" si mette a raccontare Briscola, seduto con gli altri attorno a Emma. "C'è una ragazza che viene sempre a prendere il pane, tutte le mattine, alla stessa ora. È così carina... Io non riesco neanche a guardarla in faccia. Le passo il sacchetto col pane, guardandole le mani. Ha delle mani piccole e bianche. Una volta gliene ho sfiorata una. Era così morbida e tiepida. C'ho pensato per giorni."

"Ci pensi ancora. Anche adesso! E le hai solo sfiorato la mano. Immaginati se l'avessi baciata!" esclama Bill, ridendo.

"Non interromperlo" lo sgrida Emma, dandogli un pizzicotto e un sorriso. "Continua, Briscola."

"Be', non è che sia poi una gran storia. Qualche volta sono riuscito ad alzare lo sguardo e... allora è lei che ha abbassato subito gli occhi. E così non ci siamo mai guardati nello stesso momento! Tranne un giorno. Un giorno, il fornaio ha inciampato in un gradino ed è finito quasi in braccio a una signora con un vestito scollato, e deve aver appoggiato le mani dove non si deve. Questa signora si è messa a gridargli contro e a picchiarlo con un filone di pane! Poi è scappata fuori dal negozio e lui dietro chiedendole scusa. La ragazza si è messa a ridere. E anch'io. E ci siamo guardati, mentre ridevamo. Abbiamo riso assieme! È stato bellissimo... Poi il padrone è rientrato e ci siamo subito zittiti. Se non mi uccidono, se torno a casa... giuro che vado a cercarla e le parlo! E le chiedo di diventare la mia fidanzata. Così potrò riderci assieme tutte le volte che vorrò."

"Io, invece, quando tutto sarà finito, voglio partire per l'America." Gli occhi di Bill brillano mentre ne parla. Come a Briscola brillavano parlando della ragazza. "Dicono che lì puoi diventare quello che vuoi, se t'impegni. In città, adesso lavoro come meccanico; un mestiere così, tanto per iniziare, lo troverò anche in America. E poi, appena risparmio i soldi che mi servono, voglio mettere su una fattoria enorme, come ce le hanno loro; col bestiame e tutto quanto."

"E i tuoi li lasci qua? Non ti dispiace?" chiede Saltafosso.

"Di fratelli non ne ho, sono figlio unico. Gli son venuto così bene io, ai miei genitori, che hanno deciso di fermarsi" sorride Bill. Poi si arrotola una sigaretta e torna serio. "Mio papà è disperso in Africa, già da qualche anno. E lo sapete bene cosa vuol dire quando ti dicono 'disperso'. Specie se passa tanto tempo. Mia mamma, invece, vorrei portarla con me. Fa la levatrice e pure quello è un mestiere che serve dappertutto. Nasceranno anche in America i bambini, no? Sarei contento se venisse con me. Potremmo ricominciare da capo in un Paese nuovo. Perché a me, il nostro, non è che mi piaccia più tanto. E poi c'è un mondo intero da vedere! Non voglio passare la vita a lavorare chiuso in un'officina. Voglio vedere tutto quello che posso."

"Per me, non esiste altro Paese che il nostro. So che ci sono bei posti, lontano. Ma quello che voglio io è qua"

171

interviene Bërbižëi. "Vorrei solo tornare al pezzetto di terra dei miei genitori. Mi piacerebbe farmi un orto, proprio come lo facevano i miei. Nello stesso posto. E comprarmi qualche altro animale, oltre Aurelia."

"Bravo!" Bill gli appoggia una mano sulla spalla. "Qualcuno dovrà pur restare a rimettere in piedi le cose. E se ci stai tu, son sicuro che, quando avrò visto e fatto quello che ho in mente, mi verrà voglia di tornare qua a trovarti!"

"E io ti aspetterò. Vi aspetterò tutti" dice Bërbižëi con gli occhi lucidi. "Io ho sempre lavorato. Non ho avuto tempo per farmi degli amici. Non ho finito neanche le scuole. Sono contento di aver trovato voi. Siete... siete degli amici veri."

"Tieni, bevi un bicchiere che ti tira su" gli dice Carnera, allungandogli del vino. "Fare il contadino è un mestiere come un altro. In fondo, è un buon mestiere. Te ne stai lontano dalla gente, con gli animali. L'ho fatto anch'io e mi sa che tornerò a farlo" conclude poi, appoggiando la bottiglia di vino sul tavolo e accendendosi una sigaretta.

"Ah, anch'io" dice allegro Merlo. "Per me non c'è lavoro migliore. E il mio paesino è così bello... Dovrete venire a trovare anche me e lo vedrete se vi dico una bugia. Io spero di far bene il mio dovere qua e poi tornare, tutto intero, a casa dalla mia famiglia e dai miei compaesani. Poi mi piacerebbe farmi una famiglia mia. Devo ancora trovare la ragazza giusta, ma la troverò. Dev'essere una brava ragazza e deve amare i bambini e... me" sorride Merlo.

"Io non ti capisco" scrolla la testa Carnera. "Ma se ti piaceva tanto la tua vita, perché sei venuto qua?"

Merlo lo guarda come avesse appena sentito la domanda più strana del mondo. "Perché io voglio dei figli. E voglio poterli guardare negli occhi e dirgli cosa è bene e cosa è male. Ma se non faccio niente per combattere il male, con che coraggio gli potrei fare delle prediche? O sgridarli? No, non si può. Per vivere sereno, devi avere la coscienza pulita e sapere che ti sei comportato da persona onesta."

"Ho lasciato un biglietto per mia madre e sono partito" salta su all'improvviso Valentino, a voce alta, lasciando tutti di stucco. "Non ce la facevo a salutarla, a dirle di persona che venivo qua a combattere. Non volevo vederla piangere e disperarsi. È da vigliacchi, lo so" conclude a tono più basso. "Questa è forse la seconda volta che sento la tua voce" gli dice Nuvolari. "Cominciavo a credere che l'avessi persa. Be', mi fa piacere essermi sbagliato" gli sorride.

"Non sono un gran parlatore."

"Ma dài?!" gli strizza l'occhio Bill.

"Lo so" sorride timidamente Valentino. "Mi spiace, ma sono più abituato ad avere a che fare coi libri che con le persone. Mi ci trovo più a mio agio."

"Allora tu studi?" gli chiede Bërbižëi, con un po' di invidia. Ma un'invidia piccola e innocua.

"E i tuoi cosa fanno? Siete ricchi?" chiede Briscola.

"Io... io frequentavo il liceo" risponde Valentino, quasi intimorito dalle domande. "No, non siamo ricchi. Credo ci si potrebbe definire una famiglia benestante, senza troppi fronzoli. Cioè, lo eravamo. Mio padre ora è in guerra in Grecia. Mia madre fa la maestra."

"E la ragazza ce l'hai?" chiede Briscola.

Valentino diventa rosso come il fuoco appena ravvivato da Nuvolari.

"Bello come sei, e istruito, e pure benestante... Chissà quante ragazze ti muoiono dietro" gli dice Bill, dandogli una spallata. "Chi ha il pane non ha i denti! Sempre così. Se io fossi in te, sai come ne approfitterei! Mannaggia... Io invece sono solo simpatico da matti!" ride Bill.

"Sei simpatico come un calcio nelle balle" ride Nuvolari. E, rivolgendosi a Briscola, aggiunge: "Volevo dirlo in dialetto, ché rendeva di più, ma l'ho detto in italiano così ti risparmio una traduzione."

Briscola sorride e alza il bicchiere che ha in mano, in segno di ringraziamento.

"Non ve l'ho mai raccontato, ma io volevo fare il prete" dice il Pescatore. "Volevo entrare in seminario, quella era la mia strada. Sono certo di aver sentito la chiamata di Dio. Ma mio padre non ha voluto rispondere" cerca di sorridere, ma non ci riesce granché. "C'era bisogno di soldi in casa e così sono andato a lavorare con mio papà. Fa il ciabattino; ha una bottega piccola, ma è sua. Lavoriamo assieme e, quando finiamo, prima di andare a casa, io me ne vado sempre un po' in chiesa e sto lì."

"E tua mamma?" chiede Saltafosso.

Il Pescatore abbassa gli occhi. "È morta di parto."

Dopo qualche istante li rialza e si corregge: "Anzi, no. È morta perché degli squadristi, dei maledetti l'hanno picchiata mentre era incinta. Le hanno dato una pedata in pancia e ha avuto un'emorragia. La mia sorellina è nata prematura, ma ce l'ha fatta a sopravvivere. Mia mamma no."

Nuvolari si è acceso l'ennesima sigaretta. Mentre il fumo sale verso l'alto, chiede: "Perché l'hanno fatto? La tua è una famiglia antifascista?"

"Mio zio, il fratello di mia mamma, lo è. Lui è uno che s'impegna in politica. Ma noi che c'entravamo? Mio papà è uno che lascia sempre correre; uno che vuole star fuori da tutto. È quasi come se si volesse nascondere, pensando che se sta zitto in un angolo nessuno lo andrà a cercare. Per quello io ho deciso che volevo venire qua a combattere. Perché non mi va più di lasciar correre."

"Tuo papà sarà una brava persona" dice Carnera, sorprendendo tutti. "Non è colpa sua se lo è in un periodo in cui più sei un bastardo e meglio è. Visto che ti volevi far prete, certe cose dovresti pensarle anche da solo."

"Mio fratello è un fascista" confessa Briscola. "Be', prima era un fascista, adesso è un repubblichino, comunque sempre quella roba lì. Volevo dirvelo subito, ma... non ho avuto il coraggio. Non sapevo come l'avreste presa. La mia famiglia l'ha presa malissimo. Siamo sempre stati tutti antifascisti, solo lui... Mio padre si è dato alla macchia presto, perché lo cercavano. Ora è partigiano, ma da un po' non abbiamo notizie. Mia mamma lavora la terra, cura gli animali, fa la mondina, la lavandaia, quel che trova. Lavora tanto, troppo. È bella rotonda, la mia mamma. Eppure quand'è in bicicletta va veloce come se non li sentisse i chili di più" sorride Briscola. Ma poi: "Non so cosa gli è scattato in testa, a mio fratello. Mio nonno c'è morto di crepacuore. Non ci voleva credere, ma quando l'ha visto in divisa..."

"Tanti erano fascisti" interviene Emma, per non far sentire solo Briscola. "Per stare tranquilli, perché senza tessera non lavoravi, perché... perché era più semplice."

"Ce n'erano anche tanti che non lo erano" dice piano, ma chiaro, Saltafosso. "Mio padre era antifascista e l'hanno fucilato. Eravamo una famiglia agiata, ma dopo... Abbiamo perso tutto. Ci hanno tolto tutto. Abbiamo dovuto ringraziare perché non ci hanno uccisi. Siamo rimasti io e mia madre. E abbiamo imparato a cavarcela come possiamo. Io ho anche questa maledetta asma. E i soldi per le medicine... Pensate che prima avevo un insegnante che veniva a farmi lezione a casa. Per via della salute cagionevole, i miei erano più tranquilli così. Quindi anch'io, per motivi diversi, ma... non ho mai avuto molti amici" conclude, rivolgendosi a Bërbižëi.

"A me è ri-i-masta mia ma-a-amma" dice Freccia. "Lavo-ora come cassi-i-i-iera in un ci-i-inema-a-ato-ogra-afo. Ho anche due so-o-orelle pi-i-icco-o-ole. Io faccio l'a-a-apprendi-ista da un fa-a-abbro" finisce la frase con un gran respiro.

"Io distribuivo i giornali in città. Facevo lo strillone" dice Pulce, mentre Nuvolari gli toglie dalle mani il bicchiere, dopo avergli lasciato bere giusto quattro dita di vino. "Il papà non ce l'ho mai avuto. Ho solo mia mamma che è a servizio dalla stessa famiglia da quando aveva otto anni. Non ha potuto andare a scuola, quindi non sa leggere. E fa un po' ridere visto che io distribuisco i giornali e ne posso anche fregare qualche copia, se voglio. Ma me li leggo da solo, poi. Di amici non è che ne ho tanti pure io. Se lavori, come fai? E poi, in città, ognuno si fa i fatti suoi. È meglio se stai attento a non farti fregare, altro che amici! Qua, invece, è diverso. Si sente che ci si può fidare, vero comandante?"

Nuvolari guarda negli occhi lucidi di Pulce: non è un lucido da commozione, ma da sonno e, leggermente, da vino – per uno che non c'è abituato –.

"È vero. Qua ti puoi fidare. E allora fidati e dammi retta, tu e gli altri: è ora di andare a coricarsi."

Emma ha ascoltato i racconti di tutti i ragazzi.

All'inizio, ascoltava e basta. Poi, senza nemmeno accorgersene, ha preso dei fogli e una matita e si è messa a fare i loro ritratti, mentre parlavano. Erano così belli nella verità delle loro parole.

"È tutta la sera che disegni" le dice Bill. "Adesso ci dai i nostri ritratti?"

Emma copre subito i fogli e li mette via nel borsone. "No, non ancora. Devo ritoccarli. Voglio che siano il meglio che riesco a fare. Così vi ricorderete di me."

"E chi si dimentica di te, Emma? Se non ci fossi tu, con noi... Be', lo sai" Bill abbassa gli occhi.

"È tardi per tornare in città. Ti fermi a dormire qua al campo?" le chiede Nuvolari, portandole una coperta.

"Sì, grazie. Ho lasciato Sara da mia sorella, è in buone mani. Tanto non potrei andare a riprenderla a quest'ora. C'è anche il coprifuoco."

"Tua sorella ti somiglia? È brava come te?" le chiede Briscola, mentre mette via quel che è rimasto della bottiglia di vino.

Emma sorride. "Mia sorella è un angelo caduto in terra. Non ho mai conosciuto nessun altro così profondamente buono. C'è una gentilezza, una dolcezza in lei... Quando parla è come se ti accarezzasse. Un giorno ve la farò conoscere e capirete cosa intendo."

"Allora è buona come te" le risponde Briscola.

"Io non sono una brava persona, ti sbagli." Emma si fa seria. "Se mi dicessero: ti ridiamo tuo figlio, ma in cambio dovranno morire in tanti... Io risponderei: ridatemi mio figlio."

Pulce – mentre fa uno sbadiglio talmente grosso che sembra quasi stia per strapparsi la bocca – le si avvicina e le chiede: "Anche se fanno morire noi?"

Emma lo abbraccia, mezzo addormentato, e lo accompagna alla sua branda. "Voi no. Che c'entra..."

Iniziano a scendere dei fiocchi di neve. I primi fiocchi che preannunciano l'inverno.

Emma è sulla porta del casolare e li osserva. Nuvolari si siede sulla panca appena fuori e resta con lei a guardarli.

Carnera prende qualche ciocco di legno da portar dentro, sputa per terra e rientra, passando di fianco a loro due.

Emma guarda a terra, dove ha sputato Carnera. Tra i fiocchi di neve che cominciano a depositarsi, c'è del rosso. C'è del sangue.

Si volta verso Nuvolari.

"Ulcera" le dice il comandante. "Ce l'ha da anni. Non si cura."

Emma osserva quel sangue tra il bianco dei fiocchi. Sente freddo. Si mette sulle spalle la coperta che Nuvolari le aveva dato prima. Fa un sospiro e una nuvola di vapore galleggia davanti a lei.

"Quand'era bambino, Andrea... gli piaceva stare avvolto in una coperta. Mi correva tra le braccia e io ridevo e ce lo 'impacchettavo' dentro! Poi stavamo sul divano a leggere o ascoltare la radio o a parlare. Si tranquillizzava, si sentiva sereno. E io, forse più di lui. Perché mi sembrava di poterlo proteggere. Poi, quand'è stato più grande... ho smesso di abbracciarlo in quel modo. E di proteggerlo."

Fiocchi di neve si posano sui capelli di Nuvolari: sembra invecchiare velocemente. Forse sono i fiocchi, o forse è la guerra.

Caruso va a scodinzolargli vicino. Il comandante gli mette una mano sulla testa.

"Sai come lo chiama mio padre? Cane da pastasciutta! Si è sempre fatto di quelle dormite, vicino al fuoco, a casa dei miei. E adesso invece è un cane partigiano. Un po' come me: invecchiando siamo diventati più coraggiosi. Ci siamo svegliati."

"Che tipo è tuo padre?"

Gli occhi di Emma si inumidiscono. "Credo che lui, per prima cosa, vorrebbe si dicesse che è un alpino. Ne è così orgoglioso... Un alpino e un emiliano. E poi è un tifoso di Bartali. Suona la fisarmonica. Ama Giuseppe Verdi come fosse uno di famiglia! E ama la terra; anche se gli ha dato tanti dispiaceri e tanta miseria, ma lui la ama. È andato avanti tutta la vita ripetendosi – e ripetendomi –: 'Ci metteremo la pazienza che non abbiamo! Pazienza con rabbia.' È di poche parole, e quasi tutte in dialetto. Io ho preso i suoi occhi verdi. A volte è un tale testone che..."

"Allora non hai preso solo gli occhi da lui" sorride Nuvolari, passando la mano lungo la schiena di Caruso. "Gli vuoi un gran bene. E lo stimi anche tanto, eh?"

Emma si asciuga gli occhi con un fazzoletto e fa segno di sì con la testa. Quanto le manca suo padre. Quanto le manca la sua famiglia, unita.

Tutti i ragazzi sono nelle loro brande. Rientrano anche Emma e Nuvolari. Il comandante le fa vedere dove può mettersi a dormire; vicino a dove dormono Bill e Pulce.

"Emma" la richiama sottovoce, mentre lei stava già andando alla sua branda. "C'ho pensato. Ne ho anche parlato con i ragazzi, perché nel tuo caso mi sembrava giusto che dicessero la loro e... Avremmo scelto il tuo nome di battaglia. Ai ragazzi è piaciuta tanto l'idea. Se a te va bene, avremmo pensato a Mascia."

Emma lo guarda perplessa e, sempre sottovoce, ripete: "Mascia?"

"Sì. In russo, Mascia vuol dire Maria. E Maria è la mamma di tutti..."

Le guance di Emma si rigano di lacrime. È il più bel regalo che le potessero fare. Vorrebbe dirlo e vorrebbe dire tante altre cose. Ma ha un magone tale che riesce solo a pronunciare, con un filo di voce: "Grazie."

E forse è tutto quello che c'è da dire.

VII
Mascia

Emma impara a usare le armi: pistole, fucili, anche la mitraglia. Tiene una pistola in casa, nascosta sotto le tovaglie di pizzo, in un cassetto del salotto. Impara a riconoscere a distanza i posti di blocco e memorizza quelli fissi. Porta notizie, documenti falsi, soldi ai comandanti partigiani. Porta armi, messaggi a memoria. Si occupa di viveri, munizioni, medicinali. Si ritrova spesso a fare anche da infermiera (quando non c'è modo di chiamare un dottore, quando bisogna fare qualcosa subito sperando nell'aiuto di Dio, o quando si tratta di ferite superficiali). Gira spesso per le colline per vedere se ci sono tedeschi in zona e, quando ne trova, ha il compito di avvisare i comandanti. Accompagna nuovi volontari alle brigate di destinazione; il ritrovo è di notte, dietro alla chiesa di don Franco o nella cripta. Da lì, poi, i ragazzi vengono smistati e indirizzati.

"Se vi catturano, non rivelate mai i nomi dei vostri compagni partigiani" aveva detto Nuvolari a lei e ai ragazzi. E a lei aveva aggiunto: "Non ti fidare di nessuno. È brutto a dirsi, ma chiunque può essere una spia."

In breve tempo, Emma diventa un'importante staffetta di collegamento tra le varie formazioni. In breve tempo, tutti sulle colline e le montagne la conoscono solo come Mascia. E ne hanno grande rispetto.

L'inverno ormai sta arrivando. Sulle montagne, per i ragazzi è terribile. Dalla tosse si passa velocemente alla febbre, alla polmonite. Tocca a tutti, prima o poi.

Il pensiero fisso di Emma è: "Devo procurarmi il necessario per tenerli al caldo. E per farli mangiare. I miei ragazzi, e Giacomo, e... per tutti quelli che posso."

I soldi che aveva da parte si esauriscono velocemente. Con la borsa nera, i prezzi sono triplicati. Decide di iniziare a vendere quello che non le serve; la prima cosa che vende, è la sua automobile.

"Non ti ho mai vista andare tanto in bicicletta. Dove vai così spesso? E come mai ti porti dietro sempre delle borse?" chiede Dora, un giorno, mentre stanno passeggiando sottobraccio.

"Vado da mia sorella e dalle mie nipoti" risponde Emma con voce ferma, mentre il cuore le batte a mille. "Abitano in campagna, lo sai. Loro mi danno cose da mangiare e io gli porto coperte, vestiario, quello che posso. Io sono sola, loro sono sole... ci facciamo compagnia, ci aiutiamo."

"E la tua automobile? Che fine ha fatto?" le chiede Dora, fermandosi a guardarla negli occhi e sistemandosi il suo cappello da repubblichina.

"L'ho venduta. Senza Aldo... I nostri risparmi erano meno di quel che pensavo. Ho dovuto pagarci anche qualche debito."

Dora scruta Emma dalla testa ai piedi, con un mezzo sorriso. Il cuore di Emma pare esplodere, quando Dora... l'abbraccia.

"Cara! Se hai dei problemi di soldi, me lo devi dire, capito? Siamo rimaste sole, noi due. Dobbiamo aiutarci. Non vorrei che ti mettessi in qualche pasticcio."

"..."

"Sì, insomma. Tante donne, di questi tempi, fanno scelte sbagliate."

Emma deglutisce.

"Capisci cosa intendo?"

"Veramente... no" dice Emma sforzandosi di mostrare stupore.

Dora le indica un albergo dove sono alloggiati molti ufficiali tedeschi. Si vedono uscire donne appariscenti che si salutano e salgono sulle automobili delle SS.

"Tu pensi che io sia diventata una prostituta?! Dora!" scoppia a ridere Emma.

"Be', sei sempre fuori casa, torni tardi. Che hai bisogno di soldi me lo hai appena detto... Ora smetti di ridere, per favore. Attiri l'attenzione di tutti."

"Scusami, hai ragione" risponde Emma, cercando di ridarsi un contegno. Anche se qualche risatina di nervosismo le scappa ancora. "Però, Dora... considera che, se avessi intrapreso questa nuova 'attività', di sicuro non avrei problemi di soldi!"

"Già, immagino sia così" e anche Dora inizia a ridere, pensando al sospetto che aveva avuto sulla sua amica.

In tanti anni che ci conosciamo, questa è la prima volta che ridiamo assieme, di cuore; non risate di convenienza, ma una risata sincera. E ci conosciamo da vent'anni... Questo pensa Emma, mentre guarda Dora che, con quel sorriso spontaneo, sembra tutta un'altra persona.

Ma poi, lo sguardo dal sorriso passa all'uniforme, ed Emma torna subito in sé e ricorda perché si era avvicinata a Dora, quella mattina.

"Mi mancano queste chiacchierate fra di noi. Ci vediamo davvero troppo poco, ultimamente" dice Emma. "Anche i nostri vecchi amici. Mi sembra un secolo che non vedo più nessuno."

"Oh, cara! Cara Emma! Come sono contenta di sentirti parlare così. Ti sei isolata da tutti noi per tanto tempo e temevo non saresti più tornata. Invece, eccoti qua! E magari ti deciderai anche tu a entrare a Salò, come me. Insieme anche in quello!"

"..."

"No, non pensarci ora. Adesso è già tanto che tu voglia uscire dal tuo eremitaggio. Ci penso io a organizzare una cena coi nostri amici. Al più presto!"

E così Emma rispolvera i suoi vestiti eleganti, e riprende a frequentare Dora e le loro vecchie conoscenze. Può ottenere molte informazioni utili alle cene, ai tè. E Dora è così presa dalla politica, ormai, che è una fonte inesauribile di notizie. Emma ascolta con grande attenzione; in fondo, potrebbe entrare anche lei a Salò, quindi è giusto che Dora la tenga informata su come funzionano le cose.

Riprende a frequentare anche il coro della chiesa. Non perché la sua opinione su Dio sia cambiata. È solo un modo per vedere regolarmente don Franco, senza dar adito a troppi sospetti. Dora non ci va più, ha altri impegni che la assorbono.

Lucia invece c'è ancora e ha un'aria sempre più fragile. Emma è così presa dal suo compito di staffetta e dai resoconti che deve fare a don Franco, o ascoltare da lui, che non trova mai il tempo per parlarle. Un pomeriggio più tranquillo del solito, decide di avvicinarla per capire cosa le sta succedendo; ma, mentre le si sta per sedere accanto, un ragazzo, un seminarista che don Franco ha accolto in parrocchia per un breve periodo, la prende per un braccio e inizia a parlarle.

"Io so della vostra disgrazia."

"..."

"Don Franco mi ha detto" e il ragazzo indica il reverendo che, seduto una panca più indietro, sta ascoltando, con gli occhi rivolti al cielo.

"..."

"Signora, vostro figlio ora è in Paradiso. Sta meglio. Non ha più pensieri. È col Signore ed è felice. Dovete essere contenta. È nel posto migliore che c'è." Il ragazzo le stringe ripetutamente la mano e, con gioia, se ne va in sagrestia.

Emma: "Don Franco..."

"Sì."

"Il vostro discepolo è tanto un bravo ragazzo e mi è pure simpatico."

"Lo so."

"E parla con le migliori intenzioni, lo apprezzo."

"Lo so."

"Ma se mi fa ancora un discorso su quanto devo essere contenta... gli tiro una sassata in fronte e lo stendo."

"Sia fatta la volontà di Dio" le risponde il reverendo, allargando le braccia.

Il cinematografo è un altro buon posto per incontrarsi di nascosto e scambiarsi informazioni.

Emma non era mai stata tanto al cinema. Non che le riesca di vedere sul serio un film. Non per intero, almeno. Aiuta anche quelli della stampa clandestina per sostenere il CLN. Anche loro incontrati al cinema, la prima volta. Una pioggia di volantini le era caduta in testa, mentre era seduta in platea ad aspettare un'altra staffetta. Le sembrava una buona cosa far sapere alla gente cosa stava succedendo, coinvolgere la cittadinanza perché fosse sempre più fitta la rete di quelli che si schieravano coi partigiani. E da lì aveva chiesto a chi doveva rivolgersi per aiutare la stampa clandestina.

Va regolarmente dai suoi ragazzi. Arriva con la bicicletta su per la salita e quando li vede tutti al campo tira un sospiro di sollievo. Caruso a volte l'accompagna, a volte resta con Sara.

I ragazzi ormai conoscono Andrea come fosse uno di famiglia. Emma non riesce a fare a meno di parlare di lui; loro sono contenti di sentire le sue storie, ci si appassionano, come fosse l'eroe di uno sceneggiato a puntate.

Ogni tanto, la notte, a Emma capita di sognare Andrea e Aldo. Sogna stralci della loro vita assieme e li ritrova vivi, con lei.

Una volta, mentre è sul camioncino della brigata con Nuvolari e Bill, Emma sorride tra sé.

"Che c'è?" le chiede Bill, subito incuriosito. "Perché sorridi?"

"Pensavo a cosa direbbero mio marito e mio figlio, se mi vedessero ora. Su per le montagne, coi comunisti. Coi miei ragazzi, i 'ribelli'. A girare con una pistola, un coltello..."

Nuvolari si passa una mano fra i capelli. "Direbbero che sei matta! E avrebbero ragione."

"Sapete qual era il mio soprannome da piccola? La Garibaldina! Avevo un caratterino... E adesso sono finita in una brigata Garibaldi. Si vede che era proprio destino."

Nuvolari si schiarisce la voce e intona:
"E tu biondina capricciosa
garibaldina trullallà,
tu sei la stella, tu sei la stella;
e tu biondina capricciosa
garibaldina trullallà,
tu sei la stella di noi soldà!"

"Una canzone apposta per te, Mascia!" esclama Bill. "E bravo comandante!"

"Sì, ma non l'ho mica inventata io!" ride Nuvolari. "È la canzone *E le stellette.* Io la so nella versione alpina. La cantavamo nel mio battaglione..."

In tanti aiutano la Resistenza. Tanta gente semplice, del popolo. Molti, nelle campagne, ospitano e nascondono i fuggiaschi, i soldati alleati feriti e i soldati italiani in fuga, i disertori; cercano anche di procurar loro dei vestiti borghesi per aiutarli così a scappare.

Tra questa gente che aiuta, nascondendo e ospitando, c'è anche Rosa, la sorella di Emma.

Quando c'è da portare qualcuno da Rosa, è sempre Emma a offrirsi per prima. È per vedere sua sorella e poi perché, se la scoprissero, potrebbe sempre cercare di inventarsi qualcosa. Sta andando a trovare sua sorella, cosa c'è di male?

"Rosa, lo sai che ora ho un nome segreto di battaglia?"

"Oh, Signùr. E che nome hai?"

"Mascia!"

"Ma allora adesso... come ti devo chiamare io? Emma o Mascia?"

"Davanti ai vecchi conoscenti, Emma. Davanti ai partigiani e a quelli che ti porto... meglio Mascia."

"Spero di non confondermi, di non fare guai. Stasera, quando gli altri saranno a letto, mi eserciterò. Farò qualche prova, magari con Annamaria!"

"La mia Rosetta..."

A una festa con Dora, un colonnello delle SS si avvicina ad Emma e le chiede: "Voi conoscete... sapete niente di una certa Mascia?"

Emma finisce il suo calice di vino. "Mascia? Che nome è?"

"Un nome da ribelle comunista, signora. E i comunisti sono gente pericolosa, sovversivi della peggior specie."

"E in che modo dovrebbe riguardarmi questa Mascia?" chiede Emma prendendo una tartina.

"Mi dicono che si tratta di una donna circa della vostra età e che..."

"Non penserete che c'entri con me?!" sbotta Emma, mostrandosi indignata. "Parlate di comunisti, di sovversivi e cercate un collegamento con me? Vi ricordo, colonnello, che mio figlio è morto combattendo con voi, per il nostro Duce, in Russia. E mio marito è tuttora al fronte. Sperando che sia ancora vivo..."

"Bisogna vedere su 'quale' fronte è ora."

"Non vi permetto! Siamo sempre stati fedelissimi alla Patria. Sempre!" ribatte Emma, rossa in viso.

"Colonnello, ci dev'essere proprio un equivoco" interviene Dora. "Conosco Emma e la sua famiglia da anni e mi sento di garantire per loro senza esitazioni. Se non fosse così, certo non continuerei ad averla come amica proprio ora che servo la Patria anch'io come ausiliaria a Salò" conclude Dora, mostrando il suo stemmino da repubblichina.

"Meglio così, allora." Il colonnello fa ad entrambe il baciamano e si allontana, mischiandosi agli invitati.

Emma si serve un altro calice di vino.

VIII
Il battesimo del fuoco

"Perché stanno così? Perché questo silenzio, Nuvolari?"
Emma arriva al campo, appoggia la bicicletta e si guarda attorno. Fa freddo, è umido. Eppure i ragazzi sono tutti all'aperto, sparsi per il cortile davanti al casolare. È la prima volta che non corrono a salutarla, che non cercano il suo sguardo, che non la riempiono di sorrisi.

Qualcuno è seduto per terra, qualcuno è alla sorgente o in piedi, vicino a un albero.

Non si muovono.

"Gli passerà" dice Carnera alzandosi dalla panca vicino al casolare. "Oggi è stata la prima volta. Ci faranno l'abitudine." Raccoglie qualche pezzo di legno, sputa per terra e rientra.

Nuvolari è lì in piedi, con la schiena appoggiata al muro e le mani in tasca. Ha il viso tirato.

"Mi vuoi dire cosa sta succedendo?!" lo assale quasi Emma.

"Oggi abbiamo fatto da rinforzo a un'altra banda partigiana. Abbiamo aspettato dei tedeschi che passavano con dei camion di armi – una soffiata – e... abbiamo dovuto sparare. Sono morti tutti." Nuvolari prende a calci la terra. "Non doveva andare così, non era questo il piano! Dovevamo requisire i camion e prendere i soldati in ostaggio. Li avremmo scambiati con dei prigionieri. È così che facciamo noi, ma... Quelli non si sono voluti arrendere e hanno cominciato a spararci addosso. Avevano anche una mitragliatrice! Se non fosse stato che noi eravamo un bel po' superiori di numero, ci falciavano via come ridere. Abbiamo dovuto rispondere al fuoco. Non c'era scelta. Ci sono stati dei feriti

187

anche tra i nostri, due morti nell'altra brigata, ma loro... quelli sono tutti morti. Qualcuno ha provato a scappare, abbiamo dovuto inseguirli: ci avevano visto bene, avrebbero raccontato tutto, chi siamo e via dicendo. Non si poteva lasciarli andare, non si poteva! Porca d'una miseria porca!" Nuvolari dà un pugno contro il muro: della calce si stacca e cade a terra. Del sangue gli esce dalle nocche. "L'altra banda è fatta di uomini che hanno già combattuto in campagne militari. La nostra è fatta di ragazzi. Oggi è stata la prima volta che hanno ucciso qualcuno. Non avrei mai voluto che venisse questo giorno per loro, lo sai. Ma se la guerra continua, capiterà tante altre volte." Nuvolari fissa il sangue che gli esce dalla mano. Poi con lo sguardo cerca i suoi ragazzi, sparpagliati per il cortile come se un colpo di vento li avesse sbattuti in giro a casaccio.

"Guarda che facce..." Nuvolari prende di nuovo a calci la terra. "Mondo di merda!"

Emma si guarda attorno. "Dov'è Pulce? E Briscola?"

"Pulce è là dietro: sta vomitando da quando siamo tornati. E Briscola si è nascosto da qualche parte a piangere. Non voleva farsi vedere. Ma tanto qua non ce n'è uno che non ha voglia di piangere."

All'improvviso, Bill si mette a urlare e cerca di strapparsi il giaccone. "Ho il sangue addosso! Toglietemelo, toglietemelo!" Sembra pazzo mentre si agita e divincola come se il giaccone lo stesse soffocando. Quando finalmente riesce a liberarsene, si lascia cadere a terra, all'indietro, con le braccia aperte verso il cielo; le lacrime gli scivolano tra i capelli.

"Uccidere un uomo non è come vederlo fare al cinematografo. E non sempre quelli che devi uccidere hanno una faccia brutta e cattiva" dice Nuvolari, mentre tira fuori dalla tasca un fazzoletto e lo avvolge attorno alla mano che sanguina.

Valentino è seduto vicino a un albero. Immobile. Si tiene stretto alle ginocchia, col viso nascosto dalle braccia. Poi tira su la testa; dal retro dei pantaloni tira fuori un libricino che porta sempre con sé. Sono poesie. Guarda il libretto per un attimo e lo getta a terra. Torna a nascondere il viso tra le gambe, coprendosi la testa con le braccia.

Merlo è alla sorgente. Fissa l'acqua che scorre. Ogni due minuti ci ficca sotto la testa e ci sta fin quando sente mancargli il fiato. Allora si scrolla l'acqua di dosso, aspetta un paio di minuti e ricomincia da capo.

Freccia ha tra le mani un brandello di una divisa tedesca e non fa che piangere.

Saltafosso è seduto per terra, con una bottiglia di vino. Ogni tanto dà una sorsata e piange. Un'altra sorsata e piange.

Bërbižëi si è messo addosso una coperta e cammina avanti e indietro per il cortile. "Non mi scaldo. Anche con la coperta, non mi scaldo. Lo sentite anche voi il freddo nelle ossa? Non è febbre. Non è mica febbre questa cosa qua. È peggio. E non passa. Non passerà mai..."

Nessuno gli risponde e lui continua a ripetere le stesse frasi, continua a camminare, continua a sentire il freddo nelle ossa.

"Basta! Basta!" grida il Pescatore, buttandosi in ginocchio davanti a Nuvolari. "Voglio tornare a casa. Voglio tornare dalla mia famiglia!"

"Non si può più tornare a casa. Ci ammazzano subito. E metteremmo a rischio anche le nostre famiglie. Tirati su, dài..." E Nuvolari cerca di aiutarlo ad alzarsi; ma il Pescatore è come attaccato a terra, a peso morto.

"ADESSO È ORA CHE LA FINITE!" Carnera si affaccia sulla porta del casolare e grida ai ragazzi. "Voi state qua a frignare che sembra la fine del mondo perché avete sparato un paio di colpi e avete visto un paio di cadaveri. Ma ci pensate o no a quanti dei nostri sono stati uccisi da fascisti e tedeschi?! E sapete cosa fanno quelli, dopo che c'hanno ammazzato? Festeggiano! Si fanno delle gran bevute, ridono, vanno a puttane. Ma prima appendono i corpi dei partigiani e li lasciano penzolare come fossero manichini, perché tutti li vedano e capiscano la lezione. Ci sputano addosso, ci prendono a calci, anche da morti. Ecco, questa è la gente per cui state piangendo. Mi fate vomitare! E se non la piantate, vi prendo a calci in culo uno per uno!" Carnera sputa per terra e fa per rientrare nel casolare.

Nuvolari, che gli era di fianco, lo afferra per un braccio e lo trattiene sulla porta, parlandogli viso a viso, dritto negli occhi, a bassa voce. "Io ti conosco e so cosa ti passa per la testa. E cosa senti, al di là delle parole. Per questo non sono intervenuto e lascio correre. Ma ti avviso: è la prima e ultima volta che fai una sfuriata del genere ai ragazzi. Non se la meritano. E se ci riprovi, sarò io a prenderti a calci in culo davanti a tutti."

Carnera si libera dalla presa di Nuvolari. "Andate tutti a cagare..." E rientra nel casolare, a buttarsi sulla sua branda, con le spalle rivolte alla porta.

"Cosa posso fare?" dice Emma a Nuvolari, mentre le lacrime non smettono di scenderle.

"Bisogna solo aspettare che passi del tempo. E sperare che riescano a superarlo. Tu stagli vicina."

Emma si asciuga gli occhi e fa segno di sì.

Va da Pulce e gli tiene la testa mentre vomita; gli passa un fazzoletto bagnato sul viso e lo accompagna in branda.

Va da Briscola, gli prende le mani e piange con lui, accarezzandogli il viso.

Si siede vicino a Valentino e gli ridà il suo libretto di poesie. "Non devi rinunciarci, alla tua età. C'è tanta bellezza al mondo; non fartela portar via dalla guerra."

Si mette davanti a Bërbižëi e ferma il suo moto perpetuo. Lo abbraccia e con le mani fa su è giù sulla sua schiena. "Vedrai che ora ti scaldi. Il freddo passerà, vedrai."

Toglie la bottiglia di vino dalle mani di Saltafosso; gli scosta i capelli dal viso e gli dà un bacio sulla fronte.

Si siede con Freccia e Pescatore, e asciuga le loro lacrime.

Fa sparire tutto quello che è sporco di sangue, infilandolo nel suo borsone.

Prende una coperta e si avvicina a Bill, steso a terra, con indosso solo un maglione.

Quando la vede, il ragazzo solleva il busto e si mette a sedere. Emma si china e, da dietro, lo avvolge nella coperta e lo tiene tra le sue braccia. "Lo facevo sempre con mio figlio, quand'era agitato. Quando aveva bisogno di sentirsi al sicuro."

Bill appoggia le sue mani su quelle di Emma e gliele stringe. Le lacrime del ragazzo continuano a cadere; Emma le vede luccicare sulla coperta.

Per ultimo, porta un panno alla sorgente e asciuga il viso di Merlo. "Torna nel casolare. Ti sei rinfrescato abbastanza. È ora di scaldarsi un po'."

"Aveva la mia età, Emma. Ho sparato a uno che aveva la mia età..."

Si guardano in silenzio.

Emma lo prende sottobraccio. "Vieni dentro con me. Voglio farti leggere una cosa. A te e agli altri."

Tutti i ragazzi sono rientrati nel casolare. Carnera è ancora coricato sulla sua branda, voltato di spalle. Nuvolari si siede vicino al tavolo, si accende una sigaretta.

Emma tira fuori dalla tasca una lettera. "La porto sempre con me. È l'ultima cosa che ha scritto mio figlio. Voglio condividerla con voi, ora."

Emma legge tutta la lettera. Su alcune parti si sofferma di più. Non ha nemmeno bisogno di leggerle, le ricorda fin troppo bene.

Oggi ho ucciso un uomo. Un altro. Aveva la barba, come il nonno.

È caduto sulla neve, senza far rumore. O forse ne ha fatto, tanto. E sono io che non l'ho sentito. Non ho sentito più niente.

...

Credi che don Franco mi potrà perdonare, mamma?

...

Quando penso che Dio solo sa per quanto tempo dovremo restare ancora qui, mi metto a cantare, perché se no... mi viene un magone!

E l'intero reggimento, subito, mi viene dietro. Così sembriamo un gruppo di scemi, vestiti quasi di stracci e mezzi congelati, che camminano ancora per non so quale miracolo e che cantano.

...

Non sappiamo mai cosa aspettarci. Da un momento all'altro può succedere di tutto qui... Non riesco a farci l'abitudine. Ogni volta mi si ferma il cuore.

...

Vorrei lasciarmi cadere a terra e restare così, immobile, sotto il cielo, a galleggiare nel nulla. E magari, ogni tanto, piangere... per vedere se con le lacrime se ne va via anche il dolore.

...

Da quando ho lasciato casa, ho visto e fatto più di quello che avrei voluto.

È questa la guerra: un di più di orrore in cui ti trovi immerso fino a poterci soffocare.

Ma forse, alla fine di tutto questo... Forse alla fine della guerra le cose cambieranno.

Quando Emma piega la lettera e la ripone in tasca, i ragazzi si alzano da dov'erano seduti e le si stringono attorno. Tutti hanno gli occhi lucidi. Anche Nuvolari. E anche Carnera, di spalle, senza che nessuno lo sappia.

"Non ve l'ho letta per farvi piangere di più" sorride debolmente Emma. "L'ho fatto per farvi capire che anche mio figlio e tanti altri come lui hanno provato le stesse cose che provate voi ora. Non siete soli. Dovete farvi coraggio. E la speranza che tutto questo, alla fine, un giorno, cambierà le cose in meglio, non deve mai abbandonarvi! Lo dovete a voi stessi... e a quelli che non ce l'hanno fatta a vedere quel giorno" conclude Emma, accarezzandosi la tasca.

IX
Natale 1943

"Venite a pranzo da noi, domani? Tu e Sara. Non c'è molto da festeggiare e nemmeno da mangiare, ma almeno stiamo assieme." Rosa è nel cortile di casa sua, avvolta in uno scialle nero di lana, vicino all'altalena che aveva costruito Fausto per i bambini.

Emma è appoggiata al sellino della bicicletta. "Sara non festeggia il Natale. Però verremo. Stare con voi fa bene a lei e fa tanto, tanto bene a me" dice Emma, dandole un bacio sulla guancia. "Ciao Rosetta, ci vediamo domani!"

"Perché non vieni alla messa di Natale? Mi farebbe così piacere..."

Don Franco, sul sagrato della chiesa, terminate le prove del coro, parla con Emma, mentre lei stringe a sé un libretto di canti gregoriani che non contiene esattamente degli spartiti.

"Ne abbiamo già parlato. È meglio se Dio si accontenta di sentirmi cantare. La messa, magari, fra qualche anno."

Don Franco china la testa, come se fosse stato sconfitto nuovamente.

Emma torna sui suoi passi e gli appoggia una mano sulla spalla. "Passate un buon Natale, reverendo. In fondo, se festeggio il Natale, qualche speranza di redimermi ce l'avete ancora, vi pare?"

Don Franco sorride e, mentre Emma se ne sta andando, fa il segno della croce. "Dio ti benedica e ti protegga, figliola."

"In giro in bicicletta con questo freddo, con tutta questa neve?"

"Dottore, io ho una salute di ferro" risponde Emma frenando e fermandosi di fianco al dottor Gandolfi. "Il freddo rinforza i polmoni. Basta restare in movimento."

"Se lo dice lei..." le risponde mite il dottore, togliendosi il cappello.

"E lei come mai è in giro? Qualche visita? Nel mio palazzo per caso?" sorride Emma, senza quasi accorgersene.

"..." Il dottor Gandolfi cambia colore.

Emma si pente subito della frase che le è scappata. "Mi scusi. Non so cosa mi è saltato in mente, io... Certo che lei ha delle visite. È normale. Anzi, mi scusi di nuovo se le ho fatto perdere tempo trattenendola."

"Non ho nessuna visita da fare nel suo palazzo" risponde, in ritardo, il dottore.

"No, certo che no. Non so come mi è venuto... Sarà il freddo che mi congela i pensieri intelligenti!" cerca di scherzare Emma. "Ora scappo e lascio andare anche lei" aggiunge, preparandosi a partire in bicicletta. "Le auguro un buon Natale, Umberto."

"Buon Natale anche a te, Emma" le risponde il dottore, quando ormai è già lontana.

Si rimette il cappello e si avvia proprio verso il palazzo di Emma.

Mentre inizia la salita verso il campo dei suoi ragazzi, Emma intravede da lontano tre uomini in divisa. Avvicinandosi si accorge che non sono repubblichini. Sono carabinieri.

"Capitano Corradi... cosa ci fate ancora in divisa?! Siete matto ad andare in giro così? Se i tedeschi vi vedono, vi mettono al muro! Ve la dovete togliere, per l'amor del cielo!" dice Emma rivolgendosi anche agli altri due uomini.

"Non vi preoccupate, signora Cobianchi. Siamo in giro con l'autorizzazione dei tedeschi e della Repubblica. I miei uomini ed io abbiamo l'incarico di girare le campagne per cercare i renitenti alla leva."

Emma s'irrigidisce e, involontariamente, arretra con la bicicletta.

"Io so dove state andando, signora."

Emma lascia cadere un braccio lungo il fianco, lentamente. Con la mano cerca la tasca. Ha una pistola.

"*Stai sempre pronta a usarla*" le aveva detto Nuvolari.

"Non lo fate" le dice il capitano, appoggiandosi al borsone che Emma tiene legato alla canna della bicicletta. "Noi stiamo con voi, non avete bisogno di spararci."

"Ma..."

"Io vi ho detto che abbiamo l'incarico di cercare i renitenti alla leva. Ma non vi ho detto che lo facciamo."

Emma lo guarda senza capire.

"La verità è che noi giriamo le campagne per avvisarli di nascondersi." Il capitano fa un lungo respiro e si aggiusta, con fierezza, il capello d'ordinanza. "Ho dovuto fingere di collaborare perché altrimenti ci ammazzavano. E poi ho deciso che avrei fatto quello che potevo per contrastare questi criminali, questi assassini. Ne ho parlato anche coi miei uomini, di cui mi sono sempre fidato ciecamente. E, tranne un paio che sono scappati, gli altri sono stati tutti d'accordo con me. Facciamo quello che possiamo, signora. Non so per quanto durerà, prima che si insospettiscano e ci scoprano. Ma non intendo disonorare la divisa che porto prestandomi alle nefandezze delle SS. Se dovremo togliercela, lo faremo, ma solo dopo aver messo al riparo più gente possibile."

"Capitano, non immaginavo..."

"Io e i miei uomini non siamo i soli, credetemi. Tanti carabinieri sono rimasti fedeli al re e ai suoi ordini. E soprattutto, alla divisa che portiamo."

"Allora voi collaborate con i..."

"Io so di voi, signora, e di quello che fate, tramite don Franco."

"Don Franco..."

"Sì, signora. Facciamo del nostro meglio per fornirgli l'aiuto che gli serve; soprattutto per la situazione degli ebrei che è diventata drammatica. E quindi, sì, per rispondere alla domanda che stavate per farmi, conosciamo anche dei comandanti partigiani e collaboriamo come possiamo."

"Capitano... Vi chiedo scusa, ma davvero non me l'aspettavo. Voi non immaginate come sono felice di sapere che almeno uno degli amici di mio marito è passato dalla parte giusta. Sapere tutto quello che state facendo e rischiando per salvare delle vite..."

Il capitano la ringrazia con un sorriso distratto; si mette una mano in tasca e guarda verso i suoi uomini. "Sono disgustato da quello che sta succedendo nel nostro Paese. E non so come ne usciremo. Ma noi faremo tutto quello che è nelle nostre possibilità. Conosco Aldo da quando eravamo ragazzi e, se fosse qua, anche lui ne sarebbe disgustato, credetemi."

Emma, purtroppo, non è certa di potergli credere su questo. E sapere di non fidarsi completamente di suo marito le provoca uno spasmo al cuore.

Ricomincia a nevicare. È meglio, per Emma, riprendere la strada verso il campo di Nuvolari, prima di restare bloccata.

"Signora Cobianchi" le dice il capitano, dopo aver raggiunto gli uomini che erano con lui, "se aveste bisogno, venite a cercarmi. Sono nella solita caserma. Almeno per ora..."

Emma entra nel casolare. Qualcuno dei ragazzi è vicino al fuoco, qualcun altro gioca a carte con Carnera.

"Dov'è Nuvolari?" chiede Emma, dopo aver appoggiato il borsone e aver salutato tutti.

"È andato via stamattina presto" le risponde Bill. "Ha detto che aveva da fare mezza giornata. E di non rompergli le balle che sono fatti suoi." Il ragazzo si aggira vicino al borsone, aspettando di vedere cosa ne verrà fuori questa volta.

"La prima nev l'è d'l gat, la seconda l'è d'l câ e la tersa l'è d'l cristiàn!" esclama Emma.

"Eh?" chiede Merlo.

"È un modo di dire, un proverbio delle nostre parti. O almeno: a me l'ha insegnato mia mamma, quand'ero piccola. Vuol dire che la prima nevicata va bene giusto da far mangiare a un gatto, perché pulisce l'aria! La seconda è già un po' meglio, e va bene per il cane. La terza, invece, è purissima e la possono mangiare le persone. E oramai questa che viene è anche la quarta o quinta nevicata. Quindi, ci siamo!"

"E come la si mangia?" chiede Pulce.

"Oh, in tanti modi! Con un po' di caffè, con limone e zucchero, con vino e zucchero, col latte... Dipende da quello che si ha in quel momento."

Bërbižëi va subito a prendere una bottiglia di vino.

Saltafosso e Freccia si mettono di fianco a Bill, che è ancora vicino al borsone.

Emma sorride e scuote la testa. Apre la borsa e tira fuori un sacchetto con dello zucchero, un thermos con del caffè d'orzo e una bottiglia di latte.

"Le dosi sono quel che sono, lo sapete. Cercate di dividervi tutto alla pari, come sempre."

Pulce, Briscola e Merlo sono già corsi fuori a raccogliere la neve più fresca, quella più candida.

Gli altri preparano la roba sul tavolo per dividersi le porzioni nei bicchieri.

"Cosa ci fanno quei tre là in mezzo alla neve? Ne stanno combinando una delle loro?" chiede Nuvolari, entrando nel casolare e scrollandosi il bianco che ha sulle spalle.

Bill gli spiega la storia dell'Emma, del proverbio.

"Anche mia mamma me la faceva mangiare così" sorride Nuvolari. Poi guarda la roba sul tavolo. "È arrivato Gesù Bambino in anticipo" e strizza l'occhio a Emma.

"Be', allora bisogna che questo Gesù Bambino completi l'opera" dice Emma chinandosi vicino al borsone.

"Lo sapevo, io, che c'era dell'altro!" saltella Bill.

"Si è un po' sbriciolato, durante il viaggio. Ma tanto, per mangiarlo, lo sbriciolerete ancora di più in bocca! Ve lo manda mia sorella." Emma appoggia sul tavolo un buslâ. Un bel ciambellone fatto con le uova delle galline di Rosa. "Questo sì che vuol dire Natale!" grida Bill, saltellando a braccetto con Pulce.

Quando tutti i ragazzi si sono serviti col dolce e hanno riempito i loro bicchieri di neve condita a piacere con uno degli ingredienti portati da Emma, Bërbižëi si alza in piedi e, alzando anche il suo bicchiere con la neve al latte e zucchero, propone: "Facciamo un brindisi: all'Emma!"

"All'Emma!" gridano tutti i ragazzi.

Nuvolari si è tagliato solo una fetta di buslâ. Ha preso freddo stando in giro sotto la neve, e di mangiarla, ora, proprio non ne ha voglia; si è messo vicino al fuoco. "Ragazzi" dice, "questa è una faccenda da chiarire. Non dovete più chiamarla Emma; le abbiamo trovato un nome di battaglia, usate quello. Dobbiamo abituarci tutti a chiamarla Mascia anche qua, anche quando non c'è nessun altro, per non correre il rischio di sbagliarci quando poi non siamo più soli."

Poi si rivolge direttamente a Emma. "Adesso che tutti ti conoscono e sei un punto forte per i nostri collegamenti, diventa sempre più pericoloso per te. È importante mantenere almeno nascosta la tua vera identità. Quando sei arrivata qua, all'inizio, non cambiava molto. Eri in fase di apprendistato" sorride Nuvolari. "Ma ora è importante non fare sbagli. Per la tua sicurezza e anche per la nostra e di tutti quelli che sono legati a te."

"Va bene, allora... Un brindisi per la Mascia!" riformula Bërbižëi.

"Alla Mascia!" riformulano tutti.

"A voi basta brindare, neh?" Nuvolari scuote la testa divertito e riprende a mangiare il suo ciambellone.

"Carnera... sono qua già da un po' e non ti ho sentito imprecare neanche una volta. Com'è?" chiede Emma, mentre versa del caffè caldo in un bicchiere per il comandante.

"Ha mal di gola e gli è andata via quasi del tutto la voce" le spiega Briscola, sottovoce.

"Ti hanno tolto il sonoro, eh, Carnera?" ride forte Bill.

"Ma va' a cagare, te e il cinematografo!" gli risponde Carnera con l'ultimo filo di voce. E si accuccia vicino al fuoco.

"C-c-cosa facevate a N-n-atale tu, Aldo e A-a-andrea?" chiede Freccia a Emma.

"Uh, un secolo fa, ormai. La sera della vigilia andavamo a messa. O se no andavamo la mattina di Natale; e poi, dopo aver scartato i regali, andavamo in treno a Milano e passavamo la giornata lì. Al ristorante, a passeggiare per le vie, guardando le vetrine addobbate."

Emma mescola la neve ormai sciolta nel suo bicchiere, come se ci vedesse scorrere dentro le immagini di quei lontani Natali.

"Mascia" dice timido Bërbižëi.

Emma non si gira.

"Mascia..." riprova il ragazzo.

Nuvolari, facendo segno a Emma: "Sta chiamando te, MASCIA!"

"Oh, santo cielo! Scusami, ma non sono abituata a sentirmi chiamare così da voi..."

Bërbižëi fa un mezzo sorriso e poi: "Mentre parlavi del Natale con la tua famiglia, stavo pensando ai miei genitori. Dici che saranno assieme ad Andrea, ora?"

"Certo" lo rassicura Emma, sistemandogli il collo del maglione.

"Bene..." sorride piano il ragazzo.

"Ma sai che ti sta proprio crescendo la barba? Eh, sì... Stai diventando un uomo" aggiunge Emma – per distrarlo –, toccandogli le guance.

Bërbižëi raddrizza subito la schiena e si passa la mano sul viso. "Vero, eh? Infatti, ogni giorno mi sembra di sentirne di più. Me la lascio crescere perché qui c'è ben altro a cui pensare che a radersi" dice con tono serio e maturo.

Ma solo il tono è serio e maturo.

Perché dagli occhi e dal sorriso traspare tutta la soddisfazione di uno che era in cerca di quel commento. Come un bambino a cui hanno detto che è cresciuto di almeno due dita.

Valentino è seduto vicino al fuoco. Non ha quasi mai parlato. Però ha di nuovo tra le mani il suo libretto di poesie. Emma gli passa accanto e gli accarezza i capelli.
"Sono proprio contenta" gli dice, mentre lui le sorride con gli occhi.

Emma apre il suo borsone per l'ultima volta. Tira fuori i suoi regali: i ritratti che ha fatto a tutti loro – iniziando quel giorno d'autunno, in giro a cercar castagne –, arrotolati e legati con un nastrino.
Bill: "Ehi, guardate... mi ha disegnato col cappello da cowboy! Sono o non sono affascinante come un divo del cinematografo?! Grazie Emm... Cioè, grazie Mascia!"
"C'è anche Aurelia nel mio! Che bella, è proprio tutta lei! Grazie, Mascia" salta di gioia Bërbižëi.
"Era tanto di quel tempo che nessuno mi faceva un regalo..." dice Nuvolari soprappensiero.
Ce n'è uno anche per Carnera. Lui slega il nastro, srotola il foglio e... è ritratto con una farfalla sulla spalla.
"Porta fortuna!" gli dice Emma, strizzandogli l'occhio.
Carnera tossisce nervoso. "Be', sì... Grazie."
Nuvolari, che lo vede imbarazzato, per aumentare il carico, gli prende il viso con una mano. "Carnera, lo sai come si fa a sorridere? Devi spingere gli angoli della bocca in su e aprire le labbra. Così."
"Va' a cag..." la voce lo abbandona.

Pulce si avvicina a Emma e a Nuvolari con le mani nascoste dietro la schiena. "Abbiamo anche noi un regalo per voi!"
"Un altro regalo?!" esclama Nuvolari. "Questa giornata non me la dimentico più" sorride.

Sono due pacchettini minuscoli, incartati con fogli di giornale.

Emma e Nuvolari li aprono e trovano un fischietto uguale per ciascuno dei due.

"Alla Mascia può servire per avvisare di un pericolo" spiega il Pescatore.

"E al comandante, invece, può servire per radunarci tutti!" aggiunge Merlo.

"Hanno un cordoncino, così, se volete, li potete tenere al collo" fa notare Saltafosso.

"Hai capito? Dei fischietti di lusso!" si complimenta Nuvolari.

"Ah, io me lo metto subito!" dice Emma, facendoselo passare sopra la testa.

"E perché, io no?" E anche Nuvolari si mette al collo il fischietto.

"Ne avremmo preso uno pure per Carnera, ma sapevamo già dove ci avrebbe detto di ficcarcelo" ride Bill.

Carnera fa segno di sì con la testa.

"Avete tutti almeno un foglio di giornale sotto il maglione?" chiede Emma mentre si prepara a tornare a casa.

I ragazzi si battono con le mani sul petto e si sente il rumore della carta.

Emma sorride. "Bravi!" Poi aggiunge: "Lo so che sono smancerie e che non è da combattenti" lo dice guardando Carnera. "Ma oggi è un giorno speciale e così... posso darvi un bacio di Natale?"

Non c'è nemmeno bisogno di una risposta. I ragazzi le si fanno subito attorno. Lei dà un bacio a ognuno di loro. Quando arriva il turno di Bill, è lui a baciarla sulla guancia per primo; e l'abbraccia forte.

Emma allunga la mano a Nuvolari. "Buon Natale, comandante."

"Buon Natale anche a te" dice Nuvolari stringendogliela. "Ci rivediamo nel '44. Ti aspettiamo, ricordatelo" aggiunge appoggiando anche l'altra mano su quella di Emma.

Di colpo, si apre la porta del casolare. Entra un partigiano della banda di Pablo. Si guarda attorno e vedendo una sola donna, le chiede: "Sei tu la Mascia?"

Emma fa segno di sì.

"Mi ha mandato Pablo ad avvisarti, perché era sicuro che tu fossi qua. Io gli ho detto che era una stronzata, che alla Vigilia di Natale saresti stata a casa, ma lui mi ha detto: 'Vedrai che la trovi là'. Oh, quello ha sempre ragione."

"Si può sapere di cosa la devi avvisare o aspettiamo Capodanno?!" lo interrompe, nervoso, Nuvolari.

"Ah, già! Ieri hanno preso due staffette, due ragazze. Una l'hanno uccisa sul posto, perché ha cercato di scappare. L'altra l'hanno portata via. Detto fra noi, non so quale delle due è stata più fortunata. Comunque, il comandante dice che c'è ancora pericolo in giro. Di stare attenta e di cambiare percorso spesso, anche ora, nel tornare a casa. Va be', io ti ho avvisata. Devo fare in fretta, mi aspettano qua fuori altri compagni. Ci si vede, Nuvolari."

I ragazzi sono ammutoliti. Bill si è messo vicino a Emma e le tiene la mano. Anche Nuvolari non si è mosso dal fianco di Emma, che, senza accorgersene, sta stringendo forte il fischietto che le hanno regalato i ragazzi.

"E buon Natale a tutti..." chiosa Carnera, con voce roca.

Mentre sistema il suo borsone – ormai vuoto – sulla bicicletta, Emma vede il Pescatore che sta prendendo dell'acqua alla sorgente da portare nel casolare.

"Santa pazienza" gli si avvicina. "Se tieni la sciarpa così molle è inutile. Ci passa tutta l'aria! Devi tenerla ben stretta fin sotto al naso. Ecco, così" dice, sistemandogli la sciarpa fino a fargli quasi scomparire il viso. Ora sembra un bandito davvero.

"Sono dieci anni, ormai, che vivo solo con mio papà e mia sorella" sussurra il Pescatore, da dietro la sciarpa che Emma gli sta ancora sistemando. "Non mi ricordavo più com'è bello avere attorno una mamma..."

Emma gli dà un ultimo ritocco delicato alla sciarpa e poi si allontana, stringendosi nella sua giacca, per far sì che il ragazzo non la veda piangere.

X
Il comandante Nuvolari

Gennaio 1944.

Emma e Nuvolari sono nel cortile del casolare. Sono appoggiati a un muretto e guardano, da lontano, i ragazzi che si prendono a palle di neve e ci si buttano in mezzo.

Emma sorride. "Andrea e Giacomo ci si divertivano tan..." Poi, improvvisa, forte, le risuona una voce: *"È rimasto là, sulla neve."*

Emma alza lo sguardo verso il cielo e con la testa è subito da un'altra parte.

"Guarda... guarda, perché non ci si crede." Nuvolari interrompe i suoi pensieri.

Si è formata una lastra di ghiaccio, vicino alla sorgente, e i ragazzi, prendendo la rincorsa, ci scivolano sopra, per gioco.

Solo che non calcolano bene le distanze e così continuano a tamponarsi a vicenda e a prendere delle gran testate. Tutto il cortile risuona di "Ahia!" "Ehi!" "M'hai fatto male!" "Stai attento!" "Sei locco?!"

"Ma con una brigata così, cosa possiamo mai fare? Rubare la merenda a qualche bambino? No. Perché sono sicuro che le prenderebbero anche dai bambini" commenta Nuvolari, sospirando. "Facciamo due passi, vah" e Nuvolari si sposta dal muretto e s'incammina lungo un sentiero che gira attorno al loro campo, salendo solo leggermente più in alto.

"Ti faccio sentire una cosa" gli dice Emma. Si schiarisce la voce e: *"Avanti popolooo, alla riscossaaa, bandiera rossaaa, bandiera rossaaaa... Avanti popolooo, alla riscossaaa, bandiera rossaaaa trionferà! Bandiera rossa la trionferà,*

*bandiera rossa la trionferà, bandiera rossa la trionferà... ev-
viva il comunismo e la libertà!"*
Il comandante si mette a ridere. "Porca miseria... Sei diventata comunista?"
"Nuvolari, io non so nemmeno bene cosa vuol dire essere
comunista! Ne capisco poco di politica" gli sorride Emma.
"Però tutti voi la sapete e la cantate, questa canzone. Volevo farvi una sorpresa e impararla anch'io. La so tutta; me la
sono fatta insegnare da mia sorella. Considera che di solito
canto nel coro della chiesa. O le canzoni del Trio Lescano!"
"Devi cantarla anche ai ragazzi. Li farai ridere come matti! In senso buono, neh."
Il comandante sta ancora ridendo, quando Bill arriva di
corsa.
"Cosa c'è? Ti sei stufato di dar testate sul ghiaccio? E sì
che tu sei quello a cui riescono meglio" sorride Nuvolari,
guardando anche Emma che ride.
Bill, invece, è molto serio e sta zitto.
"Cosa c'è?" chiede di nuovo il comandante, cambiando
completamente tono.
"Sono passati in motocicletta due... due partigiani gielli-
ni. E hanno portato una notizia."
"Che notizia? Stanno arrivando le camicie nere?" chiede
Nuvolari allarmato.
"No, è che... Hanno fatto un'imboscata a una banda partigiana e... l'hanno sterminata. Sono morti tutti, dal primo
all'ultimo. Sono stati i tedeschi. Li hanno fucilati e poi impiccati lungo la strada principale che porta in città. Hanno fatto una strage, comandante." Bill ha gli occhi gonfi di
lacrime. Indossa il giaccone che si era strappato di dosso
tempo prima.
Emma si porta la mano al collo e si aggrappa alla medaglietta della Madonnina. "Ti prego, che non sia quella di
Giacomo, che non sia quella di Giacomo" continua a ripe-
tersi in testa, trattenendo il respiro.
Nuvolari si passa una mano tra i capelli. "Che banda era?"

205

chiede poi. "Una giellina delle loro, una garibaldina, una badogliana... Cosa?"

Bill sembra star cercando le parole giuste per dire quel che deve, ma, visto che non ci riesce, lo dice e basta. "Era quella del comandante Pablo."

Emma si porta anche l'altra mano al collo, per stringere e ringraziare la Madonnina. Si lascia andare a un sospiro di sollievo; ma un attimo dopo se n'è già pentita.

Li aveva conosciuti, quegli uomini. Uno l'aveva visto anche alla vigilia di Natale. E il comandante Pablo se lo ricorda ancora bene. E poi era così amico di...

"Nuvolari" sussurra Emma, guardando il comandante che si è messo a sedere sul primo sasso che ha trovato, e sta lì, con la testa tra le mani.

"Torna dagli altri, Bill" gli dice Emma, appoggiandogli una mano sulla spalla, prima di andare a sedersi vicino a Nuvolari.

"Era in Russia con me. Siamo tornati vivi da là, per miracolo; nessuno ci avrebbe scommesso una lira. E poi... poi torniamo qua, per farci ammazzare nel nostro Paese. Ma che schifo è?" Nuvolari non grida. Ma nella poca voce che usa per pronunciare queste frasi, c'è più forza che in un urlo.

"Poteva capitare anche a voi" dice Emma. "Non ci posso pensare."

Il comandante alza la testa. Ha gli occhi rossi. Prende una manciata di neve da terra e se la passa sulla faccia. Sta con gli occhi chiusi per qualche minuto, a respirare, e poi si ripulisce con un fazzoletto.

"Lo so" dice. "Io sto cercando di tenerli lontani dai guai. Non sono pronti. A volte mi chiedo cosa ci fanno qua; dovrebbero essere a casa, con le famiglie. O a ballare, al cinematografo... Sono dei ragazzini, qualcuno di loro sarebbe in pericolo anche ad attraversare la strada! E quelli del comando si aspettano che io li mandi in azione..."

Emma annuisce.

"Hai visto cos'è successo la prima volta che hanno dovuto sparare" riprende Nuvolari. "Un disastro. E prima o poi arriverà il momento; gli toccherà qualche incarico pericoloso, io non posso evitarlo per sempre."

"..."

"Se conosci delle preghiere, dille." Nuvolari si accende una sigaretta.

"Ne hai una anche per me?" chiede Emma.

"E da quando fumi?"

"Da adesso."

Si alza un po' di vento. La neve caduta per ultima, ancora soffice, viene spolverata via e nell'aria si formano piccoli vortici bianchi.

Emma si avvolge meglio la sciarpa attorno al collo.

Il comandante si tira su il colletto del giaccone; butta fuori una nuvola di fumo e si volta verso Emma.

"Ho una figlia."

Nuvolari estrae dalla tasca il portafoglio; lo apre e mostra l'interno ad Emma. "Questa era mia moglie."

C'è una foto sgualcita nel portafoglio: si vede una ragazza giovane, con un nastro tra i capelli che le arrivano alle spalle. Sorride. E si tiene stretta al braccio di un ragazzo, altrettanto giovane. Un bel ragazzo. Alto, coi capelli scuri. Sorride anche lui, con un po' di imbarazzo. Tutti e due hanno in mano un bicchiere.

"È il giorno che ci siamo fidanzati in casa" spiega Nuvolari, riprendendo il portafoglio e restando a rimirare la foto. "È morta poco dopo aver partorito. E io non ero con lei" dice, rimettendolo via.

"Sai qual è stata l'ultima cosa che mi ha detto? 'So che ritornerai, se potrai.' E intanto si accarezzava la pancia."

Il comandante riprende a fumare.

"Con mia moglie vivevamo in un appartamentino di una stanza, con un divisorio tra camera e cucina. Un balconcino. E il bagno in comune con gli altri condomini. Facevo l'operaio allora; uno tra tanti. Speravo di riuscire a lavorare e mettere da parte abbastanza soldi per portarla a vivere in un posto migliore. Si meritava molto di più... ma le sono toccato io" sorride triste Nuvolari. "E ci si è messa di mezzo anche la guerra. Mi hanno richiamato e mi hanno spedito in Russia. E buonanotte ai suonatori."

Nuvolari getta via il mozzicone di sigaretta che s'è ritrovato in mano.

"Ero un alpino anch'io, come Andrea e come tuo padre. Quando sono tornato dalla Russia, ho scoperto che mia moglie era morta. E che avevo una figlia... Che era stata allevata da altri e che non mi conosceva. Sono crollato."

Da un albero poco lontano precipita una cascata di neve, e i rami, che si sono liberati di quel peso, rimbalzano su e giù fino a fermarsi.

"Mia moglie, prima di morire, ha affidato nostra figlia a una donna che per lei era come una sorella. Questa donna – Rita – e suo marito, pur avendo altri due figli e pochi soldi, l'hanno accolta in casa. Abitano in campagna. L'hanno allevata per due anni; pensavo che non avrebbero voluto che c'avessi a che fare, che interferissi con la loro vita. Invece, quando hanno saputo che ero vivo e che ero tornato, Rita è venuta a cercarmi, mi ha abbracciato e mi ha detto che la bambina sapeva che loro erano degli zii e che il suo papà era via per un viaggio, ma sarebbe tornato. E mi ha detto: ti aspettiamo! Vieni, vieni presto a casa a conoscerla!

Dopo la Russia, ero una specie di fantasma. Una volta, nel bere al fiume, mi sono specchiato nell'acqua e mi sono fatto paura. Come facevo a presentarmi così a una bambina? Sarebbe stato come farle vedere la morte. Volevo uccidermi... Tutta quella strada per tornare a casa... e poi uccidersi! Pensarci mi ha fatto ridere. E nel ridere ho lasciato cadere la pistola che avevo già caricato. E poi ho iniziato a piangere.

Mascia, lo sto dicendo a te – e guarda che non l'ho mai detto a nessuno, ma lo dico a te, ora – perché so... so che ci sei passata anche tu. Non so da cosa si capisce. Ma chi è stato vicino a farla finita, è diverso dagli altri."

Emma si morde un labbro e il viso un poco le trema. S'infila le mani in tasca per scaldarle.

Nuvolari si accende un'altra sigaretta, e ne accende una anche per Emma che la accetta senza parlare.

"La prima notte che Rita e suo marito mi hanno accolto in casa ero stanchissimo, ma non riuscivo a chiudere occhio. Mi sono alzato e sono andato dove stava la mia bambina. Dormiva così serena... Ho passato la notte ad ascoltare il respiro di mia figlia. Ma una roba così bella... così bella, Mascia! Mi sono sentito bene; per la prima volta da che ero partito per la Russia. Il respiro di mia figlia e la pace della notte. Forse è stato in quel momento che – anche se con tutte le mie forze, giuro, non avrei più voluto staccarmi da lei – ho capito che dovevo fare qualcosa per il suo futuro; perché ce l'avesse, un futuro. E mi sono deciso a unirmi alla Resistenza.

Ti ricordi quando t'ho spiegato che avevo scelto Nuvolari, come nome di battaglia, perché lui guida le automobili e io guido la brigata? Be', era una balla. L'ho scelto perché era il mio mito, prima della guerra. Perché rappresentava il coraggio. E io, dopo la Russia, per tornare a combattere... ne avevo bisogno."

"Come si chiama la tua bambina?" chiede Emma, tossendo ogni tanto per il fumo delle sue prime sigarette.

"Mia moglie è morta senza riuscire a dire che nome aveva scelto. È stata Rita a deciderlo. Si chiama Bianca, come mia moglie. Sono contento... Se fossi stato qua, io le avrei dato lo stesso nome."

"Riesci a... a vederla, ogni tanto?"

Nuvolari sorride e fa segno di sì con la testa. "Appena posso. Appena so che non ci sono troppi rischi, vado. I fascisti, per fortuna, non la collegano a me. Pensano tutti che sia parente di Rita e basta. Ero da lei la vigilia di Natale, quando sei venuta al campo e io dovevo ancora arrivare. Abbiamo guardato i fiocchi di neve assieme. Le piace sentirli sulla faccia. Guarda in alto, chiude gli occhi e dice: 'Che bello...' Si tiene la neve nel pugnetto e la fissa finché si scioglie. Poi si mette a ridere e ne prende un'altra manciata."

Nuvolari raccoglie un po' di neve da terra e la fissa, sorridendo. "È così bella la mia bambina. *Pulita*. Mi sembra un miracolo. Un esserino così, in un mondo come questo... È un miracolo."

Anche Emma sorride. Sa bene cosa vuol dire avere un bambino piccolo. Come ti riempie il cuore ogni suo gesto nuovo, ogni scoperta. Poi il suo sguardo si fa malinconico e chiede: "Com'era quando stavi nell'esercito?"

Nuvolari chiude la mano a pugno e stringe la neve fino a farla sciogliere e colare, come acqua, a terra.

"Essere in battaglia è come essere in prigione. L'unica differenza è che sei all'aperto, sotto il cielo. Ma è comunque una prigione. Devi avere un'immagine bella da tenere davanti agli occhi, quando sei in mezzo allo schifo. E la mia era mia moglie incinta. Mentre marciavo per tornare a casa, a un certo punto, non ho più visto niente. Cadaveri, feriti, sangue... Niente. Solo lei.

Un mio amico è saltato su una mina. Aveva il corpo maciullato e si stava dissanguando. In mezzo al niente. Me l'ha chiesto, mi implorava... non potevo lasciarlo così. C'era anche Pablo con me, quel giorno. Ha visto come stavo e mi ha detto: 'Lo faccio io'. Ma l'altro l'aveva chiesto a me, non a lui. E così l'ho fatto. Ho ucciso un amico.

Il viaggio verso casa sembrava non dover più finire. Quando pioveva, mi riparavo dentro a un portone, sotto un carro... Alla fine mi sono arreso e, se non me lo davano, ho iniziato a rubare del cibo. Ho perso mesi, anni della mia bambina. Me la sono persa... e per che cosa? Dovevamo vincere la guerra. 'Vincere e vinceremo!' Già. Ma *lui* non è mica venuto là con noi. Ci ha mandati a vincere da soli! E noi da soli eravamo là, tra fango e merda."

"..."

"Scusa, Mascia."

"Nuvolari... Io ho detto 'merda' tante di quelle volte da quando è morto mio figlio che neanche te lo puoi immaginare."

Il comandante si passa una mano tra i capelli. "Mi viene da ridere quando sento dire che noi partigiani stiamo tradendo gli alleati tedeschi. Io c'ero là, in Russia, ma i tedeschi alleati... chi li ha mai visti! Anzi, una volta li ho visti: quando c'hanno bombardato perché non c'hanno riconosciuto! Abbiamo ricevuto più aiuti dai contadini russi che dagli stramaledetti soldati tedeschi! E la ritirata del Don... Dio, cos'è stata. L'Apocalisse, io, me la immagino così."

"Nuvolari..." Emma sembra doversi far forza per fare questa domanda. "Tu che c'eri, là... quale sarà stato l'ultimo pensiero di mio figlio?"

"Tu" risponde il comandante senza esitazione.

"..."

"Tutti i ragazzi pensavano alla propria madre. Se sei un ragazzo, in quei momenti, non c'è fidanzata, amici, altri parenti... Il pensiero va verso quello che di più bello hai avuto nella vita."

Emma, fissando il vuoto, si porta la mano al collo, fruga sotto la sciarpa e tira fuori la sua medaglietta. La stringe.

"Te l'ho già vista... Cos'è?" chiede Nuvolari.

Emma apre la mano e gliela mostra. "Ne ho prese tre uguali: una per me, una per Andrea e una per Aldo. Perché la Madonnina ci tenesse uniti e ci proteggesse. Non è andata proprio così" conclude Emma, richiudendo la mano.

"Prima di avere Andrea, ho perso due figli. Non sono neanche nati. Aborti spontanei, mi ha detto il dottore. Temevo che non sarei riuscita ad avere un figlio. E invece... è arrivato Andrea.

Nevicava quando è nato. Un bel bambino di tre chili e mezzo; l'unica volta in cui ho visto mio marito piangere. E non parlo di qualche lacrima di commozione. No, no. Intendo proprio un pianto con tanto di singhiozzi e di tirar su col naso. La levatrice si dimenticò persino di me, presa com'era dal consolarlo!"

Emma ride. Con gli occhi pieni di lacrime, ma ride.

"Quando ha cominciato a crescere, tra me e Andrea si è creata un'unione particolare. Mio marito si è sempre sentito un po' escluso. È stata colpa mia. Non ci sono stata attenta abbastanza. E Aldo non se lo meritava. Non è che Andrea non gli volesse bene, anzi! Però si sentiva che era diverso dal rapporto che aveva con me. E io ho fatto finta di non accorgermene, mi andava bene così. Mi sono comportata male con Aldo, sono stata egoista. Vedi? È come dicevo ai ragazzi: io non sono una brava persona." Emma si passa il fazzoletto sugli occhi.

Un nuvolone bianco si muove sopra le loro teste. Fiocchi leggeri riprendono a scendere. Emma apre una mano e ne accoglie qualcuno nel suo palmo.

"Dovevo dire no" dice, fissando i fiocchi. "No ai balilla, quand'era bambino. No alla Gioventù del Littorio tutta. No alla tessera fascista. No, dovevo dire no quando ha ricevuto la cartolina. Sarebbe bastato dire no, quand'era il momento."

Nuvolari si fruga in tasca per cercare una sigaretta. Niente da fare. Finite. "Be', adesso... hai imparato a dire no" le dice guardandola negli occhi.

"Già. Adesso" dice Emma, alzandosi piano.

Allunga le braccia al cielo, stiracchiandosi; raddrizza anche la schiena. Fa qualche passo avanti. Dà le spalle a Nuvolari e guarda la vallata.

"Io combatto con voi. Ma combatto anche ogni giorno per alzarmi dal letto" dice Emma, facendo un lungo respiro. "Perché era mio figlio che faceva circolare il sangue nel mio cuore. La gente mi chiede se sto meglio, visto che è passato un anno. Non capiscono che per me è sempre come se fosse appena successo. Se ti ammazzano un figlio è come ti strappassero un braccio o un pezzo di carne: non smetti mai di sentir male e di pensarci.

Avrei potuto abbracciarlo più spesso. Baciarlo più spesso. Non mi pare di averglielo detto a sufficienza che gli volevo bene più che a me stessa. Tu che hai ancora una figlia, fallo, Nuvolari. Stalle vicino."

"Sono solo da tanto di quel tempo... A volte ho paura. Non so se sono ancora capace di prendermi cura di qualcun altro."

Emma si gira a guardarlo. "Ma sei matto? Tutti i ragazzi che sono qua, chi è che li tiene d'occhio da quando sono arrivati? Chi gli ha fatto quasi da secondo padre? Vedi, quando nella vita hai imparato ad amare, non smetti di farlo solo perché per un po' *non hai potuto* farlo."

Il comandante sorride e si passa una mano veloce sugli occhi. "Vieni, torniamo al campo" dice alzandosi da terra. "Stanotte è capace di venir giù un altro mezzo metro di neve" commenta guardando il cielo e le nuvole, che si sono moltiplicate.

Mentre s'incamminano, Emma gli chiede: "Gli altri lo sanno che hai una figlia?"

"I ragazzi no. Lo sa Carnera. E lo sapeva Pablo..."

" "
...

" "
...

"Eravate molto amici..."

"Sì. Con quelli che conosci in guerra è così. È un continuo salvarsi la vita a vicenda, diventi amico per forza. Ma con Pablo era diverso. Non era solo per quello. L'hai conosciuto, anche se per un attimo, sai di cosa parlo. Guidavamo due reparti che si muovevano assieme. Uno come lui, da aver vicino in guerra, vale oro. Non si abbatteva mai, sempre pronto a rimboccarsi le maniche e rialzarsi; una forza della natura. Sempre positivo coi suoi uomini: forte – sapeva imporsi, anche duramente –, ma positivo quasi da sembrare allegro. Un trascinatore. E non si tirava mai indietro. Immagino avesse paura come tutti, ma non lo dava a vedere. Carnera, invece, lo sentivi rognare anche se eri a chilometri di distanza" sorride Nuvolari, ripensandoci.

Emma smette di camminare. "Carnera... Carnera era in Russia con te?"

Nuvolari ha un'esitazione. Come se non fosse certo di avere il diritto di raccontare, di aver fatto bene a farselo scappare.

"Sì, c'era anche lui" risponde a voce bassa. "Guidava un battaglione. Ma, a differenza di Pablo, con lui ci siamo divisi quasi subito. Ci hanno mandati in direzioni opposte. Ci siamo ritrovati solo al ritorno... Acceleriamo un po' il passo" cambia discorso Nuvolari, "altrimenti si fa buio prima che arriviamo al campo."

Riprendono a camminare in silenzio.

Emma ha capito che è meglio non chiedere altro su Carnera; per qualche motivo, il comandante preferisce non parlarne. Emma non vuole, però, che la loro conversazione finisca così, con quel senso di disagio. E così cambia discorso anche lei e chiede: "Come l'ha presa, Bianca, quando le hai detto che sei suo padre?"

"Non gliel'ho ancora detto" risponde Nuvolari, mettendosi le mani in tasca e ritrovando il tono di sempre. "Voglio che mi conosca, prima. Che impari a volermi un po' di bene. Poi glielo dirò. Magari per il suo compleanno, fra qualche mese."

"Quanti anni compie?"

"Tre" risponde il comandante, con una voce a metà tra la commozione e l'orgoglio.

"Un'età importante" gli sorride Emma. "Dovremo pensare a un regalo. Magari potremmo..."

Emma s'interrompe, perché Nuvolari si è fermato e fissa davanti a sé. Uno dei ragazzi corre loro incontro. È Pulce.

"Comandante! Comandante, se n'è salvato uno. Dico della banda, la banda del comandante Pablo. Uno è riuscito a salvarsi..." Pulce riprende fiato. "Ora è già sui monti. L'hanno ribattezzato Mosè, perché si è salvato buttandosi nel fiume."

"Uno. Se n'è salvato uno di tutta la formazione" commenta sommesso Nuvolari.

"A me sembrava una bella notizia..."

Il comandante si mette i pugni sui fianchi e fa un lungo sospiro. "Hai ragione, Pulce: lo è. Come diceva mia nonna: 'Piuttosto che niente, è meglio piuttosto'."

"Però, adesso che ci penso... io non vorrei essere al suo posto, al posto di quello che si è salvato dico. Perché immagino cosa proverei io se vi uccidessero tutti e io riuscissi a scamparla. Non mi piacerebbe."

"Eeeeeeeeeh, che bei pensieri allegri, Pulce! Cos'è, vuoi portare rogna?! C'è una signora qua, mi devo accontentare di farti tiè, tiè e tiè!"

"Scusa comandante, non volevo mica..."

"Va' là, va' là. Andiamo a mangiare, e non pensare troppo che ti si fonde il cervello!" Nuvolari gli passa una manata tra i capelli, strizzandogli l'occhio.

E tutti e tre tornano al campo.

XI
Una giornata per me

Gennaio prosegue il suo cammino tra la neve.

Emma è seduta su una panchina, al parco. Fissa davanti a sé e con una mano tiene l'ombrello sopra la testa. Tutt'attorno, il rumore ovattato dei fiocchi di neve.

Arriva don Franco, trafelato. Appena la vede...

"Ti stavo cercando. C'è da portare un messaggio."

"Mi spiace, ma oggi non ci sono."

"Emma, ma... aspetti qualcuno? È successo qualcosa?"

"No. Nessuno e niente."

"Allora non capisco. C'è bisogno sul serio che..."

"Oggi è il compleanno di Andrea."

"..."

"Questa giornata la tengo per me."

"Non ricordavo, scusami. Cosa vuoi fare?"

"Oh, credo che la passerò autocommiserandomi. Fissando il vuoto. Imprecando ogni tanto. Magari anche qualche lacrima, vedrò."

"È un buon programma."

"Vero? Sembra anche a me."

Don Franco spolvera via la neve da un angolo della panchina e si siede di fianco a Emma. "Ti spiace se mi fermo e mi unisco anch'io? A parte quella cosa sulle imprecazioni..."

Emma sposta l'ombrello in modo che copra entrambi. "Perché no. In quanto alle imprecazioni, allora mi toccherà dirne per tutti e due."

XII
Mi piacciono i biscotti

Febbraio 1944.
"Hanno ucciso un altro prete; uno di una parrocchia qua vicino. Era sparito da qualche giorno... L'hanno ritrovato. Lungo una strada che porta fuori città. L'avevano crocifisso. Non so se era già morto, quando l'hanno inchiodato alla croce, o se l'hanno fatto morire così... Buon Dio, quanto odio." Don Franco si fa un piccolo segno della croce e si asciuga gli occhi. È seduto alla sua scrivania, in canonica.

"Sono dei maledetti! Sembra che ci provino gusto non solo a uccidere, ma a inventarsi modi nuovi di uccidere! Si divertono a torturare e straziare quelli che prendono. Maledetti..." Emma ha il viso rosso. Cammina avanti e indietro per la stanza.

"I tedeschi stanno rastrellando anche i padri dei disertori e dei renitenti alla leva" riprende don Franco. "Li imprigionano, o li mettono direttamente al muro e li fucilano. Poi risalgono sui loro camion e se ne vanno. I parenti aspettano che si allontanino per andare a riprendersi i corpi. Sono scene che mai mi sarei immaginato di vedere."

"Quando riusciremo a fermarli? Quando la smetteranno?!"

Emma batte i pugni sulla scrivania di don Franco. Lui scuote la testa, silenzioso.

Al collo di Emma ondeggia uno strano affarino; a poca distanza dal viso di don Franco, che lo nota e chiede cos'è.

Emma si tira su dalla scrivania e prende in mano il suo fischietto. "È un regalo dei ragazzi" risponde con una voce di due toni più bassa. "È per quando sono in difficoltà."

Emma lo tiene stretto per un momento e poi, all'improvviso, se lo infila in bocca e fischia con tutto il fiato che ha.

Don Franco sorride.

Claretta entra di corsa. "Cosa succede qua?!"

Guarda Emma, che ha ancora il fischietto in bocca; ma non esce più nessun suono.

"Siete diventati matti?" prosegue Claretta. E poi, tra sé: "Non sono abbastanza le sirene antiaeree? Ci si deve mettere anche lei, ora, a giocare con un fischietto? Alla sua età! Non hanno proprio un briciolo di cognizione. Di fianco alla chiesa, poi. La prossima volta li troverò che ballano" borbotta infine, andandosene via.

Emma lascia cadere il fischietto dalla bocca. "L'ho combinata grossa, stavolta. Aspetterà che esca dalla canonica per mettermi in castigo."

Don Franco ed Emma si fanno una piccola risata.

Emma va a controllare Sara dalla finestra. La bambina ha voluto rimanere fuori a tutti i costi; Emma le ha detto di stare almeno in un angolo riparato, poco in vista. Sara non le ha risposto, ma le ha obbedito.

Ora è li con Caruso. Il cane rosicchia una pallina saltata fuori da chissà dove e Sara sta a guardarlo, seduta su uno scalino. Le basta star lì; sembra serena quando è assieme a Caruso.

"Da quanto ci conosciamo? Trent'anni?" chiede don Franco.

"Su per giù sì, reverendo" risponde Emma, voltandosi verso di lui e appoggiandosi con la schiena al muro.

"La chiesetta del vostro paese è stata la mia prima parrocchia" ricorda don Franco, con un po' di nostalgia nella voce. "Ero così giovane. Tu e Rosa eravate poco più che bambine. Rosa era timida, riservata. Tu, invece... eh, tu non le mandavi certo a dire! Come diceva tuo padre? *Schietta come il freddo del mattino.*"

Emma sorride e abbassa lo sguardo, ricordando bene di essere sempre stata un tipo diretto, con una gran parlantina. Anche troppa.

"Avevo una paura di non essere all'altezza del mio compito... È stata una fortuna che il mio primo incarico sia stato in un paesino di campagna. È stato facile imparare a conoscervi tutti. Me ne andavo in giro con la mia bicicletta su e giù per le colline, per andare a trovare anche i parrocchiani più lontani. Mi piaceva e non mi costava fatica. Non certo come adesso, che a ogni pedalata mi pare di fare un chilometro in salita! Eh, gli anni che passano... che brutta cosa, Emma!" sospira don Franco. "Ho fatto in tempo a sposare te e Rosa, prima che mi spostassero in città. Non sai quanto ci tenevo. E chi si immaginava, poi, che ti avrei ritrovata anche nella mia parrocchia qua! E che avrei battezzato tuo figlio."

"Ci siete stato anche per il funerale di Fausto. E per Andrea..."

"Già..." don Franco incrocia le mani e le appoggia, a testa bassa, sulla scrivania.

Emma si volta verso la finestra a controllare Sara. È ancora seduta al suo posto, mentre Caruso, lento ma imperterrito, prosegue a rosicchiare la pallina.

"È meglio che andiate, ora" dice don Franco alzandosi. "Tornate a casa. Non è sicuro che restiate fuori troppo tempo."

E, mentre accompagna Emma alla porta che dà sul cortile, le mette in mano due caramelle. "Per il viaggio di ritorno."

Emma e Sara camminano con Caruso al loro fianco. Ad un tratto, il cane cambia direzione e attraversa la strada.

"Caruso, torna qua!" lo chiama Emma.

Ma il cane non l'ascolta. Ha trovato qualcosa che gli interessa molto: una cagnolina. L'annusa, le gira attorno...

Emma va a riprenderlo. "Mi spiace, Caruso. Ma non c'è proprio tempo per l'amore" gli dice, portandolo via.

Mentre torna dal lato della strada su cui era, Emma riconosce una signora sulla sessantina, ferma a sistemarsi lo scialle che porta appoggiato in testa.

"Ida... Ida, come sta?"

La signora sulla sessantina guarda Emma e strizza gli occhi come per vederci meglio. Finalmente la riconosce. "Signora Emma, è lei? Oh, misericordia..." E la donna, iniziando a piangere, lascia cadere lo scialle e l'abbraccia. "Si tira avanti, signora Emma. Ora abitiamo in campagna. È più sicuro" dice la signora, mentre raccoglie da terra il suo scialle. Poi prende la mano di Emma e gli occhi le si riempiono di nuovo di lacrime. "Penso spesso al nostro Andrea..."

"Chi era?" chiede Sara, dopo che la signora si è allontanata. "Ida, la nostra portinaia. Mi dava una mano in casa. E con Andrea" le spiega Emma, riprendendo a camminare. "Mio marito avrebbe voluto una donna di servizio fissa. A me non è mai piaciuta l'idea di avere un'estranea in casa. E poi, io non lavoravo. Perché mai non avrei dovuto riuscire ad occuparmi della casa da sola? Che ridicolaggine. Alla fine, per farlo contento ho accettato che venisse Ida, ogni tanto, a darmi una mano. Almeno lei la conoscevo. Sapevo anche che le faceva comodo arrotondare un po' il suo stipendio. E quando la sera uscivamo, veniva lei a far compagnia ad Andrea. È una brava donna."

Camminando, passano vicino alle vetrine di negozi ormai vuoti e diroccati. Su alcune è ancora appeso il cartello con scritto: "Vietato l'ingresso agli ebrei."

Sara ci si ferma davanti. Emma la guarda e vorrebbe dirle qualcosa, ma ha paura di sbagliare. Le sembra di sbagliare sempre, tutte le volte che apre bocca con Sara.

La bambina la anticipa: "Puoi anche smettere di guardarmi. No che non piango. Tanto l'ho capito che è inutile. Piangere non serve a niente; non cambia le cose."

Sara chiama a sé Caruso e riprende a camminare.

Attraversano un parco.

"Ho trovato del formaggio e della pasta. Cosa dici se ce li mangiamo a cena?" Emma prova a parlarle con tono leggero, per distrarla.

La bambina alza le spalle. "Per me è lo stesso."
"Ho anche trovato un po' di biscotti. I biscotti ti piacciono, vero?" ritenta Emma.
"Per me è lo stesso" ripete la bambina.
All'improvviso, si sentono suonare le sirene dell'allarme antiaereo. Ma suonano tardi, perché, un attimo dopo, delle bombe stanno già cadendo sulla città.
D'istinto, Emma si mette sotto un albero. Si guarda attorno e non trova più Sara. La vede riparata sotto un altro albero poco lontano; forse l'ha imitata. La chiama e la bambina corre da lei.
Arriva un ragazzino in bici e si appoggia all'albero dove un attimo prima c'era Sara.
Una luce forte, accecante; tanto rumore. Quando Emma e Sara riaprono gli occhi, l'albero sotto cui si era riparata la bambina non c'è più. E nemmeno il ragazzino con la bici.
Sara si stringe a Emma, che le mette un braccio attorno alle spalle e con l'altra mano le copre il viso.

Quando rientrano a casa, Sara è ancora stretta ad Emma.
Per strada girano i camion della Croce Rossa e dei vigili del fuoco. Emma si siede con la bambina sul divano e la tiene abbracciata. Sara le butta le braccia al collo e inizia a piangere. Emma non dice niente, le accarezza solo i capelli e la stringe; doveva arrivare questo pianto, lo aspettava.
"Non volevo più affezionarmi a nessuno e invece..." singhiozza la bambina.
"Anch'io" le dice piano Emma. "Ma poi ho incontrato te."

Sara si asciuga gli occhi e tira fuori da una tasca la foto coi suoi genitori, quella che le aveva consegnato Emma. Gliela mostra e, per la prima volta, gliene parla.
"L'abbiamo fatta dopo un concerto importante di mio papà. Eravamo a Milano, alla Scala. Io e la mamma eravamo molto fiere di lui. Era stato bravissimo, gli avevano fatto tutti i complimenti. Anche il direttore d'orchestra..."

221

Sara è ipnotizzata dal viso dei suoi genitori. Le tremano le mani. "Dalla foto non si vede, ma io ho gli stessi occhi di mia mamma. E i capelli rossi, invece, sono come quelli di mio papà. Anche a lui non stavano mai a posto."

La bambina sorride un istante. Solleva gli occhi dalla foto e guarda Emma. "Sai perché mi sono fidata di te, quel giorno, vicino al ghetto?"

"..."

"Perché ti ho guardata negli occhi e c'ho visto dentro le stesse cose che provavo io."

Emma la fissa per un attimo e le dà un bacio sulla fronte. Si alza, prende una borsa – appoggiata vicino al divano – con dentro quello che ha recuperato da mangiare, e va verso la cucina.

"Emma..." la richiama indietro Sara.

"Sì?"

"Mi piacciono i biscotti."

Sara è a letto. Nel letto matrimoniale di Emma. Accarezza Caruso e gli parla; la sua voce, ora, pare diversa.

Emma, già in camicia da notte, è in salotto; sta preparando la sua borsa per il giorno dopo in montagna. Sente delle voci venire dal pianerottolo. Si avvicina alla porta e accosta l'orecchio. Una è la voce di Dora e l'altra è quella del dottor Gandolfi. Sembra si stiano salutando; lui sta andando via.

"Ma cosa sto facendo?" pensa Emma tra sé.

E subito si scosta dalla porta e smette di origliare fatti che non la riguardano. Sta per tornare a sistemare la sua borsa, quando, guardando a terra, si accorge di una busta. Si china a raccoglierla e la apre. Qualcuno deve averla infilata sotto la sua porta. È una lettera. Anonima. Sanno che c'è una bambina ebrea con lei e minacciano di avvisare le autorità competenti.

*****

222

"Cosa pensi di fare?" chiede don Franco preoccupato, mentre accompagna Emma verso casa.

"Per ora niente" risponde Emma. "Io ho ancora delle buone amicizie 'in alto'. E poi non vedo come potrebbero dimostrare che Sara non è una mia lontana cugina. Chi crederebbe, sul serio, che una bambina, da sola, è riuscita a scappare dal rastrellamento del ghetto e a fregare le SS? Spero di non far guai, don Franco, ma io voglio tenerla con me. Finalmente sta un po' meglio; non me la sento di mandarla via proprio ora. Stamattina si è alzata quando mi sono alzata io. Me la sono trovata di fianco in cucina, in pigiama e a piedi scalzi. Mi ha detto: 'Ho paura quando esci. Ho paura che non torni. Però ho capito che vai ad aiutare della gente, come hai fatto con me.'"

"E tu?" chiede don Franco coi suoi soliti occhi lucidi.

"L'ho abbracciata e le ho detto di tornare a letto di corsa, ché faceva freddo."

Arrivano sotto casa. Sara è alla finestra.

"Aspetta ancora i suoi genitori?" chiede don Franco.

Emma fa un cenno con la mano a Sara che subito la ricambia. Sorride. "Ora aspetta anche me."

XIII
Un bravo figliolo

Marzo 1944.
Passano i mesi, l'inverno è alla fine. La neve si è sciolta e torna a intravedersi un po' di erba. Nell'incavo di un tronco d'albero vicino al campo sono fiorite le prime violette selvatiche.

Emma – anzi, Mascia – è un cardine fondamentale per i collegamenti tra le brigate; un punto di riferimento su cui contano in molti.

A capo della piccola, minuscola brigata Garibaldi c'è sempre Nuvolari; ma i ragazzi, ormai, sono conosciuti come "i ragazzi della Mascia". E Nuvolari ne è contento.

C'è stata una rappresaglia e un'uccisione di civili. L'ennesima uccisione. I partigiani sono arrivati tardi, ma sono arrivati. E quando si sono trovati davanti i corpi senza vita di donne e vecchi, hanno iniziato a sparare sui tedeschi che erano ancora lì.

Emma è con Carnera e Nuvolari a fare una perlustrazione. Trovano due soldati tedeschi morti, poco lontano dal luogo della strage.

"Saranno scappati e i partigiani li hanno inseguiti e uccisi qua" commenta Carnera.

Emma si ferma vicino al corpo di uno dei due. Si china a guardarlo da vicino: è giovane, un ragazzo. Dalla divisa fuoriesce una specie di cartoncino: è una foto. Emma la prende, si alza, si volta e fa qualche passo.

Ma il ragazzo non è morto: prende la pistola e fa per spararle.

Carnera l'ammazza prima.

Emma cade a terra per lo spavento.

"È proprio vero che i bastardi son duri a morire" commenta Carnera, mentre va ad accertarsi che stavolta sia morto sul serio. "Spara di spalle e a una donna. Ah, li tirano su bene in Germania."

"Tutto a posto, Mascia?" le chiede Nuvolari.

Emma fa segno di sì, anche se sta ancora tremando. Si ricorda allora di avere in mano una foto; la guarda. Una donna e un bambino. La madre e lui da piccolo? La moglie e il figlio? Chissà. "Ci sono delle persone che lo amano e lo aspettano. E soffriranno. Per fortuna, almeno, non immagineranno mai di cosa è stato capace... Guardate questa foto: pensereste che è di un assassino? No. Sembra quella di un bravo figliolo."

"In guerra, tanti bravi figlioli si trasformano in grandissimi figli di puttana" sentenzia tranquillo Carnera.

Nuvolari lo riprende con lo sguardo.

"Cos'hai da guardarmi?! È la verità! Dovremo mica star qui a piagnucolare sulla foto di un tedesco bastardo!"

Al campo, Emma è seduta da sola, vicino al tronco d'albero dove sono fiorite le violette. Arriva Nuvolari e le si siede di fianco.

"Pensavo ad Andrea. E se... se anche lui, in Russia... se si fosse trasformato anche lui in un assassino di donne e bambini? È possibile? Non è possibile, vero?... No. Lui era così dolce, gentile. Non può essere... Vero che non può?"

"Io non ho una lira, Mascia. Ma se avessi dei soldi, ci scommetterei che un figlio tuo, in nessuna circostanza e per nessun motivo, potrebbe diventare un assassino. Ci scommetterei tutto."

Carnera, più tardi, a Nuvolari: "Ho sentito il tuo discorso con la Mascia. Oggi, dopo che siamo tornati. Non è che volevo spiarvi, non l'ho fatto apposta, ma ho sentito."

"E allora?"

"Allora è una balla. Quello che le hai risposto, è una balla. Anche il migliore dei ragazzi, il più buono, l'angelo degli angeli... se lo metti in situazioni estreme, se gliene fai passare di cotte e di crude, e se gli fai capire che solo in certi modi può sopravvivere... non puoi sapere come reagirà. Può restare un angelo e farsi spennare. O può trasformarsi, come quel soldato che abbiamo trovato oggi. Non puoi sapere come ha reagito il figlio della Mascia. È una balla."

"Non possiamo saperlo, hai ragione. Siccome non possiamo saperlo, io decido di credere alla mia verità. E spero continui a crederci anche la Mascia. E spero sia davvero la verità!"

" "
...

"E se non lo è, spero di non scoprirlo mai."

XIV
L'incendio

Aprile 1944.
Al campo ci sono tre bambini. Avranno sui dieci, dodici anni. Quando Emma arriva, li trova a parlare con Nuvolari.
"Chi sono?" chiede a Carnera.
"Vecchi informatori" risponde lui. "Collaborano più con le brigate Giustizia e Libertà, ma se quelli gli dicono di venire a dirci qualcosa, vengono. Stavolta ce li ha mandati il comandante Amleto."
"Ma sono davvero informatori o è uno scherzo?"
"Mi piacerebbe tanto che fosse uno scherzo. Invece no. Siamo ridotti così. Coi bambini" sbuffa Carnera andandosene.
"Comandante, noi entriamo e usciamo dalla città senza problemi" sta dicendo uno dei bambini a Nuvolari. "Possiamo andare dappertutto, perché nessuno sospetta di tre della nostra età. Passiamo i posti di blocco come ridere" e ride. "Di', ce l'hai una sigaretta?"
"Sei troppo giovane per fumare" gli risponde Nuvolari, con in bocca la sua di sigaretta.
"E tu sei troppo vecchio. Ma fumi lo stesso" risponde svelto il bambino.
"Sei un bell'arnese tu. Va', va' che è meglio. Tornate da Amleto e ditegli che mi avete avvisato e che è tutto a posto. E poi filate a casa vostra."
"Prima passiamo all'osteria. Dopo una giornata di lavoro, ci vuole un buon bicchiere di vino!" ride ancora il bambino.
Gli altri due sono con Bill: gli sta mostrando come estrarre la pistola da una specie di fondina immaginaria, come fanno nei western. Il bambino che parlava con Nuvolari si accorge della presenza di Emma e le va vicino. "Tu sei la

Mascia? Sei una vera forza! Hai anche tenuto con te una ragazzina ebrea, lo so. Lo sanno tutti."

"..."

"Tranquilla! Volevo dire tutti 'i nostri'!" E nel tranquillizzarla, le dà una pacca sulla spalla, come fosse un uomo vissuto.

Emma è a metà tra la risata e la sorpresa. "Allora lavorate come informatori?"

"Mica solo quello!" precisa il bambino, con voce forte. "Partecipiamo anche alle azioni dei partigiani, gli diamo una mano. Io, ad esempio, sono bravissimo a fare il morto."

"...?"

"Mi sdraio in mezzo alla strada per fermare i camion e poi i partigiani gli fanno un agguato! Furbo, eh?" le strizza l'occhio il bambino.

"Sei tu il capo, tra voi tre?" chiede Emma, cercando di restare seria.

"Eh, be', chiaro!" le risponde con scioltezza. "Loro due son dei bravi ragazzi, ma son piccoli, cosa vuoi. Hanno solo dieci anni. C'è da stargli dietro e tenerli d'occhio!"

"Perché tu, invece, hai..."

"Dodici anni! Tutto un altro mondo."

"Eh, sì. In effetti" concorda Emma, con tenerezza. Poi aggiunge: "I tuoi genitori lo sanno che..."

"No, ma va'! Bisogna mantenere il segreto, non lo sai?" le risponde con molta professionalità il bambino. "Poi, figurati. Se lo sapesse mia mamma, continuerebbe a piangere per la preoccupazione. Voi donne siete così" conclude, allargando le braccia.

Emma si mette a ridere. "Eh, sì. Noi donne siamo delle sentimentali. Mica come voi uomini, giusto?"

"Giusto!" le sorride il bambino, con il pollice della mano alzato. "Oh, ragazzi, dobbiamo andare. Amleto ci aspetta!" grida poi ai suoi due compagni, che salutano Bill e corrono a raggiungerlo.

228

*****

Maggio 1944.

"Lo sapete, no, che nel castello a pochi chilometri dalla città c'è una sede delle SS?"

È un partigiano con un fazzoletto azzurro al collo. Mai visto prima. È venuto in motocicletta con un altro che doveva parlare a Nuvolari. Lui si è fermato a parlare coi ragazzi, nel cortile.

"E cosa pensate che ci facciano, che ci giochino a carte?! Ci portano i partigiani per torturarli e fargli rivelare informazioni. Nessuno esce vivo da lì. Ma non ti ammazzano subito. Eh, no. Prima..."

"Piantala" gli dice secco Nuvolari, uscendo dal casolare con l'altro.

"Se vi prenderanno, pregherete perché vi uccidano. Usano anche le scosse elettriche al corpo e alla faccia. All'inizio ti strappano le unghie e ci mettono su il sale, e poi..."

"PIANTALA! T'HO DETTO DI PIANTARLA, MI HAI SENTITO O NO?!" gli grida Nuvolari, sbattendolo per terra.

"Vaffanculo, Nuvolari! Tu e i tuoi mocciosi!"

L'altro che ha parlato col comandante lo richiama e gli dice di muoversi a salire sulla motocicletta. Questo se ne va imprecando.

I ragazzi, pallidi, guardano Nuvolari come per chiedere se è tutto vero.

Nuvolari rientra nel casolare, sbattendo la porta.

*****

Comincia a far buio. Briscola arriva al campo di corsa.

"Hanno incendiato il paese qua vicino, quello dove dovevamo andare a ballare! Delle colonne di soldati tedeschi, SS, non so... L'hanno incendiato e pare se ne siano andati. Brucia tutto, a quella gente non resterà più niente. E ci lasceranno anche la pelle perché sono tutti vecchi e donne, bambini..."

Nuvolari: "E l'hai visto solo tu? Non c'erano partigiani di altre formazioni in giro?"

"Non so, non credo. Io non ho visto nessuno."

"Comandante, andiamo noi!" salta su Bill.

"Sì, dobbiamo andare. Dobbiamo aiutarli, comandante!" esclama Bërbižëi.

"Eh, comandante un accidenti! Ma capite che roba è?! Non è mica detto che i tedeschi se ne siano andati davvero. Potrebbero essere lì ad aspettarvi. E allora sì saranno grane..." Nuvolari si passa una mano tra i capelli e inizia a camminare avanti e indietro.

"Comandante" gli dice Carnera, calmo ma deciso. "Lo sapevamo che prima o poi doveva succedere. Non siamo qua per una scampagnata. Dobbiamo rischiare, tocca a noi stavolta."

Nuvolari guarda tutti i suoi ragazzi già pronti a partire. Li ha sempre visti giovani, troppo giovani. Ma adesso gli sembrano quasi dei bambini e si sente un matto a portarli in un'impresa che nemmeno lui sa come gestirà. "Sapete cosa rischiate?"

Tutti in coro: "Sì, comandante!"

"No" sussurra Nuvolari.

"..."

"No, non lo sapete, ma va bene lo stesso. Andiamo! Statemi dietro e... porca miseria, cercate di portare a casa la pelle. È un ordine!"

"Sì, comandante!" rispondono nuovamente in coro.

Quando la brigata arriva, il paese sembra un unico grande rogo. Il buio tutto attorno è illuminato da questa immensa fiammata.

C'è gente che è stata rinchiusa in casa e che urla. Animali nelle stalle che bruciano vivi.

Nuvolari si ferma un attimo a guardare. Poi si gira verso i ragazzi. "Va bene, ascoltatemi: lì c'è un pozzo, tirate su dell'acqua e bagnatevi i vestiti. Vi voglio vedere fradici, capito?! Poi girate tutto il paese e fate uscire dalle case quelli che ci sono rimasti dentro. E dopo, se riuscite, aprite anche le stalle. Andate, muovetevi!"

Nuvolari, mentre nessuno lo guarda, si fa un piccolo e veloce segno della croce.

I ragazzi mettono in salvo tutti quelli che possono. Poi, con l'aiuto della gente del paese, individuano altri pozzi e formano una catena umana per buttare secchiate d'acqua sul fuoco.

Si sentono degli spari provenire dal punto in cui si trovano Carnera e Nuvolari. I ragazzi si bloccano ad ascoltare. Bill esce dalla catena e corre a vedere. Ci sono dei tedeschi, li scorge in lontananza. Sta per prendere la sua pistola: non la trova, gli dev'essere caduta. Cerca di guardarsi attorno, ma col buio è difficile. Alla fine la vede; ma vede anche un soldato tedesco che non ha la pistola e punta quella di Bill a terra. Il tedesco sta per raccoglierla, quando Bill parte come una furia e... gli dà una testata.

Stavolta però non sviene; probabilmente ha preso meglio la mira o forse i tedeschi non hanno la testa dura come gli italiani, pensa Bill, mentre recupera l'arma e corre via.

Nemmeno il tedesco è svenuto. Si rialza, toccandosi la testa e imprecando nella sua lingua. Tasta in giro, alla ricerca della propria pistola. La trova. La carica e si volta per inseguire Bill.

Una donna del paese gli arriva alle spalle; ha in mano un bastone infuocato e glielo sbatte in testa e addosso. Lo guarda bruciare vivo. "Crepa, maledetto!" gli urla, piangendo.

È l'alba. Merlo e Carnera stanno vuotando le ultime secchiate d'acqua; spengono gli ultimi fuochi.

Poi si vanno a buttare sull'erba, assieme agli altri.

Un po' dei ragazzi sono sdraiati, un po' seduti. Sono tutti lì a riprender fiato.

Guardano la desolazione di un paesaggio di case distrutte, di gente sfatta.

Gli abitanti del paese si aggirano come fantasmi e cercano di capire cosa si può recuperare.

Il Pescatore è andato a chiamare un dottore che è arrivato e sta facendo del suo meglio, dividendosi tra tutti i feriti. I ragazzi hanno voluto che si occupasse prima della gente del posto. Poi darà un'occhiata anche a loro. Hanno tutti delle ustioni e tossiscono, per il fumo inalato durante la nottata, ma nessuno è in condizioni gravi.

Pulce ha una fasciatura al braccio, Freccia alla gamba, Valentino alle mani.

Se la sono cavata.

Bërbižëi osserva le case distrutte. "Tanta fatica, abbiamo rischiato la pelle... e guarda che disastro lo stesso. È stato inutile. Non hanno più niente."

Gli si avvicina un uomo anziano del paese, che tiene per mano una bambina. Gli mette l'altra mano sulla spalla. "Non è vero. Siamo vivi. Siamo tutti vivi. È un miracolo. Le case, col tempo, le ricostruiremo. Ma esser vivi, noi e buona parte delle bestie... Grazie. A nome di tutti."

"Cosa te le diamo a fare, le armi, che tanto poi ti difendi solo a testate?" scherza Nuvolari con Bill, dandogli uno scappellotto.

"Un cowboy sa sempre come cavarsi dai guai, comandante!" ride Bill.

Tutti i ragazzi, un po' bruciacchiati, camminano lenti per tornare al campo. Sono uno più stanco dell'altro.

Nuvolari se li guarda. Si ferma e si mette loro davanti. "Sono fiero di voi. Porca miseria, se sono fiero."

I ragazzi si raddrizzano; con quelle parole, sembrano aver già ritrovato tutta un'altra energia.

"Nuvolari, se adesso ti commuovi come una donnetta perché sono sopravvissuti a questa nottata... ët do un lurdô bel sëc!" mette subito in chiaro Carnera.

"Ti do un... uhm... forse una botta in testa, bella secca. Ma non sono sicuro" traduce Briscola al Merlo, con riserve.

"Carnera, di': come si dice in italiano 'lurdô'?"
Carnera gli fa segno con la mano di avvicinarsi. "Vieni, vieni qua, Briscola. Non c'è bisogno di tradurlo; te ne do uno, così il Merlo lo vede e capisce da solo cosa vuol dire."
"Ehm... non fa niente, pressappoco abbiamo capito" risponde Briscola, girandogli al largo.
Il sole è alto ormai. È primavera e a quest'ora del pomeriggio fa già caldo. La brigata passa vicino a un fiume, prima di arrivare al campo.
"Cosa ne dite di un bel..." Nuvolari non fa nemmeno in tempo a finire la frase che i ragazzi si stanno già togliendo i vestiti per fare il bagno.
"È fredda!" grida il Pescatore, saltellando da un piede all'altro.
"Il bagno più bello della mia vita! Yuhuuuuu!" grida Bill prendendo la rincorsa e buttandosi.
Nuvolari arriva alle spalle di Pulce e gli dà uno spintone, facendolo cadere in acqua. "DÀI, NUOTA FINO A RIVA! Ehi, perché va a fondo?"
"Comandante, Pulce non sa mica nuotare" risponde Bërbižëi.
"E ME LO DICI ORA?! Porca d'una... Correte, tiratelo fuori!"

"È meglio avviarsi, adesso. Su, rivestitevi e andiamo" dice Nuvolari, mettendosi in piedi.
Bill: "Comandante..."
"Che vuoi?"
"Il sole sta tramontando."
"E allora? Hai paura del buio?"
"No, è che... il sole tramonta, noi torniamo al campo a missione compiuta... In un certo senso, stiamo cavalcando verso il tramonto!"
Nuvolari fa per dare un altro scappellotto a Bill, ma lui si dilegua in fretta.
I ragazzi s'incamminano, con un po' di vestiti addosso e un po' in mano. Sono felici, è stata una buona giornata. Si mettono a cantare tutti assieme:
"*Ridere,*

sempre così giocondo!
Ridere,
delle follie del mondo!
Vivere,
finché c'è gioventù
perché la vita è bella
la voglio vivere sempre più!"

"Ehi, guardate, c'è una pianta di serenella!" esclama Bill. "Alla Mascia piace tanto. Andiamo a cogliere qualche rametto per lei!"

"Sentite che profumo che arriva fin qua..." dice Briscola, socchiudendo gli occhi e annusando l'aria. "Mi fa pensare a casa mia. Ce l'abbiamo anche noi la serenella."

"Nuvolari, c'è qualcuno là" dice Carnera, facendo segno agli altri di star zitti e di non muoversi.

Il comandante si toglie dalla spalla il fucile. Sì, vede anche lui tre sagome, in lontananza. Ma non vede armi. Sembrano dei ragazzi; forse stanno solo facendo il bagno nel fiume.

"Vado avanti io" dice Carnera, imbracciando il fucile. "Voi state a distanza."

La brigata si ferma e poi si dispone a semicerchio attorno alla zona. Stanno tutti lì ad aspettare un segnale.

"MERDA!" grida Carnera.

Butta a terra il fucile e fa segno agli altri di avvicinarsi.

Nuvolari è il primo ad arrivare; riconosce subito i tre. Sono i bambini che erano stati al campo da lui, un mese prima. I tre piccoli informatori. Gli hanno sparato in testa e li hanno lasciati lungo il fiume.

Sono sdraiati a pancia sotto; sembra stiano guardando l'acqua.

Bill, Merlo e il Pescatore si chinano sui bambini, li coprono con le loro giacche e li prendono in braccio. Uno ciascuno.

"Li riportiamo al campo con noi, vero?" chiede Bill al comandante, già sicuro della risposta.

Freccia si mette a piangere. Si copre il viso con un braccio e corre avanti agli altri, precedendoli tutti. Dopo un po' che corre, rallenta. Ha le facce dei tre bambini morti davanti agli occhi. Gli sembra di sentire ancora le loro voci, vive, al campo. Ma si accorge di sentire davvero delle voci. Si guarda attorno e si ritrova con due repubblichini che gli puntano le armi addosso.

"A fare il bagno ci si può buscare un accidenti" ride uno.

"In questo fiume si pesca proprio bene: abbiamo già preso tre pesci e ora... il quarto!" dice l'altro, caricando il fucile. "Mettiti in ginocchio, veloce! E le mani sopra la testa."

Freccia pensa a sua madre e alle sue sorelle e gli viene ancora da piangere, ma si sforza di non farlo.

"Guarda, guarda! Piange, il partigiano, hai visto? Siete tutti delle mezze tacche."

Freccia stringe i denti e ingoia le ultime lacrime. "No-no-non è ve-e-ero, no-oi si-i-amo..."

I due repubblichini scoppiano a ridere. "Tartaglia anche! Ta-a-arta-a-a-agli, ve-e-ero?"

"Cazzo c'avete da ridere tanto?" risuona forte la voce di Carnera.

"Guarda, guarda che due bei pesci" gli fa eco subito dopo quella di Nuvolari.

I due repubblichini si voltano. Tutta la brigata è attorno a loro con fucili e pistole puntati.

"Perché state lì a fissarci come due coglioni?! Non sapete come funziona? Giù, a terra e con le mani sopra la testa!" gli grida Carnera, togliendogli i fucili di mano e passandoli a Nuvolari.

Poi va da Freccia e lo aiuta ad alzarsi. "Dài, tirati su. È passata" gli dice quasi sottovoce.

"Noi non gli avremmo fatto niente! Era solo uno scherzo! Non siamo neanche più nell'esercito. Sì, siamo... disertori. Diglielo anche tu!" dice il primo.

"È vero! Noi non c'entriamo niente. Noi eseguiamo solo gli ordini. Cioè, no! Volevo dire che li eseguivamo. Ma ora siamo disertori, lo giuro..."

"Aaaaaaah, be', ma se lo giuri, allora..." lo prende in giro Carnera.

"Perché non vuoi credergli?" dice Nuvolari. "Magari stavano addirittura pensando di passare dalla nostra parte. Eh, ragazzi?"

I due stanno zitti.

"Non parlate più? Eppure prima, coi fucili in mano, mi sembrava ne aveste di cose da dire. Ad esempio, raccontare come avete ammazzato quei tre bambini" continua Nuvolari.

"Noi non c'entriamo" ripete il secondo. "Non è colpa nostra, non siamo stati noi, davvero. L'abbiamo detto così, per spaventare il vostro amico, ma non è vero! Sono passati altri soldati, prima. Erano tedeschi, sono stati loro!"

"Sì, sì! Erano dei tedeschi. Delle SS! Li hanno uccisi loro! Li hanno uccisi loro, davvero! Lasciateci andare, per favore..." E il primo si mette a piangere.

"Siete feccia. Mi fate schifo" dice Nuvolari nauseato. "Così schifo che non vale neanche la pena di spararvi. Carnera, legagli le mani: li portiamo al campo. Vi consegneremo all'Alto Comando e loro decideranno che farci con voi. Magari servirete a liberare qualcuno dei nostri."

"Comandante..." Bill gli va incontro, ha l'aria stravolta. "Comandante, perché non li uccidiamo?! Loro hanno ammazzato quei tre bambini e stavano per ammazzare Freccia, senza pensarci! Perché non li uccidiamo?!" Ha alzato sempre più la voce fino ad arrivare quasi ad urlare.

Nuvolari lo guarda serio. "Noi non le facciamo queste cose; non nella mia brigata, almeno. Altrimenti saremmo uguali a loro. Devi capirlo, Bill, se vuoi uscire a testa alta dalla guerra. Se vuoi poterti guardare ancora in faccia."

Carnera spinge avanti i due prigionieri. Passa di fianco a Bill. "Io li avrei uccisi" e sputa a terra.

XV
Nonostante tutto

Giugno 1944.
La brigata si ferma in una cascina per chiedere provviste.
Ci sono solo una donna, un vecchio e due bambini.
"Sono passate le camicie nere. Non hanno lasciato niente. Non abbiamo più niente. Niente, capite?" dice la donna con tono spento.
Un bambino, attaccato alla sottana, piange silenzioso.
Il vecchio si toglie il cappello. "Non abbiamo più niente... per favore, non fateci del male."
La donna si lascia cadere a terra. "Sono già passati dei vostri compagni che non mi hanno creduta e hanno frugato in giro. Se volete cercare anche voi, fate pure."
"Signora, mi scusi: di che colore avevano il fazzoletto?" le chiede Nuvolari.
"E che differenza fa per me..."
"... Nessuna. Le chiedo scusa per come si sono comportati. Sono tempi duri per tutti e la fame fa diventare peggio di come si vorrebbe."
I ragazzi si guardano e iniziano a frugarsi nelle tasche, negli zaini.
"Signora, venga, si alzi... l'aiuto io" dice Bill alla donna, sorreggendola.
"A me è avanzato un pezzo di formaggio che c'ha portato la Mascia" dice Bërbiẑëi, mostrandolo ai suoi compagni.
"Io ho un pezzo di pane. Ma mi vergogno a darglielo: l'ho mezzo rosicchiato, accidenti!" si dispiace Merlo.
"Io ho qualche prugna che ho raccolto per strada" si aggiunge, timido, Valentino.
Briscola va dai bambini. "Ho un paio di caramelle che mi

ha dato una signora mia amica. Le volete? Dài, prendetele. Però dovete farmi almeno un mezzo sorriso."

Pulce va dal signore anziano. "Io non ho cibo, mi spiace. Però ho un paio di sigarette! Che a me non servono neanche, perché non fumo. Faccio solo finta, ma non lo dica! A lei, magari... se lei fuma... tenga."

Il vecchietto si asciuga gli occhi con un fazzoletto, si rimette il cappello e accetta le sigarette di Pulce. "Grazie..."

Carnera: "Ma sono matti? Ma che stanno..." e fa per fermarli.

Nuvolari, con gli occhi lucidi: "No, lasciali fare. Guarda se non è un miracolo: sono rimasti brave persone. Nonostante tutto, anche ora che abbiamo poco cibo, loro continuano a essere brave persone. Noi, la guerra, l'abbiamo vinta oggi."

Carnera si appoggia a un muro e si accende una sigaretta. "Voi eravate nati per fare le crocerossine, più che i partigiani."

*****

Un albero, sulla strada per arrivare al campo, si è riempito di ciliegie. I ragazzi ci si arrampicano e si ingozzano più che possono.

Emma e Nuvolari li guardano.

"Anche ad Andrea piaceva arrampicarsi sugli alberi da frutta, con Giacomo. Ce li portava Fausto, mio cognato. Che litigate con mio marito! Diceva che era pur sempre rubare, e che potevano farsi male, era pericoloso, e un sacco di altre storie. Non ho mai capito perché se la prendesse tanto. Guardali. Guardali come sono belli, sporchi di qualcosa di rosso che..."

"... che non è sangue."

"..."

"Volevi dire questo, eh? Sì, hai ragione. Sono belli..."

*****

238

Bill: "Dovremmo riuscire a sganciare le carrozze del treno. Solo quelle che ci interessano. L'ho visto fare in..."
Nuvolari: "... in un film western, chiaro. Sai che stavolta non è una brutta idea?"
Il comandante e Bill sono al campo, appoggiati a un camioncino. A bordo ci sono tre partigiani di un'altra brigata. Stanno per partire assieme per un'azione, ma mancano ancora gli altri ragazzi di Nuvolari.
Pulce sbuca ricoperto di rametti e foglie. "È per mimetizzarmi, comandante!"
Nuvolari chiude gli occhi e si passa una mano tra i capelli. "Togliti quella roba, se no ti do fuoco!"
Finalmente arriva anche Bërbižëi.
"E tu dov'eri?!" gli chiede Nuvolari.
"A pascolare la mucca" risponde lui con calma, come fosse una cosa ovvia.
"..."
Carnera, intanto, è andato a cercare il Pescatore; lo sa che, di prima mattina, si mette sempre a pregare nella zona della sorgente d'acqua. Arriva proprio mentre il ragazzo, inginocchiato a terra, sta finendo.
"Teneteci una mano sulla testa. E Vi prego, esistete! Vi prego, esistete!"
"Ma che razza di preghiera è?!" sbotta Carnera.
Il Pescatore si alza. "Be', io dico quello che sento. Chiedo a quelli che sono Lassù di proteggerci. Però... insomma, la certezza che esistano... con le cose brutte che stanno succedendo... ecco, io non ce l'ho. Quindi finisco sempre chiedendogli, per favore, di esistere!"
"E tu volevi fare il prete. Sei più confuso di me che sono comunista. Cammina, va'... Di', la pistola, ti sei ricordato di caricarla? Altrimenti gliela puoi solo tirare in testa."
Il Pescatore si tocca subito la tasca. La pistola. Non solo si è dimenticato di caricarla. Si è dimenticato di prenderla.
"Si può sapere dov'è Briscola?" chiede Nuvolari, dando un calcio all'erba.

"È andato a fare pipì" risponde Bërbižëi.
"..."
"..."
"Vallo a cercare! Mi ël mass..."
Merlo lo guarda con aria interrogativa.
Nuvolari si appoggia i pugni sui fianchi e gli traduce: "Ho
detto che io lo ammazzo!"
"Ah!" sorride grato Merlo.
I tre partigiani sul camioncino scendono.
"E voi dove andate?" chiede Nuvolari.
"Ci sgranchiamo le gambe e prendiamo aria. Tanto s'è ca-
pito che qua è lunga."
"Porca d'una miseria porca..." borbotta il comandante,
prendendo a calci l'erba e tutto quello che gli capita a tiro,
mentre i suoi ragazzi, bel bello, arrivano.

*****

Emma sta salendo al campo; inizia a far buio, cammina
svelta al fianco della sua bicicletta.
Cambia percorso spesso, come le aveva suggerito tempo
prima uno degli uomini di Pablo.
Oggi passa per la strada che fiancheggia un'osteria. È
un'osteria sicura, perché fuori mano, poco frequentata e
malmessa. Difficile che ci passino i soldati.
Butta un occhio dentro, dalla finestra, mentre cammina.
L'osteria è quasi vuota. C'è un uomo, grande e grosso, seduto davanti a un bicchiere di vino nero, a un tavolo d'angolo:
è Carnera.
Emma si ferma sorpresa e, quasi senza accorgersene, inizia ad avvicinarsi di più all'osteria.
"Mascia!" la chiama piano, quasi con un bisbiglio, qualcuno alle sue spalle.
Emma si volta, riconoscendo subito quella voce. "Nuvolari, che ci fai qua?" gli chiede avvicinandosi a lui.
Il comandante è nascosto tra gli alberi, lì vicino. Era

seduto per terra, si è alzato sentendo i suoi passi. "Aspetto Carnera" le risponde.

"Cosa ci fa all'osteria?! Al campo non l'ho mai visto bere." Nuvolari fa un lungo respiro, per prendere tempo.

"Oh, se non me lo vuoi dire, non dirmelo; non voglio mica..."

"Viene qua una volta al mese" le spiega il comandante. "Si siede davanti a un bicchiere di vino e resta a fissarlo."

Emma appoggia la bicicletta a un albero.

"Si ubriacava, un tempo. Da quando ha smesso, fa questa cosa per ricordarsi di quello che ha passato e per ricordarsi che è più forte lui della bottiglia."

"Quando ha iniziato a bere?" chiede Emma, anche se quello che vorrebbe chiedere è "perché ha iniziato". Ma sa che a questo Nuvolari non risponderebbe.

"Dopo la Russia" le dice il comandante, accendendo due sigarette, una per sé e una per Emma. "Quand'eravamo ancora là, ha disertato e, al ritorno, ha iniziato con la bottiglia. Ma ha smesso prima di entrare nella Resistenza" precisa. "Da allora, una volta al mese, viene qua."

Nuvolari rimane lì attorno ad aspettarlo. Fa sempre così. Sta appoggiato da qualche parte e lo aspetta.

"Non mi va di lasciarlo solo. Lui sa che io sono qua fuori. Quando esce, torniamo assieme al campo, senza dirci niente."

Emma finisce la sigaretta e riprende la sua bici. "Comincio a salire. È meglio che non trovi anche me, quando esce."

Nuvolari annuisce e la guarda allontanarsi. Si mette di nuovo a sedere. Aspetta.

XVI
Il compleanno di Bianca

"Chissà di cosa stanno parlando" si chiede Bill.

"La Mascia è arrivata con una sacca. Avrà avuto dei documenti segreti da fargli vedere" commenta il Pescatore.

"Forse stanno preparando un'azione" dice la sua Bërbižëi.

"Si dré murbà!" esclama Carnera.

Nessuno gli presta attenzione. Sono tutti assorti. Impegnati con l'interrogativo di quel misterioso e fitto dialogo all'interno del casolare.

"Si dré murbà!" ripete forte Carnera.

Silenzio.

"Oh, Briscola: non traduci più?" si stupisce Carnera.

"Eh? Ah, sì. Ha detto che stiamo *morbando*... Stiamo stufando" dice Briscola a Merlo; ma soprappensiero, senza il solito piglio attento da traduttore che ha avuto in tutti i mesi passati.

"Mmmh" risponde Merlo, anche lui, per la prima volta, poco interessato.

Carnera sbuffa. "Ragàss, trovatevi qualcosa da fare, invece che star lì a spettegolare come vecchie comari" conclude poi.

Ha l'incarico di tenere i ragazzi alla larga.

Emma e Nuvolari sono chiusi nel casolare da un bel pezzo. Emma è arrivata, ha salutato frettolosamente tutti ed è corsa dal comandante. Poi nessuno li ha più visti.

Pastelli colorati, avvolti con un nastro, e un vestitino in sangallo bianco: ecco cosa c'era nella sacca.

Emma li mostra a Nuvolari. "È tutto quello che sono riuscita a fare. Avrei voluto trovare una bambola, ma..."

"È molto, molto più di quello che speravo. Grazie!" le sorride il comandante. "A me non sarebbero mai venuti in mente i pastelli. E il vestito sembra uscito da una favola!" Emma sospira sollevata. "Avevo iniziato a cucirlo da sola; poi ho pensato a quant'era importante il primo compleanno che passate assieme e... e hanno cominciato a tremarmi le mani. Non sono una gran sarta, ve lo dico sempre. Allora ho preso su e sono andata da mia sorella. Con lei ero tranquilla che sarebbe venuto un lavoro come da sartoria! E ho fatto bene: Rosa e le mie nipoti mi hanno fatto notare che la stoffa non era adatta per una bimba e così... ne hanno usata un'altra, molto speciale. Speciale davvero, Nuvolari."

Emma piega per bene il vestito e lo rimette nella sacca, assieme ai pastelli.

Nuvolari si è lavato, si è fatto la barba, sistemato i capelli; si è messo addosso la roba migliore che ha.

"Come sto?" chiede un po' impacciato.

"Sei più bello di De Sica e Nazzari messi assieme. Bellissimo!"

"I belli son fatti diversamente!" si schernisce Nuvolari. "Pensi che mi sto comportando come un ragazzino?" dice poi con la sacca dei regali in mano.

"Penso che ti stai comportando come un bravo papà, innamorato di sua figlia, che per un misero giorno pensa a se stesso, invece che al Paese" gli risponde seria Emma.

Nuvolari, con gli occhi lucidi, si mette la sacca in spalla. Fa per uscire da una finestra sul retro, ma si ferma e dice: "I ragazzi... non vorrei che mi venissero dietro."

"Non preoccuparti, li tengo occupati io!" dice Emma, già soddisfatta del suo piano. "Oggi ho deciso di fare il bucato e, per lavargli i vestiti, li lascio in mutande: non andranno proprio da nessuna parte!"

*****

"È un po' che non ti facevi vedere!" esclama Bianca, mettendosi le mani sui fianchi.

Nuvolari abbassa gli occhi e si rigira la sacca tra le mani. "Sì, lo so... mi spiace... vedi, io..."

"Ma scherzoooooo" dice la bambina ridendo. "Ti ho spaventato, eh? Ci sei cascato!"

"Sì che mi hai spaventato" dice Nuvolari con un sorriso, passandosi una mano tra i capelli.

La bambina, ridendo, gli corre incontro e gli abbraccia le gambe. Poi guarda in alto ed esclama: "Oggi è il mio compleanno!"

"Lo so" le risponde Nuvolari, accarezzandole la testa.

"Tanti auguri a meeee... tanti auguri a meee" si mette a canticchiare Bianca, saltellando tutt'attorno al comandante.

"Monella!" sorride Rita affacciandosi sulla porta, mentre la bambina continua a canticchiare.

"Fa così da stamattina" dice la donna a Nuvolari. "Si fa gli auguri da sola e si canta pure la canzoncina di buon compleanno! È una sagoma."

Mentre canta, Bianca tossisce un po' e si tocca la gola.

Rita dice che le succede da un paio di giorni. Nuvolari si agita, tocca la fronte della bambina, poi torna da Rita e le chiede se c'è da chiamare il dottore o da portarla a far vedere in ospedale.

Mentre lui fa avanti e indietro, Bianca gli tira la giacchetta. "Non preoccuparti, poi mi passa" gli dice calma.

"Cos'hai nella borsa?" gli chiede dopo un paio di minuti. "C'è un regalo per me?" gli sorride.

Nuvolari fa segno di sì con la testa. Le passa la sacca e lei la apre. Per primo tira fuori il vestitino. "Belloooooooooo!" grida. Poi si accorge anche dei pastelli. "Belliiiiiiiiiiiiiiiii!"

Corre da Rita con in mano il vestitino. "Lo metto subito! Me lo metti? Lo metto subito!"

Nuvolari si siede ad aspettare. C'è il sole, in giro c'è pace e silenzio, la sua bambina è felice... Perché non può essere sempre così?

"Il vestito le sta benissimo" dice Rita, sedendosi vicino a Nuvolari. "È contenta come una Pasqua. Ora si sta mettendo un nastro in testa. Volevo metterglielo io, ma quando s'impunta... Quando stava imparando a camminare, cadeva e si rialzava da sola, cadeva e si rialzava. Se provavi ad andarle vicino per sostenerla, per reggerla, lei ti spingeva via la mano. Se s'impunta..."

Bianca si affaccia sulla porta. Ha un sorriso colpevole mentre dice: "Ho combinato un pasticcio."

Nuvolari scoppia a ridere. La bambina non è riuscita a mettersi il nastro; ma deve averci provato molto e in svariati modi, tant'è che ora se l'è incastrato tra i capelli e dalla fronte le penzola sulla faccia.

"Monella! Vieni qua che ti aggiusto il disastro" le dice Rita, mentre Bianca già le sta correndo in braccio.

"Adesso coi pastelli ti faccio un disegno!" dice la bambina a Nuvolari.

Bianca disegna coi suoi pastelli colorati. Nuvolari la guarda.

"Vuoi bene a Rita e a suo marito? Ci stai bene qua con loro?"

La bambina fa segno di sì con la testa.

"Sono contento..." dice il comandante. Dalla tasca tira fuori il suo portafoglio. "La vuoi vedere una foto di quand'ero giovane?"

Bianca alza la testa dal foglio e guarda.

"Questo ero io. Tanti anni fa."

"E lei?" chiede la bambina indicando la donna nella foto con Nuvolari.

"Lei era mia moglie. Si chiamava come te. Era dolce, gentile, allegra... come te." Nuvolari non riesce a trattenere le lacrime.

Bianca se ne accorge; gli mette le manine sulle guance umide. "Non piangere. No... No..." e inizia anche lei a

singhiozzare. "Va tutto bene!" gli dice, e intanto piange e
tira su col naso.

Nuvolari ha ancora gli occhi lucidi, mentre se l'abbraccia.

Quando Bianca riprende a disegnare, Rita gli si avvicina,
gli appoggia una mano sulla spalla e, sottovoce: "Se vede
qualcuno piangere o anche solo triste, lei si mette a piangere e cerca di consolarlo. Sua madre, da bambina, era identi-
ca: me la ricordo bene..."

"Raccontami una storia" gli chiede la bambina, mentre
disegna.

"Una storia? Uhm... Io non credo di saperne di belle. Forse una volta ne sapevo, ma devo averle dimenticate."

"Inventala!" replica la bambina, allargando le braccia.

"Inventarla, eh?" Nuvolari si gratta la testa. "Mi metti in
difficoltà. Chissà se sono capace... Ma sì, forse qualcosa da
raccontarti ce l'ho."

E così inizia a parlare; le racconta la sua storia. Un po'
semplificata, addolcita in alcune parti. Ma è la sua storia.
La loro storia.

Bianca disegna e ascolta.

Poi lo fissa. "Te sei il mio papà?"

Nuvolari vorrebbe poter bere un bicchiere di vino e accendersi almeno un paio di sigarette prima di rispondere.

"Sì..." le dice con un filo di voce.

"Allora dobbiamo vederci di più" conclude la bambina.

Nuvolari resta a fissarla inebetito. Gli verrebbe da piangere e da ridere tutto in una volta. Poi esclama: "Sì, dobbiamo
proprio!"

"Te sei capace di fare il papà?" gli chiede Bianca con aria
interrogativa.

"Ci vorrei provare, se tu sei d'accordo" risponde il
comandante.

La bambina annuisce, sorridendo, e torna a finire il
disegno.

"Quando ho portato a casa Bianca, ho deciso di tenere un quaderno in cui annotare, giorno per giorno, quello che fa di bello e di nuovo. Era per te, per quando saresti tornato. Perché io ero sicura che saresti tornato. Il Signore non poteva toglierle sia la mamma che il papà. E volevo che tu potessi recuperare un po' gli anni persi. Ecco, è tutto qua dentro."

Rita porge a Nuvolari un quaderno.

Lui lo stringe tra le mani.

"Era l'amica più cara che avevo al mondo. Ho cercato di fare il meglio che ho potuto" sussurra Rita, mentre si asciuga veloce gli occhi col grembiule; veloce, prima che Bianca se ne accorga.

"Tieni!" dice la bambina dandogli il disegno.

Nuvolari lo guarda, senza capirlo. "Grazie, mi piace moltissimo!"

"Sei te!" gli spiega la bambina. "Non vedi?!"

"Hai ragione! Caspita, sono io sputato!" sorride Nuvolari.

"L'è meždì! L'è meždì!" inizia a ripetere Bianca saltellando in giro.

"No, non è 'meždì'. Adesso è sera!" le dice Rita. "L'ha imparato da mio marito. Lui arriva sempre a casa chiedendo se non c'è ancora pronto da mangiare, ché è già mezzogiorno. E lei lo imita. Per lei non vuol dire che è mezzogiorno, ma che è ora di mangiare! È un'età in cui devi stare attento a tutto quello che dici, perché lo impara subito e lo ripete!"

"Allora dovrò tenerla lontana da Carnera!" ride tra sé il comandante.

"Quanto mi vuoi bene?" gli chiede all'improvviso Bianca.

Nuvolari si inginocchia per parlarle alla stessa altezza. "Guarda il cielo: lo vedi com'è grande? Non si vede neanche dove finisce, è immenso. Ecco, io ti voglio bene com'è grande il cielo. Anche di più!"

"Anche di più?" ripete la bambina sgranando gli occhi e ridendo.

"Sicuramente di più!" le dice allora Nuvolari, prendendola tra le braccia e facendola volare su e giù.

Bianca si frega gli occhi per star sveglia, ma comincia ad aver sonno.

Rita la prende in braccio. "Hai sugnèra – *sonno* –, neh?" La bambina fa sì con la testa e intanto sbadiglia.

Nuvolari raccoglie la sua sacca vuota per tornare al campo. Saluta Rita e dà un bacio a Bianca.

La bambina, mentre lui se ne va, con la voce assonnata gli dice: "Sto bene con te."

"..."

"Spero che te torni presto."

*****

"Com'è andata?" gli chiede Carnera, quando se lo ritrova davanti nel casolare.

Nuvolari sorride e mostra il disegno che gli ha fatto la bambina. "È il mio ritratto."

"..."

"Diventerà brava come la Mascia a disegnare."

"Ma è uno scarabocchio..." scherza Carnera.

Nuvolari lo piega e lo mette nel portafoglio, di fronte alla foto con la moglie. "A me sembra somigliantissimo."

XVII
Hanno sparato a Bill

Luglio 1944. Emma è stata da una brigata badogliana a portare informazioni da parte di don Franco. È andato tutto bene. Prima di tornare a casa, ha voluto fermarsi al campo per vedere i suoi ragazzi. In giornata dovevano affiancare altri partigiani in un'azione. Non sono ancora tornati. Emma si siede sulla panca vicino al casolare e resta ad aspettarli.

Finalmente sente il rumore di un motore. Vede spuntare dalla strada un camioncino: devono essere loro.

Nuvolari scende in corsa. Poco dopo sono giù anche buona parte degli altri.

"C'è da chiamare il dottore. Pulce, vai tu, corri!" grida il comandante. Poi guarda Emma. "Hanno sparato a Bill."

Tirano giù il ragazzo dal camioncino; gli sono tutti attorno.

"Dài, Bill!" gli dice Briscola.

"Sta arrivando il dottore, è questione di poco!" lo incoraggia il Pescatore.

"Non fare scherzi, Bill!" quasi lo supplica Merlo.

Nuvolari: "Mettetelo giù, non spostatelo troppo. Mettetelo qua, sull'erba. E fatelo respirare, toglietevi di dosso, imbranati!" Si volta verso Emma. "Quel testone... Porca d'una miseria. S'è messo in mezzo, non c'entrava neanche niente, lui. Ha voluto salvare me, ha visto uno che mi teneva sotto tiro. Ma l'avevo già visto anch'io, gli avrei sparato per primo. Lui s'è buttato, senza pensarci. Come ha visto al cinematografo, ci scommetto! Porca d'una..." Nuvolari dà le spalle a Bill e inizia a prendere a calci l'erba.

"Ho paura... Non pensavo di morire così presto" dice Bill.
"Eh, tël chi! – *Eccolo qui!*" Nuvolari si gira di scatto e si mette i pugni sui fianchi. "Siete sempre schifosamente ottimisti, in questa brigata, e adesso, per una ferita da ridere, tu devi subito pensare di lasciarci le penne! Morire... Macché morire! Ti rimetterai e continuerai a fare loccate anche più di prima. E mi toccherà pure farti avere una medaglia al valore o roba simile, perché hai salvato la vita al tuo comandante. E tu ti lamenti? Pensa a me, piuttosto, che sarò in debito con te per tutta la vita! Testone..." Nuvolari si gira di nuovo di spalle e riprende a dare calci all'erba, ma con meno rabbia, con più pensieri. Dov'è il dottore? Quanto ci mette ad arrivare? Perde troppo sangue Bill. Troppo per la ferita che si pensava.

Emma si è messa in ginocchio, a terra, e tiene Bill con la testa in grembo.
"Il comandante... è arrabbiato?" le chiede il ragazzo.
"Molto."
"..."
"Ma mica con te. È arrabbiato con se stesso perché avrebbe voluto prenderle lui le pallottole. E invece l'eroe di oggi sei tu."
"Me la darà davvero... la medaglia?"
"Altroché! Non l'hai sentito? Gli hai salvato la vita. Quando mai Nuvolari dice una cosa e poi non la fa?"
"Chissà che faccia farà mia mamma quando lo saprà. Io con una medaglia... La mostrerà a tutti i vicini. Chissà se faranno una cerimonia, come nei film..."

"Ho freddo" sussurra Bill. Poi, con un piccolo sorriso: "Mi abbracci come facevi con Andrea?"
Come facevi con Andrea. Emma si sente gelare. "Datemi una coperta!" grida.
"Mascia... non ci andrò in America, eh?"
"Oh, senti un po'" gli dice Emma, cercando di sembrare serena, mettendogli sopra la coperta e abbracciandolo. "Devi solo tener duro finché arriva il dottore e si aggiusta

tutto. Tu resisti e poi... Poi, cascasse il mondo, in America ti ci porto io! Questa guerra dovrà pur finire e allora... Lo sai che non sono mai uscita dall'Italia? Ci vorrà ben qualcuno che mi faccia vedere un po' di mondo. Lo farai tu, eh? Ci andiamo assieme a vedere le praterie. E se qualcuno ci darà fastidio, tu gli darai una testata delle tue!"

Bill sorride a fatica. "Sì che gliela do..."

"Bravo! Bravo il mio Bill!"

Emma gli parla e gli sposta dolcemente i capelli dal viso. Lo tiene tra le braccia e lo muove, lieve, come a cullarlo.

"Chissà quanti bei posti... che città grandi ci saranno, in America. Magari ti faranno sceriffo! E vedremo le praterie e..."

"Mascia..." Nuvolari le si china vicino, le appoggia una mano sul braccio e ferma quel lieve dondolio.

Gli occhi di Bill sono vuoti, immobili. Con impressa forse un'idea dell'America.

Emma solleva lo sguardo e fissa Nuvolari. Gli occhi le annegano nelle lacrime.

È caldo il sole di luglio, eppure Emma sta tremando.

Stringe il ragazzo, ancora avvolto nella coperta.

*****

Bill viene sepolto poco lontano dal campo. Sono tutti d'accordo sul posto: vicino, così ogni tanto potranno andare a trovarlo. E raccontargli come vanno le cose.

Carnera ha preparato una croce in legno: ha lavorato, da solo, per ore, per intagliarla meglio che poteva. Non ha voluto attorno nessuno.

Nuvolari ha inciso il nome con un coltellino.

I ragazzi hanno trovato dei fiori e li hanno appoggiati vicino alla croce.

"Si perderà. Come tante altre croci che stanno riempiendo le montagne e le colline. L'anno prossimo non ne resterà traccia" dice con voce sofferta Carnera.

"No, non questa" ribatte decisa Emma. "La terremo d'occhio tutti noi. E quando la guerra finirà, torneremo e ci metteremo una vera lapide e la sua foto. Bill non si perderà."

"Comandante, posso dire una preghiera?" chiede il Pescatore.

"Certo."

"Signore... accogli Bill con Te. Non Te ne pentirai, perché è uno proprio in gamba. È buono, anche se gli piace fare un po' lo spaccone. E sa tante cose dei film western; se glielo chiedi, Te le racconterà tutte. Se prova a dare una testata a qualche angelo, non preoccuparTi: quando scherza, non le dà forti. A noi mancherà tanto. Ma se siamo sicuri che sta con Te, allora ci dispiacerà un po' meno averlo perso... Amen."

"Che preghiera del cavolo" borbotta Carnera andando via, nascondendosi il viso. Perché, a causa di quella preghiera del cavolo, le lacrime che era riuscito a trattenere fino a quel momento, gli stanno scendendo copiose.

Nuvolari appoggia una mano sulla spalla del Pescatore. "Ben detto."

Tutti i ragazzi stanno piangendo.

Emma è inginocchiata sulla terra, accanto alla tomba. "Ho preso dalla tua sacca il ritratto che ti avevo fatto. Ho pensato di portarlo a tua madre, Bill. È tanto che non ti vede e... Le resterà un ricordo. Non è granché, ma..." Emma inizia a singhiozzare.

"Bisogna farlo sapere alla sua famiglia" dice Nuvolari ai ragazzi.

"Vado io a dirlo a sua madre." Emma si alza in piedi, si asciuga il viso col fazzoletto e prende con sé il ritratto di Bill.

I ragazzi la fissano senza saper che fare. Nuvolari sta per dirle che no, non è il caso, insomma, è già troppo quello che ha passato... Ma non riesce a parlare perché Emma riprende subito: "Vado io da sua madre. Le spiegherò che non è morto solo. Che ha sentito dell'affetto. Un po' le sarà di conforto. Per me lo sarebbe stato, con Andrea, invece di saperlo spaventato, sperduto..."

Mentre sale in bicicletta: "Nuvolari, gliela farai avere la medaglia? Lo posso dire a sua madre?"

Il comandante fa cenno di sì con la testa e poi sparisce per un sentiero di boscaglia.

XVIII
La brigata delle mamme + 1

"Nuvolari, io non sono tranquilla per la mamma di Bill. Oggi voglio tornare a vederla."

Sono trascorse un paio di settimane da quando Emma è stata a casa di Bill.

Abitava nella sua stessa città... L'indirizzo gliel'ha dato don Franco.

Quando la mamma di Bill le ha aperto la porta, sorrideva. Una signora gentile.

Quando ha capito del legame di Emma con la brigata di suo figlio, le ha subito detto: "Dammi del Tu, per favore. Io mi chiamo Valeria."

Poi Emma ha iniziato a raccontarle; e ha visto passare sul viso di Valeria le stesse emozioni che erano toccate a lei, il giorno che aveva saputo di Andrea. Era stato un incubo rivedere il proprio dolore, tale e quale, in un'altra madre.

"Valeria... Valeria, aprimi, per favore. Sono Emma. Valeria, non me ne vado se non mi apri. Per favore..."

La porta si apre, Emma entra.

L'appartamento è al buio; le persiane sono chiuse. Le finestre sono chiuse. C'è un caldo soffocante.

Il ritratto di Bill che Emma le aveva portato, ora è in una cornice, su un mobiletto.

Sul tavolo del soggiorno non c'è niente. Niente a parte un coltello.

Emma lo guarda.

La mamma di Bill si siede al tavolo, vicino al coltello. "Te lo chiedo io per favore: vai via."

"No, non me ne vado" risponde Emma, sedendosi all'altro capo del tavolo. "Non me ne vado perché so cosa pensi, cosa provi. Conosco il dolore che hai dentro, la voglia di morire, di far morire tutti, di vendicarti, di urlare, di sparire, di prendertela con qualcuno. La voglia di non sentire più niente..."

"..."

"È successo anche a me. La stessa cosa, Valeria." Emma stringe la medaglietta che porta al collo per darsi un po' di forza.

La mamma di Bill spinge in là il coltello e incrocia le braccia sul tavolo. Ci lascia cadere sopra la testa e inizia a piangere.

Emma apre una finestra. Una sola; quel tanto che basta per far entrare un po' d'aria, evitando di far entrare troppa luce. Prende un bicchiere d'acqua e lo mette davanti a Valeria che ne beve un sorso.

"Sapevo che, da grande, si sarebbe fatto la sua vita. Una moglie, dei figli. Un lavoro che, magari, l'avrebbe portato a cambiare città. Lui sognava addirittura l'America! Così lontana..." La mamma di Bill ha lo sguardo perso. "Ero pronta a vederlo andar via, purché fosse felice. Ma non ero pronta a vederlo andar via per morire... E non lo sarò mai."

Emma appoggia i gomiti sul tavolo e si prende la testa tra le mani.

"Come si fa? Come si fa ad andare avanti a vivere?" le chiede Valeria, quasi supplicando una soluzione.

"Poco alla volta" risponde Emma. "Devi continuare a respirare. Il tuo unico compito per ora è questo."

"E se non ci riesco, cosa faccio?"

"Ci provi ancora. E ancora. Finché ci riesci. Magari male, ma ci riesci."

"Ho pensato una cosa" dice Emma, mentre guarda le foto di Bill, bambino, che sono sullo stesso mobiletto dove sta il ritratto che gli ha fatto lei. "Forse è troppo presto, forse dico una stupidaggine. Io, per uscire di casa e rimettermi in piedi, c'ho messo tanto di quel tempo... Forse ti chiedo troppo. Ma se tu ce la facessi... credo ti aiuterebbe davvero. Oltre che aiutare tante altre persone."

"Di cosa stai parlando?" le chiede Valeria, dopo aver bevuto ancora un sorso d'acqua.

"Di combattere – al posto di Bill – per la Resistenza."

"Mi prendi in giro."

"Sono serissima."

La mamma di Bill si alza in piedi e cammina, piano, attorno al tavolo. "Ma io... io sono una levatrice. Aiuto un dottore, qua in città; e nelle campagne vado da sola. Conosco bene il mio mestiere, ma... Cosa vuoi che possa fare per i partigiani?"

"Puoi fare tantissimo. Come staffetta, come combattente. Quando ho iniziato io, mi hanno detto: c'è bisogno di tutti. Ed è così. Più siamo meglio è. Ognuno sa fare qualcosa di diverso e dà il suo contributo. Se ce l'ho fatta io... ce la può fare chiunque, credimi!" le dice Emma, con voce decisa ma anche dolce.

"No, no, non scherziamo. Nelle lettere che mio figlio è riuscito a farmi avere, mi parlava di te e diceva quanto sei brava, e preparata, e... e indispensabile. Non puoi paragonarti a me che non so far niente."

Emma sorride e scuote la testa. "Quando ho iniziato, mi guardavano tutti con poca fiducia. Non pensavano fossi adatta. Me l'hanno proprio detto, più volte! Ma io ho sempre pensato: imparerò. E ho imparato. E puoi imparare anche tu."

Valeria torna a sedersi. Non sa più dove stare, cosa pensare. Una proposta del genere era l'ultima cosa che si sarebbe aspettata.

"Lo sai quant'è profonda la forza di una madre?" la incalza Emma. Perché lo sa che se la lascia lì, in casa sola, senza uno scopo... non è detto che il giorno dopo ce la ritroverà. "E la forza di una madre a cui hanno strappato il figlio, quando decide di reagire, si moltiplica. Certo, puoi anche

256

restare chiusa in casa, come ho fatto io quasi per un anno. Ma se vuoi onorare tuo figlio... combatti per lui!"

Valeria guarda il ritratto di Bill col cappello da cowboy. Ha lo stesso sorriso delle foto in cui era bambino. "Va bene. Ci provo, Emma. Cosa devo fare?"

Emma le stringe le mani. "Sono contenta. Brava."

Poi si avvicina alla finestra e le spiega: "Ho un'idea in testa. Ci sto pensando da un po' di giorni. C'entra con quello che ti dicevo prima: la forza delle madri. Io non conosco le mamme degli altri ragazzi della brigata. Ma vorrei andare a trovarle. E vorrei proporre a loro la stessa cosa che ho proposto a te. Vorrei che collaborassimo tutte assieme."

"Vuoi mettere su... una brigata di mamme?"

Emma sorride. "Perché no?"

*****

Emma va a cercare le mamme dei suoi ragazzi. Ci parla. Spiega loro la sua idea.

Nessuna si tira indietro, anzi.

Eccole, allora, le mamme della Resistenza.

Mariuccia, la mamma di Pulce: una donna minuta, arrivata in città, dalla campagna, quando aveva appena otto anni. Era arrivata in treno ed era rimasta alla stazione ad aspettare, con in mano un cartello: "Io sono Mariuccia." Il cartello le serviva per farsi riconoscere dalla famiglia che la prendeva in casa come donna di servizio. Lei non sapeva né leggere né scrivere: il cartello se l'era fatto preparare dal parroco del suo paese, prima di partire.

Non si è mai sposata. Il padre di Pulce era un ragazzo che pareva così innamorato... Ma appena scoperto che lei era incinta, era sparito. Le dicevano tutti di liberarsi del bambino; Mariuccia non c'aveva mai neanche pensato. Lei, il suo bambino, lo voleva.

Piera, la mamma di Briscola: una donna in carne, "bella rotonda, ma velocissima in bicicletta" come diceva Briscola. Un figlio fascista, un figlio partigiano e un marito alla macchia di cui non ha più notizie. È rimasta sola ad occuparsi della loro poca terra e delle bestie. E a cercare altro lavoro in campagna per guadagnare qualcosa.

Camilla, la mamma di Valentino: una donna riservata, istruita. Bella. Fa ancora la maestra. E spera ancora che suo marito torni vivo dalla Grecia, anche se non ne sa più niente. Sa bene cos'è la speranza tenace: ha perso quattro figli, morti di talassemia; le è rimasto solo Valentino. "Non posso perdere anche lui" ha detto a Emma al loro primo incontro.

Silvia, la mamma di Saltafosso: una donna stanca, segnata da un cambio di vita improvviso e doloroso. Era ricca, non aveva mai lavorato, aveva una bella famiglia. Ma era una famiglia antifascista, in un'epoca in cui non era salutare esserlo. Ha dei segni sul collo: le sono rimasti da quando un tedesco ha cercato di strangolarla, mentre altri stavano fucilando suo marito.

Ora è senza un soldo. Lavora come commessa o come donna delle pulizie. E pensa a suo figlio, con l'asma, in mezzo alla guerriglia.

Lina, la mamma di Freccia: una donna appariscente, nascosta sotto tanto trucco. Un giorno, tornando a casa, aveva trovato il marito morto su una sedia: infarto, le aveva detto il dottore. Era rimasta sola, con due figlie e Freccia. Il suo stipendio da cassiera al cinematografo non bastava per mantenere tutta la famiglia – Freccia, come apprendista fabbro, guadagnava ben poco –. Si era dovuta inventare qualcosa. E così, da un momento all'altro, si era ritrovata a fare la prostituta; anche per i fascisti e i tedeschi. Anzi, soprattutto per loro. Coi soldi era riuscita a mandare le due figlie dalle monache, lontano dalla città: perché fossero protette dalla guerra e dalle voci che cominciavano a girare su di lei. "Se lo sapesse mio figlio..." era il suo pensiero costante. Ma Freccia non l'aveva scoperto, perché Lina aveva cominciato a praticare più assiduamente la professione dopo che lui era partito per unirsi ai partigiani. Vive sperando di poter smettere questo lavoro, prima che suo figlio torni a casa.

E poi Valeria ed Emma. Entrambe con un figlio ucciso, entrambe con un marito disperso.

Si incontrano tutte, per la prima volta, a casa di Valeria.

Emma spiega loro come funziona la Resistenza, com'è organizzata, cosa fanno le staffette, cosa fanno i combattenti. "I ragazzi non possono scendere dalle colline: bisogna aiutarli."

Le presenta a don Franco.

"Buon Dio" dice il reverendo a Emma. "Adesso vai anche a cercare volontari a domicilio?" Sorride e le accoglie a braccia aperte; e anche lui spiega in cosa possono essere utili, come aveva fatto con Emma.

La loro prima missione è proprio per don Franco: portano documenti falsi – nascosti nel tubo della bicicletta – in un convento dove sono rifugiati degli ebrei.

Iniziano ad andare al mercato regolarmente, facendo giri larghi, e tornano a casa con informazioni ricevute dal cantoniere, dal casellante – per il passaggio dei treni –, dal ragazzo del bar, da alcuni commercianti... Gente che già collabora con la Resistenza.

Qualcuna impara a sparare: Mariuccia è quella che, con sorpresa di tutte, ha la mira migliore. Camilla non ce la fa. "Fatemi fare qualsiasi cosa, ma sparare no!"

Lina, che per i suoi trascorsi ha sentito tante conversazioni tra i tedeschi, suggerisce di tagliare i fili della loro linea telegrafica. Di notte. Un'ottima idea che si trasforma in azione e che viene ripetuta più volte nel tempo.

Si organizzano per incontrarsi regolarmente. A uno di questi incontri, arriva a sorpresa un uomo. Valeria, dalla finestra, lo vede avvicinarsi. Entrano tutte in agitazione. Emma le calma: l'uomo ha un'aria dimessa, una fascia a lutto sul braccio, tiene per mano una bambina e zoppica. Non sembra proprio una minaccia. Quando bussa alla porta, lo fanno entrare, fingendo di essere lì a giocare a carte tra amiche.

L'uomo si toglie il cappello e se lo tiene sul petto. "Sono il padre del Pescatore. E questa è sua sorella, Angelina" dice, indicando la bambina che tiene per mano e che gli si nasconde dietro.

"Io vado spesso nella parrocchia di don Franco. Lui mi tiene aggiornato su come sta mio figlio. Si fida di me... e mi ha detto che state organizzando una brigata di mamme, per i nostri ragazzi." L'uomo abbassa gli occhi e si tormenta il cappello. "Mio figlio la mamma non ce l'ha più. Ha solo me. E io non sono un granché" si tocca la gamba che zoppica. "Tanti del Fascio pensano che quelli come me, con dei difetti fisici, andrebbero soppressi. Forse hanno ragione: io servo a così poco, ormai... Ma visto che mia moglie è morta, se non vi do fastidio, vorrei aiutarvi. Vorrei far parte della vostra brigata."

Emma si scambia una rapida occhiata con le altre donne: tutti gli occhi presenti dicono la stessa cosa. Emma, allora, la dice a voce alta: "A noi non importa niente di quel che pensano i fascisti. Benvenuto!" e gli stringe la mano.

Tutte si alzano a stringergli la mano e a presentarsi.

L'uomo si commuove. "Mi chiamo Gregorio. Ma gli amici mi chiamano Gorio."

"Bene! Saremo la brigata delle mamme + 1!" esclama Piera soddisfatta.

"Se qualcuno ce lo chiede o arriva all'improvviso, noi ci incontriamo per dire il rosario" suggerisce Piera.

Le altre annuiscono, è una buona idea.

Mariuccia si fa avanti. "Stavo pensando che forse potremmo dirla davvero una preghiera, qualche volta. Un'Ave Maria, perché la Madonna vegli sui nostri figli... che siano qua o in Cielo."

"Potremmo anche accendere un cero" propone Camilla. "Facciamo una colletta fra di noi. Chi può, s'intende. E una volta a settimana, a turno, una di noi va a portarlo in chiesa e lo accende, per i ragazzi."

Anche queste sembrano a tutte delle buone idee. E vengono approvate all'unanimità.

Un giorno, al campo, Nuvolari chiede a Emma: "È vera la storia che gira?"

"Quale storia?"

"Che hai messo su una brigata di mamme. Con le mamme dei nostri ragazzi."

"Potrebbe anche essere vera. Ma mi hai detto tu di non fidarmi di nessuno, quindi non so se posso dirtelo" gli sorride Emma.

"Non scherzare. Non bastava quello che facevi già? Dovevi proprio metterti anche in quest'avventura? Finirete per cacciarvi nei guai."

"Non preoccuparti per noi, Nuvolari. Abbiamo la pelle più dura della vostra, vedrai. Solo... non farlo sapere ai ragazzi. Non voglio che stiano in pensiero."

"Che donna testarda che sei..."

"Non te lo immagini neanche quanto!"

*****

Nuvolari ha fatto sapere a Emma che è in arrivo un carico di armi per i repubblichini. Lui e il comandante Amleto, assieme, vorrebbero intercettarlo. Ma serve un diversivo per rallentare i repubblichini che vanno a prenderlo.

La brigata delle mamme, per l'occasione, ha radunato molte altre donne. Emma ha organizzato tutto, ma ora deve restare mimetizzata, a testa bassa, tra la folla di donne: in città la possono riconoscere, specie gli alti ufficiali che ha frequentato con Dora. Sarebbe pericoloso, per lei e per le altre.

Aspettano di veder spuntare la macchina del capitano delle camicie nere e, dietro, un camion di soldati. A quel punto si posizionano tutte in mezzo alla piazza principale della città, rendendo impossibile il passaggio. Sono vestite da contadine, col fazzoletto in testa. Iniziano a cantare in coro, dirette da Valeria.

"Ci scusi, capitano" dice Valeria a testa bassa, con aria mortificata. "Non volevamo intralciarvi. Siamo tutte vedove di guerra, veniamo dalla campagna e stiamo cercando di raccogliere offerte per gli orfani."

Il capitano, dapprima furioso, finisce per fermarsi ad ascoltare qualche canzone. Si commuove e fa anche una donazione per gli orfani di guerra.

– "Che brav'uomo: sovvenziona la Resistenza" sorride dentro di sé Emma, guardando la scena. –

Sta per ripartire, ma è ancora presto rispetto ai tempi previsti dai partigiani; così Piera si butta davanti all'auto e inizia a cantare a squarciagola, spaventando quasi il capitano.

"Dovete perdonarla" gli dice Valeria. "Ha perso il figlio da poco. Ucciso dai partigiani, maledetti! Non è più in sé, poverina. Su, *Angela*, vieni... andiamo a casa."

Il capitano fa un cenno di comprensione e finalmente può ripartire.

Il coro si scioglie rapidamente, in direzioni diverse.

La brigata delle mamme torna alla base soddisfatta.

Emma, togliendosi il fazzoletto dalla testa, commenta: "Se continuiamo così, dovrò chiedere qualche consiglio a mia nipote Annamaria, perché stiamo diventando talmente brave a recitare che potremmo darci al cinema!"

"Cantiamo anche... Diamoci al varietà, allora!" propone Lina con un sorriso.

Sorridono tutte e accelerano il passo per andarsene a casa.

*****

Piera è nel cortile di casa sua che lava i panni nel mastello. Alza la testa per asciugarsi la fronte con un braccio e vede un soldato tedesco che si avvicina. In un attimo, se lo ritrova in cortile. È ubriaco; lo si vede da come si muove e lo si sente da come parla e da come puzza.

Devono arrivare le altre mamme per una riunione, di lì a poco. Così Piera cerca di essere gentile per farlo andar via. Ma arriva Caruso – che precede sempre Emma di poco – e si mette a ringhiargli contro. Il soldato tedesco gli spara per farlo saltare e per spaventarlo. Ride.

Piera prende la scopa e inizia a colpirlo. "Non toccarlo! Lascialo stare, maledetto!"

Il tedesco è preso di sorpresa da questa reazione; ed essendo anche parecchio brillo, lascia scivolare la pistola.

Nel frattempo, arrivano a piedi e in bicicletta le altre mamme. Tutte gli saltano addosso.

Valeria e Lina lo prendono e gli ficcano la testa nel mastello; su è giù dentro l'acqua. Ma il colpo finale, forte, lo dà Piera con il mattarello che aveva in casa: un colpo secco in testa.

Tutte assieme lo legano e imbavagliano e poi, a tarda sera, lo consegnano ai partigiani.

"Ah, ma allora siete diventate una brigata da combattimento!" ride il comandante che viene a portar via il tedesco e lo trova legato come un salame.

Le mamme si abbracciano e ridono. Anche Valeria, per la prima volta.

"Siamo una brigata da mattarello!" rispondono quasi in coro.

*****

"Oggi è un muro d'acqua. Per fortuna almeno non tira vento" commenta Valeria, guardando fuori dalla finestra di casa sua.

"Sì, ma fin che vien giù questa pioggia non riusciamo a muoverci con le biciclette. E don Franco voleva che andassimo oggi al convento" dice Silvia preoccupata. "Un tempo vi ci avrei potute portare io in macchina. Ma adesso..." conclude con un sorriso triste.

Piera le stringe la mano. "Su, su, animo! Dobbiamo solo aspettare che spiova un po' e poi andiamo. Intanto ci facciamo una partita a carte. Lina, prendi il mazzo e mischialo tu."

Lina ha smesso di prostituirsi.

Valeria e Mariuccia l'hanno aiutata a trovare qualche lavoretto per arrotondare; e Gorio le ha offerto di andare ogni tanto da lui ad aiutarlo in bottega. Anche il suo aspetto è cambiato: non usa più nemmeno un filo di trucco e i vestiti che indossa glieli ha prestati Camilla.

Emma si avvicina alla finestra, mette un braccio attorno alla vita di Valeria e, assieme, restano a guardare la pioggia.

"Sei stata e sei una buona amica, Emma. Per tutte noi" le dice Valeria.

"Siete voi delle amiche preziose. Le prime vere amiche che ho, a parte mia sorella."

"*Ascolta. Piove dalle nuvole sparse... Piove su le tamerici salmastre ed arse, piove su i pini scagliosi ed irti...* E poi non me la ricordo più" sorride Emma.

"Cos'era?" le chiede Valeria.

"Una poesia di D'Annunzio. Piaceva tanto a mio marito, Aldo. Gli piaceva D'Annunzio in generale e questa poesia in particolare. E tutte le volte che pioveva la tirava in ballo! L'ho sentita per vent'anni... Ma io e le poesie non andiamo d'accordo: non me le ricordo mai per intero." Emma si accende una sigaretta.

"Io e mio marito ci siamo conosciuti su una balèra" dice Valeria. "Lui mi ha invitato a ballare. Era timido, non diceva una parola. Poi, nel farmi girare, in un valzer, mi ha dato una testata. Sono quasi svenuta, mi è venuto un bernoccolo... E nello scusarsi – non la finiva più –, finalmente mi ha parlato."

Valeria sorride nel ricordarlo e, d'istinto, guarda anche il ritratto di Bill: Emma le ha raccontato di come si fosse specializzato nel dare testate, come nei film.

"In tanti pensano che il papà di Pulce mi abbia presa in giro e che sia una cattiva persona; ma non è così" dice Mariuccia, mentre gioca sul tavolo la sua carta. "Non mi ha imbrogliato. Non ce n'era bisogno, ero pronta a imbrogliarmi da sola. Se c'ho creduto è perché ci volevo credere."

"Mio marito continuava a passeggiare sotto la mia finestra. C'ha fatto quasi un solco!" ride Piera. "Eh, non guardatemi così! Non sono sempre stata vecchia e grassa. Ero un fiore da ragazza!"

"Lo sei anche adesso! Anzi, sei pure meglio" le dice Emma, strizzandole l'occhio.

"*Sebben che siamo donne, paura non abbiamo... per amor dei nostri figliiii, per amor dei nostri figliiii... Sebben che siamo donne, paura non abbiamo... per amor dei nostri figliiii, in lega ci mettiamo! Aoilì oilì oilàààà... e la lega la crescerààààà...*"

Ha iniziato Piera a intonare il canto, e le altre le sono andate dietro. Per la durata della canzone, si sono sentite forti e ottimiste.

Giusto per la durata della canzone.

"Chissà se i nostri ragazzi sono al riparo o se si stanno muovendo sulle montagne" dice Camilla con le carte in mano, fissando l'acqua che viene giù incessante.

"Speriamo siano al riparo" sospira Lina.

"I figli li togli dalle braccia e li metti sullo stomaco" commenta Piera. "È un vecchio detto delle nostre parti che sentivo sempre ripetere da mia nonna. Vuol dire che prima, quando sono piccoli, fai fatica con le braccia, a cullarli e accudirli. Poi, quando crescono, hai sempre un peso sullo stomaco per la preoccupazione..."

"Se dipendesse da noi madri, non ci sarebbero le guerre" conclude Emma, mettendosi a sedere con le altre, attorno al tavolo.

Tutte con lo sguardo rivolto alla finestra. Tutte con un gran peso sullo stomaco.

XIX
Li ha uccisi la guerra

Sara è da don Franco, con Nino e Caruso. Emma è in casa sola.

Non si sente in gran forma, e così decide di restare un po' a letto.

Suonano alla porta. Emma va ad aprire, pensando possa essere Sara, già di ritorno, o magari Dora.

Nessuna delle due. Si tratta di soldati tedeschi. È il loro capo che le si rivolge.

"La signora Cobianchi? Dovete scusare questa piccola intromissione, ma abbiamo l'ordine di perquisire le case della zona. Sapete, ci sono molte più spie di quel che si penserebbe."

Mentre l'ufficiale le parla e si toglie, con calma, i guanti, gli altri soldati stanno già frugando per la casa. Non trovano niente, perché Emma sa bene che non deve tenere in casa niente di compromettente. Il suo unico pensiero è che Sara non arrivi proprio ora.

Alla fine, un soldato trova la pistola che Emma tiene nascosta nel cassetto del salotto.

"È per mia difesa personale. Come mi avete giustamente detto anche voi, è pieno di spie e di ribelli. Io sono una donna sola. Almeno una pistola per difendermi, in casi estremi..."

Emma riesce a parlare con molta tranquillità. Le lasciano la pistola e se ne vanno.

Dopo un paio d'ore, suonano di nuovo alla porta. È uno dei soldati che le ha perquisito la casa. È tornato da solo. La spinge via dalla porta ed entra in casa.

"Io so che tu aiuti il prete e i ribelli."

"Non so di quale prete..."

"Stai zitta!" la interrompe il soldato. "Finiscila, tanto lo so. Ma non ho detto niente e continuerò a stare zitto se mi dai dei soldi. Lo so che sei ricca."

Emma indietreggia. "Ti sbagli. Io ero ricca, prima della guerra. Ora non mi è rimasto niente."

"O trovi dei soldi o ti denuncio!" le urla il soldato.

Emma cerca di avvicinarsi al cassetto dove tiene la pistola. "Magari possiamo accordarci. Posso cercare di trovare un po' di denaro, ma mi devi dare tempo..."

"Stai lontana da lì!" e il soldato la butta a terra. "Credi sia stupido?! L'abbiamo trovata noi la tua pistola, credi che me la sia già dimenticata?! E questo cos'è? Un documento segreto che porti ai tuoi amici ebrei?"

L'uomo ha visto un foglio ripiegato, appoggiato sul mobile del salotto. Lo prende in mano. "Questo viene via con me, lo farò tradurre."

Emma si alza da terra di scatto. "No! Non è un documento, non è niente di segreto! È una lettera di mio figlio. L'ultima lettera che mi ha scritto dalla Russia. Ha combattuto con voi, è morto con voi! Ti prego, lasciamela..."

"Non ci credo! Voi italiani siete tutti bugiardi!" Apre il foglio e, senza bisogno di traduttori, legge: "*Cara mamma...* Ah, è davvero una lettera di tuo figlio. Allora non so che farmene." E nel dirlo, la accartoccia e la butta a terra.

"No!" grida Emma. E si lancia a raccoglierla, ma il soldato la ferma. "Invece di pensare a tuo figlio morto, è meglio se pensi a te stessa! Perché se non mi dai subito dei soldi, io ti ammazzo!" le dice scuotendola.

Il soldato si volta a prendere la pistola di Emma dal cassetto, per portargliela via.

Emma si guarda attorno e, all'improvviso, nella vetrinetta vede l'orrenda ma anche pesantissima statuetta della zia Beatrice. L'afferra al volo e, con tutta la forza che ha, la dà in testa all'uomo, voltato di spalle. Il soldato barcolla e cade. Emma prende la pistola e gliela punta contro. Lui la guarda e ride. Si rialza, barcollando, e fa per prendere l'arma che porta alla cintura. Emma non ha più scelta: gli spara. Un attimo dopo, suonano le sirene antiaeree. Un nuovo attacco degli Alleati.

"Ho ucciso un uomo..." pensa Emma tra sé, lasciando cadere la pistola, mentre il soldato è immobile, con gli occhi sbarrati verso il soffitto.

La lettera di Andrea è ancora a terra, accartocciata. Emma la raccoglie e, con le mani, dolcemente, l'allarga e la spiana. Se la infila nuovamente in tasca.

Fuori si sente un gran viavai di gente che corre nei rifugi. Emma spegne la luce e si siede sul divano. C'è un uomo sul suo pavimento; un uomo che ha ucciso lei. Ma non le viene da piangere. Appoggia una mano sulla lettera di Andrea e con l'altra mano stringe la statuetta. Tutto quello che le passa per la testa è: "Grazie, zia Beatrice..."

*****

"L'abbiamo fatto sparire, è tutto a posto" dice Nuvolari rientrando al campo. "È stata una vera fortuna che sia successo durante un attacco aereo. Col casino che c'era, a quel soldato potrebbe essere capitato di tutto. Non penseranno mai a te."

Emma fuma una sigaretta in silenzio. Annuisce.

"La fortuna più grande è stata la tua prontezza di riflessi. E che non t'è successo niente" prosegue Nuvolari. "Lo so che uccidere un uomo è spaventoso. Ma se non lo uccidevi tu, ti uccideva lui. Devi ricordartelo e devi ripetertelo ogni volta che ti venissero dei sensi di colpa."

"Ma io non ho sensi di colpa" dice Emma, piano. "È questo che mi spaventa. L'aver passato, l'aver visto tante tragedie che... che ora posso uccidere un uomo e non sentire niente."

"Non era un uomo qualsiasi, Mascia: era uno che voleva ammazzarti! Cerca di non pensarci più. Abbiamo bisogno di te."

269

Emma spegne la sua sigaretta. Annuisce.

"Vado a cercare Giuseppe, devo parlargli. Tornerò prima di sera" dice Nuvolari, preparando il fucile e la sacca.

"Chi è Giuseppe?" chiede Emma, passandogli una cartina.

"Non te ne ho mai parlato? Ci sono quattro, cinque uomini che conoscono bene le stradine, i passaggi da montanari, e aiutano i ricercati e gli ebrei a passare il confine svizzero. Giuseppe è uno di questi uomini ed è l'unico che lo fa gratis. L'ha convinto don Franco, ci crederesti? Quel prete lì, a fine guerra, si meriterebbe una medaglia d'oro..." dice Nuvolari mettendosi la sacca in spalla. "Degli altri mi fido poco, perché ci tengono troppo ai soldi. Quelli prendono soldi da tutti. *Da tutti*, capisci?"

"Ma non ci sono posti di blocco per la Svizzera?" chiede Emma, accompagnandolo per un breve pezzo di strada.

"Sì, i posti di blocco sì. Ma sui monti non ci sono recinzioni. Il passaggio è libero, se ci sai arrivare. E Giuseppe sa il fatto suo."

Emma va alla tomba di Bill; voleva metterla in ordine, ma lo è già.

Si siede sull'ebra lì vicino; c'è una leggera brezza e il sole è caldo. Emma chiude gli occhi e alza il viso verso il cielo, per sentire meglio il calore e l'arietta.

"L'hai trovata a posto, eh?"

Emma riapre gli occhi. Carnera si è appoggiato a un albero lì vicino.

"I ragazzi ci vengono tutti i giorni" le spiega.

Poi si siede con la schiena contro il tronco dell'albero. Si accende una sigaretta. E per un po' restano lì così, in silenzio, vicino alla tomba di Bill.

"Sono stato in Russia, con Nuvolari. E con Pablo" dice Carnera. È la prima volta che parla di sé con Emma.

Lei ne è sorpresa e quasi preoccupata. Strappa un piccolo filo d'erba – vicino alla croce – che ai ragazzi dev'essere sfuggito. "Sì, me l'ha detto Nuvolari che eri a capo di un battaglione."

"Te l'ha detto, eh? Non si tiene niente quello lì."

"No, non è vero. Sono stata io che ho..."

"Non importa. Non è mica un segreto" la interrompe Carnera. "Ma scommetto che non ti ha detto che ho ammazzato tutti i miei uomini."

"..."

"Avevo ragione: non te l'ha detto." Carnera accende un'altra sigaretta e la passa a Emma. "Abbiamo preso una strada. L'ho scelta io. Ma era quella sbagliata... L'intera compagnia è stata distrutta."

"..."

"Io sono caduto sotto i corpi dei miei uomini; ho perso i sensi, come l'ultimo degli imbecilli. Quando mi sono risvegliato, sanguinavo. Ma i miei uomini erano tutti morti." Carnera spegne, senza energia, il suo mozzicone di sigaretta. "Me lo porto via, perché se i ragazzi lo trovano qua, a far disordine, mi fanno di quelle storie..." Sorride amaro.

"Dopo ho pure disertato. Volevo solo scappare a nascondermi. E sai qual è un buon posto per nascondersi? Il fondo di una bottiglia!" Carnera si alza bruscamente. "Che storia del cavolo mi son messo a raccontarti. Non so neanch'io cosa m'è preso. Mi vengo a confessare da te, peggio dei ragazzi. Fai conto che non t'abbia parlato, d'accordo? Ah, senti... Se muoio, seppellitemi qua, ma niente croci. Non lasciate segni per me."

Si gira e, passando di fianco a Emma, s'incammina verso il casolare, col suo mozzicone di sigaretta stretto – e ormai sbriciolato – nel pugno.

Emma allunga la mano e lo ferma, prendendolo per un polso. "Li ha uccisi la guerra. Non tu. Non lasciarti rovinare da tutto lo schifo che c'è in giro. Non dargliela vinta!"

Carnera apre il pugno e le briciole del mozzicone si perdono nel vento.

XX
Dove sono i ragazzi?

Settembre 1944.

È mattina. Carnera è solo al campo. Fuma una sigaretta e fa bollire un pentolone. "Sembro una ražđùra – *una massaia* –" borbotta, mentre mescola delle patate.

Prima è stato da una brigata Matteotti; doveva mettersi d'accordo per un'azione congiunta in programma per qualche giorno più tardi.

I ragazzi e Nuvolari, invece, sono di pattuglia.

Si siede fuori dal casolare; sente nell'aria il profumo delle patate sul fuoco.

Ma sente anche delle voci. Degli uomini stanno salendo di corsa su per la strada.

Rientra svelto e prende il fucile. Si mette dietro la porta e aspetta.

"CARNERA... muoviti, vieni fuori! Siamo della brigata di Amleto!" grida una voce.

Carnera tira un sospiro e mette giù il fucile. Esce. "Lo sapete che fate un bordello della miseria? Vi si sente da qui fino a..." S'interrompe bruscamente.

I partigiani reggono un uomo ricoperto di sangue che ha perso i sensi; entrano di corsa nel casolare e lo sdraiano su una branda.

È il comandante Nuvolari.

"Abbiamo mandato uno dei nostri a chiamare la Mascia e a dirle di portar su un dottore, in fretta" dice uno dei partigiani.

"Cosa diavolo è successo?!" urla Carnera. "Dove l'avete trovato? E dove sono tutti gli altri?! Dove sono i ragazzi?!"

Carnera sta urlando e strattonando il partigiano.

Gli altri gli si fanno attorno e lo allontanano, tenendolo fermo.

"Ma sei matto?! Datti una calmata. Noi non c'entriamo niente, l'abbiamo solo trovato. Invece di ringraziare perché l'abbiamo portato di corsa qua... Comunque, non sappiamo cos'è successo. Stavamo tornando al nostro campo e gli siamo praticamente inciampati addosso. Era in una specie di conca, tutt'attorno degli arbusti. Deve avere una buona stella, altrimenti chi andava mai a ritrovarlo lì."

Dalla strada arrivano di corsa, in bicicletta, Emma e il dottor Gandolfi.

Il dottore scende dalla sua, l'appoggia al muro e prende con sé la valigetta.

Emma, la sua bici, la butta a terra e corre a vedere cos'è successo.

Le ferite di Nuvolari sono profonde, ma non mortali, come precisa subito il dottore, dopo averlo visitato. Non va mosso e va tenuto sotto controllo, perché ha perso molto sangue. Ma se la caverà.

"Dottore, deve fare qualcosa per farlo rinvenire" gli dice Emma, attaccandosi al suo braccio. "Deve dirci che fine hanno fatto i ragazzi, perché ogni attimo che passa..." Emma non riesce a finire la frase: si morde le labbra per non piangere.

Mentre il dottore fruga nella valigetta alla ricerca di qualcosa che possa servire al caso, Nuvolari riapre gli occhi da solo.

"Comandante..." E anche Carnera si morde un labbro. Fino a farlo sanguinare.

Nuvolari cerca di alzarsi, ma gli altri lo tengono giù. Non vede i ragazzi. Dove sono i ragazzi?!

"Nuvolari, stai calmo" gli dice Emma, prendendogli la mano. "Stai calmo, altrimenti peggiori le cose: rischi di perdere ancora i sensi. Tu mi diresti che non è il momento per i sentimentalismi. E allora, adesso, te lo dico io. Stai calmo più che puoi e raccontaci quello che ti ricordi."

Il comandante ha gli occhi pieni di lacrime. Se li asciuga al solito modo, con un braccio. "Eravamo di pattuglia. Ma era tutto tranquillo, non si sentiva volare una mosca. All'improvviso, ci siamo trovati di fronte una brigata nera e hanno iniziato a spararci addosso. Io ero davanti a tutti e mi hanno preso per primo. Ricordo che sono caduto a terra, mentre i ragazzi rispondevano al fuoco. Merlo e Briscola mi hanno trascinato da parte; hanno visto che perdevo molto sangue, devono aver pensato che non sarei riuscito a difendermi. Si sono guardati attorno e, dopo poco, mi hanno detto: 'Scusaci, comandante', e mi hanno fatto rotolare giù fino ad arrivare in una buca, circondata da cespugli. Ricordo solo questo, poi ho perso i sensi."

Nuvolari guarda il suo fischietto che gli è finito sulla spalla. È sporco di sangue. Lo stringe nella mano. Guarda Emma negli occhi. "Mi hanno chiesto scusa perché mi stavano buttando in una buca per proteggermi. Mi hanno chiesto scusa mentre mi salvavano la vita."

"Se li hanno presi non si può far niente. Si può provare a dirlo all'Alto Comando e vedere se si riesce a organizzare uno scambio di prigionieri. Ammesso che siano ancora vivi..." dice, fuori dal casolare, uno dei partigiani di Amleto.

Carnera gli tira un pugno.

Iniziano a fare a botte finché gli altri li separano, dando un paio di pugni in più a Carnera.

Emma gli si mette di fianco. Il suo sguardo dice: bravo! E Carnera lo capisce. Lo capiscono anche gli altri.

"Questo è il vostro piano?!" grida Emma. "Lasciarli in mano alle brigate nere e sentire che ne pensano al CLN? Questo è il massimo che sapete fare?!"

"Di', cosa pretendi? Che scendiamo in città a sfidare tedeschi e fascisti allo scoperto, così, belli freschi? O pensi che potremmo andare giù e chiedere al comando delle brigate

nere se, gentilmente, ce li ridanno? Cosa vuoi, che ci facciamo massacrare?! Qui siete tutti matti davvero..."
"Va bene" dice Emma con voce ferma. "Allora andatevene pure. Noi matti ce la caviamo da soli!"

"Io vado in città" dice Emma a Carnera. "Vado da don Franco, contatterò altre staffette e cercherò di scoprire dove li hanno portati. Tu resta qua col comandante, tienilo d'occhio e tieni anche vicino il fucile: i ragazzi hanno fatto di tutto per salvarlo e noi due dobbiamo portare a termine quello che hanno iniziato loro."

Poi va alla branda di Nuvolari, gli si inginocchia di fianco. "Guarisci, mi raccomando! E non stare in pensiero. Riunisco la mia brigata di mamme e vedrai che qualcosa combiniamo" gli dice con un sorriso. "Non ho potuto far niente per mio figlio. Lui era lontano e io, allora, ero una stupida donna inutile. Ma questi ragazzi... no, loro non li lascio morire! Li ritrovo, giuro che li ritrovo, a costo di passare casa per casa a chiedere aiuto! Li riporto qua. Tutti."

Il dottor Gandolfi la segue fuori, in cortile. "Lei rischia di mettersi seriamente in pericolo. Non è meglio se lascia perdere?"

Emma lo incenerisce con lo sguardo.

"Va bene, ho capito" il dottore abbassa gli occhi, mentre Emma sta già scendendo con la sua bicicletta verso la città.

Carnera si siede e si prende la testa tra le mani. Gli si sta gonfiando un occhio, per un pugno preso. Lo tiene al fresco con le lacrime, che cerca di nascondere. "Se Pablo e i suoi uomini fossero ancora vivi, loro sì che ci avrebbero aiutato. Possibile che non ci sia niente da fare... Come si fa a lasciare tutto in mano a un prete e a un gruppo di mamme?!"

Nuvolari, girando leggermente la testa verso di lui: "Se non s'inventano qualcosa loro..."

"Ma sono solo donne!" esclama Carnera. "Cosa vuoi che possano fare contro le brigate nere?!"

"Tu li hai visti gli occhi della Mascia quando parla di suo figlio? O quando guarda i nostri ragazzi? C'hai fatto caso che si accendono e diventano più intensi? E le cambia la voce, e le mani si muovono come se potessero spostare una montagna. Se le altre sono come lei – e secondo me lo sono – forse qualcosa la riusciranno a fare." Nuvolari prende fiato un attimo, e poi finisce: "Ho letto da qualche parte che una leonessa, a cui toccano i cuccioli, si fa ammazzare piuttosto che lasciarli portar via. Ecco, in poche parole... è questo che può fare una madre. E io ci conto."

Emma corre in chiesa da don Franco. Gli racconta quello che è successo, interrotta spesso dai suoi "Buon Dio!". Purtroppo lui non ne sapeva niente. In città non si è ancora sparsa la voce della cattura di un gruppo partigiano. O della loro uccisione...

"Io vado a riunire le altre mamme" dice Emma. "Voi, reverendo, provate a sentire i vostri contatti e cercate di scoprire qualcosa."

Stanno uscendo dalla chiesa, ma Emma si ferma. Guarda don Franco per un attimo e torna indietro, seguita dal sacerdote; si mette davanti all'altar maggiore e guarda il crocifisso.

"Signore... Tu sei in debito con me. Ma un debito grosso. Io mi ero ripromessa di non parlarTi mai più, e invece ora sono qua e Ti supplico: salva i miei ragazzi. Salvali! Se ci sei, se esisti, loro li devi salvare. Facciamo un patto: Tu fammeli ritrovare vivi... e io Ti perdono. Ti perdono e torno a parlarTi. Tu sai cos'ho passato e sai cosa m'hai tolto. Quindi sai anche che il patto che ti propongo è equo. Dio, non guardare me che non valgo niente. Ma quei ragazzi sono meravigliosi e hanno tutta una vita che li aspetta. Fai qualcosa... O giuro che passerò i giorni che mi restano a dar fuoco alle chiese!"

Emma si fa il segno della croce e corre fuori.

Don Franco allarga le braccia. "Signore, io non Vi chiedo scusa per lei. Voi sapete andare oltre le parole, sapete leggere nel cuore dei Vostri figli. E nel cuore di Emma, son certo, avrete trovato solo cose buone. Fateci ritrovare i ragazzi. Aiutateci. Amen." Il reverendo si fa il segno della croce, s'inginocchia e corre fuori, dietro a Emma.

Sono ancora sul sagrato, quando un ragazzo si avvicina a don Franco. Ma non è un ragazzo qualsiasi: indossa un'uniforme della Repubblica di Salò.

"Siete voi don Franco? Avrei bisogno di parlarvi urgentemente. Da solo."

"Se è per confessarti, figliolo, non è un buon momento. Sto andando da una mia parrocchiana malata e sono di fretta."

"Non devo confessarmi. Devo parlarvi" insiste il ragazzo. "Sono il fratello di Guido" gli dice, piano, in un orecchio.

"..."

Il ragazzo sorride e si avvicina nuovamente all'orecchio di don Franco. "Briscola. Sono il fratello di Briscola."

"Se volete fidarvi o meno di me, sono affari vostri" dice il ragazzo a Emma e don Franco, in sagrestia. "Io rischio molto a essere qua e ad aiutarvi. Ma è mio fratello..."

Don Franco gli fa segno di sedersi con loro. "Io ti credo. Dicci quello che sai."

"La brigata che li ha presi non è in buoni rapporti con la mia. Abbiamo saputo per caso che erano andati su per le colline a cercare i partigiani. E sempre per caso li ho visti passare mentre li portavano via su un camion. È lì che mi sono accorto che avevano preso anche mio fratello: l'ho visto" il ragazzo ha delle carte in mano. Quando parla di suo fratello, le stringe.

"Ho fatto di tutto per scoprire dove li hanno portati, ma non ci sono riuscito. Quelli non lo dicono, per ora. Se si potesse aspettare, magari anche già domani la notizia si sarà sparsa tra le nostre brigate e potrei saperlo. Ma non so cos'hanno in mente e domani può essere tardi..." Il ragazzo si alza dalla sedia. "Dovete prendere uno della brigata e costringerlo a parlare. È l'unica possibilità, se vogliamo fare in fretta. Tutto quello che posso fare io è indicarvelo. Va tutti i giorni in un'osteria appena fuori città; alla stessa ora. S'incontra con una prostituta, ci va per quello. Tra un paio d'ore lo trovate là."

"Grazie. Grazie, figliolo. Hai fatto la cosa giusta" gli dice don Franco.

"Non mettetevi strane idee in testa, padre: io continuo a credere nella fede fascista. Lo faccio solo per la mia famiglia. Mi ritengono responsabile già di tanti guai... Vorrei evitare almeno la morte di Guido. Sì, insomma, di Briscola" dice il ragazzo, con un tono che, involontariamente, lascia trasparire della tenerezza.

Prima di uscire dalla sagrestia, mette in mano a don Franco le carte che aveva. "Tenete questi documenti: vi potrebbero servire per contrattare. Li ho rubati, se mi scoprono... recitate un rosario per me."

Don Franco prende i documenti e, mentre il ragazzo sta per ritirare la mano, gli porge una caramella e un sorriso.

"Vuoi che diciamo qualcosa, da parte tua, a tuo fratello... o a tua madre?" chiede Emma, dopo essere sempre rimasta in disparte.

"Diteglli che sono meno cattivo di quello che pensano." Il ragazzo si aggiusta il cappello repubblichino, s'infila la caramella in bocca ed esce.

Emma corre a casa di Valeria: s'incontravano tutte lì oggi. C'è anche Gorio.

"Hanno preso i ragazzi. E non so dove li hanno portati."

Le mamme si stringono una all'altra e scoppiano a piangere. Piera sbatte i pugni contro il muro; Mariuccia e Silvia si lasciano scivolare a terra. La gamba buona di Gorio sembra cedergli e lui si appoggia a una credenza; si mette una mano sul viso.

"Io capisco la vostra disperazione" dice Emma. "Ma ora non c'è tempo. Bisogna fare in fretta! Non voglio essere brusca, ma se non ve la sentite, se non ce la fate... ditemelo subito."

Si asciugano tutte gli occhi. Qualcuna si butta dell'acqua in faccia. Si rialzano, si prendono per mano.

"Siamo pronte. Che si fa, Emma?" chiede Valeria.

"Andiamo a prendere un giovanotto, in un'osteria."

Arrivano in anticipo: ancora nessuna traccia della camicia nera che aspettano. La donna con cui s'incontra regolarmente, invece, c'è già; difficile non notarla, tra abbigliamento e trucco.

Emma e Piera le si avvicinano: le chiedono di uscire un attimo, hanno bisogno di parlarle. Fuori, lontano dalla vista degli avventori, le altre mamme sono pronte a saltarle addosso e a metterle un bavaglio alla bocca. La portano via e la lasciano legata e imbavagliata in una baracca di campagna.

Lina ha rispolverato un suo abito di quando faceva il mestiere e si è truccata come un tempo. Si siede nell'osteria e aspetta.

Arriva il soldato e si guarda attorno, cercando la sua amica. Lina lo chiama, lo fa sedere e gli spiega che la solita ragazza ha avuto un contrattempo; ha mandato lei, per non lasciarlo solo.

"Vedrai che non te ne pentirai" ammicca Lina, accarezzandogli il viso e baciandolo.

Lo convince a uscire. "Conosco un posticino. Vieni con me..."

Le altre mamme lo stavano aspettando; lo prendono alle spalle, gli ficcano un sacco in testa. Mariuccia gli punta una pistola alla schiena ed Emma, dopo averlo disarmato, gli suggerisce di seguirle senza fare storie, se non vuole crepare subito.

Lo trascinano in un casolare. Piera conosce bene la campagna appena fuori città, e sa che lì non ci va più nessuno: è stato abbandonato.

Tolgono il sacco in testa all'uomo e, tenendogli puntata contro una pistola, lo fanno sedere.

Gli spiegano cosa vogliono da lui. Se dice subito dove hanno portato i ragazzi, non gli spareranno.

L'uomo ride. "Uh, che paura! Un gruppo di donnette che mi minacciano. Ma guardatevi... In vita vostra, al massimo, avrete tirato il collo a qualche gallina! Non avreste mai il coraggio di sparare a un uomo!"

Emma guarda il suo orologio; è passato più tempo di quel che pensava. E ogni minuto in più...

"Tu credi che per me sia un problema spararti?" Emma prende la pistola a Mariuccia e gli spara a un braccio.

L'uomo urla. "Ma siete tutte matte?! Sanguino... SANGUINO, GUARDATE!" Poi, rabbioso: "Voi non immaginate neanche in che guai vi state cacciando!"

"Ecco un insegnamento fascista che voglio seguire: me ne frego!" gli urla in faccia Emma. "Riproviamo: dove sono i ragazzi?"

"Fottiti!" le risponde l'uomo.

Emma alza di nuovo la pistola e gli spara a una gamba. "Ti riempio di pallottole e restiamo qua a vederti morire dissanguato, quant'è vero Iddio, se non mi dici DOVE SONO I RAGAZZI!"

"Va bene, va bene, basta! Ve lo dico... Per ora, li abbiamo messi in una prigione. Quella che abbiamo in centro, di fianco alla caserma dei carabinieri. Ma non vi servirà a niente sapere dove sono! Non riuscirete mai a farli scappare!"

"Gli posso sparare una volta anch'io?" chiede Mariuccia, con gli occhi pieni di odio.

Emma mette via la pistola. "Ora c'è da pensare ai ragazzi."

Mentre lo dice le risuona in testa una frase del repubblichino: "... di fianco alla caserma dei carabinieri..."

Si ricorda del suo incontro col capitano Corradi e di quello che le aveva detto: "Se aveste bisogno, venite a cercarmi."

"Ho un'idea!" grida Emma. Le fa uscire tutte dal casolare, perché il soldato non senta. "Un vecchio amico di mio marito è capitano dei carabinieri. Finge di aiutare i tedeschi, ma è passato dalla nostra parte, sta con la Resistenza. So che ci possiamo fidare di lui. Chiediamo il suo aiuto. Proviamo!"

Sono tutte d'accordo; anche perché non hanno nessun altro piano.

"Questo qui" dice Emma, riferendosi al soldato, "lo leghiamo e imbavagliamo. Gorio, tu vai da don Franco e gli dici che la camicia nera è qua, di avvisare i partigiani perché se lo vengano a prendere. E se vuole mandare anche un dottore... veda lui. Noi andiamo al comando dei carabinieri. Raggiungici là."

"Quanti sono i ragazzi che hanno preso?" chiede il capitano Corradi.

"Otto" risponde Emma.

Le altre mamme sono in piedi vicino alla porta, in silenzio.

"E sono nella prigione qua di fianco..." Il capitano cammina su e giù lungo la sua scrivania, con le mani dietro la schiena. "Le guardie che conoscevamo sono state trasferite giusto qualche giorno fa. Loro avrebbero potuto aiutarci, senza dare nell'occhio. Certo che... ora capisco perché stamattina c'è stato un viavai di camicie nere, nella prigione. E perché il loro comandante è ancora lì: si sta 'occupando' dei partigiani che hanno catturato."

"Capitano... io ho dei documenti che dovrebbero esserci utili. Non so di cosa si tratta, non ho avuto il tempo di guardarli, ma chi me li ha dati mi ha assicurato che sono importanti" dice Emma, porgendoglieli.

Il capitano si siede e si mette a sfogliarli con attenzione. "Sono importanti sì. Da chi li avete avuti?"

"È meglio che non lo sappiate. Ma è qualcuno che ha rischiato molto per procurarseli" dice Emma, guardando con la coda dell'occhio Piera.

Nel tragitto verso la caserma, aveva fatto in tempo a raccontarle del figlio e di come fosse solo merito suo se erano arrivate fino a lì. Piera camminava svelta e piangeva silenziosa: era bello sapere che suo figlio non si era perso come temeva.

"Questi documenti" riprende il capitano Corradi, "riportano firme, sigilli che dimostrano che il comandante della brigata nera in questione ha preso tangenti e compensi vari, alle spalle delle SS. In pratica, ha rubato soldi alle SS. Se i tedeschi lo scoprono, lo fucilano! Direi che, minacciarlo con queste carte, sarà motivo di persuasione. Aspettatemi qua un attimo" dice il capitano alzandosi. "Devo parlare col maresciallo e coi miei uomini. Devono sapere che, dopo quest'azione, dovremo per forza darci alla macchia. Devono essere d'accordo anche loro."

Emma si alza in piedi. "Capitano, io non volevo mettervi..."

"Non preoccupatevi" la tranquillizza Corradi, facendo un cenno con la mano. "Era solo questione di tempo. Di poco tempo, credetemi. E poi avremmo dovuto comunque lasciare le divise. Le camicie nere e i tedeschi stanno diventando sempre più sospettosi e quello che facciamo noi, ormai, rischia di portarci all'impiccagione."

Quando il capitano ritorna nella stanza, sono con lui il maresciallo, il brigadiere e tutti gli altri carabinieri rimasti.

"Andiamo" comunica Corradi con voce ferma, guardando Emma.

Prende i documenti dalla sua scrivania e, rivolgendosi a tutte le mamme, dice: "Voi aspettateci nei dintorni della prigione. Non fatevi vedere, sparpagliatevi. Se andrà tutto bene, ci vedrete uscire coi ragazzi. Seguiteci, ma mantenendo una certa distanza, senza dare nell'occhio. Se passasse troppo tempo, se non ci vedeste più uscire..." il capitano fa una pausa, si aggiusta il cappello. "Non mettetevi inutilmente in pericolo; andatevene. Vuol dire che non c'è più speranza."

Appena il capitano entra nella prigione, inizia a piovere.

Emma e le altre sono per strada. Nessuna di loro sembra far caso alla pioggia. A nessuna viene in mente di cercare un riparo. Restano lì, immobili, ad aspettare.

"Vi ripeto, comandante, che io ho l'ordine di prelevare gli otto prigionieri partigiani che avete catturato stamattina. Non ho con me un ordine firmato per il semplice motivo che l'ordine mi è stato dato telefonicamente, e la mia parola è una garanzia più che sufficiente. Vi ricordo che io sono alle dirette dipendenze della Wehrmacht." Il capitano Corradi ha un tono perentorio e deciso. Cerca di farsi consegnare i ragazzi, senza arrivare a usare i documenti che ha in mano.

"Capitano, io non mi fido più dei carabinieri. Sapete com'è. Non vi consegno proprio nessuno, se non sento prima l'ordine a voce di un ufficiale della Wehrmacht. Facciamo una telefonatina, che dite?" Il comandante della brigata nera prende il telefono e inizia a comporre il numero.

Corradi lo ferma. "Non credo vi convenga far intervenire gli ufficiali tedeschi."

Gli mette sul tavolo, aperta, la cartella con i documenti che lo incolpano di tangenti e sottrazioni di denaro alle SS.

Il comandante si alza di scatto e mette mano alla pistola. Ma Corradi e i suoi uomini se lo aspettavano e hanno già tutti le armi puntate contro di lui.

"Ora mi consegnate i ragazzi e noi ce ne andiamo senza darvi problemi."

Il comandante si rimette a sedere. "Non posso. Non sono più qui. Li abbiamo trasferiti mezz'ora fa. Dovrebbero essere già in stazione, su un treno."

"Dove li state mandando?" chiede bruscamente Corradi.

"A Bolzano."

"A Bolzano..." ripete Corradi, "dove c'è un campo di transito. E da lì, pensate di spedirli in Germania, in un campo di concentramento."

Il capitano riprende i documenti dal tavolo. "Bene, si va in stazione."

"Non arriverete mai in tempo" sentenzia il comandante.

"Proviamoci" replica secco Corradi. "Adesso, comandante, voi vi alzate e venite con noi. Starete al mio fianco, così sentirete meglio la pistola che il maresciallo vi terrà sempre addosso. Andiamo tutti assieme alla stazione."

"Vi fucileranno, ve ne rendete conto, vero? Vi prenderanno!" lo minaccia il comandante, mentre due carabinieri lo costringono ad alzarsi. Il maresciallo gli punta una pistola alla schiena.

"Camminate e sorridete" gli dice calmo Corradi. "Farò io conversazione anche per voi."

Emma si avvicina, da sola, al capitano Corradi, mentre lui e i sui uomini stanno salendo sulle loro auto.

"Cos'è successo? Dove sono i ragazzi?" gli chiede piano, sorridendo vistosamente, come fosse l'incontro fortuito con un vecchio amico.

Il capitano si toglie il cappello e, sorridendo, le fa il baciamano. "Bisogna correre alla stazione, li stanno mandando al campo di Bolzano. Prendete le biciclette e correte. Ci ritroviamo là."

Emma gli fa un ampio cenno di saluto e, sempre sorridendo, va via in fretta.

"Fermatevi!" urla Gorio in mezzo alla strada. Emma e le altre quasi lo investono con le biciclette.

"Dobbiamo correre in stazione!" gli dice Emma. "I ragazzi..."

"Li hanno messi su un treno, lo so" la anticipa Gorio. "Invece di tornare da voi, dopo essere stato da don Franco... mi è venuto in mente il fratello di mia moglie e sono andato da lui. È sempre stato un antifascista e ho sperato che potesse avere qualche idea per aiutarci. Lavora come macchinista sui treni, così sono andato in stazione. E quando ho iniziato a raccontargli, lui mi ha detto che avevano appena portato lì proprio otto ragazzi, partigiani, da spedire nei campi di prigionia. Gli ho spiegato che tra quegli otto c'era anche suo nipote. Mi ha chiesto di aspettarlo ed è corso via. Quand'è tornato, mi ha detto che aveva parlato col capostazione; gli ha promesso dei soldi e in cambio lui gli ha garantito di ritardare la partenza il più possibile. 'Intanto che cercate una soluzione', mi ha detto."

"Vergine Santa, Ti ringrazio!" esclama Mariuccia.

Emma scende dalla bici, prende il viso di Gorio tra le mani e lo bacia sulle guance. "Sei il nostro eroe! Bravo!" L'uomo arrossisce. "Anch'io per mio figlio farei di tutto."

"Ora sali, presto!" gli dice Emma, facendogli posto sulla bicicletta.

La brigata delle mamme + 1 riparte di corsa per la stazione.

"Sono su quel treno. La seconda carrozza merci, in coda" indica a Emma il cognato di Gorio.

Il capitano Corradi è già lì coi suoi uomini.

Emma accelera il passo, lo incrocia e, passandogli di fianco senza fermarsi, gli dice, piano, dove sono i ragazzi.

Quando il capitano apre il vagone merci, non vede nessuno. C'è solo buio.

"C'è stato un cambio di destinazione. Sono venuto a prendervi per portarvi al comando tedesco. *Don Franco* pregherà per voi" dice forte il capitano Corradi.

Uno a uno, dal buio, sbucano i ragazzi.

Emma e le altre mamme sono a un paio di binari di distanza. Quando li vedono scendere e li riconoscono, si stringono una all'altra.

"Basta, basta. Stiamo calme, non siamo ancora al sicuro" dice Emma, asciugandosi gli occhi.

Corradi e i suoi uomini risalgono sulle auto, assieme agli otto ragazzi e al comandante della brigata nera. Ripartono. Si dirigono fuori città.

Emma, le altre mamme e Gorio li seguono in bicicletta.

Quando arrivano all'inizio delle colline, Corradi fa fermare le auto.

Emma e le altre mamme arrivano di lì a poco; buttano a terra le biciclette e aspettano di veder scendere i ragazzi.

Il primo è Pulce: ha ferite su tutto il viso e fatica ad aprire un occhio, tanto è gonfio; sembra non riesca a sopportare la luce. Mariuccia corre ad abbracciarlo e il ragazzo scoppia a piangere.

Il secondo a scendere è Briscola. Resta appoggiato alla macchina, perché non riesce a camminare: ha del sangue sui pantaloni, devono avergli fatto qualcosa alle gambe. Piera corre da lui.

Il terzo è Valentino: ha delle bruciature sul viso e sulle braccia, lo sguardo basso. "Mamma... non guardarmi, mamma..." Ma Camilla lo guarda; vede solo il suo bellissimo figlio, a cui hanno fatto del male, e se lo tiene stretto.

Il quarto è Freccia: ha dei segni di catene sui polsi e la camicia sporca di sangue. Lina lo accarezza senza mai distogliere lo sguardo da lui; ha ancora paura che glielo possano portar via.

Il quinto è Saltafosso. Il suo viso è tumefatto e il naso non smette di sanguinare: probabilmente è rotto. Si vede che fatica a respirare. Silvia lo sorregge e lo fa sedere per terra; con un fazzoletto cerca di tamponargli il sangue. Non sa come toccarlo per non fargli male.

Il sesto è il Pescatore: ha un taglio sulla guancia e anche lui delle bruciature sulle braccia, come Valentino. Gorio gli va incontro piano, col cappello tra le mani; poi lo lascia cadere a terra e abbraccia suo figlio, piange con lui.

Gli ultimi a scendere sono Merlo e Bërbiẑëi: sanguinano e sono feriti come gli altri. A differenza degli altri, però, stanno già piangendo mentre scendono dalla macchina. Hanno visto che c'era lì qualcuno per tutti, ma non per loro. I genitori di Bërbiẑëi sono morti, quelli di Merlo sono al Sud.

Emma e Valeria gli vanno incontro.

"Mascia..." sussurra Bërbiẑëi.

"Pensavi non sarei venuta? Cosa sono, l'ultima ruota del carro?" cerca di sorridere Emma. "E lei è Valeria. La mamma di Bill."

Merlo guarda Valeria e un attimo dopo la sta abbracciando.

"Non abbiamo parlato, Mascia" le dice Bërbiẑëi. "Non abbiamo..." e si mette a singhiozzare tra le sue braccia.

"Cosa farete ora?" chiede Emma al capitano Corradi.

Lui si toglie il cappello e se lo gira tra le mani. "Saliremo in montagna; parlerò con qualcuno dei capi partigiani che già conosco bene. Affiderò loro in consegna il comandante della brigata nera che ho portato fin qui. E poi penso che diventeremo una brigata anche noi."

Guarda la fiamma sul cappello, l'accarezza. "Bruceremo le divise" dice con voce rassegnata. "Non possiamo fare altro. Non sapete cosa vuol dire, per me. Dopo vent'anni nell'Arma..."

Corradi ordina ai suoi uomini di salire in auto.

"Non sono abbastanza brava con le parole per ringraziarvi come vorrei" gli dice Emma. "Saremo in debito con voi per sempre."

"È stato un onore potervi aiutare. Siete delle donne straordinarie" conclude il capitano. "Buona fortuna."

Nuvolari è ancora sulla branda; è riuscito a tirarsi un po' su, almeno da poterci stare seduto. Stringe ancora in mano il suo fischietto.

Il dottore è seduto lì di fianco; non sapeva come fare ad aiutare Emma e così è rimasto a curare il comandante, sperando di vederla tornare presto.

Carnera cammina dentro e fuori il casolare; si sta facendo buio e non si sono più avute notizie.

Si ferma a sedere sulla panca fuori. Sta per accendersi una sigaretta, quando gli cade di bocca.

Emma e le altre mamme sbucano dalla strada in fondo, sorreggendo tutti i ragazzi della brigata.

"Ce l'hanno fatta..." sussurra tra sé Carnera.

Conta mentalmente i ragazzi per essere sicuro che ci siano davvero tutti, poi si alza dalla panca e si mette a gridare: "CE L'HANNO FATTA! COMANDANTE, CE L'HANNO FATTA!"

Rientra nel casolare. "Ci sono tutti i nostri ragazzi! E la Mascia, e una sfilza di donne che saranno le altre mamme. Li hanno salvati, Nuvolari..." Carnera si appoggia al muro

e scoppia a singhiozzare, senza neanche provare a trattenersi. Sembrano uscirgli, in quel momento, le lacrime di un'intera vita. Singhiozza e ripete: "Li hanno salvati."
Nuvolari sorride; finalmente lascia andare il fischietto, e piange in pace.

"Io non ce l'ho avuta una madre" dice Carnera al comandante. "Non avevo idea che... Chi se lo immaginava un amore così grande, così matto! Sono una forza della natura! Nuvolari, glielo devi dire a quelli dell'Alto Comando. Lo devono sapere. Devono dargli un riconoscimento, un premio, qualcosa."

Nuvolari, dalla sua branda, riesce a vedere Emma e le altre madri attorno ai ragazzi. Il dottore li sta medicando, ma le donne non li perdono di vista un attimo e corrono di qua e di là a prendere tutto quello che può servire.

"Credo che a loro non importi un fico secco di quello che pensa l'Alto Comando. Il loro premio ce l'hanno già" conclude Nuvolari.

XXI
Io ti ammazzo

Ottobre 1944.

In un attimo è arrivato l'autunno. E in un attimo arriverà un altro inverno; il secondo della Resistenza sulle montagne.

I ragazzi di Nuvolari non sono più gli stessi.

Pulce ha perso l'uso di un occhio. Il dottore, dopo averlo visitato, aveva subito detto che il rischio c'era, per le botte e le ferite che avevano provocato danni alla retina; ma tutti avevano sperato non succedesse.

Poi un giorno, mentre Nuvolari gli stava parlando, Pulce l'aveva interrotto: "Comandante... non ci vedo più con l'occhio sinistro."

Avevano chiamato il dottore, ma non c'era niente da fare.

Nuvolari aveva passato il pomeriggio su per la stessa stradina dov'era andato quand'era morto Bill, a imprecare e a dare calci all'erba.

Briscola cammina ancora male. Però cammina. E visto come gli avevano massacrato le gambe, il dottore, cercando di fargli coraggio, gli aveva detto che poteva considerarsi fortunato.

Saltafosso fatica a respirare. Il suo naso era davvero rotto, ed essendo malato d'asma, ora ha vita difficile.

Le cicatrici, le bruciature che Valentino e il Pescatore hanno sul viso non andranno via. Si attenueranno, col tempo; ma resteranno. E così mostreranno esternamente il dolore che i ragazzi portano dentro.

Bërbižëi, dopo essere tornato, è andato avanti a vomitare per giorni. Nuvolari aveva chiesto agli altri cosa poteva avere.

Gli aveva risposto Merlo: "In prigione, l'hanno costretto a bere la sua urina."

Tutti i ragazzi sono diventati silenziosi. Solitari. Si sono spenti.

Durante il giorno fanno quello che devono; la sera si coricano in branda e restano a fissare il soffitto.

Non parlano più di quello che faranno quando finirà la guerra.

Nuvolari vorrebbe passare le giornate su per quella stradina isolata, a imprecare e dare calci all'erba. Non aveva mai provato un tale odio e un tale desiderio di vendetta, nemmeno in Russia.

Vorrebbe tanto che Briscola riprendesse a tradurre le frasi in dialetto; che Bërbižëi portasse in giro Aurelia e le parlasse; che Pulce si riempisse di rametti per mimetizzarsi; che il Pescatore dicesse una preghiera delle sue; che Merlo raccontasse del suo paesino, dove il sindaco e tutti gli altri abitanti sono ancora lì, magari con una banda musicale, ad aspettare che torni... Vorrebbe che riprendessero a fare tutte le loccate dei primi mesi, quelle che mandavano in bestia Carnera. E vorrebbe che ci fosse ancora Bill, a far scene da cinema.

Un giorno, sono in giro di pattuglia, vicino alla strada che porta alla città.

Nuvolari, Carnera, Pulce e Merlo.

Ci sono delle camicie nere in movimento, con due macchine. Nuvolari e gli altri stanno nascosti a controllare che succede. Poi una macchina riparte e l'altra resta lì, con tre uomini che si accendono delle sigarette e aspettano.

"Cosa ci sarà in ballo?" chiede Nuvolari a Carnera.

Ma Carnera non gli risponde; gli fa segno di guardare Merlo e Pulce. Sono arretrati tutti e due, e Pulce sta tremando.

"Sono tre della brigata che c'ha preso" dice Merlo, meno agitato di Pulce. "Due ci hanno solo portati in prigione, ma il terzo... è quello che ha riempito di botte Pulce e la maggior parte di noi."

Nuvolari si volta a guardare i tre uomini. Di scatto si rigira verso i suoi ragazzi. "Pulce, lo riconosci anche tu? C'è quello che t'ha fatto perdere l'occhio?"

Pulce si è rannicchiato in un angolo; fa segno di sì con la testa.

"Qual è?" chiede Nuvolari a Merlo.

"È quello alto, quello appoggiato alla portiera dell'auto. Comandante... sono sicurissimo che è lui. È una faccia che non mi dimentico."

Nuvolari stringe il fucile.

"Li possiamo prendere facilmente" dice Carnera, già pronto a farlo. "Sono solo in tre e noi abbiamo il vantaggio della sorpresa. Gli possiamo arrivare addosso con le armi in mano in un attimo."

A Nuvolari torna in mente quello che aveva detto a Bill, un giorno di tanti mesi prima, al fiume, quando avevano preso i due repubblichini.

Quando Bill gli aveva chiesto: "Perché non li uccidiamo?! Hanno ammazzato tre bambini e stavano per ammazzare Freccia!"

Lui aveva risposto: "Noi non le facciamo queste cose. Altrimenti saremmo uguali a loro. Devi capirlo, Bill, se vuoi uscire a testa alta dalla guerra. Se vuoi poterti guardare ancora in faccia."

Carnera fa qualche passo avanti e, quasi leggendogli nel pensiero, dice: "Se non lo fai tu, lo faccio io."

Nuvolari lo ferma, mettendogli una mano davanti. "Lo faccio io."

"Voi state qua, non muovetevi! E se succede qualcosa di imprevisto, tornate al campo di corsa" ordina Carnera a Pulce e Merlo, mentre controlla il suo fucile e si affianca a Nuvolari.

"Pronto?" chiede il comandante.

"Andiamo" risponde Carnera.

Scendono nascosti dalla boscaglia e in un attimo sono coi fucili puntati contro i tre uomini.

"In ginocchio e mani dietro la testa, subito, o vi sparo!" urla Nuvolari.

Carnera con un calcio li fa finire faccia a terra e li disarma.

"Prendi questi due e legagli le mani; usa le loro cinture e tira forte, da lasciargli i segni. Toglimeli da davanti" ordina Nuvolari a Carnera.

"Tu invece resti qua con me" dice il comandante rivolgendosi al terzo uomo. "Ti sei divertito a torturare i miei ragazzi? Non ci dormi la notte pensando a quanto può essere bello vedere qualcuno che soffre per causa tua? Rispondi!"

"Non so di cosa stai parlando!" grida l'uomo. "Che ragazzi? Io sono un soldato qualsiasi, eseguo ordini, non torturo nessuno!"

"Non sapete dire altro, voi. Sempre la stessa solfa: eseguiamo gli ordini, non è colpa nostra..." Nuvolari ricorda che anche i due al fiume avevano detto qualcosa di simile. Si accende una sigaretta. "Non ve l'hanno insegnato ad assumervi la responsabilità di quel che fate? Ho due ragazzi che hanno il viso pieno di bruciature di sigarette. Ma tu, certo, non ne sai niente" dice Nuvolari e, mentre lo dice, spegne la sigaretta sulla guancia dell'uomo, che grida e piange.

"Vigliacco schifoso. Farlo a dei ragazzini va bene, ma a te no, vero?! Avrei potuto spegnertela in un occhio... così ora staresti come uno dei miei! Un ragazzino di sedici anni che passerà la vita con un occhio solo per causa tua, figlio di puttana!" Il comandante gli grida in faccia, tenendogli la testa per i capelli e tirando forte.

"Non mi fare male! Non mi fare male, ti prego!" l'uomo piange e lo supplica.

"Ma io non ti faccio male" ribatte secco – quasi assente – Nuvolari. "Io ti ammazzo."

E gli spara in petto, lasciandolo lì, in mezzo alla strada, con gli occhi sbarrati.

In molti parlarono di quello che aveva fatto Nuvolari. Soprattutto perché quell'azione non era da lui e aveva lasciato tutti sorpresi. Qualcuno gli disse bravo. Qualcuno disse che era sceso al "loro" livello, comportandosi come una bestia. Qualcuno disse che avrebbe dovuto farlo soffrire molto di più, prima di ucciderlo, quel bastardo.

Nuvolari non era contento di quello che aveva fatto.

Ma se fosse tornato indietro... l'avrebbe rifatto.

XXII
Due ceri

Ha aspettato la notte, Nuvolari, per scendere in città.

Ha bussato a don Franco e si è fatto aprire. Non ha messaggi segreti da ricevere o da comunicare. Ha chiesto di poter restare in chiesa, da solo, per un po'.

Don Franco si è seduto in una navata laterale; lo intravede da lontano, seduto nella panca vicino all'altare maggiore, davanti al crocifisso.

"Signore... non prego più da tanto tempo. Non ricordo quasi niente, mi sa che dovrai farTi andare bene una preghiera improvvisata, come quelle del Pescatore, ma meno bella di sicuro. Be', insomma... non stiamo qui a tirarla per le lunghe, ché abbiamo tutti e due da fare. Tu più di me, certo. Tanto, siccome sei Dio, lo sai già quello che voglio dirTi. E io con le parole faccio pena. Senti... i miei ragazzi... ne hanno già passate anche troppe, sarai d'accordo con me. Lo so che non sono sveglissimi; ma hanno un gran cuore. Se gliene darai il tempo, diventeranno uomini in gamba, vedrai. E siccome in giro non ce ne sono molti... proteggili, eh?"

Nuvolari resta lì in silenzio ancora un po'.

"Be', allora... ci conto." Si fa il segno della croce e si alza.

"Non sei mai venuto a pregare in chiesa. E non credo tu sia venuto a pregare per te stesso" gli dice don Franco avvicinandosi. "È così brutta la situazione?"

"I tedeschi sono avvelenati. Stanno perdendo, lo sanno. E sono in cerca di vendetta..."

Nuvolari distoglie il suo sguardo da quello del parroco. Vede le candele accese davanti alla Madonna. "*Ecco, ho sbagliato: avrei dovuto pregare Lei! È una mamma, certe cose le capisce di più, magari intercedeva. Io non sono pratico, accidenti!"* pensa Nuvolari tra sé. E subito gli arriva un altro pensiero: *"Ecco, adesso avrò offeso Dio! Non son proprio buono a niente..."* e si passa una mano tra i capelli.

Si fruga in tasca, nel portafoglio. "Reverendo, sono un po' a corto. Mi prestereste i soldi per due ceri?"

"Due?" gli chiede don Franco.

"È una faccenda complicata, reverendo. Devo accenderne due per sistemare un pasticcio. Potreste..."

"Offro io" gli sorride don Franco.

*****

"È un bordello. Sparano dappertutto. Guarda che fumo vien su..."

Nuvolari dal campo guarda in basso, la vallata. Cammina avanti e indietro, passandosi e ripassandosi le mani tra i capelli. Parla a Carnera che è lì con lui a guardar giù, immobile, con le mani in tasca.

"Stanno risalendo le colline, stanno circondando le brigate partigiane. Ormai è guerra aperta! Sarà un massacro, te lo dico io... Non ci sto. NON CI STO! Questi ragazzi hanno già sofferto abbastanza. Li voglio salvare, capito?! Loro devono salvarsi. Li mando in un rifugio in alto, ce li faccio portare da Giuseppe. Là non ci arriveranno i tedeschi. O se no in Svizzera, che sono anche più sicuri. Sì, in Svizzera, ecco! Carnera, io li voglio tirar fuori da qua..."

"Capito. Per me, io ci sto. Chiamiamo Giuseppe e glieli affidiamo. E io e te scendiamo e ci uniamo a quelli che combattono. È giusto."

Carnera e Nuvolari erano così presi a discutere e decidere il da farsi che non si sono neanche accorti che, nel frattempo, sono arrivati i ragazzi della brigata. E ora stanno lì, in piedi, dietro di loro.

"Comandante, noi non andiamo da nessuna parte" dice Briscola.

Nuvolari si volta e se li ritrova tutti lì attorno. "State anche a spiare, adesso?! Comunque... non è che ve lo chiedo. Ve lo sto ordinando!"

"Ci spiace, comandante. Ma a quest'ordine nessuno di noi obbedirà" replica Merlo.

"Siamo una specie di famiglia. Per qualcuno l'unica" si aggiunge Bёrbižёi.

"Esatto. E le famiglie restano unite nei momenti difficili" sentenzia Valentino, con una voce ferma che mai aveva avuto.

"E allora noi resteremo tutti insieme!" esclama il Pescatore.

"Va-ada come va-ada... Pe-e-erò as-s-sieme!" esclama, coi suoi tempi, Freccia.

Nuvolari non li sentiva parlare così e non li vedeva così da mesi. Tentenna, ma aggiunge: "Anche volendo, non siete in grado di combattere. Siete tutti malconci e..."

"Malconci?! Ma quando mai?! Io ho ripreso a camminare benissimo!" dice Briscola, mostrando a fatica – e senza riuscirci granché – una camminata sicura.

"Non sarà mica per il mio occhio?" chiede Pulce. "Comandante, ma non ti sei accorto che ne ho due? Mi resta sempre il destro e con quello ci vedo benissimo! E sul sinistro ci metto una benda, così faccio paura ai nemici e sembro anche più vecchio!" conclude il ragazzo, cercando di avere un tono allegro.

"Io, con le medicine che mi ha dato il dottore, respiro quasi perfettamente! Ormai il naso si è sistemato" mente Saltafosso. "E poi d'inverno non ci sono i pollini, le erbe e tutte le altre cose che mi danno allergia, quindi io starò benissimo!"

"Stiamo tutti molto meglio ormai" conferma con finta sicurezza Bёrbižёi. "E bisogna anche ricordarsi di Aurelia: figuriamoci se si può andare in Svizzera e lasciarla qua!"

"Se il problema fosse solo Aurelia... io in Svizzera ci andrei anche!" sorride il Pescatore.

"Parla per te!" sembra volerlo rimproverare Briscola, mentre mette un braccio attorno al collo di Bërbižëi. "Io con Aurelia ci resto volentieri. Con la fame che ho... quante belle bistecche da quella mucca."

E Briscola ride, mentre Bërbižëi, fingendosi arrabbiato, lo minaccia col fucile dicendogli: "Ingrato! Con tutto il latte che ti bevi!"

Anche gli altri ridono.

E Nuvolari si passa una mano sugli occhi.

"Oh, ragàss" interviene Carnera. "Sempre assieme, si fa per dire. Se finita la guerra mi venite dietro anche a casa, vi prendo a schioppettate uno per uno!"

I ragazzi ridono, si guardano e gli saltano addosso.

"Ma state giù! Finitela! Siete proprio... Nuvolari, falli venire da te. Che poi chi vi dice che io ci tenevo a conoscervi?"

Carnera cerca di toglierseli di dosso e borbotta. Ha paura che si accorgano che è felice più di loro. E orgoglioso.

"Va bene" sussurra tra sé Nuvolari, in disparte. "Allora restiamo tutti assieme. E speriamo che i due ceri funzionino."

XXIII
Un po' di tosse

Novembre 1944.

"Emma..." Il dottor Gandolfi entra nell'appartamento e vede che quasi tutto il mobilio è sparito.

"Ho fatto spazio! Ero stufa di dover continuare a spolverare" sorride Emma.

Il dottore si toglie il cappello. "Sapevo che aveva venduto l'auto e qualche gioiello, ma non pensavo..."

"Servono così tanti soldi di questi tempi. Pensavo di averne molti, ma ne sarebbero serviti ancora di più con tutto quello che c'è da fare. Pazienza, ho fatto quello che ho potuto."

"Ma i soldi che avevate, il patrimonio di Aldo e i suoi investimenti... possibile che non siano bastati per..."

"..."

"Ho capito. È meglio che non sappia cosa ha fatto coi soldi."

"Meglio, sì."

"Ne ha ancora abbastanza per andare avanti? Per sé, per la bambina... Ce la fate?"

"Siamo un po' in ristrettezze. Ma stando attente, e andando a prendere uova e latte da mia sorella in campagna... Non moriremo di fame, se è questo che teme. E a me la dieta non può che far bene! Sa, dottore... in fondo è come se fossi tornata giovane. Pochi soldi, cavarsela con niente, andare su e giù per le colline, sognare il cibo, aspettare tempi migliori... Mi manca solo di azzuffarmi con qualche bambino! Oddio. Con Carnera potrebbe succedermi pure quello!" ride Emma.

Prepara due tazzine di caffè.

"Grazie, è molto buono" dice il dottore, bevendone un sorso.

"Non dica bugie. È del surrogato e pure di scarsa qualità. Ma non c'è altro" commenta Emma bevendo la sua tazzina. "Quando la guerra finirà, voglio gustarmi un buon caffè. Un caffè vero! È strano come sono le piccole cose quelle che ti mancano di più, a lungo andare. Non sento la mancanza di lussi, feste, vestiti. Ma di tutte quelle cose che, senza che me ne rendessi conto, rendevano dolci le giornate."

"Ha fatto ancora sogni come quel giorno?" chiede il dottore. "Sa, quando le avevo dato del calmante e..."

"Sì, sì, ricordo" lo interrompe Emma. "Sogno mio figlio e mio marito quasi tutte le notti. La mattina mi sveglio e sono felice; li sento ancora lì, con me. Come se li avessi appena toccati. Poi, pian piano, li sento scivolare via, sbiadire. E dopo un po' sono lontani. All'inizio, mi ripiombava addosso il dolore, ma adesso è diverso. Sento della malinconia... ma sono tranquilla, perché so che a sera li rivedrò. Lo racconto anche ai miei ragazzi, al campo. Si divertono a sentire le storie di Andrea."

"Non è doloroso continuare a pensare a suo figlio?"

"Sì, lo è" risponde Emma, alzandosi e socchiudendo la finestra. "Ma non posso farne a meno perché ho bisogno di lui. Mi serve per mantenere un contatto. Andrea è la mia forza: lo è da quando è nato." Chiude gli occhi e respira l'aria fresca che viene da fuori. Li riapre e guarda il cielo: ci sono grandi nuvole bianche che se ne vanno a spasso. Forse portano con sé la prima neve e aspettano il momento buono per lasciarla cadere.

Emma si volta verso Gandolfi, restando appoggiata alla finestra. "A volte ho l'impressione di cercarlo tra la gente, per strada. Mi sembra di riconoscerlo. Vede, dottore... Io resto una mamma, anche se mio figlio non c'è più."

"Allora, come sto?" chiede Emma, dopo essere stata visitata.

Il dottor Gandolfi ripone gli strumenti nella sua valigetta. Ha gli occhi bassi. "Ci vorrebbero esami più approfonditi, per averne proprio la certezza, però..."

"Però?"

"Sono quasi sicuro si tratti di un principio di polmonite."

Emma finisce di abbottonarsi la camicetta e si siede sul letto. Sospira e poi si rimette in piedi.

"Ci vuole riposo, un'alimentazione adeguata. Se lei si cura, se smette di..."

"Io ho solo un po' di tosse, dottore" dice Emma, passandogli accanto e mettendogli una mano sulla spalla.

"Lei ha la polmonite!" ribatte serio Gandolfi.

"No, non ci siamo capiti. Io, per tutti, ho solo un po' di tosse. Nessuno deve pensare che si tratti di altro."

"Ma non si rende conto? Se si cura, se sta a riposo..."

"Potrei farmi una vacanza al mare. O andare in crociera."

"Non c'è da scherzarci. Se non si cura, potrebbe..."

"... morire?"

"..."

"Ieri hanno bombardato un quartiere poco lontano da qui. Ci andavo sempre a fare la spesa. Avrei potuto esserci... E sarei già morta."

"..."

"Siamo vivi, tutti i giorni, per un soffio."

Emma va a sedersi in cucina; il dottore la segue.

"Io non intendo smettere di aiutare i partigiani. All'inizio l'ho fatto perché non m'importava di morire, è vero. Ma poi ho capito che aiutare questi ragazzi era la cosa giusta. Una delle cose migliori che ho fatto in vita mia. Non ci rinuncio. E poi le dirò, dottore: non è mai stato il mio sogno quello di morire in un letto. Se proprio deve succedermi, preferisco morire in piedi."

Gandolfi si siede vicino al tavolo e vicino a lei. "Mi spiace, Emma..."

"Non la facciamo più grossa di quel che è. Siamo in guerra, tutti i giorni muoiono tante di quelle persone... Bambini, ragazzi che hanno la metà dei miei anni. Io, la mia vita, in fondo l'ho vissuta." È pacata, risoluta. Tranquilla. "Lo sappiamo cosa c'è là fuori. E secondo lei, in quest'inferno, il problema è che io, una donna di mezza età, ho la polmonite? Ad aver voglia di essere spiritosi, si potrebbe raccontarla come barzelletta! Senta, le faccio una promessa: appena arrivano gli americani, io mi metto a riposo e mi curo!"

Emma gli versa del vino. "Allora: cos'è che ho io?"

Il dottore sospira. "Un po' di tosse."

Gandolfi si accende una sigaretta.

"Non si fuma in casa mia, non si ricorda? E non vada a spegnerla sul davanzale della finestra!" ride Emma, ricordando quel giorno di un anno prima, quando il dottore era rimasto a vegliarla per tutto il tempo in cui avevano fatto effetto i sedativi. "Non mi comporto così con tutti" aveva precisato Gandolfi allora.

Anche il dottore ricorda bene; ricambia con un tenue sorriso. "Si offende se le dico che, nonostante la guerra e le difficoltà, lei è sempre bellissima?"

"Penso che stia mentendo, ma sono onorata del complimento. Però, non crede che qualcuna potrebbe ingelosirsi?"

E quando dice "qualcuna" Emma con la testa indica oltre la porta. Oltre il pianerottolo.

"La storia con Dora..."

"Mi scusi, non dovevo" lo interrompe Emma, facendo un gesto con la mano per fermarlo. "Sono faccende vostre. È da quando sono piccola che ho questa boccaccia, e non riesco a stare zitta quando dovrei."

"Eravamo soli, tutto qua. Ci siamo tenuti compagnia."

"..."

"La spiegazione è misera e forse anche un po' triste. Ma è una storia già finita."

Gandolfi giocherella col cucchiaino da caffè rimasto sul tavolo; poi lo appoggia sul piattino e guarda Emma. "Io sono ancora innamorato... *di te*. Come il giorno che ti ho chiesto se volevi sposarmi. Ma tu aspettavi che te lo chiedesse Aldo. E hai detto sì a lui."

"Dottore, sono passati tanti di quegli anni... Parliamo quasi di un'altra vita!"

"Per me è sempre lo stesso."

"Io sono ancora sposata. Non so se mio marito è vivo o no. Ma questo non cambia le cose."

"..."

"E poi... È passato davvero tanto tempo. Eravamo solo ragazzi, Berto."

"..."

"Cosa c'è?"

"È da allora che non mi chiami più Berto." Il dottore sorride, prende la sua valigetta, s'infila il cappello e se ne va.

XXIV
Dora

"Non ti avevo vista. Mi hai spaventata" dice Emma, salendo gli ultimi scalini che portano al suo pianerottolo. "Pensavo dovessi restare a Salò, ora. Come mai sei a casa? È successo qualcosa?"

"Me lo chiedi per sapere di me o per raccogliere informazioni?" risponde Dora, appoggiata alla porta di casa sua, nella penombra della sera.

Emma resta immobile a fissarla.

"Non fare quella faccia, stavo scherzando. Lo so che ti preoccupi per me" le dice Dora con uno strano sorriso. "Tu come stai? E la cuginetta? Sempre ospite tua, immagino..."

Emma annuisce e poi, cercando le chiavi di casa: "Devo andare, ma se ti fermi qualche giorno ci possiamo vedere. Magari anche già domani se..."

Dora la afferra per un braccio. "Perché ti preoccupi tanto per un'ebrea? Tu cosa c'entri?"

Emma si ritrova con gli occhi di Dora puntati contro, a un palmo dal suo viso. Le sembra che, così vicina, le tolga l'aria.

"Non è normale il tuo attaccamento a una bambina *di quel tipo*" conclude, secca, Dora.

Emma si libera dalla sua presa con uno strattone. "Normale?!" le grida in faccia. "Tu hai un teschio disegnato sul cappello. Giri su camioncini che hanno un teschio sulla fiancata! Tutti simboli di morte. Questo ti sembra normale?!"

"Sei scossa, farò finta di non aver sentito i tuoi commenti sui simboli di Salò. Io sono la tua più cara amica e... Quella bambina. Devi sbarazzartene."

"Dora... come direbbe un mio amico: va' a cagare!"

"EMMA! Come ti permetti?! Chiedimi subito scusa! Te ne pentirai, Emma! La nostra amicizia finisce qua!"

"La nostra amicizia non è mai cominciata!"

"Ah, è così? Razza d'ingrata. E io che finora sono stata zitta. L'ho fatto per la nostra amicizia! Ma visto che, come dici tu, non esiste..."

"Mi stai minacciando, Dora?"

"..."

"*Amicizia*... Non sai neanche cosa vuol dire! Non ti è mai importato di nessuno all'infuori di te!" sbotta Emma, con gli occhi accesi.

Dora le dà una sberla. "Ma tu che ne sai? Che ne sai?!" le grida contro. "Tu e il tuo grande dolore! Tu e il tuo Andrea! Tu e tuo marito al fronte! TU! Mio figlio e mio marito sono al fronte tutti e due. Vivi? Morti? Non lo so. Non ricevo più loro notizie da un anno. Sono sola quanto te." Dora arretra di qualche passo, tremante. "Per don Franco non ci sei che tu, per il dottor Gandolfi non ci sei che tu... È da quando ci conosciamo che tutti vedono solo te; io non esisto. Ma non me ne sono mai lamentata, perché ti volevo bene..." Dora volta le spalle a Emma e apre la porta del suo appartamento.

"Mi hanno messo una lettera sotto la porta. Una lettera in cui minacciano di denunciare Sara" le dice Emma, ritrovando un tono pacato. "Dimmi che non sei stata tu."

Dora si gira a guardarla e le si avvicina, calma. "Se te lo dicessi, mi crederesti?"

"..."

"Ecco la risposta."

Dora ritorna verso il suo appartamento. "Per tua informazione: l'ho sempre saputo che era ebrea. Ti ho vista il giorno che l'hai portata a casa; ho visto la 'bella' stella di David che le luccicava al collo. Non so cosa ti passa per la testa, non so perché l'hai fatto; dalla morte di Andrea sei un'altra, non ti capisco più. Comunque, io lo sapevo dall'inizio. Se avessi voluto, ti avrei denunciato allora." Entra nel suo appartamento e si chiude la porta alle spalle.

304

XXV
Come se fossi mia figlia

Emma sta dormendo.

Sara la sveglia, non si sente bene. "Ho un peso sullo stomaco."

"Hai fatto indigestione con quel poco che abbiamo da mangiare?" le sorride Emma, dandole un bacio. "Forse è per il freddo. Aspettami qua a letto, ti preparo una cosa."

Emma torna dalla cucina con una tazza di limonata calda. "Mia mamma dice sempre: così, o su o giù! Bevila tutta."

Caruso è ai piedi del letto. Starnutisce.

"Vuoi un po' di limonata calda anche tu?" lo accarezza Emma.

"Ho paura" dice piano Sara, stringendo la tazza tra le mani, per scaldarsele.

"Di cosa?" le chiede Emma, rimettendosi nel letto con lei.

"Tu stai via tanto tempo, quasi tutti i giorni. Ho paura per te. Ma ho anche paura per me" aggiunge, abbassando lo sguardo. "Mi sembra che ci siano sempre più tedeschi in giro. E hanno l'aria sempre più arrabbiata. Se mi trovano..."

Emma stringe a sé la bambina. "Non ti troveranno. Io, don Franco... Nino! Siamo qua per te e non lasceremo mai che ti succeda qualcosa di brutto." Si toglie la catenella con la medaglietta della Madonnina. "Vorrei darti questa. Oramai fai parte della famiglia; mi fa piacere se la tieni tu." Emma la mette al collo di Sara; tiene in mano per un attimo la medaglietta. "Non è riuscita a salvare mio figlio. E forse nemmeno mio marito... Ma per te sarà diverso, ne sono sicura. Ti proteggerà. E un giorno, quando questa guerra sarà finita, potrai indossare di nuovo anche il tuo ciondolo con la stella di David. E li terrai assieme: la stella di David e la Madonnina. Un giorno la gente capirà che la religione deve unire, non dividere. E tu ne sarai la testimonianza."

"Quando eravamo nel ghetto, mio padre mi diceva sempre: 'Un essere umano, se non ha un sogno tutto suo, è come fosse già morto. Promettimi che troverai il tuo sogno e farai di tutto per realizzarlo'..." racconta Sara, abbracciata ad Emma, nel lettone. "Io non ho un sogno tutto mio. E se non lo trovassi mai? Non voglio deludere mio papà. Ma se io fossi tra quelli che non hanno un sogno speciale, importante?"

"Vedrai che lo troverai. E lo realizzerai anche! E io sarò lì a guardarti, fiera di te come se fossi mia figlia..."

Le lacrime di Emma luccicano nel buio. Come quelle di Sara.

"Emma..."

" ..."

"Il giorno che ci siamo incontrate..."

"Sì?"

"La pistola... la cercavi da usare contro di te?"

Emma appoggia la sua guancia sulla testa di Sara e chiude gli occhi. "Adesso dormiamo, ché l'alba arriva presto."

La mattina dopo, Sara si sveglia sentendo profumo di biscotti. Apre gli occhi e vede Emma, seduta sul letto, con in mano un piattino; sopra ci sono cinque dolcetti.

"Stanotte mi sono ricordata che ti piacciono. E siccome avevo una mezza idea su dove trovarli, stamattina..."

Emma sorride nel vedere Sara contenta coi suoi biscotti.

Le spazzola i capelli e le fa le trecce. Tossisce.

"Non ti è ancora passata? Le prendi le medicine che ti ha dato il dottore?"

"Sì, signorina infermiera!" scherza Emma, dandole un bacio in fronte. "Ma ci vuole pazienza. Passerà."

Bussano alla porta. È un ragazzino, una staffetta. Parla ad Emma; lei fa segno di sì con la testa e alla fine: "Va bene. Di' a chi ti ha mandato che vado subito."

XXVI
Benedetta figliola

"Mi hanno fatto sapere che ci sono dei problemi tra le brigate. Non mi hanno spiegato, mi hanno solo detto di salire al campo il prima possibile e dare una mano a Nuvolari. Può essere che mi fermi a dormire là stanotte. Dipende da cosa si tratta e da cosa c'è da fare."

Emma parla, mentre don Franco sistema le candele davanti a Santa Rita.

Sara e Caruso, che ha in bocca la cerbottana di Andrea, sono in sagrestia. Claretta si aggira per la navata centrale, borbottando contro la presenza del cane in chiesa.

"Ho visto che hai dato a Sara la tua medaglietta. Quella che avevi preso per te, Aldo e Andrea" dice don Franco sedendosi su una panca e facendo sedere anche Emma. "Mi ricordo ancora il giorno in cui le hai comprate e sei corsa da me per farle benedire, prima di portarle a casa."

Emma sorride e annuisce.

"Vorrei tanto sentire il profumo della serenella" dice all'improvviso.

"A novembre?" si stupisce il parroco. "Dovrai pazientare fino alla primavera."

"È così lontana la primavera..." Anche i pensieri di Emma sono lontani. Poi, ritornando in sé, con un sorriso si affretta ad aggiungere: "E io ho così poca pazienza!"

"Ho saputo che hai litigato con Dora. È pericoloso, lo sai che è una spia repubblichina. Chiedile scusa, Emma, fai qualcosa per sistemare la faccenda."

"Reverendo... Dora, in questo momento, è l'ultimo dei miei pensieri." Emma si mette un fazzoletto davanti alla bocca; non riesce a smettere di tossire.

"Da quanto ce l'hai?" chiede don Franco.

"La tosse?"

"La polmonite."

"..."

"Ne ho già visti tanti malati. Li riconosco i sintomi."

"Vi sbagliate; io sto benissimo. Ho solo un po' di tosse. Chiedete al dottore se non vi fidate di me."

"Come se non ti conoscessi. Avrai convinto il povero Gandolfi a dire quello che vuoi tu. Giurerebbe e spergiurerebbe che hai la tosse."

"..."

"Va bene. È una decisione tua. Spero tu sappia cosa stai facendo."

"Sì che lo so, reverendo" risponde Emma, riponendo in tasca il fazzoletto. "Una volta, un amico – un mio caro amico che porta la tonaca – mi ha detto: 'Tutto capita per un motivo.'"

Don Franco sorride malinconico. "Ti ricordi di quello che dico solo quando ti fa comodo, eh? Benedetta figliola..."

"Ora devo andare; mi aspettano." Emma si alza dalla panca. "Vi raccomando Sara. Se mi succedesse qualcosa, sapete cosa fare?"

"La porto da tua sorella assieme a Caruso. Quante volte saranno che me lo fai ripetere? Ogni volta che sali in montagna è la stessa storia."

"Uhm, non si sa mai. Con tutti i pensieri che avete per la testa... magari potrebbe scapparvi di mente."

"Mi stai, gentilmente, dando del rimbambito?"

"Reverendo..." sorride Emma.

"Piuttosto, prima di andare, non è che vuoi..."

"Mi volete confessare? Don Franco, io e il Padre Eterno ci siamo già detti, tempo fa, tutto quello che dovevamo. Ormai abbiamo fatto pace; io sono a posto, state tranquillo."

"Dio ha sempre un piano per noi. È che non sempre noi lo capiamo. Non subito, almeno."

Emma annuisce e poi, per la prima volta in vita sua, abbraccia, rispettosa, il reverendo. "Grazie, don Franco. Di tutto."

XXVII
Che Dio ce la mandi buona

"Che succede?" chiede Emma, appena arrivata al campo, ancora prima di scendere dalla bicicletta.

Nuvolari sta entrando nel casolare con della legna sottobraccio. Si ferma.

"Ci sono problemi con una brigata bianca; la brigata del comandante Bixio. Sembra che si siano messi a far la guerra alle brigate comuniste. Non ci capisco niente, Mascia" dice Nuvolari, scuotendo la testa e lasciando cadere a terra la legna. "È già una situazione di merda, con i tedeschi che ci stanno arrivando sotto. Se ci facciamo la guerra tra di noi, è la fine. Bisogna provare a parlarci, con Bixio e i suoi. Andiamo domani mattina: io, Carnera e i ragazzi. Speriamo ci ascolti e si arrivi a un accordo. Altrimenti..."

"Altrimenti che?" chiede Emma.

"Se ci sparano addosso, dovremo rispondere al fuoco. E sarà un disastro, perché potrebbe iniziare una vera faida tra le brigate di colore diverso. Non pensiamoci... Speriamo di riuscire a sistemare le cose in pace. Mi porto Carnera per quello; lui è un gentiluomo d'altri tempi, di buone maniere, chi potrebbe resistergli?" Ha un sorriso preoccupato, il comandante.

Emma lo aiuta a raccogliere la legna da terra e sussurra: "Speriamo..."

"Quelli di che brigata sono?" chiede Emma a Nuvolari, vedendo degli uomini, in cortile, che parlano con Carnera e alcuni dei ragazzi.

"Di nessuna. Non esistono, ufficialmente. Si sono trovati e messi assieme. Agiscono come gli pare, fanno del loro meglio. Piuttosto che niente..."

"... è meglio piuttosto."

"Esatto" annuisce Nuvolari, allargando le braccia.

"E quella ragazza che parla con Pulce? Non l'ho mai vista. È una staffetta nuova?"

"No, è una combattente. È venuta a sentire se ci sono novità per la storia di Bixio. Ah, fa parte della squadra di tuo nipote; si chiama Lia."

"È carina."

"Sì. Peccato che abbia la grazia di Carnera!" ride Nuvolari.

"Sei sicura di volerti fermare al campo, stanotte?" chiede Nuvolari.

"Sì, sì. È tanto che non passo una serata con voi; ho voglia di ascoltare i ragazzi e di guardarli in tranquillità. Sono cambiati così tanto in un anno. Sono cresciuti. Forse dovremmo smetterla di chiamarli ragazzi, ormai sono uomini" sospira Emma, con lo sguardo perso tra i suoi pensieri. Non si accorge di un sasso per terra, inciampa e cade.

Briscola corre da lei. "Ti sei fatta male?"

"Bene non me lo sono fatta di sicuro" gli strizza l'occhio Emma. "Ho preso una botta alla caviglia, niente di grave, stai tranquillo." E mentre lo dice prova ad alzarsi, ma non riesce ad appoggiare il piede.

"Ti porto io!" dice subito Merlo, arrivato di corsa.

"Ma non dire stronzate, che è già tanto se stai in piedi tu!" sbotta Carnera, arrivando a passi lunghi. Si china, la prende in braccio e la porta dentro il casolare, appoggiandola delicatamente su una branda dei ragazzi.

Mettendola giù a sedere, le borbotta piano, in un orecchio: "Mi sbagliavo. Tu sei adatta. Sei più adatta di tutti, qua. Me compreso."

"Cosa ti dicevo?" sorride Nuvolari, rimasto sulla porta del casolare. "È un gentiluomo d'altri tempi!"

"Va' a cagare, comandante" e Carnera, con un mezzo sorriso, butta un legno nel fuoco.

"Quando torniamo dalla missione, domani, ti ritroviamo qua, Mascia?" chiede Pulce mentre le si siede accanto, vicino al fuoco.

"Ah, io non vado da nessuna parte se prima non vi ho visti tornare!" risponde Emma, appoggiandogli una mano sulla spalla.

Il Pescatore si alza in piedi, al centro della stanza. "Visto che quella di domani è un'azione un po' pericolosa, cosa ne dite se recitiamo una preghiera? Assieme?"

"Be', *assieme* sarà difficile. Te la inventi sul momento!" dice Nuvolari. "Tu attacca e noi ti veniamo dietro."

"Signore, Ti ringraziamo perché siamo ancora tutti qua. Dacci un occhio perché anche domani sera possiamo ritrovarci, se possibile, in buona salute. Tienici una mano sulla testa."

Bërbižëi si schiarisce la voce insistentemente, per attirare l'attenzione del Pescatore che, finalmente, aggiunge: "E tieni una mano anche sulla testa di Aurelia!"

Bërbižëi, soddisfatto, smette di rumoreggiare e gli lascia finire la preghiera.

"Aiutaci a non combinare troppi casini; non più del necessario, almeno. Ah, salutaci Bill, che ci manca tanto. E che Dio ce la mandi buona! Si, insomma... aiutaci Tu. Amen."

"Amen" rispondono gli altri in coro.

Carnera scuote la testa, ma sta zitto; ha smesso da tempo di commentare le strambe preghiere del Pescatore.

"Posso aggiungere una cosa?" chiede Emma, avvicinandosi al centro della stanza; ormai la caviglia non le fa più male.

Tutti i ragazzi fanno segno di sì.

"Volevo unirmi alla preghiera del Pescatore e chiedere anch'io a Dio di proteggervi. E poi volevo ringraziarLo. Ho vissuto mesi in cui ogni momento era come se mi avessero appena tirato addosso una secchiata d'acqua fredda. Se ora sto meglio, lo devo a Sara e a voi... che mi avete riempito la vita. Sono fiera di far parte di questa brigata. La più piccola brigata al mondo, come ha detto una volta il comandante Pablo. Tanto piccola e tanto speciale. Quello che è giusto è giusto: come me la sono presa con Dio per le brutte cose successe, così... ecco, per questo, per avermi fatto incontrare voi, io Lo ringrazio."

Freccia si è commosso; Carnera lo vede asciugarsi gli occhi e, benevolo, gli dice: "Sü, fa' mia ël bagài!"

"Su, non fare il bambino!" traduce all'istante Briscola, con Merlo che già stava aspettando.

Nuvolari si avvicina a Briscola, gli prende la testa tra le mani e gli dà un bacio in fronte, lasciando tutti a bocca aperta.

"Quanto mi mancavano le tue traduzioni!" gli dice, scuotendogli un po' la testa.

I ragazzi sono seduti sulle loro brande.

Emma, Nuvolari e Carnera sono rimasti vicino al fuoco.

Il comandante si accende una sigaretta e ne passa un'altra a Carnera. Emma fa segno di no; lei non la vuole.

"Ho sempre cercato di starne fuori. Non mi interessavo di politica. Poi succedono delle cose... Non sei tu ad andarle a cercare, sono loro che ti saltano addosso" confessa Emma.

"Già. È quello che è capitato a molti" commenta Nuvolari, ravvivando il fuoco.

Emma allunga il braccio e prende la borsa che si è portata dietro. Tira fuori un foglio arrotolato; lo passa al comandante. Nuvolari la guarda interrogativo e poi srotola il foglio: è un ritratto di Bianca.

"Come..."

"Sono andata a trovarla, un giorno; per vedere se le era passata la tosse che ti preoccupava tanto" dice Emma, tenendo in sospeso per un attimo il comandante.

"..."

"Sta bene. Sta come un fiore!" lo rassicura.

Nuvolari guarda sua figlia che gli sorride dal foglio. Si passa una mano sugli occhi e fa un cenno con la testa ad

Emma. La ringrazia così, senza parlare. Fissa per un attimo il fuoco; poi si alza. "Ragazzi, volete vedere qualcosa di speciale? Questa qua è mia figlia..."

Pulce accende la radio, bassa. Si avvicina a Emma e le porge la mano. "Lo fai un ballo con me, stavolta?"

Quanti mesi sono passati da quella sera... La sera in cui dovevano andare a ballare in paese e avevano finito per ballare nel casolare, tra di loro.

Emma accetta la mano di Pulce e si alza. Gli fa un inchino. "Mi fa proprio piacere ballare con un bel giovanotto."

Pulce, in un anno, è certo cresciuto come uomo. Ma non è migliorato come ballerino.

"Fai sempre piangere i sassi, quando balli" ride Nuvolari, mentre Carnera, scherzando, si copre gli occhi con una mano per non vedere lo scempio.

Emma si ferma, si passa una mano tra i capelli e, facendo finta di dare calci per terra, inizia a ripetere: "Ma porca d'una miseria porca!"

Tutti si zittiscono.

"Sei uguale al comandante!" grida Briscola.

E tutti scoppiano a ridere, compreso Nuvolari.

"Dài, ragazzi, adesso si dorme! Domani c'è da partire prima dell'alba" dice Nuvolari, facendo muovere tutti.

"Comandante" gli si avvicina Merlo. "Riusciremo mai a diventare una vera brigata? Numerosa, forte..."

"Eeeeeeh. Non sarà facile trovare gente seria che voglia unirsi a noi! Finirà prima la guerra" scherza Nuvolari.

Una finestra si spalanca: del vento entra e fruga tutta la stanza.

"Aria fredda, aria di neve" dice Carnera chiudendo la finestra.

"Il vento sono gli angeli che sbattono le ali" commenta Emma, con un tono dolce come il ricordo che porta con sé.

"Che bell'immagine" commenta piano, come al solito, Valentino.

"Sì, proprio!" ribadisce Saltafosso, saltando nella sua branda.

"Tutto quello che viene dalla Mascia è bello!" precisa Pulce contento, chiudendosi il colletto della giacca e infilandosi sotto una coperta.

Emma passa di branda in branda a dare la buonanotte e a sistemare come meglio può le coperte che ci sono.

A tutti dà un bacio in fronte e dice: "Dovete restare vivi, capito? Restate vivi. Non vi chiedo altro."

Nuvolari osserva la scena e sorride, accendendosi una sigaretta, vicino al fuoco. "E diceva che dobbiamo smetterla di considerarli ragazzi. Che ormai sono uomini..."

Emma si mette con Nuvolari vicino al fuoco. Restano a parlare sottovoce, mentre i ragazzi già dormono.

"Una volta ho letto su una panchina la frase: *La guerra è l'igiene del mondo*" dice Emma.

"È di Marinetti" ricorda Nuvolari. "Altri come lui dicono robe tipo: *Morire giovani, puri...*"

"Se gli potessi mettere le mani addosso... Gliela farei ben vedere io l'igiene del mondo!" Emma stringe e agita un pugno.

"Se li incontri, chiama anche me, che vengo in rinforzo!" E Nuvolari alza e agita un pugno, imitandola.

Emma sorride e rimette le mani in tasca.

"Cosa farai dopo la guerra?" le chiede il comandante.

"Forse andrò in Russia. A vedere dov'è morto mio figlio."

Il fuoco comincia a farsi piccolo. E la legna va risparmiata.

"Stavo pensando che è strano" dice Emma, muovendo la brace con un legnetto. "Ci sono tante donne che aiutano la Resistenza. Forse tante quanti sono gli uomini. Eppure non ho mai sentito di comandanti partigiani donne."

"Ah no? E tu cosa pensi di essere?" le dice, convinto, Nuvolari.

Emma lo guarda sorpresa; sta per rispondergli, ma inizia a tossire. Si mette il fazzoletto davanti alla bocca per attutire il rumore e non svegliare i ragazzi.

"Non hai un bell'aspetto, Mascia."

"Oh, grazie!"

"Non mi va di scherzare." Nuvolari butta il suo mozzicone di sigaretta tra le braci. "Tossisci spesso, ultimamente."

"..."

"E sei pallida. Hai la febbre?"

"Macché febbre, ho solo un po' di..."

"..."

Emma non se la sente di mentire al comandante. Dal primo giorno che si conoscono, si sono sempre detti la verità. E quando non se la sono detta a parole, se la sono sempre letta negli occhi uno dell'altro.

"Ho la polmonite, Nuvolari."

"Polmonite? E cosa diavolo ci fai fuori dal letto?!"

"Abbassa la voce! Sveglierai tutti!"

"Ma sei matta a prendere alla leggera una malattia così?! Possibile che non ci sia qualcuno capace di farti ragionare?!"

"Io ragiono benissimo. E non prendo alla leggera un bel niente. Non ci penso proprio a morire, calmati pure. Mi sto curando. E quando arriveranno gli Alleati, mi metterò a letto; se vorrai, potrai venire a prepararmi della minestra calda! Dài, Nuvolari, non farmi quella faccia scura. Se sono in piedi vuol dire che ce la faccio, no?"

"Tu sei... sei... sei la donna più testarda che abbia mai conosciuto!" urla, sottovoce, il comandante.

"Non te lo immagini neanche quanto!" gli sorride Emma.

"Si può sapere perché non me l'hai detto prima?" la sgrida Nuvolari.

"Eh, già! *Tal chi!* Guarda qua che effetto; se te lo dicevo, mi toccava pure consolarti."

Restano ancora un po' davanti alle braci e poi vanno a coricarsi.

Passano di fianco alle brande dei ragazzi. Saltafosso sta russando; è così, da quando gli hanno rotto il naso. Ormai gli altri ci si sono abituati e infatti dormono tutti. Ma quando Emma passa di fianco alla branda di Carnera, lui si volta a guardarla e la prende per un polso, come aveva fatto lei mesi prima.

"Curati" le dice sottovoce.

Le tre di mattina.

Emma è sveglia; seduta, con una coperta sulle spalle. Guarda i suoi ragazzi che dormono. E Carnera. E Nuvolari. Si stringe nella coperta e sussurra: "Grazie, Signore."

*****

"Comandante... Comandante, svegliati!"

Nuvolari salta sulla branda e si trova faccia a faccia con Carnera: pessimo risveglio.

"È già ora?" biascica.

"Non si trova la Mascia."

"Che vuol dire che non si trova? Sarà fuori a prendere la legna o l'acqua..." Nuvolari si stiracchia e, lentamente, si mette a sedere sulla branda.

"Ho già guardato: non c'è. Ho svegliato tutti i ragazzi e li ho mandati a cercarla qua attorno."

"Ma perché ti agiti?" chiede il comandante con uno sbadiglio. "Sarà nei paraggi, per i fatti suoi; non è mica una sorvegliata. Cosa pensi, che l'abbiano rapita?"

"No. Rapita, no. Penso che sia andata da sola a mettersi nei guai."

Nuvolari salta in piedi. "Credi che..."

"Sì, proprio."

"Porca d'una miseria! Bisogna cercarla, trovarla, fermarla!"

"E io cosa diavolo ti sto dicendo da dieci minuti?!" sbotta Carnera.

Entra di corsa Briscola. "Niente. Non c'è traccia da nessuna parte. Ha preso la bicicletta, ma non si vede dov'è passata, perché la terra è asciutta."

"Figurati!" urla Nuvolari. "C'è sempre bagnato, umido fradicio in questa stramaledetta zona! Ma per una volta che servirebbe..."

Il comandante si passa una mano tra i capelli e si guarda attorno, in cerca di una soluzione. Vede il ritratto di Bianca, arrotolato. Ma non è nella sua sacca, dove l'aveva messo: è sul tavolo. Nuvolari lo prende in mano, lo srotola e, al suo interno, trova un altro foglio. È una lettera. Di Emma.

La legge velocemente e poi si mette a sedere.

"Allora? Che c'è?" chiede Carnera.

"Chiama tutti i ragazzi e digli di rientrare; è inutile cercarla, è andata da Bixio. Al nostro posto."

"Dov'è andata?!" grida Carnera.

"Chiama i ragazzi" ripete Nuvolari, con poca voce.

Vado dal comandante Bixio. Non sto andando ad affrontare le SS! Sono partigiani come noi, solo di un altro colore. Sono sicura che, andando io sola, una donna, avrò più probabilità di farmi ascoltare (e di non farmi sparare addosso!) che se vedessero arrivare tutti voi armati.

Non arrabbiatevi con me perché ho agito senza parlarvene; se ve l'avessi detto, di sicuro me l'avreste impedito. Non perché non sia una buona idea, ma perché non volete che corra dei rischi, lo so. Mi volete bene, quanto io ne voglio a voi.

Se mi succede qualcosa, non pensate a vendicarmi! Io voglio solo una cosa da voi: quello che mi avete promesso... Restate vivi!

Non preoccupatevi per me e non siate tristi. Io non lo sono. Nel peggiore dei casi, vorrà dire che andrò da mio figlio. E forse anche da mio marito... Se invece andrà tutto bene, tornerò per sera, in tempo per prepararvi la minestra di patate!

Vi auguro ogni bene, figli miei. Non perdetevi d'animo e ricordatevi sempre la promessa che mi avete fatto: restate vivi!

P.S. Siete tutti bellissimi mentre dormite. Persino Carnera!

Nuvolari, che ha letto la lettera a voce alta, precisa: "*Figli miei* l'ha sottolineato..."

XXVIII
La brigata di Bixio

Emma cammina di fianco alla sua bicicletta.

Ormai è nei pressi dell'accampamento della brigata di Bixio.

Cammina piano. Niente mosse strane o improvvise; non può sapere se la stanno già osservando e tenendo sotto tiro.

Le sembra di vedere qualche fiocco di neve nell'aria.

"Sta arrivando di nuovo Natale" pensa tra sé, guardando il cielo.

Quando abbassa lo sguardo, si ferma di colpo: un gruppo di uomini, con fazzoletti bianchi al collo, le sono attorno e hanno i fucili spianati contro di lei.

Emma lascia cadere la bicicletta a terra e alza le mani. "Non sparate! Sono una staffetta. Sono solo una staffetta!"

"E chi ci assicura che non sei una spia?" dice un uomo.

"Già. Ce ne sono dappertutto. Magari sei una repubblichina" aggiunge un altro uomo, tenendola sotto tiro. "E magari stai portando qua una squadra di fascisti! Ma se noi ti prendiamo in ostaggio..."

"Non sono una spia" ribatte calma Emma. "Sono una staffetta. Mi chiamo Mascia. Se mi date il tempo di spiegarvi perché sono qua..."

"Mascia?" si fa avanti un altro dei partigiani. "*Quella* Mascia? Della brigata di Nuvolari?"

Emma tira un sospiro e abbassa leggermente le braccia. "Sì."

"Mettete giù i fucili!" grida il partigiano a tutti i suoi compagni. "È la Mascia! Quella che ha salvato i ragazzi di Nuvolari. Quella che ha messo su una brigata di mamme!"

Gli uomini tentennano, ma alla fine mettono via le armi.

Un partigiano le va incontro e le stringe la mano. "Ho sentito parlare molto di te. Io sono Bixio."

"Il comandante?" chiede Emma.

L'uomo annuisce. "Vieni al nostro accampamento. Se vuoi parlare, è meglio farlo là."

Il campo è molto diverso da quello di Nuvolari: gli uomini dormono in una vecchia stalla diroccata, ammucchiati su dei pagliericci. L'aria entra dappertutto e fa ballare il fuoco che resta acceso per chissà quale miracolo.

Loro indossano vestiti logori, sono sporchi, feriti, hanno il volto scavato. Ci sono solo tre, quattro coperte striminzite, per una quindicina di uomini. E l'inverno vero deve ancora iniziare.

"Da Nuvolari si sta meglio, eh?" sembra leggerle nel pensiero il comandante. "Ho sentito di quello che hai fatto per quei ragazzi. Di come ti sei data da fare per fargli avere cibo, vestiti, coperte. Si dice che hai speso tutto quello che avevi."

"Sì, ho speso tutto" risponde Emma. "Ma non solo per loro: i soldi sono serviti per tante altre persone."

"Sono stati comunque fortunati a incontrare una come te. Se no, a quest'ora chissà dov'erano finiti."

"Ti sbagli. Loro valgono molto più di quello che immagini. E Nuvolari è il miglior comandante che..."

"Sarà" la interrompe Bixio, "intanto, però, oggi ha mandato te a rischiare la pelle e lui se n'è rimasto al sicuro."

"Perché? C'è da rischiare la pelle a venire a parlare con voi? C'è da rischiare la pelle tra compagni partigiani? Forse ho capito male come funziona la Resistenza. Io avevo capito che eravamo tutti dalla stessa parte."

Il comandante la guarda senza parlare.

"L'idea di venire da sola è stata mia" aggiunge Emma. "Nuvolari non lo sapeva e anzi, se lo conosco bene, in questo momento starà imprecando e dando calci in giro!"

Bixio sorride.

"Comandante" si fa avanti il primo partigiano che ha riconosciuto Emma. "Dille com'è la nostra situazione! Diglielo cosa sta succedendo!" Poi si volta verso Emma: "I rossi ci danno addosso! Ci fanno le imboscate come ai fascisti! E vanno a dire che siamo noi a fargliele! Non è vero, Mascia. Noi ci difendiamo solamente." Il partigiano si mette a sedere sulla paglia; sembra un fantasma.

Emma gli si china vicino. "Hai la febbre?"

"Ce l'abbiamo tutti" le risponde, indicando i suoi compagni che non hanno certo un aspetto migliore del suo.

Emma prende la sua sacca e tira fuori un vasetto con dentro della polvere. "È una medicina, me l'ha data il dottore; serve per abbassare la febbre. Prendetene mezzo cucchiaino con dell'acqua, due volte al giorno. Ne servirebbe di più, siete in tanti, lo so. Ma non ne ho altra. Per ora iniziate con questa; farò in modo di procurarmela e ve la farò avere, vi do la mia parola. Magari riesco a portarvi qua anche un mio amico dottore." E si china di nuovo per dare il primo mezzo cucchiaino all'uomo che l'ha riconosciuta.

Un altro partigiano, seduto lì di fianco, ha una fasciatura al braccio da cui sembra uscire ancora sangue.

"Va rifatta" dice Emma osservandola da vicino. "E va cambiata, le bende sono sporche; la ferita potrebbe infettarsi."

Toglie la fasciatura, mette da parte le bende vecchie, va a cercare nella sua sacca e torna con dei fazzoletti immacolati. Dopo aver lavato e disinfettato con dell'alcol la ferita, mentre la fascia, racconta: "Mia mamma, fin da quand'ero piccola, quando uscivo di casa mi ripeteva: 'Hai preso un fazzoletto pulito?' Le mamme hanno sempre ragione, ricordatevelo!"

E con questo piccolo racconto ottiene quello che sperava: il primo sorriso della brigata.

Emma si guarda attorno; vede delle patate, una paio di scatole di sardine, del latte. "Lasciate che vi prepari qualcosa di caldo da mangiare. Non sarà un pasto da ristorante, ma non me la cavo male in cucina; e fin da bambina ho imparato ad arrangiarmi anche con poco" sorride. "Voi restate vicino al fuoco, scaldatevi. Io preparo e poi parleremo. Con qualcosa nello stomaco, si ragiona meglio."

Sono tutti fissi a guardarla, mentre si muove da una parte all'altra.

Emma trova l'unica pentola che c'è e ci versa dentro dell'acqua. Si ferma per un attimo. "Dovreste mettervi dei fogli di carta sotto le giacche, sotto i maglioni. La carta ripara dal vento! Funziona davvero. Se non ce l'avete, ve ne procuro io" e si rimette in movimento, prendendo le patate e un coltello.

Bixio cerca di chiudere la porta della stalla meglio che può. Passa accanto a Emma, per andare a sedersi coi suoi uomini, vicino al fuoco. "Questo taglia meglio" le dice, porgendole un coltello che teneva alla cintura. "Lo sai che sei quasi una leggenda tra le brigate? E a conoscerti comincio già a capire perché."

Gli uomini sonnecchiano, stretti nelle loro giacche, vicino al fuoco. Un sonno, un torpore da freddo e da febbre.

Un partigiano si alza e si accosta a Emma che sta mescolando le patate con del latte.

"Signora, non si ricorda di me?"

Emma si sposta i capelli dal viso col dorso della mano; guarda l'uomo, che ora le pare più giovane di quel che pensava. Ma non ricorda di averlo già incontrato.

"Anch'io non ero certo che fosse proprio lei. Ci siano visti una volta sola e per poco. E sono passati quasi due anni. Avevo la barba, allora" dice l'uomo, toccandosi le guance. "Sembravo più vecchio, mi sa" sorride. "Le ho portato a casa la lettera di Andrea..." dice. E non sorride più.

Emma trattiene il respiro; ora lo riconosce. Un ragazzo in una divisa lacera, che le si era presentato alla porta, per dirle che suo figlio era morto. Un compagno di battaglione di Andrea.

"Non sapevo cosa fare, signora. Da quando siamo rientrati all'accampamento e ho avuto la certezza che fosse la mamma di Andrea... non sapevo se dirle chi sono o no; perché so che le ricordo una cosa brutta e dolorosa. Anche adesso, mentre le parlo, io non so..."

Emma lo abbraccia forte. "Hai fatto bene. Sono contenta di averti ritrovato qua."

"Il mio nome di battaglia è Ettore" le dice il ragazzo – che prima sembrava un uomo –, mentre l'aiuta con la pentola. "Sono qua da un anno. Prima di decidermi, sono stato nascosto nelle campagne. La mia è una famiglia legata al fascismo da sempre; c'hanno creduto davvero. Non me la sono sentita di tornare a casa e raccontare la verità su com'è andata in Russia. E ora certo non posso fargli sapere che combatto con i partigiani..."

Emma mescola la pentola e non si perde una parola di quel che dice Ettore. Non ricorda neanche più perché è lì; esiste solo la voce di quel ragazzo per lei.

"Andrea mi raccontava spesso di tutta la sua famiglia. Era in pensiero per suo cugino, Giacomo; aveva paura gli facessero del male. E poi mi parlava di una ragazza che gli piaceva, Lucia. Dei nonni. Del suo cane! E di suo padre, della litigata... Gli spiaceva molto, non vedeva l'ora di tornare a casa per sistemare le cose. Diceva che con la guerra aveva capito che tutto quello che voleva dalla vita era stare con le persone che amava; che era stato stupido a voler tenere il punto con suo padre, perché se vuoi bene a qualcuno devi anche saper accettare le sue debolezze, perdonarlo. E magari farti perdonare pure tu per gli sbagli che hai fatto, senza volerlo."

Il cucchiaio non gira più nella pentola; la mano di Emma si è fermata. "Diceva proprio così, Andrea? Ti ha detto queste cose di suo padre? Voleva farci pace?"

"Sono le sue parole esatte, signora. Abbiamo passato tanto di quel tempo assieme ad aspettare. E mentre aspetti non fai che parlare, per calmare i nervi. Dopo un po', finisci per ripetere in continuazione gli stessi discorsi; specie quelli a cui tieni di più."

Emma ha gli occhi pieni di lacrime; è felice.

"Però, era quando parlava di lei, signora, che cambiava faccia" riprende Ettore. "Aveva solo ricordi belli legati a lei; diceva che era la mamma più divertente, brillante e affettuosa del mondo. E che assieme avete riso tanto. Spesso sorrideva nel raccontarlo. A volte rideva proprio."

Emma prende il viso di Ettore tra le mani e gli dà un bacio sulla guancia. Poi ritorna a mescolare con il cucchiaio.

"Ci accusano di trattenere per noi i viveri e gli armamenti che arrivano dagli Alleati" dice Bixio, usando il suo coltello per muovere la brace. "Tu hai visto in che condizioni siamo, cosa abbiamo: ti sembra possibile?!"

"Ci sono stati dei malintesi, è chiaro" risponde Emma, seduta vicino a quel che resta del fuoco. "Non stiamo qua a cercare chi ha sbagliato per primo; ora l'importante è che la situazione torni tranquilla, perché coi tedeschi in ritirata ci aspettano momenti difficili, lo sapete meglio di me. Dovete garantirmi che smetterete, da subito, di sparare sulle brigate comuniste. Io, da parte mia, vi garantisco che riporterò quello che mi avete detto a Nuvolari e vedrete che lui si farà sentire con gli altri comandanti. Oh, se si farà sentire! È un uomo giusto: dovete fidarvi di lui. E il primo che si dovesse sognare di spararvi contro, finirebbe dritto davanti all'Alto Comando."

"Va bene. Noi non spareremo più contro i rossi e staremo a vedere che succede" risponde Bixio, deciso. "Ma se iniziano loro... risponderemo al fuoco e stavolta non ci saranno più tregue."

"Lo capisco" dice Emma seria. Poi fa un respiro lungo. "Certo che se la smetteste di dividervi in bianchi, rossi, azzurri, verdi... Combattete tutti per lo stesso ideale di libertà e giustizia. Non potreste avere anche lo stesso colore?"

"Cercherò di procurarmi delle coperte. E parlerò con don Franco. Farò tutto quello che posso, Bixio" dice Emma, mentre sistema la sua sacca e si prepara a salire in bicicletta per tornare al campo di Nuvolari.

"Ti credo" le risponde il comandante, stringendole la mano. "Grazie."

Arriva una motocicletta con a bordo un partigiano; è di un'altra brigata bianca. Scende di corsa urlando: "C'hanno sparato addosso!"

"Chi?" chiede Bixio. "I rossi?"

"Macché i rossi! I tedeschi!" grida l'uomo, senza riuscire a star fermo. "Stanno venendo qua! Stanno venendo qua, hai capito?! Noi c'hanno presi alla sprovvista, ma adesso che voi lo sapete... Dobbiamo essere pronti a batterci! Ci ammazzeranno, è sicuro. Sono in troppi rispetto a noi. Ma almeno ne uccideremo qualcuno!"

"Dobbiamo trovare una via di fuga, non possiamo affrontarli se sono così tanti." Bixio si gira verso i suoi uomini cercando una soluzione.

"Non c'è una via di fuga!" ribatte il partigiano arrivato di corsa. "Quelli stanno venendo a prendervi, lo sanno che siete in zona. Se non vi trovano qua, vi inseguiranno e alla fine vi acchiapperanno come topi! È così che vuoi morire?!" grida in faccia a Bixio.

"Bisognerebbe riuscire a depistarli" interviene Emma. "Fargli credere che state andando da una parte, mentre state andando dalla parte opposta. E intanto che vi rincorrono dalla parte sbagliata, voi guadagnereste tempo per mettervi in salvo. Dovreste salire in alto, raggiungere un posto sicuro o un'altra brigata più numerosa."

"Sì, ma come si fa a depistarli, ora che sono così vicini?" chiede Bixio, agitato.

"Serve qualcuno che se li porti dietro, intanto che voi scappate" risponde Emma.

"Qualcuno che abbia voglia di farsi ammazzare, intendi." Bixio scuote la testa.

"Proprio voglia no. Ma qualcuno che capisca che non c'è altra via... Lo faccio io" dice Emma, risoluta.

"Sei matta?! Non sognartelo neanche! Non te lo lascio fare!"

"Comandante, pensaci bene: è meglio rischiare la vita di una sola persona o quella di un'intera brigata? Perché non c'è una terza scelta, lo sai."

Bixio sta zitto a guardarla. "Allora dovrei essere io ad andare, non tu."

"Non dire loccate!" lo scuote Emma, mettendoglisi davanti. "Tu sei un comandante, hai degli uomini da guidare, altre brigate con cui collaborare. Hai il dovere di restare vivo per impedire che nasca una guerriglia tra le fazioni partigiane, come mi hai promesso! Bisogna ragionare con la testa in questi momenti: devo andare io, lo sai che è giusto così. E poi... chi ti dice che mi prenderanno?"

Emma lascia a terra la sua bicicletta e la sacca. Chiede al partigiano arrivato in motocicletta se la può prendere in prestito: "Non ti garantisco in che condizioni te la restituirò" gli sorride.

"Non preoccuparti, facci quello che vuoi" le risponde lui, a occhi bassi.

Bixio le procura una pistola e delle munizioni. "Spara in aria, è l'unico modo per far credere che ci sono in giro dei combattenti."

"Buona fortuna" le dice il comandante.

"Anche a voi" risponde Emma.

I partigiani salgono svelti in montagna, continuando a voltarsi indietro a guardarla.

Emma sorride; è decisa, risoluta, non mostra un cedimento. Ma in realtà le gambe le cedono, eccome.

Ha paura.

E c'è solo una voce che può farle coraggio, che può darle la forza che le serve. In un attimo le risuona in testa la voce di Andrea: "Una domenica, mamma... quando meno te l'aspetti..."

E tutto il resto sparisce.

XXIX
Una donna testarda

È sera. Al campo di Nuvolari sono tutti svegli, seduti attorno al tavolo ad aspettare.

Hanno provato a giocare a carte, ma nessuno è lì con la testa, nemmeno per una partita.

Carnera guarda la bottiglia di vino come non faceva più da anni; se non ci fosse Nuvolari, se non sentisse i suoi occhi addosso, forse cederebbe. E ogni volta che se ne rende conto, si sputerebbe in faccia da solo.

"Io sono sicuro che è andato tutto bene" dice piano il Pescatore.

"Certo. La Mascia è capace di farsi ascoltare da chiunque" lo asseconda Briscola.

"E quelli sono pure cattolici. Non ci credo che farebbero del male a una donna, vero comandante?" chiede conferma Pulce.

Nuvolari annuisce distratto e si alza; va alla finestra. Non riesce a fingere di essere tranquillo.

"Ma non possiamo andarla a cercare?" sbotta Bërbižëi. "Andiamole incontro! Ci dirigiamo verso il campo dei bianchi e vediamo se la troviamo per strada."

"Non si può" risponde Nuvolari di spalle, sempre con lo sguardo rivolto fuori dalla finestra. "È buio, dove vuoi mai andare a cercarla. Ci muoveremo domani mattina, alle prime luci."

"Domani mattina può essere tardi!" grida Merlo. "Lei non ha aspettato un giorno per venire a cercarci. Io dico che Bërbižëi ha ragione: dobbiamo andare ora!"

"Ho detto di no" ripete Nuvolari.

"E chi se ne frega!" ribatte Valentino, con gli occhi gonfi

di lacrime.

Tutti si girano a guardarlo.

Anche Nuvolari ha smesso di scrutare fuori per voltarsi verso di lui; lo guarda e non fiata.

"Io dico di metterlo ai voti" continua Valentino. "Chi vuole andare subito a cercarla alzi la mano!"

Tutti i ragazzi alzano la mano.

Anche Carnera. "Scusa, comandante. Lo so che hai ragione tu e che è una stronzata andare di notte, col buio. Ma se resto ancora qua dentro ad aspettare, do fuori di matto!"

"Sssh! State zitti!" intima Nuvolari.

Si sente il rumore di un motore che si avvicina.

"Prendete i fucili, presto!" ordina il comandante. "Puntate tutti sulla porta. Carnera, tu vieni qua alla finestra con me."

Si ferma un camioncino. Scendono degli uomini, ma col buio è difficile capire di chi si tratta. S'intravedono solo delle sagome.

Gli uomini si avvicinano alla porta. Si fermano. Uno di loro grida: "Nuvolari, non sparare! Sono Bixio."

*****

"E così ci ha salvati tutti" conclude il suo racconto Bixio.

"Dov'è, ora?" chiede Nuvolari.

"Sul camioncino."

I due comandanti escono dal casolare. Carnera e i ragazzi restano dentro, attaccati alla finestra e attaccati uno all'altro; in silenzio.

Nuvolari sale sul camioncino. Ha con sé una pila.

Fa luce sul fondo; solleva piano una coperta e vede il viso di Emma, con gli occhi chiusi. Fa luce più in basso e vede fori di pallottole e sangue sui vestiti.

Un ragazzo è seduto di fianco al corpo di Emma, impietrito, come se facesse la guardia. È Ettore.

Nuvolari spegne la pila.

Scende, al buio.

"Nuvolari" lo chiama Bixio. "Volevo solo dirti che non avrete mai più problemi con noi, né con altre nostre brigate. Ci penserò io a far girare la voce. Hai la mia parola."

"Io parlerò con l'Alto Comando e ti prometto che, se qualche brigata delle nostre dovesse attaccarvi ugualmente... li strangolo io, con le mie mani."

"La Mascia mi ha detto che sei un uomo giusto, che devo fidarmi di te. E allora io mi fido" conclude Bixio.

I due comandanti si stringono la mano.

"Quando l'abbiamo ritrovata, le pendeva fuori da una tasca questo." Bixio passa a Nuvolari un foglio sgualcito e ripiegato.

Nuvolari accende la pila e lo apre: è la vecchia lettera di Andrea.

La luce debole della pila riesce a illuminare le lacrime del comandante e la neve che inizia a scendere. I fiocchi sembrano sospesi nell'aria, increduli.

"Non ho mai conosciuto una donna più testarda..." sussurra Nuvolari.

E spegne la luce.

XXX
Per Emma

Una piccola cerimonia in un paesino di campagna. Cuori spezzati che tentano di farsi forza a vicenda. Tino non c'è, il dolore era troppo; è sparito da giorni. Cesira si stringe a Rosetta, l'unica figlia che le è rimasta. Annamaria tiene Luisa abbracciata. Le mamme della brigata ci sono tutte – c'è anche Gorio –. Si tengono per mano e controllano Sara, che rimane sempre vicina a Caruso.

Don Franco prova a parlare, perché Emma se lo merita che lui si sforzi e che renda onore alla donna meravigliosa che è stata; ma sono più i silenzi strazianti a riempire la cerimonia.

Sulle colline attorno, sparpagliati in modo da non attirare l'attenzione, dei ragazzi sono in ginocchio, a farsi il segno della croce, a fissare la chiesetta, ascoltare le campane che suonano, e a piangere ininterrottamente.

Il loro comandante è in piedi, appoggiato a un albero. Stringe il fischietto che porta al collo. Guarda la chiesa e gli sembra che Emma debba uscire di lì da un momento all'altro, inforcare la bicicletta e correre da loro.

Nuvolari sussurra: "Ci riprenderemo la libertà. Non gliela daremo vinta. Lotteremo noi anche per te. Tu riposati e stai tranquilla, stai con Andrea. E con Bill. Ci pensiamo noi, vedrai. E quando sarà tutto a posto, allora torneremo qua. Magari una domenica, Emma. Tutti assieme. *Tutti*, te lo giuro. E ti racconteremo..."

Carnera appoggia una mano sulla spalla del comandante. "Ci sono anche Bixio e i suoi uomini, nascosti da qualche parte; li ho visti mentre arrivavano. Mi sa che oggi ci sono più partigiani a pregare su queste colline che in giro a combattere... Lei se lo merita."

"Sai qual era il suo fiore preferito?" gli dice Nuvolari senza togliere lo sguardo dalla chiesetta. "La serenella. Era il fiore che le ricordava la felicità, la sua famiglia, le cose buone. E non possiamo neanche regalargliela, fino a primavera niente. Con tutto quello che ha fatto per noi, non possiamo nemmeno salutarla con un fiore."

"..."

"Come faremo senza di lei..."

"Ci manderanno un'altra staffetta."

"Non intendevo quello."

"Lo so, Nuvolari. Lo so."

Qualche giorno dopo, di notte, un uomo grande e grosso entra nel piccolo cimitero del paese. È Carnera. È lì in rappresentanza di tutta la brigata. Ha con sé un mazzolino fatto di rametti di calicanto. Profumatissimo.

Lo appoggia sulla tomba di Emma, assieme a un biglietto. Accarezza la fotografia della sua amica e se ne va.

Sul biglietto c'è scritto:

"In attesa della stagione della serenella.

In attesa della stagione della libertà.

Per Emma. Dalla brigata più piccola del mondo."

Note sull'autrice

Vanessa Navicelli nasce a Vicobarone, un piccolo paese sulle colline piacentine, ma da anni vive a Pavia.

Cresce coi film neorealisti italiani, con le commedie e i musical americani, coi cartoni animati giapponesi, coi romanzi dell'Ottocento inglese e coi libri di Giovannino Guareschi. (Be', sì... anche coi suoi genitori.)

Nel 2012 con il suo romanzo "Il pane sotto la neve" è stata finalista della prima edizione del **Premio Letterario "La Giara", indetto dalla RAI**. Scelta come **vincitrice per l'Emilia Romagna**.

Ha partecipato, con diverse poesie e filastrocche, a una mostra itinerante di poesia, legata al concorso "Carapacetiscrivo", organizzata per diffondere una cultura di pace e per raccogliere fondi per Amnesty International, Emergency e per il popolo Saharawi.

Ha vinto la sezione "Scritture per Ragazzi" dello Scriba Festival, organizzato da Carlo Lucarelli, e vari premi con la Scuola Holden di Alessandro Baricco. Il "Premio Cesare Pavese" per la poesia. E il "Premio Giovannino Guareschi" con il racconto "Una domenica, mamma..." che dà il titolo a questo nuovo romanzo.

Ha una conoscenza discreta di Inglese, Piacentino, Pavese.

Quando passa la banda musicale di paese, si commuove; sia che suoni *Bella ciao*, o *La canzone del Piave*, o *La bella Gigogin*.

Ha un enorme cane bianco e nero, Angelo (70 kg di puro affetto), che le vuol bene nonostante tutti i suoi difetti. Mica poco...

Scrive romanzi per adulti e ragazzi; e storie per bambini.

Quando scrive, cerca di tenere presente quattro cose: la semplicità, l'empatia, l'umorismo, la voglia vera di raccontare una storia.

Crede nella gentilezza. E nell'umorismo. (Forse è umoristico credere nella gentilezza...)

Frank Capra diceva: "Con humour e affetto si favoriscono, a mio avviso, i buoni istinti. Sono un tonico per il mondo intero." Lo sottoscrive.

E sottoscrive anche quello che diceva Giacomo Puccini: "Voglio arrivare al cuore della gente."

Infine, segue istintivamente la regola di Walt Disney: "Per ogni sorriso, voglio anche una lacrima."

È convinta che dal bene nasce il bene. E le piace raccontarlo.

Ha pubblicato due libri per bambini.

Nel 2014 **"Un sottomarino in paese"**, fiaba illustrata sul tema della pace. Anche in versione inglese.

Nel 2016 **"Mina e il Guardalacrime"**, fiaba illustrata sul tema delle emozioni.

Nel 2017 ha inaugurato la *Saga della Serenella* pubblicando il primo romanzo, "Il pane sotto la neve".

È cresciuta con persone che, pur cercando di scherzarci su, nella loro giovinezza hanno sperimentato cosa fosse la povertà vera.

È cresciuta in un minuscolo paesino emiliano dove ancora oggi ben pochi anziani sanno cos'è il lillà, ma tutti sanno cos'è la serenella. E lei lo trova stupendo.

Potete trovarla su Facebook, Instagram, Twitter e Pinterest

Visitate anche il suo sito web:
www.vanessanavicelli.com

Indice

Pubblicato da Vanessa Navicelli © 2019
www.vanessanavicelli.com